U0007695

BEST 嚴選

奇幻基地出版

刺客系列

弄臣與蜚滋1

The Fitz and The Fool Trilogy

弄臣刺客・下冊

Fool's Assassin

羅蘋・荷布 著
李鐳 譯

Robin Hobb

瞻遠家族家系表

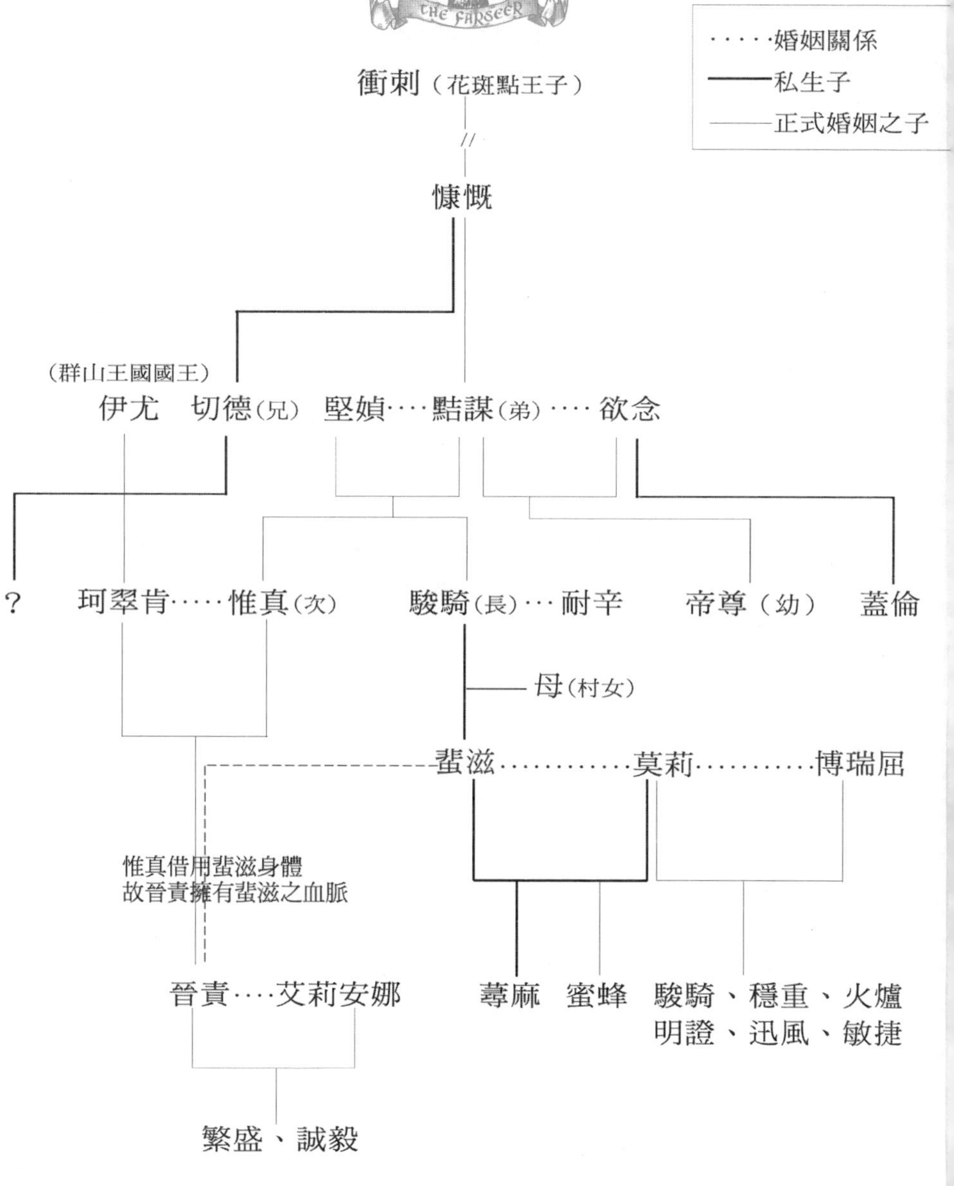

婚姻關係
私生子
正式婚姻之子
衝刺（花斑點王子）
慷慨
（群山王國國王）
伊尤
切德（兄）
堅媜
黠謀（弟）
欲念
？
珂翠肯
惟真（次）
駿騎（長）
耐辛
帝尊（幼）
蓋倫
母（村女）
蜚滋
莫莉
博瑞屈
惟真借用蜚滋身體
故晉責擁有蜚滋之血脈
晉責
艾莉安娜
蕁麻
蜜蜂
駿騎、穩重、火爐
明證、迅風、敏捷
繁盛、誠毅

弄臣刺客

目錄

下冊

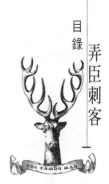

上冊

六大公國
冰礁淺灘
國界
烽火臺
白島
近鄉群島
群鷗島
鉤島
海豹灣
貝歇島
高陵地
公鹿
鹿角島
帘布島
冶煉鎮
爪島
淺潮小島
潔宜灣
瑞本
守望島
小南灣
蛋島
N
W
E
S

冰河平原
白海
鴉島
冰凍海岸
小魚灣
冰城
冷灣
渡輪鎮
畢恩斯
熊河
提爾斯
淺湖
酒河
公鹿河
公鹿堡
群山王國
冷河
法洛
藍湖
寶石河
雨野原
沙緣
恰斯國
雨河
修克斯
繽城
商人灣
偽灣

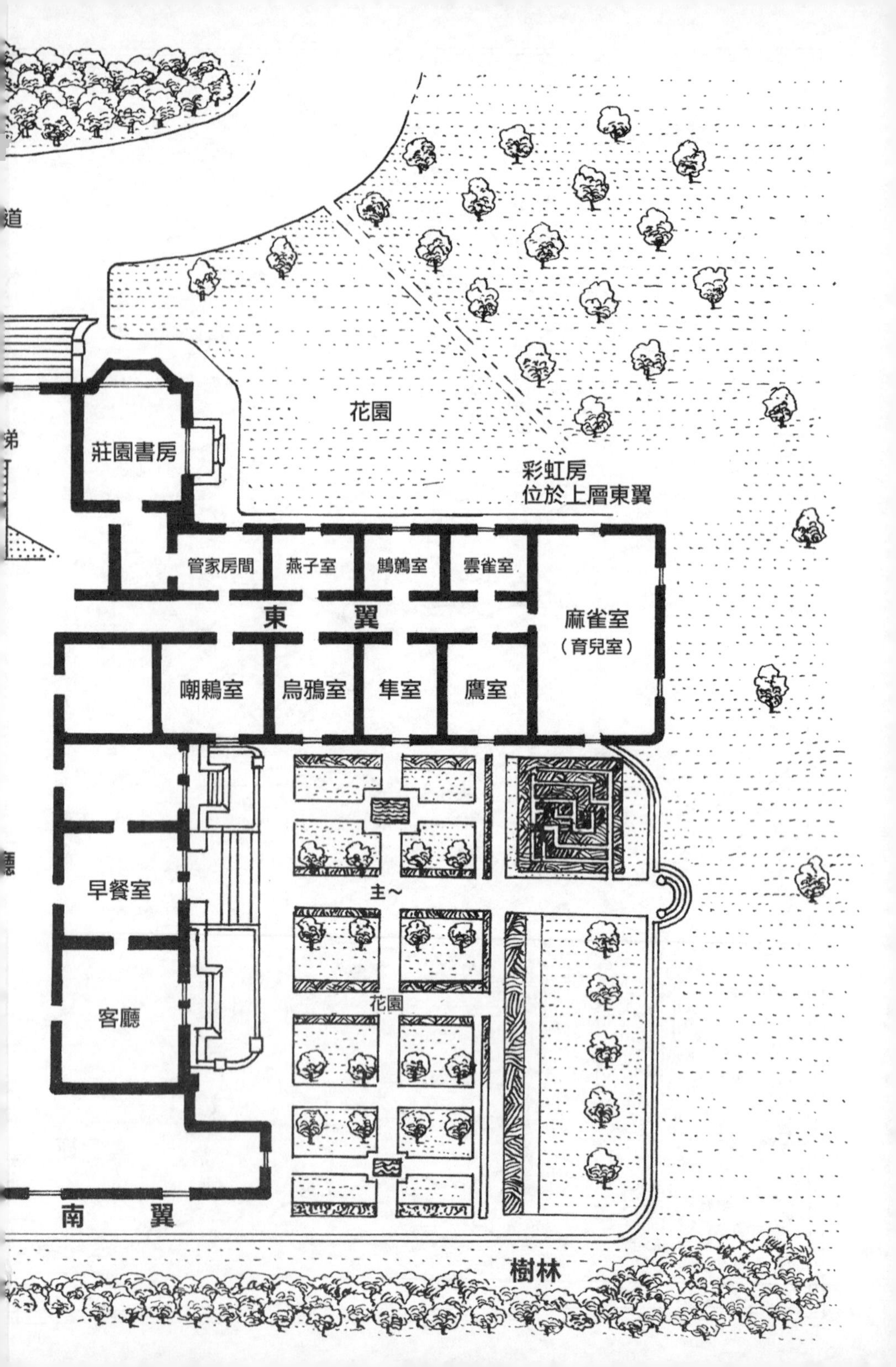
道
梯
廳
花園
彩虹房
位於上層東翼
莊園書房
管家房間
燕子室
鵪鶉室
雲雀室
東　翼
麻雀室
（育兒室）
嘲鶇室
烏鴉室
隼室
鷹室
早餐室
客廳
主～
花園
南　翼
樹林

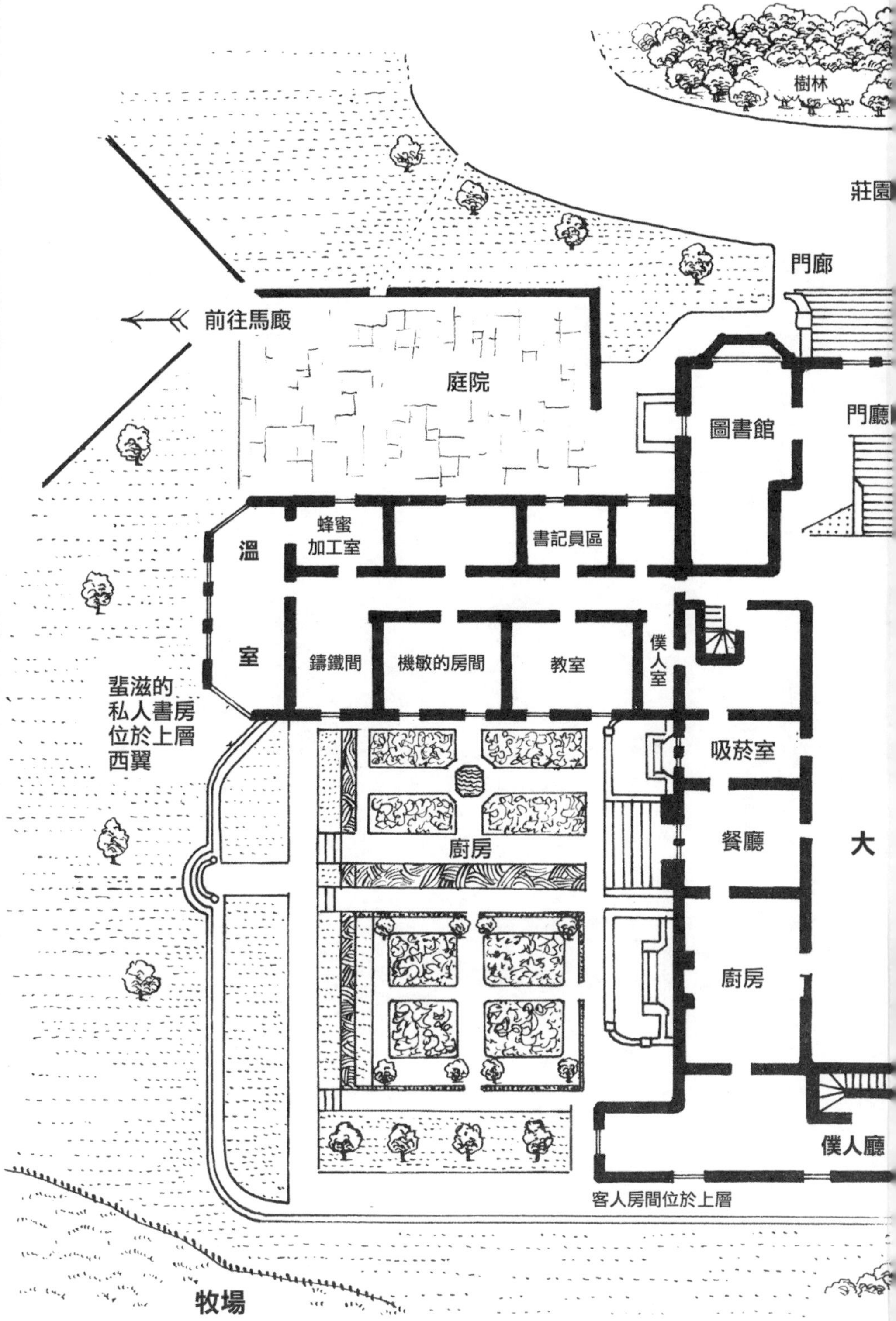
樹林
莊園
門廊
前往馬廄
庭院
圖書館
門廳
蜂蜜
加工室
書記員區
溫
室
鑄鐵間
機敏的房間
教室
僕人室
蜚滋的
私人書房
位於上層
西翼
吸菸室
廚房
餐廳
大
廚房
僕人廳
客人房間位於上層
牧場

14 夢

這是來自於我的時光終末的夢。我夢到它有六種不同的方式，但我只能記錄下重複出現的那些部分。有一頭像馬一樣大的狼。牠全身漆黑，像岩石一樣動也不動地站立著、注視著。我的父親就像塵埃一樣灰白，無比的蒼老。「我真的很累了。」他在兩個夢中這樣說。在三個夢裡，他說：「我很難過，蜜蜂。」在一個夢裡，他什麼都沒有說，但他的沉默意味著一切。我很想不再做這樣的夢。這種感覺非常強烈，就好像這是一定會發生的事情，無論我選擇什麼樣的道路。每一次我醒來的時候，都覺得自己朝一個冰冷又危險的地方靠近了一步。

——蜜蜂的夢境日誌

我拒絕相信我睡著了。這麼恐怖的時刻怎麼可能讓位給睡眠？我只是蜷縮在地上，在我緊閉的眼睛後面，在恐懼中顫抖。

狼父親來了。這是第一次。

以前做過夢，那種預兆了未來的夢，當我醒來時會變成我的記憶的夢。我已經開始寫下它們——那些我知道含義的夢。我很清楚夢是什麼。

它根本就不是夢。

灰塵和老鼠屎的氣味被新雪和嫩芽的清新味道趕走。然後是一陣溫暖、潔淨、健康的野獸氣息。牠在靠近我。我將雙手探進牠頸部的皮毛中，緊緊將牠抓住，感覺到溫暖從手指傳來。牠的鼻子湊到了我的耳邊，噴出的呼吸也是溫熱的。不要哭號，如果妳害怕，就保持沉默。只有獵物才會哭號，那會引來捕食者，而妳不是獵物。

我屏住呼吸，我的喉嚨很痛，嘴很乾。我一直跪在地上，卻全不自知。我停止了哀號，因為牠的教訓而感到慚愧。

這樣好多了。現在，妳有什麼問題？

「好黑。門打不開，我被困在這裡了。我想要回家，回到我的床上。」

難道妳的父親沒有告訴過妳，要留在安全的巢穴裡嗎？為什麼妳要離開那裡？

「我很好奇。」

從世界之初，好奇的小狼就總是會陷入災難。不，不要再哭號。告訴我，妳害怕什麼？

「我想要回到我的床上。」

這是妳想要的。妳很聰明，知道要回到妳的父親讓妳藏身的巢穴裡，能記住未得到他的許可不要再離開那裡。所以，為什麼妳不這樣做？是什麼讓妳害怕這樣做？

為什麼？

「我害怕老鼠。我找不到回去的路。我被困在這裡了。」我想要吸一口氣，「我出不去了。」

「這裡很黑。我迷路了。我找不到回去的路。」我開始因為牠平靜的、不容置疑的聲音而感到氣憤，但我也非常珍惜牠給我的溫暖和安全的感覺。同時我模糊地意識到，會對牠生氣正是因為我現在覺得自己安全了。慢慢地，我發現自己已經不再害怕，只是依然不知所措。

為什麼妳不能找到回去的路？

牠可真蠢，或者就是故意要氣我。「這裡很黑，我看不見，即使我能看見，也記不清哪條路可以回家了。」

那個聲音始終沒有失去耐心。妳也許是看不見，也許妳因為害怕而記不起回去的路。但妳能嗅。站起來。

讓自己站直身子真是一件困難的事情。我現在全身都冷得要命，不停地打著哆嗦。但我還是站起了身。

向前走，跟隨著妳的鼻子。跟隨著妳母親蠟燭的氣味。

「我什麼都聞不到。」

將鼻腔裡的空氣呼出去，然後慢慢吸氣。

「我只能聞到灰塵。」

再試一次。牠的教訓依然是那樣不容置疑。

我發出低沉的咆哮。

看來，妳已經找到勇氣了。現在妳要找到自己的智慧。用鼻子回家，小狼。

我希望牠是錯的。我想要證明我的恐懼和絕望是有道理的。我吸了一口氣，想要喝斥牠的愚蠢，卻感受到了媽媽的氣味。孤獨在我的心中膨脹，我渴望著能見到那個那麼愛我的人。我的心將我向那股芬芳拉過去，我的腳步跟隨著我的心。

這股氣味非常微弱，有兩次，我停下腳步，覺得找不到它了。我只能在黑暗中移動，但我回憶起在夏日的花園中漫步，走向草藥花圃的時候，那時我的面前是一片盤繞攀附在岩石牆壁上、嬌豔盛開的金銀花。

驀然間，一陣微風撫過面頰。流動的空氣混淆了氣息，我一下子又陷入到黑暗之中。我的心劇烈地撞擊著喉嚨，我盲目地伸出手，卻什麼都沒有摸到。一陣恐懼的啜泣和我跳動的心臟發生爭鬥，彷彿要看誰能第一個從我的嘴裡跳出來。

鎮定，用妳的鼻子。現在恐懼是沒有用的。

我抽了抽鼻子，覺得牠真是冷酷無情，卻又在這時找回了氣味。我向氣味傳來的方向轉過頭，卻發現它變得更淡薄了。我又以更慢的速度轉向另外一邊，朝那股氣味走過去，感覺到媽媽的手彷彿就在我的面頰上。我向前探頭，呼吸著媽媽的愛。這裡有一個小拐彎，然後是一道平緩的上坡。氣味變得更強了。然後我撞上了那個小櫥櫃，猛然睜開了眼睛。我不知道自己把它關上了。

透過窺視孔的蓋子，一抹閃爍的光亮滲透出來，照亮了媽媽的這一小截蠟燭。溫暖的黃色光亮輕撫著它，讓人覺得格外幸福。我跪下去，拿起那段蠟燭，把它貼在胸口上，呼吸著引領我來到安全之地的芬芳。我將窺視孔的蓋子撥到一旁，朝光線昏暗的書房裡望進去。「不會有事了。」我對狼父親說。當我轉回頭看牠的時候，牠已經不在了，我的身後只剩下了一團冰冷的空氣。

「父親？」我向窺視孔中問道，卻沒有得到回答。我的心沉了下去，然後我聽到了輕微的叩擊聲。

「蜜蜂，拉開門閂，馬上。」父親的聲音很低，我聽不出他是在害怕還是憤怒。

叩擊聲再次響起，更大了一些。我看到屋門在抖動，然後它們因為被猛力撞擊而震動了一下。

我過了片刻才恢復鎮定，接著緊緊抓住自己的勇氣，離開了窺視孔前那片令人安心的光芒。

我用手指摸著牆壁，進入狹窄的走廊，繞過一個拐角，又是一個角度很大的轉角，終於回到祕門前。撞門的聲音更大了，門板的晃動也更加劇烈。「馬上就來！」我一邊喊著，一邊關閉祕門——操作這道機關對我來說還有些吃力。終於，我拉開了書房門閂。我的父親用力將門推開，結果一下子撞倒了我。

「蜜蜂！」他氣喘吁吁地呼喊著，跪下來抱住我，將我緊緊抱在懷中，讓我無法呼吸。他忘記控制自己的能量，巨大的恐懼浸透了我。我在他的懷抱中全身僵硬。突然間，那種巨大的壓迫完全消失了，讓我甚至無法確定自己是否真正感覺到藏在它下面的愛的浪濤。他放開我，卻用陰沉的目光盯住我。那雙眼睛裡充滿了傷痛。「妳在想什麼？為什麼還不到床上去？」他問我。

「我想要……」

「不許妳這樣。妳明白嗎？不許妳這樣！」他沒有在叫喊，聲音中的恐懼讓他無法高聲呼喊。他的聲音低沉而專注，就像是壓抑的咆哮。

「不允許什麼？」我顫抖著說。

他用狂野的眼神看著我。「我把妳留在那裡，就絕不允許妳擅自離開。不允許妳讓我感覺我失去了妳。」他再一次抱住我，將我緊貼在他冰冷的外衣上。我感覺到他的頭髮在滴水，他還沒有換下出門時穿的衣服。他一定是直接去了我的房間，看到我不在那裡，立刻就慌了。我感覺到心中升起一種奇怪的感情。我對他很重要，非常非常重要。

「下一次你告訴我要留在巢穴裡的時候，我一定會的。」我向他承諾。

「很好。」他激動地說，然後他又問道：「妳在這裡拴上門做什麼？」

「等你回家。」這不是一個謊言，但我也說不清為什麼要逃避他的問題。

「所以妳的身上才全都是蜘蛛網，滿臉都是灰塵。」他用冰冷的手指撫摸我的臉，「妳哭過了，臉上有兩道清晰的淚痕。」他又伸手到口袋裡，拿出一條不算是很乾淨的手帕要給我擦臉。我向後退了退。他看著那條手帕，露出抱歉的笑容，「是我沒注意。來吧，我們到廚房去，看看能不能找到些熱水和一條乾淨毛巾。妳可以詳細地告訴我妳是在哪裡等我回來的。」

他沒有放開我，而是一直將我抱在懷裡，彷彿只要一鬆手我就會消失。我感覺到能量在他的體內澎湃，凶狠地撞擊著他築起的牆壁，要將我吞沒。這股被束縛在他體內的風暴讓人非常害怕，但我並沒有掙扎著想要離開他。我相信，我在那一晚做出了一個決定——我要接受靠近他時的一切不適，因為他是這個世界上我所知道的唯一愛我的人，一切不舒服的感覺都無法與此相比。我覺得，從某種角度上，他也做出了同樣的決定。

在廚房裡，有一只一直都會掛在火爐上的大水罐，他從裡面舀出水，又為我找到一條乾淨毛巾，擦淨了我的臉。我告訴他，我因為好奇而探索了那些監視密道，卻在裡面迷了路，蠟燭也熄滅了，那時我感到很害怕。他沒有問我是如何找到出路的，我相信他想不到我在那些密道中走了多遠，不過我決定隱瞞這件事。關於狼父親，我什麼都沒有說。

他將我帶到我的房間裡，為我找了一件乾淨的睡衣。我身上的衣服已經髒得看不出本色，腳上的羊毛襪子裹了厚厚的一層蛛網和灰塵。他看著我上了床，然後靜靜地坐在我的床邊，直到他相信我睡著了。然後，他吹熄蠟燭，離開了房間。

我確實已經異常睏倦，但有兩個原因讓我無法立刻入睡。首先是找到那個能看進我房間裡的窺視孔。這比我預想的時間要更久。它被偽裝在一塊牆壁嵌板上，非常隱祕，而且位置很高，讓窺視者能夠透過它看到幾乎整個房間。我在窺視孔周圍的浮雕嵌板上摸索了一陣，想要找到能進入監視密道的祕門，卻一無所獲。而且我又冷，又疲憊，溫暖的臥床一直在誘惑著我。

但是當我爬上床，頭壓在枕頭上的時候，我還是不願就此睡去。睡眠會帶來夢。自從我母親死後，夢幾乎每晚都會來找我。我已經厭倦了它們，厭倦了每天費力地回憶它們，將它們記錄在紙上。有一些最可怕的夢總是會不斷重現。我痛恨那個有蛇船的夢；還有那個我沒有嘴，也無法閉上眼睛，無法逃避我所看見的一切的夢；我幫助一隻老鼠藏在我的心裡；還有一片霧、一隻白色的兔子和一隻黑色的兔子肩並肩地在掠食猛獸的追獵中逃亡，白色的兔子被一枝箭刺穿，黑色的兔子在牠死去時發出尖叫。

我恨這些夢，但它們在我每一次入睡時找到我，我都會在我的日誌中添加一個細節、一個註釋、一個詛咒。

這種夢的風暴對我而言是一種新的經歷，但夢本身對我早已不新鮮了。我甚至在離開母親的子宮以前就已經在做夢。有時候，這些夢甚至能追溯到我存在之前，它們是另一個人的人生殘片，卻不知為何被綁縛到我的身上。當我還是一個嬰兒時，還是一個很小的孩子時，我都在做夢。一些夢是愉快的，另一些則顯示著怪誕的美麗，有一些讓我感到害怕。有一些人說夢會被忘記，但我從不會忘記我的夢。每一個夢都是一段完整獨立的回憶，就像是我生命的一部分，回憶它們就像是我在回憶從蜂巢中取蜂蜜，或者是從臺階上滑跌下來，磨破了小腿的皮。當我還很小的時候，我覺得自己彷彿有兩種人生，白天一種，晚上一種。有一些夢似乎比另一些更重要，但它們又似乎都不是那麼重要。

而在狼父親找到我的那一晚，我做了一個夢，當我醒來的時候，我知道它絕非普通。突然間，我明白了自己以前做的夢可以分為兩種——普通的夢和特殊的夢。我有一種急迫的心情，要重新記錄那些真正特殊的夢，不放過它們的每一個細節，並且將這些紀錄妥善地保存起來。這就好像是我發現了鵝卵石和寶石的區別，意識到我在過去九年中將許多珍寶都隨意拋棄，四處亂放。

我在幔帳園裏的床上醒來，在冬夜的黑暗中一動不動地躺著，思考自己必須做些什麼。能記錄下我的所有夢境是件好事，而現在，我知道了它們的不同。所有夢都必須被重新記錄。我需要墨水、上好的筆，還有優質紙張。我知道要從哪裡拿到這些。我想要牛皮紙，不過這個要求可能無法實現，我不相信能夠說服我的父親，讓他相信應該為我提供牛皮紙來做這種事。也許以後我終究能得到應該被用於記錄那些特別夢境的紙。但現在，我只能滿足於把它們記下來，並確保這些紀錄的安全。我突然覺得，這個世界上只有一個地方適合做這件事。但這又帶來了另一個問題。

我相信，經過我在那一晚的探索之後，我的父親一定會限制我進入細柳林莊園牆壁中的監視密道。我躺在床上，對於這一點確信無疑，卻又覺得這實在是難以忍受。

對於昨晚在密道中的探索，我幾乎沒有對他提起任何細節內容。他推測出我進入了監視密道，並且在那裡被嚇得不輕。也許他會認為這已經足夠讓我不會再探索那些密道了。但他很可能會親自對此進行調查。我毫不懷疑他會找到我收藏在密道中的蠟燭，還有被我丟下的那個細蠟燭頭。他是否會足夠警惕，跟隨我的腳印走進那些塵封的隧道，看我到底前進了多遠？我不知道。昨晚他發現我不在他為我安排好的地方時，就顯示出了極度的機警。但我在他回家時顯示出的寬慰也許能夠讓他安心一些。

我站起身，用比平時更快的速度穿好衣服。房間裡很寒冷，我打開裝冬衣的箱子，用鞋子把箱蓋頂住，然後半個身子探進箱子裡去尋找羊毛緊身褲、鋪絨的束腰外衣和有著鳥雀形帶釦的腰帶。我已經長大了，緊身褲和束腰外衣穿在身上都有些短小。我應該告訴媽媽……

當我結束哭泣的時候，我又向壁爐的餘燼中添了一些柴火。以前我從床上醒來，都會發現媽媽已經重新撥旺了爐火，並且為我準備好了衣服。就算是我已經長大到可以自己做這些事的時候，她還是在繼續這樣照顧著我。我不相信她這樣做是因為憐惜我身小力弱，她是在享受這種照料孩子的幸福，並且希望這樣的時光能夠更長久一些。

我也像她一樣喜愛這樣的生活。我至今還在想念那些日子。但我告訴自己，過去的就是過去了，一切事情都不可能挽回。生活還要繼續。

我決定找到食品室的那道祕門，想辦法讓它能夠通行。但這也不是一個能讓人滿意的解決方案。我再一次希望自己的房間能夠直接連接那些密道。那個窺視孔讓我知道，密道和我的房間牆壁只有一牆之隔。那裡會不會有連我的父親都不知道的祕門？

我貼著那裡的牆壁緩慢移動，再次進行搜索。我能看到窺視孔，但這只是因為我知道它在那裡。牆壁嵌板上的一個小孔實在是很容易被隱藏起來。我仔細地敲擊這些牆板，先從低處，然後逐漸向上延伸到我能摸到的地方。牆板上傳出的聲音讓我知道，無論是誰在牆壁中建造了這些走廊，他都將它們隱藏得非常好。

我忽然覺得餓了。於是轉動屋門把手，將門推開，悄悄走出房間。現在時間還很早，整幢房子裡寂靜無聲。我靜靜地走在走廊中的石板地面上，一直來到寬闊的臺階前。自從我去過監視密道中的那個小密室之後，細柳林對我而言顯得更加巨大了。走下這道樓梯的時候，覺得自己和在室外沒有什麼兩樣，天花板就如同天空一樣高遠，吹過大廳的風幾乎像屋外的風一樣凜冽寒冷。

早餐還沒有被擺在桌上。我走進廚房，塔維婭和輕柔已經開始了工作。這個星期的麵包正在靠近壁爐的一個有蓋大瓦罐中發酵。我一走進廚房門，榆樹就匆匆走了出去，說她要去拿雞蛋。騙子。

「餓了嗎，小娃娃？」塔維婭向我問好。我點點頭。「那我先給妳烤一點麵包。到餐桌去吧。」

我做了自從能夠攀爬以後一直都在做的事情——爬上一只凳子，坐在桌子的邊緣，然後，經過片刻思考，我又從桌上下來，跪坐在凳子上，這樣我差不多就能比較舒適地使用桌子了。塔維婭為我送過來滿滿一小罐牛奶，又好奇地瞥了我一眼。「長大了，是不是？」

我向她點了一下頭。

「那麼妳也到能夠說話的年紀了。」輕柔說道，「至少應該能說聲『謝謝』了。」像往常一樣，她的話總是會勾起我的一點火氣。我正要拿起牛奶杯，但停了下來，轉身只看著塔維婭。

「謝謝妳，塔維婭，妳總是對我這麼好。」我仔細地發出每一個音節。在我身後，我聽到輕柔手中的攪拌勺掉在地上。

塔維婭盯著我看了一會兒。「我相信，我很願意為妳這樣做，蜜蜂。」

我喝了一口牛奶，小心地將牛奶杯放回到桌子上。

塔維婭輕聲說：「天哪，她還真是她父親的女兒。」

「是的，的確如此。」我堅定地表示同意。

「這當然了。」輕柔嘟囔著，噴了一聲鼻息，又說道：「我還訓過榆樹，因為她說蜜蜂只要想說話就能說話。」說到這裡，她開始非常用力地敲打起她攪拌的那些東西。塔維婭什麼話都沒有說，只是又為我拿來了兩片上個星期的麵包，不過剛剛重新烤過，蓬鬆香軟，上面還塗了牛油。

「那麼，妳已經可以說話了，嗯？」塔維婭問我。

我向她瞥了一眼，突然覺得很是困窘，只好看著桌面說：「是的。」

我從眼角看到她略點了一下頭。「這一定會讓妳的母親大人很高興。她曾經對我說，妳能說許多字詞，只不過害羞不肯說。」

我低頭看著傷痕累累的桌面，心中感覺很不安。塔維婭明明知道我能說話，卻從不曾提起，這讓我有些怨恨她。但我也很感激她為我保守了祕密。也許塔維婭和我想像的並不完全一樣。

她將我媽媽的小蜜罐放在桌上我的麵包旁。我看著那只蜜罐。媽媽已經走了，還有誰會在夏季照料那些蜜蜂，收穫蜂蜜？我知道這件事應該由我來做，但我有些懷疑自己能不能成功。我曾經在過去幾個月進行過嘗試，但我一個人的努力成果並不理想。我曾經看媽媽做這件事，並且擔任過她的助手，只是當我嘗試自己收穫蜂蜜和蜂蠟的時候，我把它們弄得一團糟。我製作的幾根蠟燭粗笨又難看，蜂蜜罐裡也被我弄進了許多小塊的蜂蠟，可能還有些蜜蜂的碎片。我一直沒有勇氣讓其他人看到它們。我用了幾個小時才清理掉自己留下的汙漬，讓蜂蜜和製蠟室恢復整潔。

我發現自己在思考是否能夠全靠買蠟燭度日。那麼蠟燭又該到哪裡去買？我們能夠為特殊的日子購買香氣蠟燭嗎？但買來的香氣蠟燭肯定也不可能和媽媽做的一樣了。

我抬起頭，看到父親走進了廚房。「我正在找妳，」他嚴厲地說道，「妳不在床上。」

「我在這裡，正在吃東西，爸爸，我不想再燒掉媽媽的蠟燭了。我想要留下它們。」

父親看著我，連續心跳三次之後才說道：「為什麼要留下它們？」

「等到特殊的時刻再用。當我想要記起媽媽的味道時。爸爸，誰能做媽媽做過的那些事？誰能照料蜂房、收穫蜂蜜、給我縫衣服、將小袋薰衣草放在我的衣箱裡？她不在了，這些事也都沒有人做了嗎？」

父親僵立在廚房中，用他陰鬱、心碎的眼睛看著我。他現在的樣子很糟糕，在服喪時剪短的頭髮現在已經變成了滿頭蓬鬆的鬈髮，鬍子也散亂不堪，身上依然穿著昨晚淋過雨的襯衫，上面全是褶皺。我能看出，他睡覺時甚至沒有把這件襯衫抖一抖，鋪展開來，只是將它扔到了椅子上或者是掛在床柱上。我為他感到難過。媽媽一直都在提醒他要做的事情馬上去做。然後我想起自己在離開房間之前也沒有梳頭，昨晚也沒有。我的頭髮還沒有恢復到能夠編辮子的長度。我伸手摸了摸立在頭上的一簇簇短髮。我們還真是一對父女。

慢慢地，他又開始挪動身子，彷彿恢復了生命。他走到桌邊，重重地坐到我對面。「她在這裡做了很多事，不是嗎？這麼多事情。就像是水，在乾涸之前，你總是無法注意到它的存在。」

我看著父親。他歎了口氣。「我們要留下她的香氣蠟燭。為了妳。至於說其他那些事，嗯，妳的姐姐蕁麻已經對我說過，我最好多僱一些幫手，讓這個莊園能夠更好地運轉。我想，她是對的。她也許打算更頻繁地來這裡拜訪，並帶來她的朋友。所以這裡還會有別人居住，幫助我們完成各種工作。我已經送信請我的一名遠親過來。她再過幾天就會到了。她的名字是深隱，大約二十歲。我希望妳會喜歡她。」

輕柔和塔維婭都在仔細聽著父親說話。廚房中一時陷入了沉寂。我想要問父親為什麼從沒有提起過什麼遠親。這是不是意味著我的父親有一個我從不知道的兄弟或姐妹？但我沒辦法在她們的面前問這種事。我便直白地說道：「我不想讓別人住在這裡。難道我們自己不能做好這些事嗎？」

「我也希望能這樣。」我的父親回答道。塔維婭將一大壺冒著熱氣的茶放在桌上。我們並不經常在廚房吃早餐，但我知道，塔維婭現在肯定希望父親能夠再多說一些。我好奇的是，父親是否也察覺到了她們正像我一樣一字不落地聽著他的話。「但這樣並不實際，蜜蜂。對我們兩個而言都是不實際的。有時候，我必須離開細柳林，我不在的時候，妳就需要有人來看護。還要有人教導妳女孩需要知道的所有事情，不僅僅是如何閱讀和算數，還有如何縫紉、如何照顧自己、整理頭髮，以及一切女孩應該掌握的事情。」

我憂慮地看著父親，意識到他並不知道這些事情我都已經能做了。我說道：「如果我是一個男孩，那事情就容易多了。我們就不需要任何其他人住在這裡了。」

他努力憋住一陣笑聲，然後面色又嚴肅起來：「但妳不是男孩。就算妳是男孩，我們也還是要僱用更多的幫手。蕁麻和我已經不止一次談論過這件事。我一直忽視細柳林。幾個月之前，樂惟就向我報告說一個房間的煙囪堵住了，還有一面牆壁在漏水。我不能繼續對這些事不聞不問了。這幢房子需要進行徹底的清潔和更好的維護。妳的媽媽和我在春天的時候就談過這件事。有許多修繕工作，我們本來在夏季就應該進行了。」他又停頓了一下，目光飄向遠方，「現在冬天已經到來，這些事卻都還沒有做。」塔維婭在他臂肘旁放下茶杯，茶杯和茶碟發出輕微的碰撞聲。她小心地把茶杯向父親推了過去。

「謝謝。」父親出於習慣地向塔維婭道了謝。然後他才轉頭看著她，「我很抱歉，塔維婭。我應該給妳更多一些關注。謎語會送我的遠親來這裡，有可能還會住上幾天。我們必須確定好要給深隱哪一個房間。嗯，另外應該還有一些我不太清楚的事情需要事先準備好。她屬於我的家族中相當富貴的一個支系，也許她會想要專屬的侍女……」

說到這裡，我的父親忽然頓了一下，眉毛也擰在一起，彷彿剛剛想起一些讓他很不愉快的事情。他陷入了沉默。剛剛我走進廚房的時候，廚娘肉豆蔻一直在揉按捶打麵團。我向她瞥了一眼，現在她只是在製麵食的桌上一聲不響地按著麵團，聚精會神地聽著父親說話。我大著膽子打破了沉寂：「我不知道我還有個遠親。」

父親短促地吸了一口氣，「恐怕我的家族成員之間的關係並不密切，但在有困難的時候，他們也都知道血濃於水這個道理。所以深隱會來幫助我們，至少暫時是這樣。」

「深隱？」

「她的名字是深隱．秋星。」

「她的媽媽不喜歡她嗎？」我問道。我聽見輕柔緊張地嗤笑了一聲。

父親將身子坐得更直，把茶水倒進茶杯裡。「說實話，她的母親的確不喜歡她。所以，見到她以後，一定要對她好一些。我們不會詢問她為什麼叫這個名字，也不會問她的家庭狀況。我相信她會認為來到我們身邊生活是一種莫大的安慰，就像我們會慶幸有她來幫助我們。她剛到這裡的時候也許會因為許多事而感到尷尬，因為長途旅行而疲憊不堪。所以我們一開始不應該期待她做太多的事，明白嗎？」

「我想應該是如此，」我口中說著，卻感覺到心中疑惑的漩渦轉得愈來愈快了。這裡面有些不尋常的地方，而我卻無法理清它的頭緒。我的父親在對我說謊嗎？我看著正在喝茶的父親，無法判斷自己的懷疑。我想要提問，卻還是將問題嚥回到肚子裡。我不應該逼迫他在塔維婭、輕柔和廚娘面前逼迫他承認自己在說謊。我可以過些時候再問他。所以我只是說道：「我昨晚做了一個特殊的夢。我需要筆、墨水和紙把它記下來。」

「哦，妳要這麼做？」我的父親用寵溺的語氣問道，面帶微笑地看著我。但我也感覺到輕柔和塔維婭交換了一個驚奇的眼神。她們在太短的時間裡從我身上發現了太多事情，不過我也意識到，我根本不在乎這些。也許，如果她們不再將我當做傻子，我的生活也會更容易一些。

「是的，我要這樣做。」我堅定地說。聽父親的口吻，彷彿這只是我的一時興起，而不是一件重要的事情。難道他不明白一個特殊的夢意味著什麼？我決定認真向他解釋一下。

「這個夢出現的時候，完全被黑色和金色的邊緣包裹著。夢本身的顏色非常鮮亮，其中的每一樣東西似乎都很大，所以就連最小的細節也不會被忽略。它從媽媽的花園中開始。那裡的薰衣草上綴滿了蜜蜂，香甜的氣味瀰散在空氣中。我正在那裡。然後我看見了通向房子的長長的大路。四頭狼分成兩對，向房子小跑而去。一頭白色、一頭灰色，還有兩頭是紅色。但牠們其實並不是狼。」我停頓片刻，努力想要給這些我只在夢中見到的生物找到名字，「牠們並不像狼那樣美麗，也沒有狼的榮譽。牠們的腰向下塌陷，拖著枯瘦的尾巴。牠們的耳朵是圓的，血紅的大口張開，不斷滴落著口水。牠們很邪惡……不，這樣說不對。牠們是邪惡的僕人。牠們前來此地，是為了獵殺忠誠於正義之人。」

父親的微笑變成了困惑。「這的確是一個非常詳盡的夢。」他說道。我轉向塔維婭，對她說：「培根好像煎焦了。」塔維婭嚇了一跳，彷彿我用針刺了她一下。她向平底鍋轉過身，飛快地把煎鍋從火上拿起來，鍋裡滋滋作響的肉片已經開始冒煙了。

「妳說得沒錯。」她嘟囔著，忙亂地處理起焦糊的肉片。

我又向父親和我的烤麵包轉回頭。吃了兩口麵包，喝了些牛奶之後，繼續說道：「我已經說了，這是一個特殊的夢。它一遍又一遍地重複，我有責任記下它，並把它安全地保存起來。」

微笑從父親的父親的臉上消失了：「為什麼？」

我聳聳肩：「我只是認為應該這樣。這個夢的內容還不止這些。那些假狼過去之後，我在地上找到了一片蝴蝶翅膀。我將它撿起來，但就在我這樣做的時候，那片翅膀變得愈來愈大，翅膀下面還有一個膚色白皙的人，就像白堊石一樣白，像魚一樣冷。我認為他死了，但就在這時，他睜開了眼睛。那雙眼睛也沒有顏色。他不是用嘴說話，而是張開手來說話。他死去的時候，許多紅寶石從他的眼睛裡落下來……」

我的父親將杯子放回到茶碟邊緣，杯子翻倒，裡面的茶水流出來，湧過桌面，留下一道水漬。「該死的！」他用一種我從沒有聽過的聲音喊道，猛然站起身，差一點把凳子撞翻了。

「哦，主人，沒關係，我會清理好的。」塔維婭高喊著，立刻拿著一塊抹布跑了過來。父親從桌前向後退去，甩著被潑上熱茶的手。我吃下最後一口牛油烤麵包。做那種夢讓我感覺非常饑餓。「培根快好了嗎？」我問道。

輕柔將盛有培根的大淺盤端上餐桌。培根只焦了一點點，我一直都很喜歡這種又脆又硬的煎培根，所以根本就不介意這點瑕疵。

「我需要出去一會兒。」我的父親說道。他向廚房門口走去，將門打開，注視著外面泥濘的廚房場院，深深地吸了一口冷冽的冬日空氣，也讓廚房的溫度迅速低了下來。

「主人，麵包還在發酵呢！」塔維婭向打開門的父親表示抗議。

父親什麼都沒有說，就這樣走了出去，沒有披斗篷，也沒有穿外衣。「我需要紙！」我喊道。他就這樣毫不在意地忽視了我的要求和我的夢，這讓我非常難過。

「妳想要什麼，就從我的書桌上拿。」父親沒有回頭看我一眼，就將身後的門關上了。

在那一天隨後的時間裡，我幾乎都沒有看見我的父親。我知道他非常忙，他的忙碌也讓細柳林喧囂起來。幾個房間被選定供我的遠親使用。被褥床帳等等物品被從雪松木箱子裡取出來晾曬。房間中的壁爐和煙囪必須被清掃乾淨，因為一些動物在那裡面築巢，已經把煙囪完全堵死了。在隨後的兩天時間裡，混亂的程度進一步提升了。我們的管家樂惟非常高興莊園被重新激起活力，他在房子裡來回奔忙，想到了愈來愈多僕人們必須去完成的工作。一連串陌生人走進我們的家門，在莊園書房與我的父親和樂惟見面。他們在這些人中挑選工匠和勞工，還有在家中服務的男女僕人。一些人第二天帶著工具回來，立刻就開始了工作。另一些人則用手推車裝載著他們的什物，搬進了這幢房子的僕人區。

我無論走到房子的哪一部分，都會看到許多忙碌的人們。地板被擦洗乾淨，牆壁嵌板上的浮雕被拋光磨亮，家具從庫房中被取出來。一名木匠和他的助手修好了一個非居住房間漏雨的屋頂。在一片吵鬧與紛亂中，我恢復了自己悄然無聲的行動方式。沒有人會注意到我。每次我瞥到我的父親，他都在和某個人說話，或者是在審視某張紙，或者就是緊皺眉頭地走動著，身邊跟隨著樂惟向他抱怨某些事情。當他看到我的時候，他會向我微笑，但他的眼睛裡會流露出哀傷的神情，嘴角會病態地微微抽搐，這讓我只想跑開，把自己藏起來。

於是我就這樣做了。我從他的書桌上拿了紙、墨水和筆。他說過我可以拿走需要的一切。我這樣做了，拿走了牛皮紙和他最好的彩色墨水，還有銅筆尖的筆。我也拿走了許多蠟燭。我搜集了許多母親的香氣蠟燭，將它們藏在房間裡。在這裡，它們讓我的衣服也有了香氣，讓我的夢充滿了母親的芬芳。我還拿了許多我們一同製作的、燃燒緩慢的細長白蠟燭，將它們保存在我的密室中。

在那些我被父親遺忘的日子裡，我拿了許多東西。我拿了硬麵包和果子乾，還有一只很好的木匣來裝它們，好讓老鼠碰觸不到。我拿了一個帶塞子的水壺，這樣我就有水喝了。還有一只有缺口的杯子，沒有人會在意這種杯子不見了。我拿了一條他們晾曬的羊毛毯。塔維婭說這條毯子被老鼠咬過，只能用來做擦洗抹布了。細柳林現在亂成了一片，讓我能夠肆無忌憚地偷走我想要的任何東西，也不會被人們注意到——大家都會以為不見的東西是被別人拿走，或是丟失了。我找到了一條有紅色和橙色圖案的小毯子，只比我的密室窺視孔大一點點。我將它掛在窺視孔上，讓我的房間變成了一個巢穴。從媽媽的儲藏室裡，我拿了我們一起採集的薰衣草和其他放在香囊中的香草。

我的藏身洞穴變得非常舒服。我並不從父親的私人書房中進入那裡。我知道，他不會贊成我在那裡度過太多時間。所以我找到了食品室中的那道祕門，在那道門前用裝鹹魚的箱子砌了一堵牆，只留下足夠的縫隙，讓我能夠鑽到這些箱子後面，打開祕門，溜進去。我每次都會將祕門關好，但也會很小心地確保它不會拴住而將我鎖在裡面。我一直都沒有發現能夠讓我從食品室將它打開的機關，所以我出來以後總是會留下一道很小的縫隙。

我在密道中行走的時候會用白堊筆記下我的行走路徑，並將蜘蛛網和老鼠屎掃到一邊。我在前去密室的道路上懸掛香草束，這樣即使在完全的黑暗中，我也能憑藉嗅覺找到道路。我迅速地記住了這個迷宮的路徑，但也從不會忘記那個可怕的夜晚。

我發現藏在牆中的這些密道要比父親告訴我的更加綿長複雜。我不知道他是不是早就瞭解這一點，並且對我說了謊；還是因為許多密道的出入口都過於狹小，讓他忽略了它們的存在。我只能將冒險的事情放到以後再說了。我現在有許多舊時的特殊之夢需要記錄，而且每一份紀錄必須盡可能詳細地包含我的全部記憶。我寫下了關於飛行公鹿的夢，關於織錦上繡著高大的金眼古代國王的夢。我足足用了六頁紙，才寫完關於在那艘沒有槳櫓的小船上，那個魚肚白顏色的男孩，還有他是如何將自己像奴隸一樣出售。我寫下了一個我的父親切開自己的胸膛，拿出心臟，並將它按進石頭裡的夢。父親在那個夢裡會一直按壓他的心臟，直到心臟裡再也沒有一點血。

我並不明白這些被記下來的夢都是什麼意思，但我認為總有一天，會有人看得懂它們，於是我有必要把它們記下來。我不停地寫啊寫，直到手指上全都是墨水，兩隻手都痛得要命。我又會偷更多的紙，記下更多夢。

到了晚上，我上床之後會讀一些書。我的母親完整地擁有三本書。一本是耐辛送給她的草藥圖譜。這本書原先是我父親送給耐辛的，我相信是在耐辛和母親都以為父親已經死亡之後，她又將這本書轉送給我的母親。另一本書是花卉書籍，第三本是關於蜜蜂的。最後這本書是母親自己寫的，它不算是一本正規的書，也不是卷軸，而是一疊在側面打孔，用緞帶裝訂在一起的冊頁。它更像是母親的蜂房日誌，是我最喜歡的一本書。從它的第一頁到最後一頁，我能看到母親的書寫和用詞變得更加確切，隨著她的養蜂手藝日漸精進，她對於蜜蜂的觀察也更加精準細緻。我將這本書讀了一遍又一遍，在心中打定主意，等到春天的時候，我就能將母親的蜂房照顧得更好。

耐辛用了一生的時間收集書籍和手稿。其中有許多書都是從公鹿堡圖書館中竊取出來的。還有一些是非常貴重的典籍，用橡木、皮革和銀釘裝訂。它們是精心準備的禮物。人們將這樣的禮物呈送給耐辛，想要贏得她的好感，因為那時駿騎是王儲，所有人都認為，終有一天，耐辛會成為王后。這樣精美的典籍並沒有剩下多少，在對抗紅船劫匪的最黑暗的日子裡，耐辛將它們之中的大部分都賣掉了。而剩下的都是一些非常沉重、內容也很無聊的書，大多是歷史紀錄，瞻遠王族從前的榮耀在這些紀錄中都被嚴重誇大了。這種書被寫出來更多是為了諂媚當權者，而不是教化世人。在這些書中的許多地方，耐辛都留下了語氣尖刻的批評，對書中的內容進行了徹底的質疑。這些評註常常會讓我不由自主地笑出聲：這是一種獨特的、無法與他人分享的對於這位女士的瞭解。她的很多註釋字跡都因為日久年深而漸漸消失，所以我找到它們的時候，就會用黑墨水把它們重新描摹一遍。

耐辛自己的書籍種類更為繁多，不過也更加破舊一些。有一本關於馬蹄鐵和鐵匠工藝的書，上面有耐辛親自實驗的心得。還有記述蝴蝶、鳥雀、著名強盜和海怪傳說的書。一本老牛皮紙卷宗上記錄了如何應對仙靈，如何束縛它們，讓它們為你做家務的方法。一系列的小卷軸上寫著蒸餾提取和調製性靈的做法。我還找到三塊相當殘破的古老石碑，上面記述了女人讓自己多生孩子的方法。

但我很快就發現，它們並不是細柳林最有趣的書。那些最令人著迷的書都被藏了起來，被人們遺忘了。在耐辛混亂的舊書房中，我找到了她成捆的信箋。其中最陳舊的一些信，用一根皮繩束住，被放在一個裝有鮮花的盒子裡。因為時間太過長久，那些花完全失去了色彩和香氣。它們都來自於一名年輕男子。我在這些信的字裡行間看到了那個男人真摯而熾烈的激情，以及更加強大的自我克制。他向耐辛承諾，他會出人頭地，贏得一筆財富和卓著的名望，以此來補償他不屬於貴族的出身。他懇請耐辛等待他，他會從耐辛的父親那裡以光榮的方式贏得向她求婚的權利。這些信中的最後一封被揉得滿是皺褶，字跡汙濁，彷彿一個女孩經常會捧著它哭泣。在最後這封信裡，那個男人責備耐辛不應該想要和他私奔，不顧自己的名譽會遭受怎樣的打擊，不顧父親會為此而心碎。我能從信中推測出有人看到了他們接吻，年輕的耐辛女士隨後就被送去訪問繽城和遮瑪里亞的親戚，領略那裡的藝術和文化氛圍，其實只是為了將她和那個熱情的年輕人分開。耐辛女士要離開將近兩年。年輕男子承諾會等她回來，會一直想念她，並且努力工作。他已經聽說王國發出了募兵令，行伍生活會更加艱苦，但薪酬也會更高。在耐辛離開的時候，他會贏得他們所需要的財富，讓自己能驕傲地站在耐辛的父親面前，正式向她求婚。

另外一疊信的日期大約是四年以後，它們都來自於駿騎王子。駿騎在信中請她原諒自己的蠻橫無理，剛剛與她認識便送她私人禮物，但駿騎也說他無法阻止自己這樣做。這一對小小的金耳環就像她一樣精緻優雅。駿騎還問耐辛是否能允許他最近前來拜訪？

後面的五封信都是駿騎為了他持續不斷的禮物和殷切問候而道歉，同時每一封信又都在邀請耐辛前往公鹿堡一遊，與他共用歡宴、狩獵和遮瑪里亞雜耍藝人新奇的表演。我沒有看到耐辛的回信，不過我判斷耐辛應該是一遍又一遍斷然拒絕了駿騎的邀請。

我看到了耐辛在心中感受到駿騎的溫暖的那一天。駿騎在信中說，他不明白為什麼一位年輕女士不能喜歡鐵藝製作，所以他希望隨信寄來的一些卷軸、小鐵砧和相應工具能夠幫助耐辛滿足自己的興趣。駿騎在下一封信中表達了對耐辛的無限感激，因為耐辛送給他一柄湯勺，以表明自己掌握了新的技巧。駿騎說這柄勺子是他的珍寶，還說會給耐辛寄來一些非常優質的冶煉鎮鐵錠，以供她進行更多實驗。

在那以後，他們的書信往來變得更加頻繁，並且終於充滿了浪漫色彩，讓我對這些信的興趣也隨之衰減了。有趣的是，最初的那些信來自於博瑞屈，他養育了我的父親，後來又娶了我的母親，視如己出地養大了我的姐姐，又和我的母親一起生了六個孩子。那麼，博瑞屈的第一個愛人是耐辛女士，我的祖父的妻子？後來他又成為我父親的養父，然後娶了我母親？我的家族樹實在是有些紛亂，讓我感到迷惑，卻也對我產生了非同尋常的吸引力。正是因為這樣的吸引力，我從父親的書房中偷取了更多卷軸。

我一開始並不想刺探我的父親，只想拿一些好紙，所以我從他的桌子上拿走了一疊十幾張最優質的厚紙。當我安全地坐在自己的藏身洞穴中，仔細查看它們的時候，才發現這一疊紙只有最上面的一張是空白的。很明顯，我的父親用一張白紙蓋住了一疊有內容的紙張。我將它們拿起來，想要送還到父親的書桌上。我的眼睛卻在這時落到了他整齊有力的字跡上，並且很快就被他所寫的內容吸引了。

這是一份對於他童年生活中各種事件的簡潔紀錄。我還記得自己非常好奇他為什麼要把這些寫下來。他顯然對那時發生的一切記得都很清楚，那他為什麼又要把它們寫在紙上？直到後來，我癡迷於將自己的夢進行詳細記錄，這時才明白，有時候理解一件事的最佳方式就是把它寫下來。父親的紀錄從他對於友誼的思考開始。我在紀錄中看到了這些友誼是如何開始，又是如何結束的。還有從沒有發生過的友誼，和也許從不應該發生的友誼。然後父親敘述了他的故事。

他記錄的是一件很簡單的事。他以一絲不苟的風格描寫這件事，它發生在公鹿堡花園中的露水剛剛蒸發乾淨，但太陽還沒有將枝葉照暖的時候。我的父親和他名叫大鼻子的狗從城堡中偷偷溜出來，打算沿著陡峭的木板小路下山前往公鹿堡城。他逃避了自己的雜役工作，現在已經為此而有了負罪感，但他渴望著能見到和自己年齡相仿的孩子，能夠有一些玩耍的時間，這樣的渴望壓倒了他心中對於逃工將會受到的懲罰的恐懼。

當他就要走出花園的時候，他恰巧回頭看了一眼，看到另一個年輕人正坐在牆頭上俯視著他。「就像雞蛋一樣白，看上去很瘦弱。」這個男孩盤腿坐著，臂肘支在膝蓋上，十指纖長的雙手托住了面頰，注視著我的父親。我的父親非常確定，這個男孩正渴望著跳下來跟上他和他的狗。父親懷疑自己只要露出一個微笑，或者擺一下頭，這個男孩一定就會來到他的身邊了。

但父親沒有這樣做。對於城裡那些吵吵鬧鬧的孩子們，他自己也還是一個新人，不知道是否能得到他們的接納。如果再帶上一個陌生人，尤其是皮膚這麼白，相貌這樣怪異的人，身上還穿著小丑的彩色衣服，這將有可能讓他努力和那些孩子們建立起來的一切關係都毀於一旦。如果是那樣，父親害怕自己或許會和這個白色的傢伙一起受到排斥，或者下場更糟，他將不得不在兩種狀況中做出選擇：保護自己，抵抗眾人的拳腳；或是和那些孩子們一起用拳腳施加暴力，以證明自己是他們中的一員。於是，父親轉過身，和自己的狗快步跑開，丟下了坐在牆頭上的那個白色的男孩。

我拿起最後一張紙，希望看到後續的故事，但那張紙上不多的一些文字都被水浸濕了，墨水被沖淡，讓我看不清父親到底寫了什麼。我整理好父親的紀錄，將它們羅列整齊。這些紙張上的墨水色彩很深，是剛剛寫上去的，並非是父親多年前的作品。父親寫下他們肯定不到一年的時間。所以他也許很快就會開始尋找，想要完成它們，卻發現已經遺失了。這對我來說可能是一場災難。

不過在我溜回父親的書房，將這份紀錄放回原位並拿走更多的紙以前，我沒有抵擋住自己的欲望，又把它們讀了一遍，而我後來的收穫則不只是父親的童年故事。

我一直都知道，我的父親幾乎每晚都會在筆和墨水之間度過。我也一直都以為他處理的無非是莊園產業的帳目，監督諸如工資發放、羊隻剪毛、春季出生的羊羔數量、葡萄收穫年景之類的事情。當我探索他的日常書房時，我的確只在他的紙上看到了這些。但在這裡，在他的私人書房中，我找到了全然不同的故事。我相信父親從沒有想過要將這些故事與其他人分享。

我的母親是一個實用主義的閱讀者，只會閱讀對她有用處的文字。她識字的時間很晚，儘管能掌握文字，但它們從不曾成為她的好朋友。所以我的父親肯定認為母親不太會探究他的紙張。除了樂惟之外，我們的大多數僕人都不識字。父親沒有僱用統計帳目和書寫信件的文員。這些事情全都由他自己包辦了。他的私人書房幾乎完全沒有僕人出入。我的父親一直讓這裡保持著他可以容忍的混亂狀態，其他人都不能插手這裡的事情。

只有我除外。

所以他的私人文件並沒有被刻意收藏起來。對於這些文件，我一次只會拿走屈指可數的幾份，而且全都是放在積塵最多的書架上的。我將第一次偶然拿走的文件放回到他的紙堆上，又帶走了更多讓我著迷的故事。我開始每天都這樣做，閱讀、送還，再偷走更多。這向我敞開了一扇關於父親人生的窗戶，如果不是這樣，我將絕對無法瞥到那裡的風景。

我感覺到自己的閱讀是從父親人生中間部分開始的，這份日記中最早的內容是他思考來到細柳林，與母親的共同生活。他敘述了自己如何作為莫莉女士的丈夫——一名出身於平民，為蕁麻女士照管產業的普通人。這向我解釋了他們為什麼生活如此簡樸。他依然在隱藏真實的自己，以免有人懷疑蜚滋駿騎．瞻遠還沒有死在帝尊王子的牢獄中，而是從墳墓中爬了出來，成為了湯姆．獾毛——這個故事是我從他故事裡的無數零星線索中推斷出來的。我懷疑在某個地方，也許就是在公鹿堡裡，有一份關於父親人生的完整紀錄。我非常想要知道他為什麼要被處死，他又是如何逃過一劫，還有另外上千個關於他的問題。我一點點發現，蕁麻實際上是我同父同母的姐姐。這實在是有些出乎意料。我很快就明白了，我的父親並不是那個我想像中的人。許多謊言和騙局將他重重包裹，為他提供了嚴密的庇護，也勾起了我心中的畏懼。當我發現自己對父母的瞭解，其實都只是嚴密的假象和詭計所塑造的表相時，我徹底被震撼了。

如果父親是蜚滋駿騎．瞻遠，一位放棄王位的國王長子，那麼我又是誰？蜜蜂公主？還是平民蜜蜂．獾毛，蕁麻女士繼父的女兒？從父母對話中聽到的隻言片語、我的母親在懷著我時心中的各種想法、蕁麻所說的話，這些開始被拼接在一起，給我帶來無比驚訝的感覺。

在我發現了父親另一面的第三天，我剛剛回到臥室。我從食品室的出入口離開了我的小巢穴，在黑暗中悄悄走上樓梯，安全地躲進了房間。我大著膽子隨身攜帶著父親的一份文件。他在這份文件開頭註明，這是一部舊手稿的新摹本。它的題目是《指導有潛力的精技學生守衛自己的意識》。最近他的書桌上總是會出現一些奇怪的資料。我還曾經看到一份名字是《火網小組》的歌詞抄本。還有一份有著可愛彩繪插圖、關於蘑菇的手稿。我正要讀一讀這份關於守衛意識的文本，父親的敲門聲卻在此時響起。我猛地跳上床，將文件都塞到枕頭下面，匆忙地鑽進毯子裡。他開門的時候，我慢慢向他轉過頭，彷彿剛從夢中醒來。

「很抱歉，親愛的。我知道現在已經很晚了。」父親微微歎了口氣，又說了一句謊話：「很抱歉過去幾天裡幾乎沒有照看妳。為了準備好迎接我們的遠親，我有很多事要做，這讓我意識到我對這幢房子是多麼疏於管理。不過明天深隱就要到了。所以我今晚想要和妳談談，看看妳是不是有什麼問題。」

借助閃爍的爐火亮光，我審視著他的臉，許久沒有說話。最後，我鼓起勇氣說道：「我的確有問題。我想知道為什麼我的夢會讓你這樣生氣。」

短短一段時間裡，父親只是看著我。我看見他的眼睛裡並沒有怒意，卻充滿了痛苦。這就是他一直在躲避我的原因？我幾乎能感覺到他在思考是否該對我說謊。然後，他低聲說道：「妳的夢讓我想到了很久以前認識的一個人。他的膚色非常白，並且他也經常會做特別的夢。當他還是個孩子的時候，他將夢記錄下來，就像妳想要做的那樣。」

我看著父親的臉，等待著。他抬手遮住嘴，捋了一下滿是鬍鬚的面頰。也許他正在思考，但在我看來，他是欲言又止。他又重重地歎了口氣：「我們在很長很長的時間裡都是非常要好的朋友。我們為彼此做過很艱難的事情，冒過生命的危險。我們曾經放棄生命，直接面對死亡，然後又重新面對生命。這多少會讓人感到驚訝——面對生命要比面對死亡更加困難得多。」他停住口，沉默了一段時間，思考著某件事情。然後他眨眨眼，又看著我，彷彿我出現在他的眼前讓他吃了一驚。他深吸一口氣，「實際上，當妳說妳夢到了一個非常白皙的人，還有他死了，嗯……這實在很讓人擔憂。」他的目光從我身上移開，轉向了一個被陰影覆蓋的角落，「我承認，我大概是有點犯傻，把這件事看得太嚴重了。好了，讓我們談談即將到來的遠親吧，好嗎？」

我聳聳肩。我還在思考父親的回答。「在見到她本人之前，我不會有任何關於她的問題。除了……她打算來幫你做些什麼？」

「哦，嗯，這還沒有決定好。」父親露出逃避一般的微笑。我相信他的這種笑容能騙過任何不像我這樣瞭解他的人，「我們要慢慢瞭解她，看她擅長做什麼，然後讓她去做她擅長的事情。」父親用輕快的語氣說道。

「她會來養蜂嗎？」我突然警惕地問。等春天到來的時候，我可不想讓除了我以外的任何人碰媽媽還在休眠中的蜂房。

「不，我相信她是不會的。」父親在回答時，像我一樣特意加重了語氣。我感覺到一陣安慰。他走過來，坐到我的床腳。這是一張非常大的床，所以我還是覺得與他的距離彷彿隔著一個房間。我的母親會坐到我身邊，伸手就能摸到我。她已經走了。這個想法又在我的體內吹過一陣寒風。我的父親似乎也感覺到了同樣的寒冷，但他並沒有向我靠得更近。

「你的白色朋友出了什麼事？」

父親顫抖了一下，在臉上掛起一副輕鬆的微笑，僵硬地聳聳肩：「他離開了。」

「去了哪裡？」

「回到他最早所在的地方去了。那是南方一片遙遠的土地。他稱那裡為克拉利斯。我不知道具體的方位。他從未告訴過我。」

我想了片刻。「你有給他傳遞過訊息，說你很想念他嗎？」

他笑了。「孩子，要寄一封信，首先必須知道收信人的地址。」

我所說的並不是信箋，而是另一種交流方式，就像父親和姐姐進行交流那樣。自從父親將自己收束在意識中以後，我能聽到的他們的交流就少多了。從那以後，我一直感覺它在拖拽我，要將我撕碎，化為虛無。我一直在退縮，不想去理解它。但我感覺到父親在過去幾天中至少將這件事做了十幾次，只是不知道他在和誰交流，傳遞了怎樣的訊息。當然，他的交流對象肯定不是那位白色的朋友。

「他會在某一天回來嗎？」我高聲問道。他會突然出現，將父親從我身邊帶走嗎？

我的父親再一次陷入沉默。然後，他緩慢地搖搖頭。「我不認為會這樣。如果他打算回來，或者寄封信給我，他早就會這樣做了。他在離開之前對我說，他和我要做的事情已經做完了，如果他繼續留在我身邊，我們也許會在無意中破壞我們所完成的一切。這意味著我們曾經的一切努力都將化為徒勞。」

我竭力在腦海中尋找這些話的意義。「就像是操偶師的錯誤。」

「什麼？」

「那一次，幾名操偶師在暴風雨中來到這裡，媽媽讓他們進來。還記得嗎？儘管非常累了，他們還是在大廳中搭起一個小舞臺，為我們演出。」

「我記得那一天。但他們犯了什麼錯誤？」

「到最後，當藍士兵殺掉紅牙野豬，解救了雨雲，讓雨水能夠落向大地，莊稼得以生長。故事應該到這裡就結束了。但就在那時，當他們收起帷幕的時候，我看到藍士兵掛在紅牙野豬旁邊，紅色的獠牙深深刺進了士兵身體的致命之處。於是我知道，到最後，野豬會回來，最終殺死士兵。」

「哦，不，蜜蜂。這根本不是故事的一部分！那只是木偶被收起來的時候偶然碰在了一起。」父親完全不明白。我向他解釋：「不，這是下一個故事。就像你的朋友說的，它是有可能發生的，當一切都應該結束的時候突然發生的一場意外。」

父親用那雙深褐色眼睛看著我。我能夠在那雙眼眸中看到一個深邃之處，在那裡，一切都還是破碎的，從沒有被修復過。我的母親總是能讓那個破碎的地方遠離我們的生活，但我不知道如何才能做到。也許現在沒有人能做到了。「好了，已經很晚了。」父親突然說，「我吵醒了妳，還打擾了妳這麼長時間，我並不打算這樣。我只想確認妳不會因為遠親到來而擔憂。我很高興妳能接受這一點。」他站起來，伸了個懶腰。

「我必須服從她的命令嗎？」

他突然放下了雙臂，「什麼？」

「深隱．秋星到來之後，我必須服從她嗎？」

「嗯，她是一個成年女性，所以她應該得到妳的尊敬。就像妳尊敬塔維婭和輕柔那樣。」尊敬，而不是服從。這個我可以做到。我緩緩地點點頭，讓身子滑進毯子裡。母親會走過來，幫我把毯子再收緊一些。他沒有。

他步履輕柔地向門口走去，途中又停下腳步：「妳想聽故事嗎？或者我為妳唱首歌？」

我想了一下。我想嗎？不，我有他的故事，他的真實故事，我會一直思考那些故事，直到我睡著。「今晚不了。」我打了個哈欠。

「好吧。那就睡吧。我們明天早晨見。」他也打了個大哈欠，「明天對我們來說都會是一個大日子。」在我聽來，他更像是在憂懼，而不是期待。

「爸爸？」

他在門口停下：「什麼事？」

「今晚你應該剪一下頭髮，或者讓它們服貼一些，比如明天早晨用一點油，或者其他那些男孩子們會做的事情。現在你的頭髮看起來非常亂。你的鬍子也很糟糕。就像是，就像是……」我尋找著很久以前聽過的詞彙，「就像一匹山地矮種馬拖著半副鬃毛。」

他一動不動地站在門口，然後露出了微笑：「妳是聽蕁麻說的。」

「我想是的。但這話沒有錯。」我大著膽子又說道：「請把它剃掉吧。你不需要看起來這樣老，你已經不必配合媽媽了。我想要你看起來像是我的父親，而不是我的祖父。」

他站在那裡，一隻手撫摸自己的鬍鬚。

「媽媽根本也不喜歡你這樣。你應該把它們全剃乾淨。」我知道他在想什麼。

「好吧，也許我應該這樣做。」他走出屋門，輕輕闔上。

15

紛亂

狂眼一直都是她的主人不情願的催化劑。在她看來，她的主人更像是一種折磨，而不是一位導師。而她的主人，這名年老的白者也不喜歡這個相貌平平、滿心怨恨的年輕女子。他在自己寫下的所有文字中抱怨命運讓他用大半生的時間等待這個女人的出生，而當他找到她，讓她成為自己的伙伴時，這個女人卻讓他的年邁變成了對他的一種刑罰。不管怎樣，當他的黃昏逐漸顯現時，他終於能夠完成一些命運交給他的任務了。在他死去之後，人們說他確確實實地讓這個世界走上了一條更好的道路。

——《白者和催化劑》，艾倫．斯克利普

深隱在當天下午到了細柳林。她騎著一匹鬃毛齊整、全身栗色、只有四蹄雪白的小母馬。謎語騎著一匹又高又瘦的白色騸馬陪伴在她身邊。披在這個女孩身上的裘皮鑲邊綠色斗篷不僅裹住了她，還蓋住了半個馬身。一頭騾子跟在後面，身子一側是一只大木箱，另一側是幾只小箱子。無論是這匹栗色馬的鞍韉還是那只大木箱，都是嶄新閃亮。看來這套行裝是切德出錢為她置辦，而深隱絲毫沒有浪費時間，直接讓謎語帶著她去大集鎮採購了這些。我懷疑在我離開之後的這幾天裡，她一直都在買東西。同時我又開始思考，到底是什麼事情讓她如此火速地離開切德安置她的住所，以至於她的私人物品都被丟下了。她所遭遇的人生變故竟然會如此可怕？她的敵人到底是誰？我和謎語都不知道這個女孩的存在，更遑論查找她的住所，而那個敵人卻能夠找到她的藏身之處？這名年輕的女士身上還有許多謎團，而這都是我不喜歡的。

我在莊園大道上迎接他們。我的頭髮被認真梳理過，我的面頰還因為剛剛刮掉了所有鬍鬚而感到刺痛。我找到了最後一件乾淨襯衫，並用我的髒襯衫匆匆擦過了靴子。我需要一些時間來收拾髒衣服，並請一名僕人將它們送去洗淨。我慚愧地認識到，我以前從沒有想過這種事。莫莉會讓我的衣櫃一直保持在井井有條的狀態。莫莉……

在確定我的長褲可以見人之後，我就匆忙離開了我和莫莉曾經分享的房間。為什麼我會對自己的外表耿耿於懷？畢竟我要見的只是謎語和深隱。

我本來希望蜜蜂會在我身邊，在我叫她的時候，一個男孩跑過來，告訴我客人已經來了，而蜜蜂並沒有回應我。最近，她總是會在這幢房子裡消失。儘管她說話更多了，我卻覺得她對我說的話反而少了。她還在躲避我的眼睛。我已經習慣了這件事，卻仍然不習慣她總是偷瞄瞄我，彷佛在評估我、研究我的反應。這實在是讓我感到緊張。

但我實在沒有時間去理解這件事。數不清的工作將我淹沒在各種繁雜的事務中。冬季總會突顯出一幢房子最糟糕的狀態。如果屋頂會漏，那麼寒冬的風暴就一定會讓它出現漏洞。被堵住的煙囪會讓客房中充滿煙灰和刺鼻的臭氣。就在我已經忙得不可開交的時候，這個莊園似乎突然開始和我作對，將能夠想像出來的每一個問題都扔到我頭上。身為晉責精技小組的負責人，蕁麻從王權那裡得到了一筆豐厚的津貼。珂翠肯王后又提供了另一筆用以維護細柳林的津貼，作為對博瑞屈將一生奉獻給瞻遠君主的獎勵。所以我有足夠的金錢來確保各項修繕工作的進展。但這無法讓工人們在莊園中製造出的各種噪音和吵鬧更容易忍受，也不可能減輕我因為浪費了整個夏天而對自己氣惱。

所以，深隱和謎語就是伴隨著這些來來往往的匠人、一車車木材、板料和磚塊，還有在大桶中攪拌灰漿的勞工們一起到來的。該死的謎語，他甚至都沒有費一點力氣隱藏幸災樂禍的表情。而深隱的沮喪明顯地寫在她的臉上。我叫來一名馬夫，要他將他們的馬牽走。樂惟命令一名新來的女僕找人來將深隱的大箱子搬到客房去。管家還告訴我，他已經在嘲鶇室準備好了點心，那是一間相對安靜一些的客廳。我向樂惟道了謝，然後就請客人們跟我去那裡。我們到達嘲鶇室的時候，新來的廚房女僕剛要離開。我用了一點時間才想起她的名字叫奧珀爾。我也向她道了謝。桌上擺放了一大壺冒著熱氣的茶，還有一些小蛋糕。奧珀爾告訴我們，她馬上就會送廚房剛剛烤好的香腸卷過來，並問我們還想要些什麼。深隱端詳了桌子一眼，提出想要葡萄酒，最好再加上一些乳酪和切片麵包，還有黃油。奧珀爾行了一個屈膝禮，說她會讓廚娘肉豆蔻準備好。我又給她加了一個任務，請她找人去告訴蜜蜂女士來這裡和我們見面。奧珀爾離開之後，我轉向深隱和謎語。

「很抱歉這裡還是一團亂。我彷彿一發現某個地方需要修繕，就又會找到另一處破損的地方。我保證，你們今晚居住的房間一定是舒適溫暖的。而且他們已經告訴我，等到這個星期結束的時候，妳的寓所就完全準備好了。細柳林已經很久不曾招待過常住的客人，恐怕這幢房子還沒有恢復到最佳狀態。」

深隱眼睛裡沮喪的神情變得更加強烈了。

「蜜蜂女士不在這裡？她還好嗎？」謎語插口道。也許他是希望改變一下話題。彷彿是受到了謎語的召喚，一陣輕微的敲門聲響起，蜜蜂飄了進來——沒有別的詞彙可以形容她現在的動作。她的身體嬌柔而優雅，她的瞳仁是那麼大，讓眼珠幾乎變成了黑色。她凝視著我，當她說話的時候，聲音顯得有些沙啞：「就是今天，」她露出了空靈的微笑，「蝴蝶就在花園中，爸爸。翅膀在地上，白色的人正在等你。」

我們全都在盯著她。她卻陷入了沉默。我感覺到一陣哀痛。她吃了什麼藥嗎？還是生病了？我從沒有見到過蜜蜂這副樣子。謎語看起來滿心驚恐。他盯著蜜蜂，然後帶著責備的神情轉向我。有時候，我會忘記蜜蜂在不瞭解她的人們眼中顯得多麼幼小。從一個九歲大的孩子口中聽到這樣的話已經夠嚇人的了，更何況大多數人都會以為她還只有六歲。深隱說道：「我還以為你說你有一個女兒？這個小男孩是誰？你的僕人們經常這樣對你說話嗎？」

我幾乎沒有聽到她說什麼。「蜜蜂，妳還好嗎？」

蜜蜂側過頭，彷彿是在借助聲音，而不是通過視覺尋找我。她的表情顯得異常快樂。「我是對的，這種感覺真好。當輪迴封閉的時候，它真的發生了。你一定要快些過去。時間不多了。」她緩緩地搖著頭，「信使走了這麼長的路，結果死在了門口的臺階上。」

我終於找回了我的理智。「恐怕我的孩子病了。」我走過房間，將蜜蜂抱在臂彎裡。一碰到我，她的身子立刻僵硬起來。我急忙將自己的精技封閉好。「謎語，請打理一下其他事情。」謎語在我離開的時候說了些什麼。他的語氣很焦急。我只是關上門，把他的聲音擋在身後。

我大步走下樓梯，懷裡抱著蜜蜂。我想要把她送回到她的臥室去，但她突然在我的手臂上活了過來，一擰身離開我，雙腳落在地上，搖晃一下，差一點跌倒，幸好她急忙朝另一側歪過身子，才將重心穩定下來。片刻間，她就像是一個由液體形成的女孩，然後她就轉身向遠處跑去，一邊還回頭衝我喊著：「這邊，蜚滋駿騎，這邊！」她的聲音顯得格外空靈，和她一同離我遠去。

我在後面追趕她。這個孩子細小的兩隻腳就好像飄在地板上。她一直向房子的西翼跑去，那是整幢房子裡最少被使用的部分。謝天謝地，那裡也沒有忙亂的工人。她轉進一條通向耐辛園藝房間的走廊。我相信我可以在那裡追上她，但她就像風一樣穿過一盆盆蕨類植物和從許多大罐子裡生長出來的藤蔓。「蜜蜂！」我低聲喊著她的名字，但她一步都沒有停。我在狹窄的通道中跳躍轉身，許多障礙物減慢了我的速度，讓我無能為力地看著她拉開一扇門，衝進一片由樹籬圍成的花園迷宮中。

我跟了上去，鍥而不捨地追逐她。而她只是一聲不響地奔跑著。我只能聽到她和我的腳步，一個輕盈，一個沉重。我沒有高喊她的名字，或者命令她停下，回到我身邊來。我不想讓其他人注意到我的孩子的異常舉動，發現我沒能管束住她。她到底出了什麼狀況？我該如何向謎語解釋，才能讓他不會以為我對孩子疏於管教？我相信，謎語一定會將這件事報告給蕁麻。而這只會讓蕁麻更加堅持要帶走蜜蜂。至於深隱，我想不出還有什麼方式能讓她對細柳林、蜜蜂和我有更糟糕的第一印象。

房子這一邊的花園充分體現出了耐辛率性而為的風格。也許這裡的環境布局也曾經有過某種設計或者規劃，但或者是過度繁茂的植被遮蓋住了這一切，或者這些設計只有耐辛一個人懂。蜜蜂不停地領著我穿過這一片隱祕的叢林、石砌牆壁、小水潭和各種雕像。她在在草藥花圃之間落雪的小路上舞動著，然後跳過一道矮籬笆，沿著一條小路向前跑去，遮覆這條小路的拱形花架上全是葉片已經凋零的玫瑰。積雪覆蓋的道路突然變成了厚實的苔蘚和蕨類植物。低矮的牆壁在這裡彼此交叉。有一個地方，藤蔓從放在高處的花盆中蔓延出來，爬滿了道路上方的棚架，讓昏暗的冬天裡多出了一條綠色的隧道。我一直都很喜歡這片雜亂無章的花園，它讓我想起了森林，想起了我前往群山去尋找惟真和巨龍的那段旅程。但今天，這裡彷彿在故意阻撓我，而蜜蜂卻像雪貂一樣靈動自如地在那些植物中穿行。很快，她就走進了一大片常綠植物之中。

我終於追上了她。她正一動不動地站在那裡，注視著地面上的某樣東西。在她的右手邊，一道古老的堆砌石牆上布滿了深綠色的苔蘚。它標誌著這座莊園的邊界。在這道牆外，是一片被森林覆蓋的陡峭山坡，山下是通向細柳林正門的一條公共道路，最後它會連接到細柳林的大路上。我喘息著，來到她身邊。這是我第一次發現她對於莊園的這個部分非常熟悉。我從沒有想到我的孩子會在如此靠近莊園主路的地方玩耍，這裡雖然不算車馬繁雜，但不時也還是會有大車通過。

「蜜蜂。」在靠近到不必高喊就能說話的地方時，我喘息著說道，「妳絕不能再……」

「蝴蝶的翅膀！」她用手指著喊道。隨後，她便定在原地，彷彿化成一座雕像，只有一雙睜大的眼睛轉向我。那雙眼睛完全變成了黑色，只剩下一道藍色的邊緣。「去，」她用低柔的聲音說道，「去找他。」她又用小手一指，露出微笑，彷彿是在送我一件禮物。

一種如同大難臨頭的強烈預感在我的心中升起，我的心臟本就在因為疾速奔跑而快速地跳動著，現在更是加快到了可怕的速度。我朝她所指的地方走去。一隻黑色的小動物突然從不知何處蹦出來，竄進樹林裡。我驚叫了一聲，停下腳步。一隻貓，細柳林的一隻捉老鼠的野貓。不過是一隻貓而已。我又向前走了兩步，低頭看去。

一片厚厚的苔蘚上還能看到昨晚結霜後留下的些許痕跡。那上面落著一片足足有我的手掌大小的蝴蝶翅膀。燦爛的紅色、金色和深藍色之間交錯分布著黑色的紋理脈絡，讓我想起彩色的窗戶玻璃。我的身子完全僵住了。我從未見過這樣大小、如此絢麗的蝴蝶翅膀，更不要說是出現在初冬的寒冷天氣中。我只能愣愣地盯著它。

「這是給你的。」蜜蜂悄聲說道。她悄無聲息地來到我身邊，「在我的夢裡，它是給你的，只給你一個人。」

短暫的暈眩之後，我單膝跪倒在那個怪異的東西前，用食指碰了碰它。它很柔軟，又很有韌性，就像是最優質的絲綢。我用指尖輕輕捏住它的頂端，將它提起來。

就在我這樣做的時候，它變得完全不一樣了。它不再是蝴蝶翅膀，而是變成了輕若無物、一件彷彿微風般的斗篷，就像女士的面紗一樣緩緩飄動。隨著我的動作，所有這些色彩顯示出了一片更大的織物。這片織物本身似乎正來自於我們腳下的苔蘚和周圍的陰影，完美地融合在這片常綠樹下的土地中。我將它提起，便顯露出鑲襯在這件斗篷上更多的蝴蝶翅膀，然後，我發現了是什麼藏在它的下面。

弄臣。

他就像我們小時候在一起那樣，膚色白皙，身材纖細。他蜷縮在地面上，下巴抵在胸前，雙臂緊緊抱住縮在一起的身體。他冰白色的頭髮鬆散地垂在面頰上，有一些還和茂盛的苔蘚糾纏住。我不喜歡他的臉貼在冰冷的泥土上。一隻甲蟲沿著苔蘚爬到他的唇邊。在這樣的天氣裡，他的身上並沒有足以禦寒的衣服：他是從一個溫暖的地方來到這裡的。他穿著一件小麥色的棉質束腰長外衣，上面有大片的鐵鏽形狀圖案，下身是一條色澤稍暗的寬鬆長褲。他的一隻腳穿著靴子，另一隻腳赤裸著，上面全是汙泥和血跡。他的皮膚像石膏一樣白，眼睛緊閉著，嘴唇呈現出魚鰓一樣的淡粉色。他一動都不動。這時我的眼睛才判斷出他襯衫背上的玫瑰色圖案真的是鮮血。

我的耳朵裡響起咆哮的聲音，視野邊緣呈現出黑色。

「爸爸？」蜜蜂拉了拉我的袖子。我意識到她這樣憂心忡忡地看著我已經有幾分鐘了。我跪倒在弄臣身邊，自己也不知道保持這樣的姿勢已經有多久。

「沒事的，蜜蜂。」我對她說。我知道自己不會出她所擔心的那種事。「跑回到房子裡去，這裡我會處理。」

另外一個人控制了我的身體。我探出手指按在他下巴下方的脖子上，等待著，當我確信他已經沒有脈搏的時候，我感覺到了一次跳動。他還沒有死，還有希望。他的身體從來都不會很溫熱，現在更是像死了一樣冰冷。我用蝴蝶斗篷包住他，把他抱起來。現在無法估計撕扯傷口會對他造成的痛苦。他受傷已經有一段時間了，如果為了擔心傷口惡化而繼續將他留在這裡，寒冷也許就會將他殺死。他沒有發出任何聲音。在我的手臂裡，他非常輕，不過他從來也沒有很重過。

蜜蜂並沒有服從我的命令，我發現自己對此也不太在意。她小跑著跟在我身邊，像被丟在火裡的原木一樣嗶嗶剝剝地問著各種問題，彷彿一下子又變成了我的孩子。我沒有理會她的所有問題，不過她剛才那種異常的狀態總算是消失了。我還是對她有些擔心，但現在我更擔心的是臂彎裡這個失去知覺的人。我一次只能解決一個危機。鎮定，冷靜。

我忽然開始思考自己現在有何感覺。答案非常清楚——沒有任何感覺，什麼都沒有。他就要死了，而我決定在這件事發生之前停止對此的任何感覺。莫莉的死已經給我帶來了足夠的痛苦。我不想再體會更多。他離開我的人生已經有許多年。如果他永遠都不回來，我就不會再經受任何新的離別之苦。不，我就要失去他了，現在又要去體驗重新得回他的喜悅是毫無意義的。無論他來自於何方，他都是走了很長的路，將痛苦帶到了我的門前。

我不要這種痛苦。

我發現自己從追逐蜜蜂跑過的野花園路上，一步不錯地返了回來。蜜蜂正在耐辛花房的門口等我。我沒有看她，只是說道：「開門。」她照我的話做了，我抱著弄臣走進室內，意識停滯了一瞬間。我在努力決定下一步該怎麼做。但我的身體和我的女兒卻沒有等我。蜜蜂跑在我前面，打開一扇又一扇門，我不假思索地跟著她。

「把他放在這裡，就是那張桌子上。」蜜蜂說道。我意識到她領我跑進了莫莉處理蜂房收穫的一個小工作間裡。這裡非常整潔，就像莫莉在世時一樣，還能聞到莫莉和她的工作的氣味；蜂蜜和蜂蠟的芳香，甚至還有莫莉從木風箱中清除出來的死亡蜜蜂的麝香氣味。選擇這個地方的確很不錯，這裡有洗淨、晾乾並且收疊整齊的衣服，還有木桶和……

當我將弄臣放到桌子上的時候，他發出一聲輕呼，我明白他的意思。我用盡量輕柔的動作將他翻過身，讓他脊背向上。他還在發出疼痛的呻吟，但我知道，他背上的傷才是最重的。

蜜蜂一直靜靜地看著。現在她提起了兩只盛裝蜂蜜用的小桶。「熱水還是冷水？」她嚴肅地問我。

「各要一些。」我對她說。

她在門口停了一下，又用嚴肅的語氣對我說：「蜂蜜可以抑制感染。蝴蝶男子在這裡會更有在家的感覺，也許是因為蜜蜂和蝴蝶並沒有太大的區別。」

她離開了，我聽到她的小腳在走廊裡跑動的聲音。我不知道謎語對於我的突然離去會有什麼想法，以及他會如何對蕁麻和切德說。我這樣做的確很粗魯。我將那件色彩絢麗的斗篷解開，放到一旁。它真是一件奇怪的衣服，幾乎就像蛛絲一樣輕。它讓我想起了弄臣帶到外島去的那件神奇的帳篷。我壓下那段回憶。希望深隱不要感覺到自己被忽視了。那間臨時準備的房間能讓她滿意嗎？我認真思考這個問題，尋找能夠為自己的耽擱作解釋的理由，而我的雙手則一刻不停地割開了弄臣染血的外衣，像剝鹿皮一樣將它和弄臣的後背分離。這件棉服在浸透血液之後變得僵硬，同時黏在了傷口上。我咬緊牙，竭力用最輕柔的動作將那片布從他的傷口上撕下來。有兩道傷口再次開始滲出血水。弄臣一動不動地臥伏在桌面上，我在剝下他的衣服時才稍微停頓，沒想到他竟然是這樣瘦。我能數出他脖子下面的脊椎骨節，還有他緊貼在皮膚下面背上的肋骨。

我推測傷口是某種投射類武器造成的，不是箭鏃，而是一種更細小的物體深深地刺進了他的身體。飛鏢？我判斷他已經把那些武器拔出去了。至少沒有任何東西從已經開始結痂的腫脹傷口中凸出來。

「水。」她用一種奇怪的語調說道。她的聲音和我的弄臣的聲音完全不同，我立刻就知道，我認錯人了。呼吸一下子梗在我的喉嚨裡，失望浸透了我，但欣慰之情也隨之湧起，畢竟這個瀕臨死亡的人不是我的老朋友。我的腦子到底是怎麼了，竟然讓我又變成了那個青春期的孩子，讓我相信這就是弄臣！但她一眼看上去真的和我回憶中的弄臣一模一樣。比剛才的那一陣惶恐更加猛烈的慰藉感讓我突然失去力氣。我撐住桌子邊緣，想讓打彎的膝蓋能夠重新直起來。哦，這些歲月將我改變得太多了。我鐵一般的意志呢？經過千錘百煉的神經呢？我要暈過去了？我不會的。但我還是讓膝蓋碰到地板，低垂下頭，不過我至少能裝作是在俯身觀察她的面孔。

她不是弄臣，他們只有膚色是一樣的。她像弄臣一樣沒有氣味，在我的原智裡，她是完全不存在的。但她的鼻子更尖，下頷比弄臣更圓。我怎麼會在看到她的時候以為她是弄臣？

「水馬上就來，」我啞著嗓子說道，「我會先讓妳喝一點。然後我們需要清理一下傷口。」

「你是治療師嗎？」

「不，我不是。但許多年以前，我有一個像妳一樣的朋友。」我停頓了一下。弄臣總是拒絕接受治療。他抗拒任何人為了這個目的碰觸他的身體。但也許，並非每一名白者都是如此。「我會找治療師來，馬上。」

「不。」她立刻說道。她的聲音中帶著喘息，顯得虛弱又痛苦。「他們不明白。我們和你們不一樣。」她微微搖頭，表示拒絕。

「那我會為妳做我力所能及的一切，至少清理並包紮妳的傷口。」

她又動了一下頭。我無法確定她是表達同意還是拒絕。她想要清清嗓子，但聲音只是變得更加喑啞了，「你怎麼稱呼你的朋友？」

我靜靜地站立著，心臟彷彿也在胸膛中定住了。「他是黠謀．瞻遠國王的一名小丑。所有人都只稱他為『弄臣』。」

「並非是所有人。」她凝聚起力量，「你叫他什麼？」她用一種透過學習而掌握的語調說道。她說話沒有口音，只是其中的重音暴露出她是異鄉人。

我嚥下自己的恐懼和悔恨。這不是說謊的時候。「小親親。我稱他為小親親。」

她翹起嘴唇，彷彿是要露出微笑。她的呼吸因為身體狀況的惡化而散發出臭味。「那麼我就沒有失敗。還沒有。雖然遲到了，但我完成了他的命令。我給你帶來了一個訊息，和一個警告。」

我聽到走廊裡傳來說話的聲音：「我來幫妳拿吧，妳跑得這麼快，把水都灑了。」「你不應該跟著我。」蜜蜂對謎語的反駁顯得既嚴厲又氣憤。謎語在跟著蜜蜂，他想要找到我。他依然是切德的人，也許還是蕁麻的人，他會為他們刺探情報。想要避開他已經不可能了。但我至少能夠讓我的客人保有一分尊嚴。我脫下襯衫，輕輕蓋在她的身上。她在被碰觸到的時候還是吸了一口冷氣，然後又說道：「哦，溫暖，來自於你的身體。」她的聲音中充滿感激，卻又顯得非常可憐。

片刻之後，蜜蜂打開門，謎語提著兩只小桶走進來。他看了一眼只穿著羊毛內衣的我，然後又看看桌面。「一名受傷的旅人，」我說道，「你能不能跑到村子裡去，請一位治療師回來？」這能夠暫時支開他，讓我有時間為傷者清洗和包紮傷口。

謎語走過來，仔細看了看她，驚呼一聲：「她可真白啊！」當謎語審視她的面孔時，她完全一動不動，雙眼也緊閉著，但我並不認為她失去了意識。她只是假裝昏迷。「她讓我想到了某個人……」

我沒有放任自己的笑容浮現出來。我已經想起，謎語從沒有見過弄臣明顯是白者的樣子。在謎語認識弄臣的時候，弄臣已經是黃金大人——一個黃皮膚的人了。但這個女孩和弄臣小時候的確很像：白皙的皮膚、無色的眼睛和潔白的頭髮。

謎語的眼睛轉向蜜蜂：「那麼？妳能說話了嗎？」

蜜蜂的目光向我閃動了一下，然後又轉回到謎語身上，露出天真的笑容。「爸爸說過，我不應該在你面前顯得太害羞。」

「妳能這麼清楚地說話有多久了？」謎語繼續問她。蜜蜂又向我瞥了一眼，她是在尋求援助。

「她失血的狀況很嚴重。」我開始催促謎語。我的話奏效了。謎語將小桶放在桌子上，轉身向門口走去。

「帶薇珂婆婆來。」我向離去的謎語說道，「她住在細柳河對岸的岔路口。」薇珂婆婆比這個地方的大部分樹木都要年老，步履非常緩慢。她是一位優秀的治療師，但謎語要用不少時間才能帶她回來。我希望能夠在那以前完成治療工作。

屋門在謎語身後關閉了。我以看待同謀的眼光看著蜜蜂：「我知道妳不可能阻止他跟隨妳。不過妳覺得妳能引開深隱嗎？比如帶她參觀一下這幢房子，但不要讓她靠近這裡？」

蜜蜂注視著我。她的藍眼睛與我和莫莉的眼睛是那樣不同。現在這雙眼睛彷彿看穿了我的骨肉，正盯住我的心臟。「為什麼不能讓別人知道她？」

在桌子上，我們的客人微微動彈了一下，幾乎抬起了頭，但她的聲音依舊微若游絲：「我遇到了危險，被人獵殺。求求你，不要讓別人知道我在這裡。水呢？請給我一些。」

我沒有杯子，但在莫莉的工具裡有舀蜜勺。我撐起她的頭，讓她喝了三勺冷水，又把她的頭輕輕放回到桌面上。這時我想起，也許應該叮囑謎語，但現在已經來不及叫他回來了。他知道這位客人，當他到達岔路口的時候，薇珂婆婆也會知道我們救了一位受傷的旅人。這讓我沉思了片刻。

蜜蜂打斷了我的思緒。「我們可以等一下，然後派晃晃艾默思去找謎語，告訴他我們的客人狀況已經好轉，自己離開，不需要再請治療師了。」

我驚訝地盯著蜜蜂。

「我們也只能這樣了。」蜜蜂幾乎是悶悶不樂地說，「如果謎語已經和治療師說了她在這裡，這樣也能稍微迷惑獵殺她的人，至少在短時間內能起一點作用。」

我點點頭。「很好，這件事也交給妳了。和艾默思說過以後，妳就要去引開深隱，讓她看看這幢房子，還有花園，然後帶她回到那間客廳，把她留在那裡，再讓廚房為她準備一頓晚餐。接著妳再溜回來，讓我知道外面情況如何。妳能做好這些嗎？」我希望在拖住深隱的同時，也可以讓蜜蜂離開一段時間。

蜜蜂用力一點頭。「我知道艾默思在哪裡打盹。」她突然將身子挺直，顯得更高了一些，現在的她一定覺得自己很重要。晃晃艾默思比我要年長大約十歲，很久以前，他就已經是細柳林的一員了。就像他的名字一樣，艾默思的身子一直在不受控制地顫抖。這是他多年以前頭部遭受重擊的結果。從耐辛時代起，他就在這個莊園中做事，這讓他有足夠的資格在細柳林安享晚年。他過去做的事情是剪羊毛，現在他已經幹不動這種活了，不過在天氣晴好的時候，他還能拄著拐杖看看羊群。他喜歡不時接受一些特別的任務。也許他的腳步有些遲緩，但他有很強的自尊，他一定會盡心盡力地完成交給他的工作。

走到門口時，蜜蜂又停住腳步：「那麼我的蝴蝶人是一個女孩了？」

「看樣子是的。」我說道。

我們的傷患睜開了眼睛，先是茫然地盯著遠處，然後又將目光固定在蜜蜂身上。一抹笑容讓她慢慢翹起了嘴唇：「他是從哪裡來的？」

「謎語？他跟著蜜蜂找到了這裡。他是我的老朋友，對妳不會有危險。」

她的眼睛又無力地閉上了。

「這太奇怪了。我曾經是那樣確信蝴蝶人是一個男人，而不是女孩。」蜜蜂有些氣惱地搖搖頭，又對我說：「夢是不可以相信的，至少不能完全相信。」

她並不急於走出門，而是顯露出沉思的神情，彷彿有了一個新的主意。

「蜜蜂？」我問道。但她的眼睛只是望著遠方，「蜜蜂？妳感覺還好嗎？妳來告訴我蝴蝶人的時候，顯得那麼奇怪……」

蜜蜂的眼睛終於轉向我，然後又從我的身上滑開。「我現在沒事。我那時覺得非常累。然後就睡著了。夢找到了我，告訴我時刻到來了。是夢把我帶到你面前，然後……」她看起來很困惑，「然後夢就結束了，我們到了這裡。」說完，蜜蜂悄悄走出了房間。

一段時間裡，我只是朝蜜蜂離去的方向望著。直到桌上的那個女孩發出一聲短暫而又痛苦的呻吟，將我的意識猛然拉回到現實。我的雙手又動了起來。櫥櫃中放著一罐罐蜂蜜，用蜂蠟封住罐口，另外還有一片片乾淨的蜂蠟正在等待著被製成蠟燭。也許再過十年，它們還會被放在那裡。我找到莫莉用來過濾蜂蜜和蜂蠟的布巾。這些布巾都使用過，但非常乾淨。我記得莫莉會在一大罐沸水中清洗它們，再把它們掛到繩子上晾乾。我選擇了其中最舊，也是最軟的一塊布巾。我知道，莫莉會原諒我將它撕成繃帶。

我用溫水泡軟了這名年輕白者背上的血痂，輕輕擦淨血汙和傷口中滲出的血水。她的背上一共有四個傷口，我不想探查傷口內部的狀況，但我很清楚，如果在傷口中留有異物會造成怎樣的危險。我輕按一個傷口。她痛哼了一聲。「你不必查看它們。」她喘息著說道，「我的同伴盡可能對它們進行了清理。進入我身體裡的東西無法被取出來。而傷口在我們逃跑的時候暫時被封閉了。在那些獵殺者追上我們之前，它們似乎已經快要癒合。獵殺者殺死了我的朋友。我在逃跑時又讓傷口破開了。在那以後的幾天裡，我一直沒能清理它們。現在已經太晚了。」她眨了眨眼睛。如同紅寶石一樣的淚滴出現在她的眼角，「一直都太晚了。」她傷心地承認，「我就是沒辦法讓自己相信。」

我感覺她有一個很長的故事，而且並不打算將這個故事完整地告訴我，我也只是急於知道弄臣的訊息。「我會給這些傷口塗敷蜂蜜和油膏。我現在需要去拿油膏，等我回來的時候，妳能把訊息告訴我嗎？」

她用像弄臣一樣的蒼白眼睛看著我：「沒有用了。我是一個沒用的信使。我被派來警告你，殺手在找你，讓你能夠及時逃走。」她長長地歎了口氣，閉上眼睛，很久沒有動靜，她似乎沉睡了，但又用微弱的話音說：「恐怕正是我將他們引到了你的家門口。」

她的話對我沒有什麼意義，但她的焦慮和激動卻耗盡力氣。「現在不要擔心這種事。」我對她說。她卻在這時重新陷入昏迷。我趁機拿來油膏，為她處理好傷口。將這一切都做完之後，我盡量用她被割開的衣服再將她的身子包起來。「我現在要移動妳了。」我警告她。她沒有任何反應，我盡量輕柔地把她抱進臂彎裡。

我沿著一條很少被使用的僕人走廊和樓梯，繞遠路回到我的房間，當我用肩膀將屋門頂開的時候，一下子驚愕地停下了腳步。出現在我眼前的，是床上褶皺不堪的亞麻床單，和滾成一團的毯子。房間裡充斥著一股封閉空間中的汗味，就像是一頭野豬的窩；衣箱和地板上全都是散亂丟棄的衣服，壁爐臺上擺滿了燒盡的蠟燭頭。沉重的窗簾被拉緊，完全擋住了冬日的陽光。就連切德在他最散亂的日子裡，也不曾讓他的巢穴顯得如此頹廢破敗。

莫莉死後，我一直蟄伏在這裡，命令僕人們不要動這裡的任何東西。我希望這裡的一切都保留在莫莉最後碰觸它們時的狀態。但它們還是在自行發生改變。一直沒有重新鋪過的床上，床單的褶皺就像是平緩河流底部的漣漪。一直跟隨著莫莉的淡淡香水氣息被我自己的汗臭味取代。是從什麼時候開始，這個房間變得如此壓抑沉悶？莫莉在這裡的時候，枝狀燭臺上何時會有蠟油滴落，壁爐臺上何時會被灰塵覆蓋？這不是她為我整理的一塵不染的房間，不：我在她的屋簷下從來不曾如此像野獸一樣地活過。我心中的狼噘起嘴唇，厭惡地抽動鼻子，對這樣骯髒的地方完全不屑一顧。

我本以為自己是一個整潔的人，而這個房間彷彿突然變成了一個瘋子或者隱士的破敗小屋，散發著絕望和失落的臭氣。我沒辦法在這裡待下去，於是我急忙退了出來，卻讓懷中的人頭部撞到了門框上。她發出一聲微弱的哀歎，便一動不動了。

蜜蜂的房間就在走廊的另一端。那裡有一道門，通向另一個本來打算供護士或保姆居住的小房間。我推開那扇門，走了進去。這裡從沒有按照最初的計畫使用過，而是成為了一個存放家具器物的儲藏間。它不算很大，不過裡面有一張窄床。床旁邊還有一座落滿灰塵的架子，上面擺放著一個大水罐。一副晾衣架斜靠在角落裡，緊挨著一只壞掉的腳蹬。我將褪色的床罩從床上扯下來，把蒼白的傷患放到床上，將她的蝴蝶斗篷墊在她的頭下。然後我在蜜蜂的壁爐裡升起火，將屋門保持開啟狀態，讓熱氣進來。我又跑回到我的房間，在衣箱中找到一條乾淨毯子。當我將它取出來的時候，它還帶著雪松木的香味，以及一種特別的觸感。是莫莉。

片刻之間，我將它緊緊抱在懷中，然後透過抽緊的喉嚨歎了口氣，快步回到那個女孩的身邊，蓋好毯子，為她保暖，又開始考慮下一步的行動。時間正一點一滴飛快地從我身邊流逝。就在我開始尋思謎語是否要回來了，我是否還應該繼續欺騙他的時候，我聽到身後的屋門被推開。我轉過身，伏低身子做好戰鬥準備。

我的女兒並沒有被我的反應嚇到。她停下腳步，朝我困惑地皺起眉。當我站直身子的時候，她點了點頭說道：「我明白你為什麼要把她放到這裡。我的盥洗水罐裡還有水。」她一邊說話，一邊將她的水罐從房間裡拿過來，還拿來了她的杯子。當我向杯子裡倒水的時候，她又說道：「你應該下去告訴塔維婭，我覺得不舒服，想要一盤食物送到房間裡。我會留在這裡照看她，你還要找些事情牽制住深隱。我承認自己做不到這點。你確定她是來幫助我們的？她是我遇到過的最沒用的人，只知道哼唧和歎氣，彷彿什麼都不合她的意。如果她在謎語離開的時候要和他一起走，我絕對不會驚訝。」

「很高興看到妳們相處得這麼好。」我說道。

蜜蜂看著我回答道：「讓她到這裡來幫忙的可不是我。這一點你很清楚。」

我在她的聲音中聽到了她媽媽的語氣，一時不知道該哭還是該笑。「妳說得沒錯，」我屈服了，「妳把她留在什麼地方了？」

「我帶她回到了嘲鶇室，但我可不保證她還在那裡。你知道的，她有兩條腿。而且她明顯是一個好管閒事的傢伙。她打開了幾乎每一間臥室的門，想要找一間更讓她滿意的。很明顯，她不喜歡樂惟給她準備的房間。而且她在這麼做的時候一點禮貌都不懂。」

「的確。」我表示同意，同時將受傷女孩的頭捧起來，把水杯遞到她的嘴唇邊。她只是將眼睛睜開一道白色的縫隙，不過還是吮了一些水，喝了下去。我將水杯放到床邊的架子上。「她暫時應該沒事了。我會告訴塔維婭，妳需要溫熱的肉湯。盡量讓她趁湯熱的時候喝一些。妳有什麼想要吃的？」

蜜蜂搖搖頭：「我還不餓。」

「好吧。」我猶豫了一下，「妳覺得，如果她醒過來，妳能餵她喝湯嗎？」

我的這個問題似乎讓蜜蜂感覺到被冒犯了。

我向昏迷不醒的女孩瞥了一眼。她給我帶來了訊息，來自於弄臣的訊息。她已經警告我危險即將來臨，殺手正對她緊追不捨。我還能將照看她的責任交託給誰？一個看上去只有六歲大的九歲女孩。我不應該做這種蠢事，但現在……「照看好她，我會盡快趕回來。」

我去了廚房，照蜜蜂的建議向塔維婭做了吩咐，並請她送一些食物去嘲鶇室，然後我就去那裡找深隱。我一走進那個房間，輕柔便跑進來，在桌上放了一壺新茶。等她離開之後，我向深隱表達了招待不周的歉意。「謎語正去辦一件緊急的事情。蜜蜂現在身體有些不舒服。她在幾個小時以前已經被送到床上去了。那麼，」我強迫自己露出一個真誠的笑容，「妳覺得細柳林怎麼樣？可以在這裡和我們一同度過一段愉快的時光嗎？」

深隱用難以置信的眼神看著我。「愉快時光？你們哪一個在這裡是愉快的？自從到這裡之後，我看到的只有混亂。謎語把我一個人丟下，沒有向我道別，甚至連一句『請原諒』都沒有對我說。你的女兒……嗯，你一定知道她是一個多麼奇怪的小傢伙！她看上去就像是個男孩！如果謎語沒有告訴我她是你的女兒，我一定會以為她在這裡的馬廄幹活。真不知道切德大人為什麼要送我到這裡來！」

在房子的某個地方，一名工匠開始鋸木頭了。他彷彿正在鋸我的顱骨。我重重地坐到她的對面，絲毫不加掩飾地說：「他也許是認為妳在這裡能安全地過上一陣子。」

輕柔又快步走進來，在我們面前各放下一碗冒著熱氣的羊肉大麥湯，又在桌上的籃子裡放了更多的麵包。「謝謝，」我對她說，「這些就足夠了，我想要安靜地和深隱女士談一談。」

「當然，主人。」輕柔回答了一句，就匆忙退出了房間。我等到屋門完全關上，才再次開了口：「這不是切德和我能想出的最好的計畫，但暫時而言，這也不是很糟糕的計畫。」我拿起湯勺，攪了攪碗裡的湯，又把湯勺放下，在等待湯涼的同時，字斟句酌地對深隱說：「妳能想到更好的計畫嗎？」

「是的，殺死那些想要殺死我的人，這樣我就能去任何地方，隨心所欲地生活了。」她立刻就做出了回答。這讓我知道，她考慮這件事已經有一段時間了。

我認為自己要認真地回應她的建議。我真誠地說道：「殺死一個人永遠都不是簡單的事情。

首先，我們必須確定是誰想要殺妳。而在最常見的情況下，殺手只不過是一件工具，並不是幕後的主使。而妳每殺死一個人，都有可能製造六個新的敵人。妳也許應該問問自己，為什麼必須要那個人死，妳才能過妳想要的生活。」

「也許你可以拿這個問題去問那個你要殺掉的人！」深隱憤怒地回答道。她將碗和盤子推到一旁。而我則掰開一塊麵包，塗上厚厚的牛油。看到我不再說話，深隱又繼續說道：「為什麼我必須要為其他人的行為付出代價？為什麼我不能得到我的血統應該給予我的生活？我到底做了什麼，必須這樣東躲西藏？我是一位貴族女士的長女，我有權利繼承我母親的爵位和土地！但我什麼都沒有！我為了她自私的行為而付出代價，只能生活在一個偏僻的小村莊裡，由我年邁的外祖父母養育長大，看著他們兩位去世，自己則因為受到我母親好色的丈夫輕侮而被送走。從那以後，我遭到驅逐，幾乎算是被切德大人綁架，然後又被藏起來，與世隔絕整整兩年！沒有歡宴，沒有舞會，甚至沒有一件繽城或者遮瑪里亞的衣裙。不，深隱什麼都沒有，她被生錯在毯子的另一邊！而最讓人無法容忍的是，本該為此負責的人卻避開了由此產生的一切苦難。而現在，即使要這樣在躲藏中苟且度日，我還是每天都在害怕這樣灰暗的生命也會結束。曾經有人想要將我毒殺。在我自己的家裡，有人給我下了毒！」

她的話愈說愈快，隨著她將自己哀傷的小故事傾瀉出來，聲音也變得愈來愈尖利。我應該對她感到同情，但她的態度實在是太自私了。只是因為極度克制，我才沒有跳起身跑出房間。我現在只希望她不會突然間嚎啕大哭。

而她正是這樣做的。

她的臉像是一張被寫了太多祕密的紙一樣皺縮起來。「我不能過這樣的生活！」她哀號著說，「我就是不能！」她撲倒在桌子上，頭枕著手臂，開始哭泣。

如果換做比我更好的人，應該會從自己內心中找出一些和善的話來安慰她，能夠明白她只是一個突然從熟悉的環境中被趕出來的年輕人。但最近這段時間裡，我每天晚上面對冰冷而空虛的臥床時，都想把她的這番話向命運大吼出來。「是的，妳可以，因為妳必須如此。無論妳怎樣不願意，現實都不會有真正的改變，除非妳割斷自己的喉嚨。」

她從交叉的手臂上抬起頭，盯著我，雙眼已經變得通紅，臉上全是淚水。「哦，吊死我吧。我沒辦法割斷自己的喉嚨，但我可以上吊。我甚至已經學會打那個結。」

我相信，是她的這句話讓我明白了她是多麼認真。這一小段訊息，她向自己計畫中的死亡邁出的這具代表性的一小步。每一名刺客都要清楚自己選定的解脫方式。對深隱而言不是毒藥，而是踩到凳子上才能構到的一條絞索和被拽斷的脖子，沒有等待，沒有後悔的時間。至於我，我將接受劃過的刀鋒、噴湧的鮮血。是的，這讓我還有最後一點時間向生命道別。憑藉靈光一現的直覺，我知道這正是切德會送她來我這裡的原因。不只是因為有人正在威脅她的生命，而是因為她對於自己也是一種危險。這激起了我心中的恐懼，而不是同情。我不希望擔負起這樣的責任。我不想看到一名侍女在瘋狂地尖叫，而她的主人已經垂掛在絞索中。我更不想用精技把這樣的訊息告訴切德。我不可能保護她。誰能夠保護一個人不受到自己的傷害？想到我很快就要對她的房間進行搜查，我的心沉了下去。切德會向她提供什麼樣的工具？致命的小刀、一根絞索……毒藥？他有沒有站在深隱的位置上考慮過？也許深隱會用這些工具對付自己，而不是保護自己？我對切德感到一陣憤怒。他怎麼能就這樣將一鍋沸水扔到我家裡來？如果她最終翻倒了，被燙傷的又會是誰？

她還在看著我。「妳絕不能這樣做。」我無力地說。

「為什麼不能？」深隱問道，「這樣就能解決一切問題。每個人的生活都會變得更簡單。我的母親會高興，因為她溺愛的兒子繼承權上的烏雲終於消散了。我隱匿的父親不必再害怕我會被發現，也不會再有一個半瘋的年輕女人入侵你的家！」

她在抽噎中吸了一口氣。「我逃往公鹿堡的時候，儘管遭遇了這麼多事情，我的心裡還有希望。最後的希望！我會離開被陰影籠罩的人生。我以為我終於能夠進入王室，和其他年輕人在一起，擁有音樂、舞蹈和美好的生活。我應該得到的生活！而切德大人捉住了我。他說，我正處於危險之中，不能去公鹿堡，而是要接受他的照管。一旦我學會了刺客的技藝，我就能保衛自己，也許還能保衛王后。」她的聲音變得尖利而又滯澀，「想像一下！我，在王后身邊，保衛她，就站在她身邊，天哪，我是多麼希望能那樣。我努力學習箭囊傳授我的一切技藝。那個可怕的全身發臭的女人，還有她愚蠢的沒有盡頭的訓練！但我不停地努力，真的是從不停歇。她卻從沒有喜歡過我。然後羅諾死了，被下了毒，那毒藥本來是為我準備的。於是我不得不再次逃亡。我不知道要去哪裡，只有那個惡棍保衛我。我相信，這一次，這一次我一定要被帶去公鹿堡了！但切德大人又把我送到了哪裡？這裡。我沒有做錯什麼事，但我卻被拋棄在這裡，在這個四處漏風的地方，到處都是工人在修修補補，根本沒有人在意我。這裡沒有未來，沒有任何可愛的文明之物，沒有任何能令人興奮的東西。我對任何人都毫無價值，只是一個負擔、一種破壞力！」

在心情低落的時候，一個人總是會使用自己最強的能力，所以我說了謊：「妳不是破壞力，深隱。我知道沒有歸屬、沒有人喜歡自己的感覺是什麼樣的。所以我現在要告訴妳，無論細柳林現在對妳而言是多麼奇怪，妳都可以將這裡看做是妳的家。妳不會被趕走，只要妳在這裡，我就會用全部的力量保護妳。妳不是客人，深隱。妳是在家裡。儘管現在這裡可能並不適合妳，但我們可以按照妳的需要做出改變。這裡會變成一個讓妳覺得可愛的地方。妳可以找到安慰和舒適。只要妳需要留下，我們就歡迎妳。」我吸了一口氣，又加上了一點實話，「當妳在這裡的時候，我會認為妳是我的家庭成員。」

她看著我，嘴唇怪異地歙動著，彷彿正在咀嚼食物。然後她突然從椅子裡跳起來，撲到了我的身上，頭枕著我的胸口大聲哭了起來。我在我們兩個都要倒下之前抓住了她。她用劇烈顫抖的話音說道：「他們想要用毒藥殺死我。那個廚師的小男孩從盤子裡偷了一個餡餅。那是我最喜歡的漿果小餡餅。他立刻就死了，嘴裡流出了血和白沫。他們本來是想讓我這樣的。讓我以這樣的方式死去。可憐的小羅諾，除了小小的偷竊行為，他從未對別人做過壞事。他替我死了，死得非常痛苦。小羅諾。」

她全身都在發抖。我用力抱住她，讓她不要跌出我的椅子。「這不是妳的錯，」我對她說，「妳現在安全了。安全了。」

我很想知道我的話是不是真的。

「爸爸！」

我猛然轉過頭。蜜蜂聲音中的某樣東西告訴我，她覺得我應該為自己感到慚愧。她死死盯著抱住深隱的我，把雙臂抱在胸前。「深隱非常傷心，」我對蜜蜂說。但蜜蜂冰冷的眼神告訴我，在她看來，這種託辭沒有任何意義。但深隱並沒有要離開我的意思，我努力站起身，讓她在我空出的椅子裡坐穩。「妳感覺好些了嗎，蜜蜂？」我問道，這句謊話肯定讓蜜蜂覺得更不舒服了。

「沒有。」她冷冷地回答，「實際上，我覺得更糟了，非常非常糟。但這並不是我來找你的原因。」她向我側過小腦袋，似乎正在拉開一張弓，「那時我不得不離開我的房間，只是幾分鐘。等我回去的時候……我是來告訴你，我們的另一位客人失蹤了。」

「失蹤了？」

「另一位客人？」深隱問道。

「失蹤了？」謎語說道。他走進了房間，頭髮顯得有些散亂，似乎他是一路從村裡跑回來的。他一邊吃力地喘息著，一邊將目光從滿臉不悅的蜜蜂轉向淚眼滂沱的深隱，又轉向我，「我得到的訊息是那個受傷的旅人已經離開了。」

「是的，她離開了。」我覺得自己就像是一只在謎語和我的女兒之間來回亂轉的風向標，「沒什麼，她不是失蹤了，蜜蜂。她覺得好了一些，想要離開。我本應該告訴妳的。」我竭力用眼神告訴蜜蜂，我在說謊，並且需要她的說明來隱瞞真相。蜜蜂卻只是瞪著我。

「受傷的旅人？」深隱問道，「這裡有陌生人嗎？你怎麼知道她不是一名刺客？」她用雙手捂住嘴，纖細的手指糾纏在一起，用警惕的眼神看著我們所有人，一雙綠色的眼睛睜得老大。

「她只是一名受傷的旅人，一個在路上接受過我們援助的人。沒有必要擔心這件事，深隱。」我向謎語轉回身，一下子恢復了常態，「我們正在吃東西，你餓嗎，謎語？」我只能勉強讓自己的聲音保持平靜。我已經被自己的騙局捆住，糾纏在我的謊言之中。這種陷入深淵的可怕感覺實在是太熟悉了。深隱的問題衝擊著我的神經，讓我在無意中說了太多。確實，我怎麼知道那名年輕的白者真的是信使？而不是想要傷害我和我的家人？她的確和年輕的弄臣很像，正是這一點讓我在看到她有危險的時候不假思索地將她抱進了我的家。然後，我將她放到緊鄰女兒臥室的房間裡。而現在蜜蜂說她失蹤了，很有可能是躲進了一片紛亂的細柳林中。

深隱是對的。我的確失去了我的精明與力量。我對各種陰謀危局都已經生疏了。我的思緒飛快地旋轉。那名信使說過，她遭到了獵殺。追殺她的人是否進入了細柳林，捉住她，並將她帶走了？在這幢混亂不堪的老房子裡，這是完全有可能的。我見到她受了傷。根據我的判斷，她不太可能對任何人構成危險，也不可能就這樣簡單地逃走。她還沒有將自己的訊息送達。

房間裡陷入了長久的寂靜。我看著謎語。

「我應該吃些東西，」謎語不太確定地回答。他的眼睛瞥過蜜蜂和深隱，定在我的身上，眼神中盡是困惑。

「很好，」我像白癡一樣微笑著，「你可以先陪一下深隱，我會去告訴廚房裡的人。深隱在這裡覺得有些不安。我正在盡力向她保證，她在這裡會是安全的，而且會受到我們的歡迎。」

「熱情的歡迎。」蜜蜂壓低嗓音，惡狠狠地說。

我隱瞞了自己的驚訝，又說道：「我會帶蜜蜂回她的房間去。她顯然覺得很不舒服。」我向女兒伸出手，但蜜蜂從我的手邊溜了過去，逕自走向了門口。

我們剛在身後關上門，她就向我轉過身。我看到她的胸口一起一伏，讓我恐懼的是，她的淚水充盈在藍色的眼睛裡，她用指責的語氣對我說：「我只是來告訴你她不見了，而我卻看到了什麼？你在抱著那個女人！」

「不要在這裡，等一會兒再說。妳錯了。我們先去廚房。」這一次，我終於能夠抓住她細瘦的小肩膀。儘管她還努力想要掙脫，我還是帶著她去了廚房。我簡單地將謎語的需求告訴塔維婭，然後就帶著蜜蜂，像出現時那樣突然離開了。

「妳的房間，」我壓低聲音說，「現在，緊跟著我，在到達那裡之前不要說話。」

「有危險嗎？」

「噓。」

「那深隱該怎麼辦？」

「謎語和她在一起，他有著很多人都想像不到的能力。妳才是我最關心的，永遠都是。安靜！」

我的聲音終於讓蜜蜂平靜下來。她一副偷偷摸摸的樣子，緊貼在我身邊。我們穿過走廊，登上樓梯。到達她的房門前時，我握住她的雙肩，讓她背靠牆壁站好。「留在這裡，」我用如同呼吸般的聲音說道，「除非我喊妳，否則不要動。如果我喊妳，也不要發出任何聲響，馬上走過來，站在我的身後左側，明白嗎？」

蜜蜂睜大了眼睛，張著嘴，點了一下頭。我也向她點頭回應。

我輕輕推開她的房門。在走進去之前，我首先評估了一遍視野中的每一樣東西：床和床帳、被窗簾遮住的窗戶、壁爐。一切都和我離開時沒有兩樣。我悄無聲息地走進去，先看一眼門後，然後對蜜蜂的房間進行了更徹底的檢查。沒有闖入者的痕跡。裝食物的托盤被放在床邊的架子上，絲毫沒有動過。我走到通向那個房間的屋門。這道門虛掩著，我退了回來。

「蜜蜂。」

蜜蜂如同閃電般來到我的身邊。

「妳離開的時候，這扇門是開著的嗎？」

蜜蜂顯然覺得很害怕。她聳聳肩，喘息著悄聲承認：「我不記得了。我想應該是這樣。不。這扇門只有你動過，我沒有動過它。」

「站著別動。」

我走到屋門旁，將它完全推開。這個小房間沒有窗戶，顯得很昏暗。除了堆在床上的毯子，這裡看不出半點異樣。我俯身向床底瞥了一眼。這是整個小房間中唯一可能藏人的地方。沒有人。除了被挪動過的水罐和窄床上被推到靠牆一邊的被褥，我們的客人沒有留下任何痕跡。我後退一步，關好門，「她走了。」

「我早就告訴過你了！」

「現在我可以確定，她不在這個房間裡。這是我們確實知道的全部情況。」我整理著自己的思緒，「仔細告訴我，妳是如何發現她不在的。」

「我一直待在這裡。塔維婭拿來了一盤食物，將她放到我床邊的小檯子上。塔維婭離開之後，我去找那個女孩。她幾乎算不上清醒。我試著想要讓她喝些湯，但這只是讓她咳嗽了起來。然後她就閉起眼睛，繼續睡過去了。我又在這裡坐了一段時間，然後我想要去一下洗手間。當我回來的時候，我去房間裡查看她的狀況，她卻已經不見了。」

「走了。」我思考著，「妳離開了多久？」

「只有幾分鐘。」蜜蜂的眼睛睜得非常圓。

「蜜蜂。今天剩下的時間裡，妳要一直跟在我身邊。如果我讓妳做什麼，無論多麼奇怪，妳都要立刻就做。明白？」

蜜蜂點了一下頭。和蒼白的小臉相比，她的嘴唇顯得格外鮮紅。她透過半張開的嘴喘息著。恐懼充滿了她的眼睛——我絕對不想在我的孩子臉上看到這樣的表情。「我們為什麼要害怕？」她問道。

「我們不知道是否需要保持警覺。所以，在徹底確認狀況以前，害怕對我們來說是有必要的。」

16

貴客

像冰雪一樣白，眼睛與頭髮皆同。會有這樣的人出現，但非常罕見，也許每三或四個世代裡才有一個這樣的人。他們令人難忘，在我們之中穿行，選擇我們其中一個——不是當做僕人或朋友，而是一件工具，用以塑造只有他們能夠看見的未來。如果（不知道該如何翻譯這個詞），那他們就全是一個顏色。

有時，他們會生育（這一段被汙漬掩蓋）一個男人或一個女人，或者是他們的同族，或者是我們的族類。但他們的後代和我們的並不相同。所以他們也許會離開，多年以後（卷軸的這一部分遭到嚴重蟲蛀，我只能零星識別出一些單獨的詞彙和段落）年邁（很長一段殘缺）白皙（我估計隨後七行文字都已殘缺）比其年齡更加衰老。（又一段至少兩行的殘缺，結尾是）將其殺死才更為仁慈。（卷軸剩餘部分遭到火焚。）

——蜚滋駿騎·瞻遠案頭的部分翻譯

在那一天一夜以及隨後的一天中，我的生活改變了。我清楚地記得自己對此感到多麼憤怒。這麼多變故，它們全都對我造成了影響，卻沒有人問我是否希望如此。

那些日子裡，根本沒有人問過我任何事。

首先是深隱，她暫時被安置在距離我和我父親的臥室只有隔兩道門的房間中，直到為她準備好更大的房間。我的父親命令為她修復黃色套房。她將擁有一個臥室，一個小起居室，還有一個供她的侍女居住的房間，以及另外一個房間「做她想做的一切」——這就是我父親的說法。我一直都很喜歡那些黃色的房間，常常會溜進去玩耍。沒有人想到要問問我是否想要一套這樣的房間。不。所有人都認為一個單獨的臥室和毗鄰的一個供不存在的保姆居住的小房間對我來說已經足夠了。而一個陌生人來到了我們家，我的父親就僱用了一支木匠、石匠和清掃人員的軍隊，甚至還有專屬於深隱的侍女。

然後是那個被父親放進直通我的臥室的小房間裡的奇怪的陌生人。父親沒有問我是否可以把她放進去，而是直接就那樣做了。我告訴他，我理解他為什麼會這樣做，並且認為他應該感謝我這樣體貼人意，容忍他的這種粗魯行為。但他只是點了一下頭，彷彿他認為我就應該接受他所做的一切。彷彿我是他陰謀詭計的同夥，而不是他的女兒。他肯定認為我會無條件地幫助他欺哄謎語和深隱，並且嚴格服從他的命令，尤其是當他發現我向他講述了明白無誤的事實：那個蝴蝶女孩不見了。

我的確是這樣做的。那天晚上，我服從了他的每一個命令，沒有提出一個問題。他的動作很快——從我的衣箱中拿出一條毯子，又給了我很多媽媽的香氣蠟燭。他讓我走在他前面，確保能一直看到我。於是我領著他到了他的私人書房。他一直在催我加快腳步。途中他又兩次捏住我的肩膀，讓我停下來，將我拽到一旁，不讓路過的僕人看見我。

當我們走進他的私人書房時，他立刻關上屋門，將門拴好，徑直撲向那個假鉸鏈。「你要做什麼？」我問他。

「把妳藏起來。」他回答道。他的語氣並不激烈，但帶著一種不容置疑的氣勢。借助微弱的爐火光亮，他為我點亮了一根蠟燭，並命令我：「進去。」然後，他跟在我身後進入了密道，似乎是要確保我們身後沒有間諜在窺探我們的祕密空間。看到我對密室進行的改造，他驚訝地挑起了眼眉。「看來妳做了不少事情。」他誇獎的語氣顯得有些不情願。

「你沒有多少時間照看我，所以我找了些事情做。」我想要責備他對我的忽視，但他在看到這些改變時的微笑讓我感覺溫暖了許多。他在為我感到驕傲。我沒辦法像自己所希望的那樣對他板起面孔。

「妳很聰明，所有這些都想得很好。」他將點亮的蠟燭放到我的燭臺上。現在的他似乎也不再那樣緊張了。「在我確認妳沒有危險之前，妳待在這裡會很安全。現在我必須把妳留在這裡，但我會盡快趕回來。」

「你必須查看細柳林的每一個房間嗎？」

他看到我明白他所害怕的事情，眼神立刻變得陰暗起來。「謎語會幫我的。」

「過去幾天裡有那麼多陌生人進進出出，為什麼你會這樣害怕這個人？」

「現在沒有時間說這件事，親愛的。我愈早行動，就能愈快回來。我害怕她，是因為我太快就信任了她，甚至沒有多想一下。她也許不是危險，但危險也許在追趕她。我太過大意，而我不會再這樣了。」他離開了我，走進狹窄的密道，「我必須鎖好門，但不必害怕，我會回來的。」

如果我沒有準備好那個食品室的出口，我一定會害怕的。我看著他走遠，又將眼睛對準窺視孔，看著他將密道關閉。然後他轉過身，看著我，向我一點頭，便離開了他的巢穴。

於是這裡只剩下了我。我很高興事先想到要在自己的密室中儲備好各種物資。我坐了一段時間，考慮最近發生的每一件事。這麼短的時間裡有太多事情發生了。深隱，我不喜歡她。我很想知道自己該為夢讓我進入的恍惚狀態感到害怕還是高興。為什麼我會有這樣的感覺？我竭力理解自己。我就像是一株第一次綻放花朵的植物，不，更像是一個嬰兒第一次發現自己能夠伸出手抓住某樣東西。我的一部分在不斷成長，今天終於做到了它生來就要做的事情。我希望這樣的事情很快能再次發生。我很奇怪為什麼自己要向父親解釋這件事。難道不是所有人都會做夢嗎？不是所有人都會夢遊嗎？我竭力回憶是誰教我知道夢是重要的，必須將它們記錄下來，而且最重要的夢會一直抓住我，直到成為現實。當我知道自己是如何得知這一點的時候，我大聲笑了出來——是我夢到的。

我很快就開始後悔自己沒有準備一些可以用來打發時間的東西。我拿出日誌本，詳細記錄下昨天發生的事情。但這件事很快就做完了。我用了一張紙的絕大部分記下了關於蝴蝶的夢，要比我以前的紀錄更加詳細得多。我將日誌放回到小格架上，看著媽媽的蠟燭緩緩燃燒。這實在是太無聊了。我想到狼父親對我說的話，還有我的承諾。我的父親要我留在這裡的時候，他是什麼意思？當然，他的意思就是我必須在這座建造在牆壁裡的迷宮中躲藏好。我這樣向自己確認了好幾次。

於是我拿起一小段粉筆，在牆上給父親留了言，讓他不必擔憂，我要去對這些密道略作探索，而且我還會帶上額外的蠟燭，還有用來標記道路的粉筆。

我首先到了那個能夠觀察我的房間的窺視孔前，再一次希望能夠找到一道祕門，不過也再一次毫無發現。我已經開始逐漸理解這些密道的結構，以及它們是如何蜿蜒穿過這幢房子的牆壁。它們在這幢房子中最古老的部分，規模也最為龐大完整，彷彿建築師從一開始就將之設計好了。在另一些地方，它們只有很短一段，而且非常狹窄或低矮，讓我的父親只能爬行才可以進去。我從經過我的房間的這種窄密道中穿過去，失望地發現暫時分配給深隱的房間沒有窺視孔。我將耳朵貼在牆壁嵌板上，卻幾乎什麼都聽不到。也許有人正在這個房間裡哭泣，又也許這只是我的想像。我甚至不知道她是否在這個房間裡。當我的父親第一次提起要讓別人進入我們家的時候，我有一點害怕。現在我不害怕了，我很氣憤。我不喜歡她——這是我在這一刻做出的決定，我認為這個決定是正確的，因為我相信她也不喜歡我，她想要得到我父親的注意。我不確定為什麼這讓我感到很不安，但我的確很不安。現在我需要父親，比以往任何時候都更需要。而她進入我的家，佔據父親的時間，這是不對的。

找到黃色套房要更困難一些，不過我終於到了那裡。當我判斷已經來到目標旁邊的時候，我高舉起蠟燭，果然發現了一個能夠被撥到旁邊的小蓋板。一個窺視孔的蓋板。但是當我將蓋板撥開，卻發現一小團潮濕的石膏把曾經的窺視孔堵住了。最近對這個房間的整修工程使用到石膏。而石膏把這個小孔遮住了。我決定此時不是清理窺視孔的時機。泥瓦工人也許明天又會回來，我可不想讓他們注意到這個小孔。我會讓石膏先乾燥，然後我再像拔除塞子一樣把它割掉。

我在這個隱祕的迷宮中又逛了一會兒，去看了看我的食品室出口，確保它還和我上次離開時一樣，然後我又從那裡拿走了一些蘋果乾和杏乾，以增加我的儲備。我爬上一只桶子，伸手去拿胡椒香腸。這時一隻廚房貓溜了過來，我沒有看到牠。我叫牠「條紋」，不過這不是牠真正的名字。當我想要爬到鹹魚箱子的頂端，去搜檢更高處的架子時，我感覺到牠的注視。我在搖搖晃晃的箱子堆上低下頭，看到牠正抬起頭，用兩隻圓圓的黃眼睛看我。牠的目光很犀利，彷彿我正是一隻牠有責任捕殺的老鼠。我被牠瞪得愣在了原地。牠是一隻很大的貓，身軀沉重，四肢粗壯。牠本應該是一個田野中的獵殺者，而不是在箱子之間爬來爬去的小貓。如果牠現在跳上來攻擊我，我絕對打不贏牠。我不由得開始想像那兩隻鋒利的爪子刺進我的肩膀，牠的後腿撕開我的脊背。「你想要什麼？」我悄聲問道。

牠立起鬍鬚，耳朵尖轉向我。然後將視線轉向掛在食品室高處，一根繩子上一排亮紅色的燻魚。我知道它們為什麼要被掛得這麼高了。貓兒跳不到這麼高的地方。

但我能搆到它們。

我必須踮起腳尖，拽住了一條魚。掛在繩子上所有浸透鹽水而閃亮的魚全都擺動起來，彷彿一串奇怪的珠子。我用兩隻手將那條魚抓住，用力把它甩脫。那條魚從繩子上斷開的時候，本就搖搖欲墜的我也失去了平衡，從箱子頂一直摔落到地板上，屁股和身側被狠狠撞了一下。不過我並沒有喊出來。我躺了一段時間，手裡還抓著偷來的魚和香腸，在疼痛中喘息著。慢慢地，我坐起身，感覺到身上的瘀傷，不過我受的傷應該只是這樣了。

條紋退到了食品室的角落裡，但並沒有逃走。牠看著我——或者更確切地說，牠看著我還抓在手裡的那條魚。我屏住呼吸，輕聲說道：「這裡不行，跟我來。」

我站起身，因為傷痛而抽了一口冷氣，然後收集起我的水果乾和胡椒香腸，又拿起我的戰利品，跪著爬到我的箱子壁壘後面虛掩著的祕門前。進入密道之後，我便開始等待。片刻之後，一張生著鬍鬚的臉出現在密道口昏暗的光圈中。我將蠟燭向裡面挪去，並招手示意牠進來。

一些人會和貓說話。一些貓也會和人說話。這種事試一試不會有什麼壞處。「如果你跟我到這裡來，用一天時間在這裡殺老鼠，我就把這一整條魚都給你。」

牠揚起帶條紋的臉，張開嘴，又將牠的臉從一邊轉向另一邊，嗅了嗅我的迷宮裡的氣味。就連我也能聞出這裡全都是老鼠。牠從喉嚨裡發出一陣微弱的聲音，我感覺到牠對於在這裡狩獵和這條魚都很感興趣。

「我會把這個放到我的巢穴裡去。等你殺掉了老鼠，就來找我。我會把魚給你，再讓你出去。」牠用黃色的圓眼睛和我對視，我絲毫不懷疑牠明白了我們的契約。然後牠低垂下頭，直起尾巴，跑過我身邊。牠的尾巴稍一離開祕門，我就將小門幾乎完全關閉起來，然後拿起蠟燭、魚、香腸和果乾，回到了我的巢穴。

雖然又對迷宮進行了探索，但我還是在牆後度過了一個漫長而又沉悶的下午。我希望能偷來更多父親書寫的舊事以供閱讀。我寫下了那隻貓，在毯子裡睡了一會兒，吃了些果子，喝了些水，然後就是等待。當父親終於回來為我開門的時候，我已經因為靜坐得太久而感到全身僵硬痠痛了。我一直在透過偷窺孔看他。他一把門打開，我就跑了出去。「一切都安全嗎？」我問道。他疲憊地點點頭。

「我們是這樣認為的。」他說道，「房子裡到處都沒有她的蹤跡。也沒有僕人見到過她，她就好像憑空消失了。不過妳也知道，這是一幢很大的房子，有許多房間。」父親清了清嗓子，「我只對謎語說了我們要搜查整幢房子。他同意了。所以現在僕人們依然對那個失蹤的女孩一無所知。對於深隱，我則堅持說是她自己離開了。」

我一言不發地跟隨父親離開他的私人巢穴，來到走廊中。我知道，在我們的房子裡有幾百個藏身之地，我的父親不可能把它們逐一進行搜查，即使是有謎語幫他也不行。他自己肯定也清楚這一點。我在他身邊走了一段時間，仔細思考了一番，然後說道：「我想要一把有鞘的小刀。求你。就像媽媽一直帶在身邊的那一把。」

父親放慢腳步。我不必再快跑了。他問道：「為什麼？」

「為什麼媽媽總是會帶著一把小刀？」

「她總會有許多東西要做，需要一把刀子切割繩索、修剪灌木或者割下花朵、切削水果。」

「我也可以做這些事情。如果我有一把小刀，就能做這些了。」

「我會給妳找一把，還有一條適合妳的腰帶。」

「我現在就想要一把。」

父親停住腳步，低頭看著我。我則看著他的腳。

「蜜蜂。我知道妳有一點害怕。但我會保護妳的安全。妳的確應該有一把小刀，妳已經足夠大，知道該如何使用它了。但……」他停頓下來，彷彿在心中陷入了掙扎。

「你不想讓我用刀刺人，哪怕那個人在威脅我。我也不想。但我不想在受到威脅的時候完全無法保護我自己。」

「妳還這麼小。」他歎了口氣。

「這是另一個我需要刀的理由！」

「看著我。」

「我在看著。」我看著他的膝蓋。

「看著我的臉。」

我不情願地抬起眼睛，目光在他的臉上游移，看到他的眼睛，又挪向一旁。他溫和地說道：「蜜蜂，我會為妳找一把小刀，還有刀鞘，以及用來佩刀的皮帶。不僅如此，我還會教妳如何將它當做武器使用。今晚還不行，但我會的。」

「你不想這樣。」

「是的，我不想。我希望我能讓自己相信妳並不需要知道這些。但我認為妳應該知道。也許我早就應該教妳這些，是我怠惰了。但我不希望妳的生活變成這樣。」

「不做好準備保護自己，並不意味著我永遠都不需要為自己的生命而戰。」

「蜜蜂，我知道妳說得沒有錯。聽著，我已經說過我會為妳做這件事，我一定會的。但現在不行，今晚不行，妳能信任我，讓我保護妳嗎？能不能先聽我的？」

我的喉嚨有些發緊。我對著他的腳說話，聲音變得沙啞而且怪異：「當你要去找她，保護她的安全時，你又能如何保護我？」

父親看起來無比震驚，然後又顯得很受傷、很疲憊。我從眼角看著這些表情掠過他的面容。但他很快就讓自己鎮定下來，平靜地說：「蜜蜂。妳完全沒有嫉妒的必要，也絕對不必擔憂。是的，她需要我們的說明，我會保護她。但妳才是我的女兒，不是她。現在，我們走吧。妳需要梳頭，洗一洗臉和手，然後我們要去吃晚餐。」

「深隱會在那裡嗎？」

「是的，還有謎語。」父親並沒有逼我跑步，但我的兩條腿很短。當他以正常步伐行走的時候，我一直都要加快步子才能跟上他。我注意到房子裡變得安靜了許多。相信是父親讓工人們都回家過夜去了。

「我喜歡房子再度變得安靜。」

「我也是。這些修繕還需要一些時間，蜜蜂。今後一段日子裡，我們還不得不忍受噪音、灰塵和陌生人出入我們的房子。但等到他們的工作都完成之後，安寧和平靜就會回來。」

我想到了晚餐。深隱和謎語會和我們一起坐在桌邊。還有明天的早餐。我想到當我走進家中的一個房間時，會發現深隱也在那裡。她會去花園的房間嗎？她會閱讀圖書館裡的那些卷軸嗎？一想到她會在我的家中四處遊逛，我突然覺得自己再也無法對她的存在視而不見了。「深隱會在這裡住多久？」我懷疑安寧和平靜不可能和深隱共處在同一幢房子裡。

「只要她還需要留在這裡。」父親想要讓自己的語氣變得堅定，但現在我聽出了他聲音中的恐懼。很明顯，他沒有問過自己這個問題。他也像我一樣不喜歡這個答案，我喜歡這一點，它讓我感覺好了一些。

父親陪我回到我的房間。我進行了一番梳洗。當我離開房間，下樓去吃晚餐時，父親就在門外等我。我抬起頭看著他。「我喜歡你刮掉鬍子的樣子。」一早晨我就注意到了這一點，不過我那時沒有對此做出評價。父親瞥了我一眼，點了一下頭。我們一起下樓到了餐廳。僕人們已經在大餐廳中做好了布置，不過只是在距離飯桌最近的壁爐裡升起了火。餐廳另外一段的壁爐還是冷的。謎語和深隱已經在桌邊就座了。他們正在說話。但巨大的空間讓我聽不清他們在說些什麼。「大家都到了。」父親在我們走進餐廳時宣布。他把自己的聲音控制得很好，表現出因為我們的共聚一堂而感到高興。

他讓我坐到他的右手邊，彷彿我是我的媽媽。他還為我拉出椅子，等我坐好之後再把我的椅子推到桌前。深隱坐在我的右手邊，謎語坐在父親的左側。深隱將頭髮別了起來。看她身上的長裙，彷彿她以為會在我們的餐廳中遇到女王。她的臉剛剛洗過，但冷水並不能洗去她眼睛裡的血絲。她一直在哭。謎語看上去也像是要哭的樣子，卻又在臉上掛出一副笑容作為掩飾。

我們一坐下，我的父親就搖響鈴鐺，要僕人端上菜餚。深隱說道：「你們有找到那個陌生人留下的其他痕跡嗎？」

「我告訴過妳，深隱，她離開了。她是一名受傷的旅人，僅此而已。很顯然，她即使在這裡也覺得不安全。當她能夠走動的時候，就離開了。」

兩個我不認識的男人捧著大托盤走進房間。我看著我的父親。他在向我微笑。兩名僕人為我們送上了湯和麵包，然後就後退站好。「科爾、傑特，謝謝你們。」我的父親說完這句話，他們就一鞠躬，回到廚房去了。我則驚愕地盯著父親。

「我僱用了更多僕人，蜜蜂。我們應該讓這裡恢復一點秩序了。妳很快就會認識他們，並且喜歡上他們的服務。他們是塔維婭丈夫的堂兄弟，都獲得了很高的評價。」

我點點頭，但還是因此而感到不快。這頓飯吃得很不自然，我的父親很小心地與謎語和深隱說著話，彷彿交談是一種他必須平均分配給餐桌上所有人的東西。他問深隱是否覺得臨時住所合意。深隱僵硬地回答說「很好」。他問謎語覺得湯的味道如何，謎語說就像公鹿堡的一樣好。整個用餐時間裡，他和謎語只是在說一些非常普通的話題。他覺得明天還會下雪嗎？我的父親希望今年的積雪不要太厚。謎語說，如果今年的積雪不太厚，那就太好了。深隱喜歡騎馬嗎？細柳林有一些非常好的騎馬路線，父親覺得她的馬是一匹好馬，也許她明天會喜歡對細柳林的原野進行一番探索？

謎語問我的父親是否還有那匹他曾經騎過的灰色母馬。父親說那匹馬還在。謎語問他們是否可以在晚飯後去看看那匹馬，還問父親能否讓那匹馬和公鹿堡的一匹黑色種馬配種，為他生一匹馬駒。

這明顯是一個託辭，為的是能夠讓父親和他單獨說話。對此我差一點就沒能忍住。在晚餐以後，我們來到一個小房間。這裡有舒適的座椅，壁爐中也升起了旺盛的火焰。謎語和我的父親去了馬廄。深隱和我坐下來，彼此對視。塔維婭為我們拿來了熱茶。「柑橘和甜息草，能夠舒緩妳的神經，幫助妳在長途旅行之後更容易入睡。」她微笑著對深隱說道。

「謝謝妳，塔維婭。」我在一段時間的沉寂之後說道。深隱沒有做出任何回應。

「盡請享用。」塔維婭回答道。她為我們斟好茶就離開了。

我從茶碟中拿起茶杯，走過去坐到壁爐前。深隱低頭看著我。

「他總是任由妳這樣和成年人一起過夜嗎？」她顯得很失望。

「成年人？」我向周圍看了一圈，彷彿有些困惑地向她露出微笑。

「妳現在應該上床去了。」

「為什麼？」

「小孩子在晚上就應該這樣。他們要去睡覺，這樣成年人就能說話了。」

對此我想了一下，然後又望向爐火。我的父親會讓我在晚上去睡覺，然後他和深隱就能夠說話了嗎？我拿起撥火棍，用力打了一下燃燒的原木，濺起一團火星。然後我又打了一下。

「不要這樣！妳會把煙攪起來的。」

我沒有看她，而是再次擊打原木，然後才把撥火棍放回去。

「我想，這就是妳沒有穿裙子的原因。妳會把它們弄髒的。為什麼妳要坐在壁爐前，而不是坐在椅子上？」

椅子太高了，我的腳只能懸在半空中。我看著剛剛掃過的地磚。「這裡並不髒。」

「為什麼妳要穿成男孩的樣子？」

我低頭看著自己的束腰外衣和長褲。我的腳踝上還掛著一點蜘蛛網。我把它們摘下來。「這樣穿比較舒服。妳喜歡穿那麼多層的裙子？」

深隱將裙襬在身周鋪開。它們很漂亮，就像是展開的花瓣。她的外裙是比公鹿堡藍稍淺一些的藍色，下面的襯裙是更淺的藍色，它的蕾絲鑲邊被有意展露出來，與她的淺藍色胸衣正好相配，蕾絲的花紋也和她衣領和袖口的蕾絲一樣。這條長裙和襯裙肯定不是來自於岔路口的市集，也許是為她量身定做的。她滿意地將它們撫平。「它們很暖和，而且非常漂亮，也很昂貴。」她抬起一隻手，摸了摸自己的耳環，彷彿我沒有注意到那兩件首飾一樣，「還有這個，是遮瑪里亞的珍珠。切德大人為我買下了它們。」

我穿著簡單的束腰外衣，腰間用一條皮腰帶固定住。是我的媽媽為我縫製的。它很長，足以嚴密地包裹住我的身子，下襬一直垂到我的膝蓋。它裡面是一件長袖羊毛襯衫。我的腿上只穿著羊毛長褲和軟鞋。在這以前，從沒有人提起過我穿得像是個男孩。但現在，我想起了馬廄男孩的穿著。他們果然穿得和我沒有什麼不同。就連在廚房幹活的女孩們也都會一直穿著裙子。我看著自己的袖口。它們都掛著我之前探險時留下的蜘蛛網和粉筆灰。我長褲上膝蓋的部位也很髒。我突然知道了為什麼媽媽在我要和客人們共進晚餐的時候會讓我換衣服，要我穿上紅裙子。她還會給我的頭髮紮上緞帶。我抬手到頭頂，撫弄了一下我的短髮。

深隱點點頭：「這樣好一點了。它們原來就像是立在鳥雀頭頂上的羽毛。」

「它還太短，沒辦法綁辮子，因為媽媽去世，我把它們剪短了。」我朝她那裡看了一眼。深隱冷冷地和我對視。然後她說道：「我只能希望我的母親已經死了。我相信這樣能夠讓我的生活更輕鬆一些。」

我盯著她的膝蓋。她的話一直刺進我的心裡，我竭力想要理解這是為什麼。過了一會兒我才明白，她是認為她的痛苦比我的更加強烈。我感覺到她是在說，她殘忍的母親還活著，是一個比我的母親去世更加巨大的災難。在那一刻，我恨她。但我也發現了另一件重要的事情。我能夠像我的父親那樣做：我抬起雙眼，與她對視，卻不讓半點心思表現在臉上。

這個想法讓我感到驚訝。我審視著她，什麼都沒有說，同時意識到她並不具備我的能力。她此時心中的每一種感覺都清晰無誤地寫在了她的臉上。也許她認為我還太小，看不懂她的表情，或者她全不在意我是否能看懂。不管怎樣，她並沒有試圖向我掩飾任何事情。她早就知道她無情的話語會傷害我。她是我的家中一個痛苦和充滿怨毒的存在，因為被丟下來，身邊只有我而憤恨不已。她的痛苦讓她向我發動攻擊，因為她面前只有我一個人，而且她以為我無法反擊。

我並沒有對她產生任何憐憫之心。她對我而言太危險了，讓我無法可憐她。我懷疑她輕率而苦痛的心情會讓她對我採取一些殘忍的手段，一些我從不曾在成年人那裡體驗過的手段。我突然很害怕她會將我們全部摧毀，帶走我的父親和我所找到僅有的一點安寧。她坐在那裡，穿著漂亮的衣服，戴著珍珠耳環，看著我，覺得我是這麼小，這麼幼稚，這麼骯髒和普通。當然，她認為我是平民湯姆．獾毛的女兒，而不是瞻遠家族失落的公主！我只是細柳林一個看管莊園的鰥夫的女兒。但我還有一個家和一個愛我的父親，有視我為珍寶的母親的回憶。所有這些在她看來都很不公平。

「妳一直都很安靜。」她在專注地觀察我，就像一隻無聊的貓逗弄一隻老鼠，看看牠是不是死透了。

「對我而言已經很晚了。妳知道，我是一個孩子。我在大多數晚上很早就會上床。」我打了個哈欠讓她看，同時並沒有遮住我的嘴。然後我又用更微弱的聲音說，「自怨自艾的悲慘故事也總是會讓我感到無聊，讓我想要睡覺。」

她盯著我，眼睛變得更綠了。然後她伸出手，彷彿要整理一下頭髮，卻抽出一根插在髮絲中間的長釘，用拇指和食指將它捏住，彷彿是故意要讓我注意到它。她認為用這個就能威脅到我？她突然站起來，我也跳起身。我打賭，我不會讓她追上，但要從她身邊衝到門口的確是一個挑戰。我聽到走廊中傳來低沉的對話聲，轉眼間，謎語推開屋門。我的父親跟在他身後。「晚安！」我歡快地向他們喊道，然後跑過對我怒目而視的深隱，擁抱了一下我的父親，又急忙退到他身後。「這真是漫長的一天，全都是出乎意料的事情。我非常累了。現在要去睡覺了。」

「呃……」我的父親看起來有些驚訝，「如果妳累了，我是否應該送妳到房間去？」

「是的。」謎語不等我回答，就用強有力的聲音說道。深隱還在梳理她的頭髮，微笑著將長釘插回到髮絲之中。「她之前就覺得不舒服。你應該替她蓋好被子，讓她壁爐裡的火燒得旺一些。」

「是的，我會的。」父親表示同意，一邊微笑一邊點頭，彷彿我在這個時間要去睡覺是再正常不過的事情。平日裡，我們都會一起待到很晚，我經常會在他書房的壁爐前睡著。而現在，他向他的客人們說了一聲「抱歉」，承諾他會回來，就牽著我的手走出了房間。直到屋門在我們身後關上，我才將手從他的手心裡抽出來。「妳要做什麼？」當我們登上樓梯，向我的臥室走去時，他問道。

「沒什麼。已經是晚上了。我要去睡覺。我被告知小孩子就要這樣。」

「深隱的臉上有潮紅，她顯得很激動。」

「我認為那是因為她太靠近爐火了。」

「蜜蜂。」他只說了我的名字，但我能聽出他責備的意思。我沒有作聲。我不覺得自己應該受到責備。我是否應該告訴父親那根髮釘的事？毫無疑問，他一定會認為我很傻。

我們來到臥室門口，我在他之前抓住門把。「今晚我只想睡覺。你肯定需要趕快回去和其他成年人說話了。」

「蜜蜂！」他喊道。現在我的名字意味著我打擊了他、傷害了他，還激起了他的一點怒火。我不在乎。就讓他去為可憐的深隱大驚小怪吧。深隱需要他的同情，我不需要。他的面容平靜下來。「留在這裡，我要檢查妳的房間。」

我照他說的做了，等在敞開的門口。但他一走出房間，我就進了門，並將屋門在我身後關閉。我等待著，握住門把，看他是否想要走進來和我說話。

但他沒有。我知道他不會的。我走過房間，在壁爐裡添上一根原木。我一點也不睏。

我脫下衣服，把它捲成一團，嗅了嗅，不只是髒，而且上面有一股明顯的老鼠氣味，應該是從密道裡帶出來的。我想到條紋正在密道中搜尋老鼠，就打算偷偷溜出我的房間，到父親的書房裡去看看那隻貓是不是想要出來了。但那樣的話我還要再穿上衣服，如果父親看到我今晚在走廊裡閒逛，他一定會生氣的。我決定要早早起來。我的冬季睡衣聞起來有一點霉味。媽媽還活著的時候，從衣箱中拿出的衣服總是會散發著雪松木和香草的芬芳。如果是剛剛洗好的衣服，就能聞到太陽和薰衣草的香氣。我懷疑自從媽媽去世之後，這幢房子裡的僕人就變懶了，對各種工作都懈怠起來。但這是我第一次意識到自己如此直接地受到了影響。

為此，我責備父親，然後又責備自己。我怎麼能一廂情願地以為他會知道這些事？他也許根本就不知道我已經有幾個星期不曾清洗過身體，也沒有洗過頭髮。確實，現在是冬天了，但媽媽總是會至少一個星期讓我在盆中清洗一下全身，即使在冬天也不例外。我很想知道父親多僱用的那些僕人是否能夠讓一切恢復到以前的狀態，但我並不這樣認為。除非有人拉住韁繩，否則我不覺得他們能做出任何有益的改變。

拉住韁繩的會是誰？也許是深隱？這個想法讓我挺起了背脊。不，必須是我。這裡是我的家。我是這裡的女人，要代替我的姐姐管理這個地方，這是我姐姐的房子。我想到那些一直以來受到我父親監督的僕人們像以前那樣做著各種工作。樂惟也在盯著那些傢伙，但這幢房子裡的僕人是由我母親管理的。樂惟工作表現非常優秀，只是我無法想像他會監督女人們每天洗滌掃塵、整理房間。現在我必須承擔起這個職責了。

我穿上味道最淡的睡衣，看了看我的腳，又用房間裡剩下的水洗淨了臉、手和腳。我撥旺爐火，爬上床。現在有這麼多需要思考的事情，我覺得自己再也無法睡著了。

不過我的確睡了過去。因為當我醒來的時候，那個沒有顏色的女孩正站在我的床邊。紅寶石一般的眼淚掛在她的面頰上。粉色的血沫從她的嘴唇間溢出來。她注視著我。「那個訊息。」她說道，同時從口中吐出血水。然後，她倒在我身上。

我尖叫著，在她的身下掙扎著。她抓住我，但我從床上滾下去，在吸進一口氣的時間裡就竄到了門口。我在尖叫，卻沒有發出任何聲音。門閂在我慌亂的摸索中微微搖動，然後又猛然打開。我衝進了黑暗的走廊，一雙赤腳拍打著地面。現在我不再尖叫了。如果父親的臥室門被拴住該怎麼辦？如果他不在那裡，而是在樓下他的書房中，或者是房子裡的其他地方呢？

「爸……爸……爸……爸。」我聽到自己結結巴巴地說著，但我沒辦法讓自己的聲音更高一些。爸爸的門一被我碰到就打開了，讓我驚訝的是，他已經從床上站起來，不等我跑到他的床前，他的手中已經多了一把匕首。他赤著雙腳，襯衫敞開著，彷彿早已在床上做好了準備。他用沒有拿刀的手攬住我，猛地轉過身，將我護在身後，匕首指向敞開的屋門。然後他盯著門口問我：

「妳受傷了嗎？是什麼？在哪裡？」

「我的房間。那個女孩。」我的牙齒因為恐懼而不停地相互撞擊，我相信自己現在根本不可能把話說清楚。不過爸爸似乎聽明白了。他用幾近輕柔的動作把我放下，開始向前挪步。

「跟在我身後，緊跟在我身後，蜜蜂。」

他沒有回頭看我是否服從了命令，而是握著匕首向前跑去。我不得不在他身後拔腿快跑，返回這個世界上我最不喜歡去的地方。我的手裡沒有刀。我向自己承諾，如果我能活過今夜，我絕不會再讓自己這樣赤手空拳。我會從廚房裡為自己偷一把刀，把它藏到我的枕頭底下。我會的。

我們很快就到了我的房間。爸爸氣惱地揮手示意我從門前退開。他繃起嘴唇，露出牙齒，雙眼顯得黑暗又凶野。狼父親就在那雙眼睛裡，他的憤怒中透出殺意，任何威脅到他小狼的生物都別想在他眼前活下去。他停在門口，盯著只有即將熄滅的爐火發出些許光亮的房間，鼻翼翕動，頭從一側轉向另一側。然後，他的身子又完全定住，隨即開始以極為緩慢的速度向那個撲倒在我床上的身軀走去，就好像每一刻只有他身體的很小一部分在向前移動。他回頭瞥了我一眼：「妳進行自衛了？妳殺了她？」

我搖搖頭。我的喉嚨依然在因為恐懼而乾澀，但我還是說道：「我逃跑了。」

他點了一下頭。「很好。」然後他靠近我的床，俯視那個女孩。

突然，父親全身僵硬，舉起匕首彷彿在準備戰鬥。我聽見那個女孩乾啞微弱的聲音：「訊息，你必須聽到這個訊息，在我死以前。」

父親的面孔發生了變化。「蜜蜂，拿水來。」

我的水罐裡只剩下一點水。我走進原先安置女孩的房間，找到那一托盤沒有碰過的食物，托盤上還有一壺茶，只是已經冷了。我把茶壺拿給父親。他已經讓女孩在我的床上躺好。「喝一點水吧。」他將一杯茶舉到女孩唇邊。女孩張開嘴，卻似乎嚥不下喝到嘴裡的水。水又從她的嘴裡流出來，淌過她的下巴，將那上面的粉色氣泡沖刷得更加稀薄。「妳去了哪裡？」父親問她，「我們找不到妳。」

女孩的眼睛睜開一道縫。她的眼皮看上去又乾又薄。「我就……在那裡，在床上。哦。」她忽然看起來更加悲傷了，「哦，那件斗篷。是那件斗篷。我很冷，就把斗篷蓋到身上。它讓別人看不見我。」

我向床邊靠近了一些。她似乎沒有察覺到我。也許她已經失明了。父親和我交換了一個懷疑的眼神。女孩略微擺了擺手，這讓我想起了在風中搖曳的柳葉。「它會模擬周圍的顏色和影子。不要丟掉它……要知道，它非常古老。」她的胸口緩緩升起又落下，隨後就沒有了半點動靜，讓我以為她死了。但她又喊了出來，彷彿這個詞讓她非常痛苦，「訊息。」

「我就在這裡，我在聽。」父親將她的小手握在手中，「太熱了，」他喃喃地說道，「實在太熱了。」

「思考很艱難。要集中精神。他把它做成……一幅圖。更容易記憶。寫下來是不安全的。」

「我明白。」

她發出一聲鼻息，終於又開始喘氣。粉紅色的小氣泡出現在她的唇邊。我不想看到它們，卻又無法挪開視線。

「因為四件事，你會知道我真的是他的信使並信任我。拉特希在他的權杖上；你的母親的名字從未被提起過；你侍奉一個牆後的人；他從你的手腕上取走了他的指紋。」她停頓下來，不斷地喘息。我們等待著，我看到她嚥了一口唾沫，將臉轉向我的父親，虛弱地問：「滿意了嗎？我是真的信使嗎？」我是對的。她看不見父親的臉。

父親抽搐一下，彷彿被扎了一針。「是的，是的，當然。我信任妳。妳餓嗎？妳覺得妳能喝一些熱牛奶，或者吃些東西嗎？」然後父親又閉上眼睛，一動不動。「如果我們知道妳還在這裡，絕不會對妳棄之不顧。我們找不到妳，以為妳恢復了，離開了我們。」

父親並沒有提到我們曾經懷疑她是否藏在房子裡的某個地方，意圖殺死我們。

現在她每一吸口氣都會發出聲音：「不，不要食物。太晚了，食物沒用了。」她想要清一清嗓子，從她嘴唇間溢出的血變得更紅了。「現在沒有時間考慮我。訊息。」

「我還可以去找治療師。」

「訊息。」她堅持說，「得到了訊息，你做什麼都可以。」

「好吧，訊息。」我的父親屈服了，「我在聽，說吧！」

女孩在片刻間陷入窒息，粉色的液體從她的嘴唇間溢出，流過她的下巴。父親用我的床單一角輕輕將它揩掉。我決定今晚睡在父親的床上。終於，她吸了一口氣，嘶聲說道：「他要告訴你，舊日的夢之語言講述了意外之子。派我來的人曾經認為那些夢中所指的是你。但現在，他認為也許不是。他相信會有另外一個。一個兒子，出乎設想和預料。一個男孩沿道路離開了某處。他不知道那是哪裡，也不知道是什麼時候，不知道誰是那男孩的母親。但他希望你能找到那個小男孩，搶在獵殺者之前。」說到這裡，受傷的女孩氣息不夠了。她開始咳嗽，吐出血和黏痰。片刻之間，她閉上眼睛，只是努力想要呼吸。

「弄臣有一個兒子？」父親難以置信地說。

女孩用力地點了一下頭，又搖搖頭。「是他的，卻又不是他的。一個半血的白者。但他的外表有可能和完全的白者一樣。就像我。」她的呼吸穩定下來，我以為她說完了。然後，她又更用力地吸了一口氣，「你必須去尋找他。當你找到了那個意外之子，你必須保護他的安全。不要告訴任何人你找到了他。不要告訴任何人你的任務。這是保護他安全的唯一辦法。」

「我會找到他。」我的父親做出承諾。受傷的女孩露出虛弱的笑容。她的牙齒變成了粉紅色，「現在就去找治療師。」我的父親說道。但女孩虛弱地動了一下，似乎是在搖頭。

「不，訊息還沒有完。請再給我一些水。」

父親將杯子舉到她唇邊。她沒有把水喝下去，只是將水含在嘴裡又吐出來。水流過她的下巴，父親又擦了擦她的臉。

「獵殺者會到來，也許會向你表示友善，或者進行偽裝，讓你相信他們是朋友。」她的話音短促，中間夾雜著喘息，「不要將意外之子告訴任何人，即使他們說，他們就是為他而來，將他帶到屬於他的地方，等待那個派我來的人。他會來找你，只要他能做到。他派我來的時候，是這樣說的。已經是那麼久以前了……為什麼他沒有在我之前到來？我害怕……不。我必須相信他還在路上。他逃脫了，但他們還會獵殺他。當他可以的時候，他回來的。只是會很慢。他必須躲避他們。這會耗費他的時間。但他會來這裡。在那以前，你必須找到意外之子，並保護他。」看來這個女孩自己都不太相信自己的話。

「我應該去哪裡尋找？」父親急迫地問她。

她微微一搖頭：「我不知道。如果他知道，也沒有給我線索。這樣，即使他們捉住我，拷問我，我也無法出賣他。」她在枕頭上動了一下頭，失明的眼睛還在尋找父親，「你會找到他嗎？」

父親小心地握住她的手：「我會找到他的兒子，保護那孩子的安全，直到他來這裡。」我很想知道父親是不是在說謊，好讓這個女孩感覺好一些。

女孩閉上眼睛，她的眼球彷彿眼皮下面一輪淺灰色的月亮。「是的。太寶貴了。他們非常想得到他，想要殺死他。如果他們得到了他……」她的眉毛皺了起來，「就像我所遭受的。一件工具。別無選擇。」她的眼皮掀起，那雙怪異的、沒有顏色的瞳仁似乎迎上了父親的目光，「我生過三個孩子，從沒有見到或抱過一個。他們拿走了孩子。就像他們拿走我。」

「我不明白，」我的父親說道，但在女孩絕望的凝視中，父親又改口說：「我明白。我會找到他，保護他的安全。我保證。現在我們要讓妳更舒服一些，妳需要休息。」

「燒了我的屍體。」她堅持著說道。

「如果情況發展到了那一步，我會的。但現在……」

「肯定會的。我的同伴查看過傷口。我告訴過你。進去的東西出不來了。」

「一種毒藥？」

她搖搖頭。「是卵。現在它們已經孵化了。它們在吃我。」她打了個哆嗦，又開始咳嗽，「抱歉，把被褥也和我一起燒掉。」她睜開眼睛，無神的雙眼掃過整個房間，「你應該把我放到外面去。它們會不斷齧咬和挖鑿，還會生下更多的卵。」她咳出了粉紅色的液體，「這是對叛徒的懲罰。」她眨眨眼，紅色的淚滴從她的眼角滾落，「背叛是不可饒恕的。所以相應的懲罰必須是不可阻擋的死亡，但速度會非常緩慢，會持續幾個星期。」她顫抖著，蠕動了一下身體，抬起頭看著我的父親，「疼痛會愈來愈強烈。我看不見了。它們在吃我的眼睛。它們是不是很殘忍？」

我聽到父親喉嚨一梗。他坐倒在床邊，雙眼平視那個女孩的眼睛，面容顯得異常寧靜。我看不出他是否有什麼樣的感覺。他只是平靜地問：「那麼，妳說完了嗎？這就是全部訊息了？」她點點頭，又轉頭迎向我父親的目光。不過我知道，她看不見父親。紅寶石一樣的血滴還掛在她的睫毛上：「是的，我說完了。」

我的父親有些搖晃地站起身，轉身彷彿想要從房間裡逃出去。但他只是拿起了那只空水壺，嚴厲地說：「蜜蜂，我需要乾淨的涼水，再用杯子盛些醋來。還有……」他停下來想了一下，「去耐辛的花室，摘兩大把最靠近佩劍女孩雕像的薄荷來。去。」

我拿起水罐和一個燭臺。黑暗讓走廊變得更長了。廚房是一個陰影密布的地方。醋放在一只大瓦罐裡，能盛醋的容器都放在我伸手搆不到的地方。我不得不推一把凳子爬上去。然後，我把醋和盛滿水的沉重水罐先留在廚房裡，走過熟睡中的莊園，來到耐辛的花室，找到薄荷，把它們揪下一大把，用睡衣下襬把這些散發清新氣息的葉片兜住，又跑回到廚房中，一隻手拿著蠟燭，另一隻手按住裹滿薄荷葉的睡衣。在廚房裡，我用一塊乾淨的布巾將薄荷葉包好，用牙齒咬住布巾角打成的結，一條胳膊掛著沉重的水罐；另一隻手拿著醋，燭臺就只好放下了。我用最快的速度趕回去，盡量不去想那種會從身體內吃掉我的蛆。等我回到房間門口，將所有東西放下，打開門的時候，我已經快喘不過氣了。我像是跑了一整夜。

我的眼前是一片恐怖的景象。我的羽毛床墊被放在地板上。我父親跪在床墊旁邊。他穿上了靴子，厚重的斗篷放在他身旁的地上。看樣子他一定是回過他的房間。他將我的一副床罩撕成布條，正用它們捆綁他所製作的包裹。當他抬頭看我的時候，面色顯得格外灰暗。「她死了，我要帶她出去，燒掉她。」他一邊說，一邊毫不停頓地捆紮著身前的包裹。我的羽毛床墊變成了一個巨大的繭，裡面有一個死去的女孩。他從我身上移開視線，又說道：「把衣服脫下來，留在這裡。到我的房間去，妳可以在那裡找到一件我的襯衫穿上。今晚妳在我的房間睡。我要把妳的睡衣和她一起燒掉。」

我盯著父親，將水罐和醋放下，讓薄荷布包也落在地上。現在已經太晚，父親來不及用這些做藥了。這個女孩死了，就像我的母親一樣。父親又將一根布條從包裹下面推過去，提起兩端，緊緊打了一個結。我用非常小的聲音說：「我不要赤裸著跑過走廊。你也不可能一個人做好這件事。我要叫謎語來幫你嗎？」

「不。」他蹲起身，「蜜蜂，到這裡來。」我向他走過去。我本以為他會抱緊我，告訴我一切都不會有事。但他只是讓我低下頭，仔細查看了一遍我被剪短的頭髮。然後他站起身，走過去打開我的衣箱，拿出去年的羊毛長袍。「我很抱歉，」他走回來對我說，「但我必須確保妳的安全。」他提起我的睡衣下襬，把它從我身上脫下去，然後又查看了我的全身，尤其是我的胳膊下面，臀部和腳趾之間。不等他做完這件事，我們就全都面紅耳赤了。然後他將羊毛長袍遞給我，又拿起我的睡衣，加入到他的包裹裡。「穿上靴子和冬季斗篷。」他對我說，「妳必須幫我。不能讓任何人知道我們今晚做了什麼，也不能讓任何人知道她帶來的訊息，甚至我們又發現她的事。如果其他人知道了，那個孩子就會面臨更大的危險，就是她所說的那個男孩，妳明白嗎？」

我點點頭。此時此刻，我比以往任何時候都更想念我的媽媽。

17

刺客

誠實地說，所謂仁慈地殺死一個人是絕不可能的。有些人認為一些事情不算是罪行，比如在溫水中溺死有缺陷的嬰兒，彷彿那個嬰兒不會拚命掙扎想要將空氣吸進肺裡一樣。如果嬰兒不是努力想要呼吸，他也不會溺水。但這樣做的人不會聽到尖叫聲，也不會感覺到那個孩子的意識逐漸陷入黑暗，所以那些人是仁慈的，至少對他們自己而言是這樣。對於絕大多數「仁慈的死亡」而言，這就是真相。一名刺客能實現的最好結果，就是創造一個環境，讓他不必親眼見證他所製造的痛苦。你也許會說，那麼用藥和毒讓一個人進入永遠不會醒來的沉眠如何？也許這樣能算是仁慈，但我依然表示懷疑。我覺得受害人在某種程度上依然是知道的。身體知道自己被殺害了，它不會向意識隱瞞多少祕密。勒頸、窒息和放血都被宣稱不會讓受害者承受痛苦。他們在說謊。真相是施害者可能看不見受害者的痛苦，而且受害者不會回來說施害者錯了。

——《梅喬克的兩百七十九種殺死成年人的方法》

我扛著她的屍體走下樓梯。我心愛的小女兒小跑著走在我前面，手中拿著一根蠟燭為我照明。在這個可怕的時刻，我慶幸莫莉已經死了，不會看到我要我們的孩子做什麼。不過，我至少讓蜜蜂離開了足夠長的時間，沒有見到我殺死這名信使。我利用了她脖子上的兩個出血點。當我將雙手按在她的脖子上時，她知道我打算做什麼。她用失明的血色眼睛看著我。片刻之間，我在她的臉上讀到了安慰和許可。但是當我在手指上施加壓力的時候，她還是反射性地抓住了我的手腕。她在掙扎，依然為她充滿痛苦的生命奮戰了一段短暫的時間。

她太虛弱了，無法進行多麼激烈的反抗，只是抓破了我的一點皮。我已經很久很久沒有殺過人了。我從沒有像某些刺客那樣，認為殺人能讓我興奮。我從不曾將殺人當做生活中的喜悅、完滿，甚至是值得珍視的目標。當我非常年輕的時候，我將殺人當做人生中的任務，只需要高效而冰冷地去完成，不要有太多想法。那天晚上，即使一開始有信使的許可，即使知道我是在將她從漫長而痛苦的死亡中解救出來，這也許依舊是我作為刺客最糟糕的一次體驗。

而且，我還讓我的小女兒參與了這件事，還命令她對此保持緘默。如果切德和珂翠肯要將我的女兒硬拖進瞻遠家族的歷史中，我是否還有立場阻止他們？至少他們肯定不會讓她暴露在這種環境中。我曾經為自己在這麼長的時間裡不再殺人而感到無比驕傲。哦，幹得好，蜚滋。你沒有讓他們將瞻遠一族的重擔壓在這副纖瘦的肩膀上，卻讓她成為了一名刺客的學徒。

像細柳林這樣的莊園總會有一堆等待燒掉的枯木枝杈，而且它們的位置往往都很偏僻。我們的枝杈堆位於羊圈對面的一片草地上。我扛著捆縛在床褥中的信使，走過被厚厚積雪覆蓋的草地和寒冬的夜晚。蜜蜂一言不發地跟在我身後。這是在黑暗和潮濕中一次不愉快的行走。她走在我踏出的雪中小路上。我們最後站到了一堆同樣覆蓋著雪花的荊條樹枝前面。這些有刺的灌木被砍下來，丟在這裡，再加上草場周邊的樹上掉落的枯枝，因為太過細小而不值得被砍來劈柴。對我而言，這一堆燃料已經足夠了。

我把肩頭的屍體歪歪斜斜地放在這堆枝條上，又抽出一些樹枝蓋在她身上，並讓枝條堆更緊實一些。蜜蜂看著我做這些事。我想到也許應該讓她回屋裡去，去我的房間睡覺。我知道她不會聽話。實際上，我懷疑讓她看到我做這些事，也許會比讓她胡思亂想更少些恐怖。我們一起去拿了油和木炭。她又看著我將油灑在樹枝和被裹住的屍體上。然後我們點燃了這一堆枝條。這些常綠樹的枯枝和荊棘都富含油脂，很快就燃起了熊熊烈火。更加粗大的樹枝也被烤乾，隨之燃燒起來。我有些擔心這些樹枝會在將屍體燒成灰燼之前就完全耗盡，不過吸飽油脂的床褥燒得很旺，發出一股刺鼻的臭氣。我拿來了更多樹枝，扔在我們的篝火堆上。蜜蜂也在幫我的忙。她一直都是個膚色白皙的孩子。在這個寒冷黑暗的夜晚，她變得更像一塊白堊。紅色的火光在她的臉上和蓬亂的頭髮上跳動，讓她有些像古老傳說中那種怪異的小亡靈。

火葬堆愈燒愈旺，火舌比我的頭還要高。它們發出的光芒推開了黑夜。沒過多久，我的臉就因為熱浪的炙烤而感到不舒服，後背卻還是很寒冷。我忍耐著這種灼熱，將樹枝向火堆中推進去，讓火燒得更加猛烈。火焰會說話，我投進一根帶著冰霜的樹枝時，它就會發出爆裂和嘶號聲。我們的祕密也隨之被火焰吞噬了。

蜜蜂站在我身邊，卻一直都沒有碰我。我們看著信使被燒成灰。焚燒一具屍體需要很長的時間。在這段時間裡，我們幾乎全都保持著沉默。蜜蜂只說了一句：「我們該怎樣對其他人說？」

我搜索著自己的思路：「對深隱，我們隻字不提。她相信這個女孩已經離開了。對謎語，我會說我發現她死了，害怕她的屍體造成瘟疫，就為她做了火化。對家中的僕人，我會說妳覺得有小蟲子咬妳，我在妳的床上發現了吸血的害蟲，就決定立刻把妳的床褥都燒掉。」我微微歎了口氣，又承認：「說這樣的謊話對他們並不公平。我必須裝作對他們的工作懈怠感到氣惱，並要求他們將妳的每一件衣服漿洗乾淨，還要為妳準備新的床褥。」

她點了一下頭，又將眼睛轉回到火堆上。我抱起一捆樹枝，扔到火上。半燒成灰的枝杈在這份新重量的壓迫下開始坍塌，完全變成灰燼。羽毛床褥在「嘶嘶」聲中也被焚化成綿軟的火灰。那些發黑的條狀物是骨頭還是樹枝？就連我也無法判斷。微弱的烤肉氣味讓我感到噁心。

「你非常善於做這種事。你想到了每一件事。」

我並不想從我的小女兒口中得到這種恭維。「我以前曾經不得不……做一些特殊的工作。為了國王。我學會了同時考慮很多事。」

「還有完美地說謊，不讓人們看出你在想什麼。」

「這一點也是。蜜蜂，我並不為此感到驕傲。但我們今晚所知道的祕密並不是屬於我的。它屬於我的一位很久以前的朋友。妳也聽到了信使的話。他有一個兒子，那個孩子正處在危險之中。」蜜蜂是否能聽出我在得知此事的時候聲音變得多麼特別？弄臣有一個兒子。我從沒有對他的男人屬性特別確信過。但孩子肯定來自於女性的子宮。這意味著那個孩子也會有一位母親。一個應該為弄臣所愛的女人。我以為我比其他任何人都更瞭解弄臣，但我卻從沒有過這樣的設想。

這個女人將成為我搜索的起點。她是誰？我不斷搜索自己的大腦，首先想到的是嘉蕾莎。當弄臣和我還是孩子的時候，她是一名園丁的女助手。那時弄臣就很迷戀她。年輕的弄臣是一個身體輕盈、會各種遊戲的人，和任何一名小丑一樣，他擅長翻筋斗、騰躍和表演雜耍藝人的各種戲法。而且他也很懂得說話。對於那些他認為應該教訓一下的人，他的幽默感常常是頗為殘忍的。而對於小孩子和那些沒有得到命運青睞的人，他又總是溫柔有加，經常會拿自己當做搞笑的題材。

嘉蕾莎並不漂亮。弄臣卻對她一直都很好。對於某些女人，只要這樣就足夠了。在後來的歲月中，嘉蕾莎一直會想起他，並且認出了偽裝成黃金大人的弄臣。他們的關係是否不僅限於如此？是否弄臣利用他們之間的感情讓嘉蕾莎為他保密？如果他們有一個孩子，那個男孩現在應該有二十五、六歲了。

嘉蕾莎是唯一可能的人選嗎？嗯，公鹿堡城中有數不清的娼妓和尋歡作樂的女士，但我無法想像弄臣會與她們來往。一定是嘉蕾莎……這時，我的思路向側旁邁出一步，我突然開始以不同的視角看待弄臣。他一直都是個有許多隱私的人。也許他有一個祕密情人，或者是一個不算太祕密的情人——月桂，那名原智女獵人毫不掩飾自己對弄臣的喜愛。弄臣曾經在數年間離開公鹿堡，前往繽城，可能還有遮瑪里亞。我對於他在那裡的生活幾乎一無所知，只知道他在那時偽裝成了一個女人。

然後，我看到了一個最明顯的事實。我覺得自己就是個大傻瓜。巧馮。為什麼他要寫信給她？為什麼要警告她守護好自己的兒子？也許是因為那是他們的兒子？我重新梳理所有關於巧馮和弄臣的回憶。將近三十五年前，當弄臣在群山找到瀕臨死亡的我時，他帶我去了他的家，那是他和巧馮同居的一幢山間小屋。他讓我住進那幢房子的時候，就讓巧馮搬了出去。當他和我一同離開，去完成我的任務時，他將一切物品都留給了巧馮。我想起巧馮在我們上一次見面時對我的反應。我是否可以認為她的愛人弄臣因為我而冷落了她，所以她才會以那樣的態度對待我？她似乎很樂於向我炫耀弄臣給她寫了信，卻沒有給我半點音訊。

我回想起她在過去的那種激情、她說話的聲音，當她提及白色先知時那種崇敬的語調。我曾經認為那是一種宗教性的狂熱。但也許那完全是另外一種激情。如果她為弄臣生了一個孩子，弄臣是肯定會知道的，所以才給她送了信。巧馮是否寫了回信？如果弄臣在那裡留下了一個孩子，那個男孩應該比蕁麻年輕一歲，肯定不是一個需要由我來保護的孩子了吧？而且我當時看到的巧馮的孫子一點也不像弄臣。如果他真是弄臣的孫子，弄臣的白者血統總會在他身上有所顯現。弄臣的孫子——很長一段時間裡，我認為這幾個字完全不可能被拼合在一起。

隨著火焰一點點啃噬掉信使的骨頭，我還在思考此事。信使的話讓我毫無頭緒。如果弄臣是在公鹿堡的時候留下了一個孩子，他的兒子應該已經成為年輕人，而不是小男孩了。這不合道理。信使說過弄臣的兒子是一個小男孩。我也記得弄臣的生長速度是多麼緩慢。他說他比我老幾十年。有太多的事情我還不知道。但如果弄臣的族群衰老速度的確很慢，也許他的兒子在外表上依然會是個孩子？那麼他就不可能是巧馮的兒子，那個人已經有了自己的男孩。弄臣給巧馮送信，會不會因為他害怕那些獵殺者會追殺任何可能是他兒子的人？我的思緒在不斷旋轉，努力想要用太少的磚塊搭建一座高塔。如果真的是巧馮的兒子，弄臣應該早就告訴我了，他有幾十條只有我才能明白的線索可以讓我知道此事。比如稱他為玩具工匠的兒子、女獵人的孩子……我們是如此瞭解對方。他只要有一個孩子，就一定能想辦法讓我知道。如果弄臣能確定孩子在哪裡……他難道要讓我僅憑著某種模糊的白色先知預言，就去盲目地尋找一個被認為是存在的孩子？他不會這樣對我的。不，他幾乎肯定會這樣。因為他會相信，我能夠找到這個孩子。他真的是弄臣的兒子？我將信使不多的幾句話重新審視了一遍。意外之子。他曾經告訴我，這個「意外之子」指的是我。那麼現在呢？難道還有另一個這樣的人存在於某個地方？我是否能確定這個男孩就是弄臣的兒子？畢竟這名信使對於我的語言的掌握，應該是非常有限的……

「爸爸？」蜜蜂的聲音在顫抖。我轉向她，看到她用手臂抱緊自己，正在寒風中打哆嗦，「我們做完了嗎？」她的小鼻尖已經被凍得通紅。

我看著面前的火堆。我放在上面的最後一堆枝條突然垮塌下來。這個女孩現在還剩下了什麼？頭骨、較粗部分的大腿骨，還有脊骨。我向前邁出一步，朝火堆中心處仔細查看。它們全都被灰燼覆蓋了。明天我會將蜜蜂臥室毗鄰的保姆間裡的床褥也拿到這裡來燒掉。今晚，這樣就夠了。我希望如此。我向周圍環顧了一圈。天空中有月亮，但一層層濃雲將它遮住了，一陣冰寒的武器低垂在這片遍布泥沼的草原上，灑落下來的月光也無法將其穿透。

「我們回屋裡去吧。」

我向蜜蜂伸出一隻手。蜜蜂看看我的手，才將她的小手指放進我的手裡。那些小指頭很冷。我一時衝動，將她抱了起來。她推著我。「我已經九歲了，不是三歲。」

我放開她，她滑到地上。「我知道，」我帶著歉意說道，「只是妳一定很冷。」

「我確實很冷。我們回屋裡去吧。」

我並沒有再試圖碰她，只是滿足於讓她走在我身邊。想到明天，恐懼感便沉甸甸地壓在我心中。就算不考慮該如何應對深隱和謎語，情況已經很複雜了。我必須報告一起虛假的寄生蟲傳染病例，我知道，這樣做的結果會引來一番徹底的清潔和刷洗工作，這讓我不由得憂心忡忡。樂惟一定要發瘋了。全部僕人都會遭受斥責，還有無窮無盡的洗滌工作。我想到自己的房間，又打了個哆嗦。我將不得不允許僕婦們的入侵，否則我對她們的指責就會變成空穴來風。我甚至不敢去想像深隱在得知她的床褥可能是寄生蟲的樂園時，會如何憤怒和厭惡。好吧，現在這一切都無可挽回了。我在午夜燒掉蜜蜂床褥的理由必須足以令人信服。說謊是無可避免的。

這大概就像我無法讓蜜蜂避開那些我舊日生活的殘片一樣。想到自己對她的保護是多麼匱乏，我不由得搖了搖頭。現在我只想一個人待著，仔細考慮清楚眼前的一切。在這麼多年以後，弄臣突然給我送來了一個如此震撼的訊息。我試著梳理因此而生出的情緒，驚訝地發現憤怒竟然也夾雜在其中。這麼多年了，他沒有隻字片語，我也完全沒辦法聯絡到他，而當他需要我的時候卻又如此蠻橫地來打擾我的生活！氣惱和沮喪充塞在我的心中，其中卻又燃燒著多年之後依然期盼能見到他的渴望。他送來的訊息似乎表明他正處於危險之中，無法親身出行或者進行探查。他會不會受傷了？我們最後一次見面的時候，他曾經是那樣著急要回到他的舊日族群中，將蒼白之女和他在漫長旅行中所得知的一切告訴那裡的人。克拉利斯，我只知道那個地方的名字。他是否介入了那裡的衝突？為什麼？黑者怎麼樣了？那是他的旅伴和一名白色先知的追隨者。信使完全沒有提到普立卡。

弄臣總是喜歡各種謎語和謎題，更喜歡保留個人隱私。但這不像是他的惡作劇，更像是他送來了敢於透露的每一點訊息，儘管這些訊息依舊殘缺不全，他仍然希望我能擁有足夠的能力找出我需要知道的其餘部分。我擁有所需的能力嗎？我是否依然是他能夠寄予期望的那個人？

這其中怪異的地方在於，我實際上並不希望自己依然是那個人。我曾經是一個狡詐多端、能力過人的刺客，無論是偵察、奔襲、戰鬥還是殺戮，都是我拿手的。但我已經不再想做那種事了。我依然能感覺到那個女孩被我的拇指按壓的皮膚，感覺到她無力地抓住我的手腕，在掙扎中漸漸失去知覺，直到死亡。我的動作很快，但並非沒有痛苦，任何死亡都不可能是沒有痛苦的。我只能讓她的痛苦更加短暫一點。這是我能給她的仁慈。

我再一次感覺到殺人時的力量潮湧。我和切德從未對任何人談起過這件事，甚至對彼此。這是一種骯髒的、強悍的爆發感，全都是因為我還活著，而另一個人已經死了。

我絕對不想再體會這種情緒了。是的，我不想。我也不想去思考，為什麼我這麼快就決定要給她迅速死亡的仁慈。幾十年了，我一直堅持認為自己不想成為刺客。今晚，我卻對自己產生了真切的懷疑。

「爸爸？」

一名刺客瑟縮一下，將目光轉向那個小女孩。片刻之間，我並不認識她。我努力找到道路，回到她父親的身分中。「莫莉，」我說道。這個詞不假思索脫口而出，聲音很大，讓蜜蜂的臉一下子變白了。她被凍紅的面頰和鼻頭更是紅得像染了血。莫莉一直在保護我的安全，是我的路標，讓我的人生能走上一條不同的道路。現在她走了，我就像是從懸崖上摔了下去，正絕望地投入到一片廢墟之中。而且我還把我的孩子也拉下了懸崖。

「她死了。」蜜蜂用很小的聲音說。突然間，周圍的一切又變得真實了。

「我知道。」我悲苦地說。

蜜蜂握住我的手：「你正領著我們走進黑暗的迷霧裡，向草原深處走去。我們要走這邊。」她拉著我的手。我這才意識到自己正走向草原邊緣一片霧氣繚繞的森林。蜜蜂帶我轉回頭，向有幾扇窗戶還閃爍著燈光的細柳林走去。

我的孩子帶我回了家。

我們在沉默中走過細柳林黑暗的走廊。經過大門，走上弧形樓梯，沿著走廊悄然前行。我在她的房間門口停住腳步，突然想起她沒辦法睡在這裡。我看著她，心中痛恨自己。她的鼻子就像是一顆亮紅色的鈕扣。她穿著冬季斗篷和靴子，裡面只有一件羊毛睡衣。現在她膝蓋以下的衣服全都浸透了雪水。哦，蜜蜂。「我們先給妳找一件乾淨的睡衣，妳今晚睡在我的房間裡。」回想起我房間的混亂情況，我不由得又打了個哆嗦。但我想不出還有別的辦法。我必須將蜜蜂房間裡的每一片床上物品都毀掉，以免那名信使所攜帶的可怕怪物會感染到蜜蜂的身上。想到那名信使所遭受的苦難，我只能壓抑自己的顫抖。那是完全無可挽回的酷刑，漫長而充滿痛苦的死亡，他們對於叛徒的懲罰，任何悔罪或解釋都不可能使其停止。我依然無法確定這個「他們」到底是誰，但我已經對他們充滿了厭惡。

我在蜜蜂臥室的壁爐中點燃一根蠟燭。蜜蜂自己走到衣箱前。她的睡衣在地板上拖出一條水跡。蜜蜂抬起沉重的箱蓋，用一邊肩膀把箱蓋頂住，然後開始在裡面翻找。我向房間裡環顧了一周。那張被剝去了被褥的床看上去如同一副光禿禿的骨架，彷彿是我的某種罪證。我今晚在這個房間裡殺死了一個女人。我是否還想要讓自己的孩子睡在這裡？她也許不會因為我所做的事情而深受困擾，因為她畢竟還不明白我幹了什麼。她會相信，信使是因為傷重不治而死。但這次殺戮會讓我不安很長一段時間。我不希望我的女兒睡在一個我殺過人的房間裡。明天，我會提出要把她挪到一個新的房間裡。而今晚……

「不要！請不要！不要碰我！求求你！」是深隱的聲音。這句話說到最後的時候，已經變成了尖叫。

「留在這裡！」我向蜜蜂喝令一聲就離開了房間。深隱的臨時居所在走廊的最末端。我剛剛跑出幾步，穿著睡衣，頭髮蓬亂的謎語就握著匕首衝進了走廊。我們肩並肩向前疾步飛奔。深隱的聲音再一次響起，其中散發出更加強烈的恐懼：「我對你的死很抱歉。這不是我的錯，不是我的錯！請離開我！」

深隱的臥室門突然被打開，她一邊哭喊著，一邊逃進了昏暗的走廊，一頭赤褐色的長髮披散在肩膀上，遮住了她的睡裙。她的一隻手中拿著匕首。那是一柄做工精良的細長鋒刃，即使處在極度驚恐的狀態下，她依然顯示出熟練的持刀技巧。一看到我們向她跑過去，她的尖叫聲立刻變得更大了。然後，她認出了謎語，急忙氣喘吁吁地喊著謎語的名字，朝他的懷中鑽過來，差一點碰到謎語的匕首。當謎語捉住她的手腕，用力一捏卸掉她的匕首時，她似乎完全沒有注意到。

「出什麼事了？到底是怎麼回事？」我們同時向她喊道。而她卻只是痛哭流涕地緊緊抱住謎語的脖子。謎語都快要被她勒死了。她將臉埋在謎語胸前。謎語則讓握住匕首的手盡量遠離她，一邊笨拙地用另一隻手輕拍她的後背。她一遍又一遍地說著什麼。只是我完全聽不清楚。我彎腰撿起她的匕首，認出這是刺客最喜歡使用的一種武器。很明顯，她認為自己所接受的基本訓練無法保護她免受鬼魂的傷害。我將這把匕首收進了袖子裡。

「我會檢查她的房間。你負責保護她。」我對謎語說道。但就在我從他們身邊走過的時候，深隱突然抬起頭尖叫道：「不要進去！不要進去！是他的鬼魂，在那裡不停地哭！他在責備我。羅諾在責備我！」

我停下腳步，感覺到恐懼滲透進我的身體，讓我虛弱無力。我不是一個迷信的人，我也不相信鬼魂。但我幾乎能聽到一個迷失的孩子在遠處哭泣。我的心一沉，同時聽見謎語對深隱說：「那只是一個噩夢，深隱。妳經歷了太多事情，在過去的兩個星期裡承受了太多恐懼。現在妳到了一個陌生的房子裡，不知道妳的人生還會有怎樣的變故。這更容易讓妳做噩夢。」我很感謝謎語能這樣說。

深隱用力將謎語推開，話音中充滿了氣惱：「那不是噩夢。我一直都無法入睡。我躺在床上，不停地思考，然後我就開始聽到哭聲。那是羅諾。那個可憐的孩子一直都在哭，一直都在嗚咽、乞求。無論是為我製作的任何甜食或點心，他都想要吃一點。即使明白地告訴他那是為我準備的，他還是會不斷哀求，或者就是偷吃一點。而他就是因為這個喪了命！」深隱的恐懼突然變成了憤怒，「他偷了我的食物，因為這個而死掉了，這又怎麼可能是我的錯？」

「這不是妳的錯。」謎語立刻回答道，「這當然不是妳的錯。犯罪的是想要毒死妳的人。」

深隱的抽噎聲突然改變了。我知道，她接受了安慰，恐懼的情緒消散了，只是我不太清楚自己為什麼能立刻覺察到這一點。

深隱的臉埋在謎語的肩頭，雙臂依然緊抱著謎語的脖子，身子和謎語緊貼在一起。謎語越過深隱的肩頭，給了我一個侷促不安的眼神。我竭力不讓臉色陰沉下來。我並不確切知道他和蕁麻之間的感情處在怎樣的狀態，但就算是在眼下的狀況裡，我也不喜歡看到謎語抱著另一個女人。

「我會檢查她的房間，以防萬一。」我對謎語說。

深隱抬起臉，涕淚橫流的樣子剝奪了她的一切美麗。「我沒有做夢，我根本沒有睡著！那也不是我的想像！我聽到他在哭！」

「我會去確認這件事。」

我走過謎語身邊，他將匕首遞給我，同時向我挑動了一下眼眉，稍一聳肩。無論何時，準備好武器總是更好的。「今晚我會讓她睡到我的房間裡去。」他說道。

「你不能丟下我一個人！」深隱哭號著說。

謎語的聲音中充滿了無奈：「我就睡在妳的門外。如果有任何東西驚擾妳，我就在妳的幾步以外。」

這時我已經沿走廊向前走去，沒有聽見深隱哽咽的反對。我在深隱的房間外面停住腳步，站穩腳跟並提醒自己，這個房間裡可能有任何東西，也可能什麼都沒有。我將屋門拉開，向房間裡望進去，同時展開原智，對房間進行徹底的調查。

什麼都沒有。我感覺不到人和動物的存在。這不能絕對確保深隱只是想像自己受到了侵擾，但這至少能讓我感覺到少許的安心。

從壁爐中散發出來的微弱火光給整個房間灑上了一層蜂蜜色。床上的被褥沿著深隱逃跑的方向散了一地。我躡足走進房中，仔細傾聽。深隱到底聽見了什麼？我懷疑她的哭訴中至少包含著一點點真實。是不是風吹過煙囪或者窗戶的聲音？但除了爐火微弱的嗶剝聲，房間裡一片寂靜。

我點亮了一個燭臺上的蠟燭，借助它們的亮光探索整個房間，檢查了窗簾後面、床下，甚至還有依舊空著的衣箱。這些地方都才剛經過清掃，裡面只放了除味驅蟲的香袋，散發出雪松和薰衣草的香氣。深隱已經打開了她的行囊，結果讓這個房間像是發生了一場雪崩，從她的行李箱到床腳，再到衣箱上面，到處都是衣服。這種凌亂的樣子讓我皺了皺眉。不管怎樣，明天她的侍女就會將這裡收拾整齊。但看見一個到了她這個年紀的女孩，還不知道該如何井然有序地整飭自己的行囊，我還是會感到不高興。她的珠寶也散放在一個小化妝臺上，旁邊還有一袋粉色和黃色的糖果。

切德顯然為她完全打開了錢袋，而她對於切德的好意絲毫沒有客氣。這個女孩到底接受過什麼樣的訓練？她顯然自視甚高。我卻無法在她的行為中找到絲毫紀律或秩序的痕跡。切德怎麼會將她視作間諜之才？更不要說是刺客了。我很想知道切德到底是從什麼地方找到她，為什麼會如此重視她。

切德一直在隱瞞她的血統傳承，但現在我決意要把這一點查清楚。我會嗅出他的祕密，等到我有時間的時候。現在我還要去尋找弄臣失蹤的繼承人，指責我的僕人們懶散怠惰，致使家中被褥上出現了害蟲。還有修復我對女兒造成的傷害。我的晚年生活已經被我搞得有點糟了，現在又加上了深隱，我根本無法想像自己要怎樣應付。

我益發仔細地進行搜查，確認了窗戶和百葉窗都緊閉著，旁邊的侍女房間裡也沒有任何闖入者的痕跡。

這裡什麼都沒有。我從她的房間裡退出來，竭力將對於深隱的關心放置一旁——至少今晚我還無暇顧慮到她。今晚，我需要解決好迫在眉睫的問題。明天我還有足夠的時間考慮讓深隱適應我們簡單的生活習慣。明天……現在肯定已經過午夜了，應該說是今天。

我繼續舉著燭臺，沿走廊回到身穿睡衣的謎語面前。他將雙臂抱在胸前。我不曾看過謎語有如此頑固的樣子。一名頭髮散亂的廚房女僕站在謎語身邊，身上穿著睡衣和披巾，睡眼惺忪的臉上卻又顯示出驚慌的神色。她應該是最近剛從村裡僱來的女孩。輕柔也站在不遠處，臉上盡是不以為然的表情。她厭惡的當然是正在大聲抱怨的深隱。我在心中暗自慶幸樂惟還沒有被吵醒。明天這幢房子裡的僕人們很快就要亂起來了。

深隱將雙手扠在腰間，雙眼瞪著謎語。她的深褐色鬈髮披散在肩頭，豐滿的胸部將睡衣高高頂起。「不，我不想讓她睡在我身邊。如果那個鬼魂回來了，她又能做些什麼？謎語，你應該保護我，我希望你睡在我的房間裡！」

「深隱女士，這是不適當的。」謎語堅定地回答道。我有一種感覺，謎語一定已經將這個回答重複了幾遍，「妳想要一個人陪妳睡？潘茜可以為妳服務。我向妳們兩個保證，我就在這裡，就睡在屋門口，只要妳們需要幫助，我就會進去。」

「鬼魂？」潘茜插口道。她一下子變得睡意全無，帶著驚駭和懇求的神情轉向謎語，「先生，我求求您，這位女士是對的！如果有鬼魂進了屋，我一點用都沒有。我相信那時候我一定已經暈死過去了！」

「我檢查過深隱女士的房間了。我可以保證，那裡沒有闖入者，沒有任何需要害怕的事情。」我用不容置疑的語氣宣布。

「現在那裡當然什麼都沒有了！」深隱反對說，「那是羅諾的小靈魂，他一直在哭，在指責我！你如果想要找鬼魂，是絕對找不到的。他們想來就來，想走就走！」

「羅諾？」輕柔笑了一聲然後說道，「哦，請原諒，深隱女士，但這幢房子裡可沒有叫羅諾的鬼魂。據我們所知，在這些房間裡穿行的只有矛鋒老大人的鬼魂。當然，這是他父母給他起的名字。而這個莊園的所有女僕都管他叫『瞄縫老大人』，他最喜歡幹的事情就是偷看女人的襯裙或者內褲！我的媽媽告訴過我，他曾經藏在……」

「今晚不要再聊什麼故事了！」我用強硬的語氣說道。我能從潘茜的臉上看出來，她明天一定會把今晚的事情添油加醋地告訴每一個人。謎語眼神裡強自壓抑的打趣神色也無法讓我感到絲毫輕鬆。我現在只想給自己找一張床。於是我用威嚴的聲音說道：

「輕柔，請幫助謎語在深隱女士的門外鋪好被褥。深隱女士，如果妳想要一個人在房間裡陪妳睡覺，那麼我們就只能讓潘茜幫妳這個忙。其他人是不可能的。潘茜，妳會因為今晚的事情而額外得到薪酬。女士、先生，就這樣決定了。我現在也要去睡了。今天是格外忙碌的一天，我們的麻煩已經夠多了。」

「如果羅諾的鬼魂為了復仇，在今晚把我扼死了，我希望你會有一個足夠好的理由向切德大人解釋，你是如何疏忽了保護我的責任！」

深隱將這些帶刺的話擲到我的背上。我卻頭也不回地向遠處走去。我知道，我已經把一副重擔丟到了謎語的肩膀上，這個關於深隱的謎團要由他去解決了。我知道他能夠處理好這件事。至少他在今晚還能睡上一覺，沒有殺人，也沒有搬運過屍體。

我打開蜜蜂臥室的屋門。裡面空無一人。看來蜜蜂已經換好衣服，去我的房間了。我繼續沿走廊向前走，打開了我的屋門，卻僵立在門口。

我能感覺到，她不在這裡。我用原智在這個房間裡找不到她。這裡只有寒冷和空曠。壁爐中的火幾乎就要熄滅了。

我將燭臺高舉起來，想要確認她是不是來過這裡。一切都和我離開這裡時完全一樣。我循著習慣走過壁爐，向火中加了一些木柴。「蜜蜂？」我輕聲喊道，「妳藏在這裡嗎？」我將揉皺的毯子從床上提起來，確認她沒有睡在裡面。這些髒亂的床單和男性的汗臭氣味都在向我保證，她不會認為這是一個理想的藏身之地。不，她沒有來過這裡。

我回身朝她的房間走去。走廊中寂靜無聲。謎語在我經過的時候睜開眼睛抬起頭。「我只是要看看蜜蜂，」我對他說。我不願意讓他知道，我把女兒丟了。只要想到他會怎樣向蕁麻報告我的家宅中一團混亂的情況，我就有些不寒而慄。但無論是鬼魂、堵塞的煙囪還是缺乏訓練的僕人，都無法和蕁麻的小妹妹失蹤相比。

我高舉著燭臺走進她的房間，輕聲喊道：「蜜蜂？」她顯然不在只剩下空床架的床上。片刻之間，我的心中生出恐懼。她是不是躺在保姆間的床上？我痛恨自己沒有立刻把那些床褥也拿去燒掉。「蜜蜂？」我的聲音又加大了一點，同時兩步就衝進了毗鄰的保姆間。

也是空的。我拚命回憶最後一次離開的時候這裡是什麼樣子。是不是地上的被褥少一些，床上的多一些？我向平日裡幾乎從不關注的眾神祈禱，期望蜜蜂不要碰觸這些床褥。這個房間非常小，我不用多少時間就確定了她不在這裡。我走出保姆間，滿懷恐懼地衝向她的冬季衣箱。我曾經多少次提醒過自己，她需要更小、更輕的箱蓋？我早就知道她有可能掉進那只衣箱裡，頭被狠狠撞到，然後在黑暗中窒息。

但箱子裡只有她被翻亂的衣服。我鬆了一口氣，卻立刻又陷入深深的憂慮。她不在這裡。看到她的衣服也是一團糟，我又感到一陣氣惱。難道當我將那些僕人從房間趕出去的時候，他們也不再打理她的房間了？在許多地方，我都有負於我的孩子，但我最大的錯就是在今晚丟下她。我的腳碰到了什麼。我低頭看過去，發現那是一團在地板上的濕衣服。蜜蜂的衣服。她是在這裡換下衣服。她剛才還在這裡，現在卻不見了。她能去哪裡？她會去哪裡？廚房？她餓了嗎？不。她肯定非常不安，甚至可能會很害怕。那麼，她會去哪裡？

我知道了。

我經過謎語，裝出一副和內心全然不同的平靜表情。「晚安！」我用謊話敷衍了他。他看著我經過，然後從地上一躍而起。

「我幫你去找她。」

我痛恨他的洞察力，卻又歡迎他願意幫忙。「那你去廚房看看。我去查看我的書房。」

他點點頭，向前小跑而去。我用手遮住燭火，跟在後面。下樓梯之後，我們分頭行動。我回身走向我的私人書房。在黑色的走廊中，一切都這麼安靜和陰暗。當我走到書房的對開門前，門緊閉著，沒有一絲動靜。

18

隱身

小親親，

我和你分離已經有一段時間了，這每每讓我內心難安。不過，實際上，你的存在已經多次讓我陷入致命的危險、痛苦或者是恐懼之中。但我從你那裡感覺到的安寧和平靜才是我難以忘懷和深深渴望的。而現在如果你在這裡，我就會抓住你的肩膀，用力搖晃你，讓你的牙齒狠狠撞在一起。你給我送來的這個語焉不詳的訊息到底是什麼意思？你在害怕什麼？所以才不敢告訴我太多訊息。你是在擔心你的信使將會遭受殘忍的獵殺？被令人髮指的酷刑折磨至死？那麼你又是因為什麼而明知她將遭遇怎樣的危險，還要讓她來承受這種命運？我向自己提出這個問題，而我唯一能找到的答案，就是如果你不這樣做，她的命運也許會更加可怕？於是我又不由得自問，還有什麼樣的命運會更加可怕？我也在擔心你自己又面臨著怎樣的危險，讓你無法親自將這個訊息帶給我。

我得到的只有問題，每一個問題對我都是一種折磨。而現在，我正因為其他許多問題感到心神俱疲。你給了我一個缺乏線索的神祕任務。我知道這是一個非常重要的任務。但我手頭的這些任務無一不是重要的。養育我的女兒……我難道要再次拋棄我的孩子嗎？只為了尋找你的孩子？你給我的資訊太少了，老朋友，而我要做出的犧牲卻又太大了。

——蜚滋．駿騎案頭未完成的信件

我一個人站在我的房間裡，聽著深隱在外面的走廊中尖叫。苦澀在我的心中湧起。今晚我和他一起經歷了那麼多，我幫他做了那麼多，而只要那個女人哭上一聲，我的父親就會跑到她那裡去，把我丟在這個陰暗的地方，身上還穿著浸透雪水的衣服。我將箱蓋推得更高了一些，努力伸手到箱子底部，摸索著想要找到一些乾燥舒適，可以讓我穿著去睡覺的衣服。我推開羊毛襪子和有些扎人的羊毛襯衫。我的指尖碰到了什麼。我抓住它，把它從箱子底部拉出來。

這是一件溫暖的睡衣，還是我喜歡的紅色。我將它拿到爐火旁，仔細看它。這件衣服是新的，從沒有穿過。我將它的領口翻開，立刻就認出了那裡的針腳。是媽媽為我縫製的。她將這件衣服縫好，妥當地收起來。她經常會這樣做，以備我身子長大，舊衣服不堪再穿。

我脫下自己的濕衣服，將新睡衣套過頭頂。這件衣服很舒適，只是有一點長。我提起它的下襬走了幾步。在走路的時候需要提起裙襬，這讓我覺得自己很端莊——即使這只是我的睡衣下襬。

那個鬼魂開始哭喊了。從遠處傳來的那種悠長的哀號讓我頸後的毛髮都豎了起來。片刻之間，我僵立在原地。然後，那聲音又出現了，這一次更加靠近，也更響亮。我同時想到了兩件事。首先，我知道我絕不應該在密道裡留下一隻貓；隨後我突然判斷出，是的，我的房間的確有一個通向密道的入口。只是它並不在我以為的地方。

我推開通向保姆間的屋門。這裡幾乎無法被我的臥室中的火光照亮。我回身去拿了一根蠟燭。保姆間床鋪的樣子還和那名白色的陌生人睡過時一樣，褥單上滿是皺褶。我知道最好不要去碰它。我繞過那張床，雙腳絆到了什麼，差一點摔倒。因為害怕那張被感染的床，我喊了一聲。那個鬼魂也呼號一聲作為回應。

「再等一下！」我悄聲說道，「我來了。安靜一點，我會給你一大塊魚吃。」

水。那隻貓想要水。我早就應該想到這一點。牠已經找到並吃掉牠的鹹魚獎品了。所以牠現在很渴。「水，好吧。還有食品室裡的香腸。但你要保持安靜，直到我把你弄出來。求你了。」

一陣低沉的「喵喵」聲響起，牠在表示同意，同時也向我發出警告。如果牠遲遲得不到獎品，牠會用喊聲把我身邊的石牆都震塌。

我的心砰砰直跳。我低頭看自己的雙腳，很害怕會看到一群蟲子正一邊咬我，一邊沿著我的腿往上爬。不過我只看見了我的睡袍下襬。我把睡袍提起來，也只看見我光光的兩隻腳站在地板上。我提著睡袍，將蠟燭湊近一些，彎下腰仔細查看。我能感覺到我的腳踩在某種東西上，絕不是地板，但我又什麼都看不見。

我將睡袍又提高了一些，讓我能夠用牙齒咬住睡袍的下襬，然後蜷起腳趾。我的腳趾抓住了某種紡織物。很輕，又很軟。我伸出手，用拇指和食指捏出那一片紡織物。紡織物的一邊被掀起來，再一次露出了它裡面的蝴蝶翅膀花紋。我吃了一驚，將它丟下。我的腳有一半腳趾都不見了。這件斗篷的一角翻過來，顯示出精緻的花色。但我驚訝地盯住它的時候，我的腳趾慢慢出現在這片紡織物上。我能感覺到它們被布帛覆蓋，但我還是能看見它們。

我又用拇指和食指捏著這件斗篷蝴蝶翅膀的部分，站起身。現在我能看到它了。它從我舉起的手中垂掛下來，絢爛多彩，又極為輕盈。就是因為這件斗篷，所以我沒有看到她還躺在床上。信使那番奇怪的話又回到我耳中。「它會模擬周圍的顏色和影子。」怪不得她提醒我們不要丟掉它。這是一件古代傳說中的珍寶！突然間，我對於怪蟲傳染的恐懼徹底消失了，取而代之的是一種確切無疑的判斷——如果我的父親看到了這個，一定會從我手中拿走它，也許還會為了保護我而毀掉它。

我將蠟燭放到地板上，小心地和那張床保持著距離，抖了抖這件斗篷，將它摺疊起來，讓蝴蝶翅膀的圖案露在外面。這件斗篷被疊起來的時候真是小得驚人。這樣精緻輕薄的一片布肯定是無法抵擋風雨的。於是我決定要非常仔細地將它保存好。

條紋又在叫了。「噓！」我提醒牠，然後又向牠提出建議，「挖一挖或者撓一撓你能看到光亮的地方。我要找到這裡的門。」

微弱的抓撓聲從床底下傳出來。我不想碰那張床，但看起來我是別無選擇了。我用雙手抓住床架，吃力地把沉重的床從牆邊拖開。它比看上去要重得多。也許它被做得這麼重，就是為了阻止僕人們總是將它搬來搬去。

我舉起蠟燭，繞過這張床，來到牆邊，細看這裡的木製護牆板。那隻貓正努力地抓撓這些木板，甚至可以說是有些瘋狂。我看不到任何開口或者機關，但是當我將一隻手放在條紋抓撓的地方時，我感覺到了一股氣流。這裡的聲音也讓我覺得比正常情況大了很多。「耐心一點。」我再次警告牠。突然間，我想到了書房的那扇門。我關上保姆間的屋門，仔細查看那些鉸鏈。沒有假鉸鏈，但在門後有一片木頭比其他木片更窄。我用指甲摳住那片木頭的邊緣，把它向外挖開。在那後面有一根覆蓋著蜘蛛網和鏽跡的槓桿。我把它拉出來，它發出一聲呻吟，並沒有挪動多少。但床後的一片牆壁突然就打開了。那隻貓興奮的「喵喵」聲變得更大了。

「小聲一點！」我警告牠。我應該沒有多少時間了。父親很快就會回來。我需要把我的斗篷藏起來，然後給這隻貓一些獎勵，再把牠趕走。搶在父親察覺到我失蹤之前趕回來。我將那塊窄木板放回原位，咬住牙，繞過髒汙的床。當我靠在那片移位的牆壁上時，它完全開啟了。我走了進去，用腳把那隻貓向密道裡面推過去。「不要從這裡出去！這裡沒有水。」我警告牠。牠低吼一聲，但還是開始後退了。我將斗篷夾在胳膊下面，放下蠟燭，用盡全身的力氣把床拖回到原位。做完這件事以後，我就走進密道，並把牆壁也推回到原位。

先解決貓，我做出決定，而牠也很高興我把牠放在第一位。「帶路吧，我們回食品室去。」我悄聲向牠提出建議，「去吃魚！」條紋立刻跑在前面。我跟著牠。有兩次牠都突然停住腳步，讓我差一點踩到牠背上。但牠認得路。我們順利地到達了食品室的祕門，一同從那裡走出來。我必須堆起箱子，才搆到了一串掛在高處的香腸。我再一次希望自己能有一把小刀，因為我不得不用牙齒咬下了兩截香腸。那隻貓可憐地叫著，提醒我牠現在最想要的是水。

我們又一同走進廚房。我在這裡為牠找到了水。牠貪婪地喝著水，我則開始檢查蝴蝶斗篷。這片布儘管很輕，卻又比看上去緊緻許多。條紋喝完水，我用香腸獎勵牠，讓牠帶著香腸跑進廚房的場院。當牠施施然跑進夜色中的時候，我在牠身後喊道：「那些老鼠呢？你有沒有殺掉老鼠？」

牠殺掉了幾隻老鼠，並且發現了兩窩小老鼠，也全都殺掉了。

「你明天會回來嗎？」

這不太可能。牠不喜歡被關在一個沒有水的地方。而且牠喜歡能來去自由的地方。牠揚著尾巴，很快就消失在冰冷的黑夜裡。我沒辦法責備牠。是我將牠丟在那個沒有水的地方，讓牠被困了幾個小時。但牠發現了兩窩小老鼠。對此我無法視而不見。我必須找一個貓科盟友，而且要快。

我聽到房子裡傳來一點微弱的聲音，突然想起自己必須快些行動。當我跑回到食品室中的時候，已經聽到有人走進了廚房。我熄滅了蠟燭，摸索著回到了密道裡，將祕門在身後關緊。密道中一片漆黑。我向自己保證，現在我已經很熟悉這裡的路徑，不需要光亮了，同時我竭力不去想那些被條紋殺死的老鼠。

我用了一些時間，終於摸索著回到了能夠俯視父親書房的那個小房間。一道細小的光柱從窺視孔中照射進來。我向外望去，看見父親正要關上書房門。他馬上就要打開祕門了。

我在黑暗中抖開蝴蝶斗篷，將它重新疊好。這一次，我讓它看不見的那一面向外。我看不到自己做了什麼，只能希望自己不會露出斗篷的邊緣，讓它被看到。當我聽見父親打開祕門的時候，我將斗篷藏到了身後格架的蠟燭後面。

閃動的燭光在父親之前出現。光和液體一般的影子流動鋪展開來，如同一波波水浪繞過拐角，將我包容在其中。我靜靜地坐著，手中拿著熄滅的蠟燭，等待父親過來。當燭光照亮我，讓他能看見我的時候，我聽到他發出了安慰的歎息聲。

「我覺得也許能在這裡找到妳。」父親柔聲說道，他的雙眼注視著我，「哦，親愛的，妳的蠟燭也熄滅了嗎？這對妳真是一個難熬的夜晚。我可憐的小幼雛。」

他必須俯下身才能走進我的小洞穴。我站起來的時候，他將腰彎得更低，親吻了我頭髮分線處，在片刻之間身子一動都不動，彷彿在聞我的氣味。「妳還好嗎？」

我點點頭。

「妳害怕的時候就想來這裡？」

這個問題可以如實回答：「是的。這是我的地方，比細柳林中的任何地方都更屬於我。」

他站直身子，向我點點頭。「很好。」他想要雙手抱胸，但在這個狹小的地方，他沒能做到。「現在，跟我來吧。我們全都需要在黎明以前找一個睡覺的地方。」

我跟隨著他走出密道，回到他的巢穴中。我看著他將祕門關閉，打開高大的房門，跟著他的蠟燭走回到細柳林的主生活區。在大樓梯的根部，他突然停住腳步，轉回頭俯視著我：「妳的房間需要進行徹底清潔，然後妳才能再睡到那裡。我的房間也太髒亂了。我建議我們睡到妳媽媽的起居室裡去，妳就是在那裡出生的。」

他沒有等到我表示同意。我跟隨著他走到那個令人愉悅的房間。那裡曾經是我的育嬰室。現在這個房間又冷又黑。我的父親點燃了一個枝狀燭臺，將我留在這裡。他出去從另一座壁爐中拿些木炭回來。他離開的時候，我掃掉紅色新睡衣上的蜘蛛網，然後盯著我媽媽昏暗的房間。自從媽媽死後，我們就很少會來這裡。這裡到處都有媽媽在，從插在燭臺上準備點燃的蠟燭，到那些空花瓶。不，她不在這裡。我在這裡感覺到的只有她離開之後的空虛。去年冬天，我們三個幾乎每晚都聚在這裡。媽媽的工具籃子還放在她的椅子旁。我坐在她的椅子裡，把那只籃子放到我的大腿上，將雙腳收進睡衣裡，緊緊抱住籃子。

19

遭受痛毆之人

在一個出乎預料的時刻，當希望已經寂滅，白色先知逃竄遠方，在一個他無法找到的地方，意外之子將被發現。他不會為他父親所知，成長之時也得不到母親的撫育。他會成為道路上的一顆石子，碰到車輪，使其改變軌跡。死亡渴望得到他，但一次又一次，這種渴望始終無法得到滿足。他被埋葬，被挖出，被遺忘，失去名字，在孤絕與恥辱中，他卻會從白色先知的手中崛起。白色先知將他作為工具使用，沒有同情，沒有仁愛，摧折他的鋒芒，損毀他的軀體，以此塑造一個更好的世界。

我將卷軸放到一旁，卻又好奇自己為什麼要把它拿出來。我將它從我的私人巢穴拿到了莫莉的房間中。現在蜜蜂正睡在這裡。這份卷軸是我讀到過的唯一關於意外之子的預言，或者說，只是那個預言的一份殘片。關於我想問他的那個問題，這裡並沒有新的答案。為什麼？已經過去了這麼多年，為什麼又會給我送來這樣一個訊息？還有這樣一名信使？

我將這份卷軸審視了上千遍。這是一種古老的紙張……不是牛皮紙，也不是紙。切德和我都不知道它到底是什麼。寫在這上面的墨水非常黑，每一個字母的邊緣都很清晰。這些文字的載體相當柔韌，呈現出蜂蜜色。如果我將它舉到爐火前，我就能看到火光將它穿透。切德和我都讀不懂它的原文，但他向我保證過，它的翻譯是準確的。不過那時他也嘟囔了一句話：「以這個價格，它最好是準確的。」

第一次看到它的時候，我還是一個孩子，它被混雜在幾份卷軸和牛皮紙文件之中——它們全都是切德關於白色先知以及其預言的收藏品。那時切德正癡迷於接骨木的繁殖和從大黃葉片中提取一種毒素。我的注意力也全都放在了那些地方。在這些年中，切德關注過許多事情，我認為他關注那些事情的目的就是讓他在數十年孤獨的間諜生涯中能夠繼續保有理智，不會陷入瘋狂。我完全沒有將他對於白色先知的熱情與黠謀國王那個奇特的小丑連起來。在那些日子裡，弄臣對於我只是弄臣，一名面色蒼白、瘦得皮包骨的孩子，有一雙無色的眼睛和一條如同利刃的舌頭。在大部分時間裡，我都在躲避他。我見到過他表演足以讓整個宮廷為之驚歎的雜技。但我那時還沒有聽過他用鋒利如刀的嘲諷和充滿睿智的嬉笑將一個男人的驕傲切成碎片。

就算是命運讓我們走到一起，先是逐漸熟悉，隨後又成為朋友，我還是沒有想到他和白色先知有什麼關係。要到多年之後，弄臣才會告訴我，他認為這個關於意外之子的預言所說的正是我的降生。這個預言也是他拼湊起來的數十個預言之一。就在那時，他找到了我，他的催化劑，在遙遠的北方之地一位遜位國王的私生子。他向我保證，我們齊心協力就能改變世界的未來。

他相信我就是意外之子。有很多次，他是如此堅信這個推論，以至於我自己幾乎也相信了這一點。當然，死亡一直在渴望得到我，而他經常會在最後一刻將我從死亡的命運中拯救出去——實際上，這也是我經常會為他做的事。我們最終實現了他的目標，讓巨龍回到了這個世界上。而這也終結了他作為白色先知的時代。

然後，他離開我，切斷了數十年的友誼，回到了他來的地方——克拉利斯，一座位於遙遠南方的城市，或者那只是他長大的學院的名字。儘管我們一同度過了許多歲月，但關於我們相識之前他的生活，他極少對我提起。當他認為我們分別的時刻到來時，他就走了。在這件事上，他沒有給我選擇，並且堅定地拒絕了我要一起走的提議。他告訴我，他一直在害怕我會繼續產生催化劑的作用，讓我們在無意中毀掉曾經努力營建的一切。所以，他走了，我甚至從沒有機會真正向他道別。在隨後的許多年中，我才一點點意識到他不打算再回來了。而每一點一滴對於這件事的理解都會帶來點滴的傷害。

在隨後的幾個月裡，我回到了公鹿堡，並且最終突然發現我擁有了自己的人生。這實在是一種令人頭暈目眩的體驗。他希望我在找到屬於自己的命運之後能夠得到幸福，我從不曾懷疑過他這份願望的真誠。但我用了數年時間才能夠接受他離開了我的人生，並且相信這是他有意營造的一個終局，一個他主動做出的選擇，但我的靈魂依然有一部分飄零無依，在等待著他回來。我相信任何一段關係的結束都會造成這樣的震撼，尤其是當我們意識到這段關係對於一個人還在繼續，對另一個人卻已經徹底終結的時候。我等了一些年，如同一隻忠狗被命令坐在原地，耐心等待。我沒有理由相信弄臣對我失去了關愛。但明確的沉默和分離在時間中沉澱，讓我彷彿感覺到了他的嫌惡，或者更糟糕——他的冷漠。

在這些年中，時間終於讓我適應了這一切。我竭力為眼前的狀況尋找理由。當他經過公鹿堡城的時候，我失蹤了。許多人都以為我死了，他會不會也這樣以為？在這些年中，我對於這件事的答案閃爍不定。他留給了我一件禮物，一尊他、夜眼和我的雕像。如果他認為這件禮物永遠都不會被收到，那麼他為什麼還要把它留下？那樣的話，他又會如何處置這件禮物？在這塊被雕刻過的記憶石中保留著簡單的一句話：「我這個人一向都不大明智啊。」這是否意味著他會愚蠢到重拾我們的友誼，即使這樣可能會毀掉我們過去為之奮鬥的一切？或者這意味著他在愚蠢之中會開始一個危險的任務，卻不帶著我？

他想要說的會不會是他很愚蠢，所以才會真正在意我，而不是只將我當做一個催化劑？是不是因為他真的關心我，才讓我如此深陷於我們的友誼之中，而他這樣說只是在為此而向我道歉？他是否真正關心過我們的友誼？

我只能相信，當一段深摯的友情如此突然地結束時，這種黑暗的想法難免會悄然而生。但每一道傷口最終都會變成傷疤。儘管我的這道傷口一直都在企圖裂開，我畢竟已經學會了帶著它繼續生活，它也不會每時每刻都在入侵我的思緒。我有了一個家，屬於自己的家人，可愛的妻子，還和她一同養育了一個孩子。儘管莫莉的死亡讓我重新回憶起失落和被遺棄的痛苦，但我並不認為我會沉陷於其中。

然後，那名信使到了。她帶來了一個如此簡短模糊、內容含混的訊息，其中幾乎沒有任何切實的意義。信使提到還有其他的信使沒能找到我。這在我的回憶中引起了一點波瀾。許多年以前，一個女孩，同樣自稱為信使，還有隨之而來的三個陌生人。地板上的血跡，弄臣雕像臉上的血。那一聲尖叫……

我感到暈眩和虛弱。我的心痛得要命，彷彿有人狠狠攥住了它。在多年以前，我錯失的是什麼樣的訊息？那名信使在那個晚上承受了怎樣的死亡？

弄臣並沒有放棄和忽略我。多年以前，他向我發出訊息，是要警告我？還是請求幫助？我沒能收到他的訊息，沒有給他任何回應。突然之間，這些年裡他對我們友誼的拋棄都不算什麼了，那次失之交臂的錯過才更讓我感到心痛。多年以來，他一直在徒勞地等待我的任何一點回音。一想到此，我就覺得自己在被剃刀切割。

但我不知道該如何聯絡他，也不知道如何開始他請求我進行的搜尋。我根本想不出該去哪裡找他的兒子，還有我到底要找一個什麼樣的人。

我將這些念頭從腦海中推出去。我需要睡一下，至少在黎明到來之前睡一會兒。

但剛剛的殺戮讓我無法釋懷。諷刺的是，正是那個理解我，知道我是多麼想要徹底結束刺客生涯的人導致了我不得不重操舊業。我並不為自己的決定後悔，我堅信這樣做是正確的。但我依然不願做出這樣的決定，更讓我感到氣憤的是，我的孩子被迫要親眼看著我處理一具屍體，還要為此背負隱瞞祕密的重擔。

當深隱被鬼魂驚嚇的騷動平息，我將我熟睡中的孩子從莫莉的椅子裡挪到長椅上之後，我從床上拿了一條毯子和一些文件，想要把它們再看一遍。但這樣做實在是徒勞無功。我將這些文件藏到莫莉的女紅籃子中一些被遺忘的修補織物下面，又環顧了一周這個樸素的房間。壁爐中的木柴都已經變成木炭，我往裡面添了些柴，從莫莉的椅子裡拿了一只枕頭，心懷愧疚地把這只漂亮的枕頭放在地板上。然後我躺在爐火前面，打開毯子，在身上蓋好。莫莉在枕頭上留下的刺繡緊貼著我的面頰。我決定暫時將一切疑問和恐懼都從腦海中趕走，讓自己好好睡一下。暫時而言，我和我的家人都沒有遭受直接的威脅。我不知道該如何應對這個奇怪的訊息，對於深隱的過激反應我也無能為力。我閉起眼睛，清空大腦。潔淨的雪花正落在山麓的樹林中。我穩穩地深吸一口氣，告訴自己，清冽的微風中有一絲鹿的氣味。我微微一笑。不要為昨日煩惱，不要憂心明天的艱困。放你的心去狩獵。現在只需休息。緩慢地讓肺部充滿空氣，再緩慢地將空氣呼出去，我漂流到了一個地方，不是沉睡，不是清醒。我是一頭站在山腰雪地裡的狼，注意到了鹿的氣味，只活在現在。

蜚滋？

不。

蜚滋？我知道你醒著。

實際上，我沒有醒。我飄動的意識在對抗切德，一艘被繫在碼頭上的小船。我非常想要睡覺。我需要睡眠，自由地隨波逐流。

我感覺到切德在氣惱地歎息。好吧，但明天你要記住這不只是一個夢。我要派那個孩子去找你。他們將他打得很慘，如果不是城市衛兵恰巧經過那裡，把他們趕走，他們很有可能會殺了他。不過他已經恢復到能夠騎馬了，至少再過幾天就可以了。我認為最好盡快讓他離開公鹿堡。

冷風呼嘯的冬季森林消失了。我睜開眼睛。我的手上和襯衫上還有灰煙和燒灼血肉的氣味。我應該洗乾淨，再找一件睡衣，而不是這樣和衣而眠。我太累了，這些事耗盡了我的精力，讓我無法做出任何正確的事情。如果我十二歲的時候向你報告這種事，你一定會說我是個白癡，並且找東西打我。

你說得也許沒錯，但我嘗試聯絡你已經有幾個小時了。你為什麼要那樣牢固地封鎖自己？我甚至已經開始認為你接受了我的建議，在睡覺的時候將自己和外界的精技進行了隔離。

也許我應該這樣做。我甚至不知道自己已經為精技豎起了密不透風的高牆。的確，我已經習慣於為蜜蜂而封鎖自己的精技，但我也總是會留出一道縫隙，以便進行主動的精技聯絡。不過我突然意識到了自己是什麼時候這樣做的——這是一種舊日的直覺，在我殺人的時候，我會將精技與外界徹底隔絕。我不想讓旁人在無意間見證我的所作所為。入睡的時候，我一定是放下了心防。而我只對切德說了一半的實話。我的心思全在深隱身上。她相信有鬼魂騷擾她，在她的房間裡遊蕩著某個來自於她的過去的不幸孩子。那個孩子吃了本來為她準備的食物，結果被毒死了。這不是她的錯，但當她在晚上聽到一陣奇怪的聲音時，我也很難讓她相信自己與那個男孩的死完全無關。

她還好嗎？切德的精技中全是焦慮。

比那個被打的小子好多了，無論你說的那個小子是誰。

蜚滋機敏。我把他送到你那裡是為了防止他死於非命，否則我還會讓誰去找你。

我不知道。我懷疑只要你願意，可以把任何人送到我這裡來。疲憊讓我更加易怒。憤怒的火星正在我的心中迸濺。這個訊息意味著我又要接納一名孤兒進入我的家門。我需要照管的人又多了一個，而且這段照管的時間肯定不是幾天或幾個月，至少也會是幾年。我還要再準備一個房間，在我的馬廄中再接收一匹馬，我的飯桌上也要增添一個盤子，當我想要獨處的時候，還會有多一個人和我說話。我竭力想要對這個可憐的私生子找一些同情心。因為他的合法兄弟們將會前去王室，所以他們的母親想要除掉他們父親的私生子？

你說的並不完全對。那個女人似乎很懂得提前謀劃。她的男孩們要到明年春天才會到王室來，所以我本以為我能夠讓他在這裡安全地生活更久一些。很明顯，那個女人認為除掉他這件事早做要好過晚做。而且她很聰明，懂得要防止別人認為她的兒子們也參與了此事。她派來對付這個孩子的人只是普通的惡棍，在公鹿堡城很常見。他們在一家酒館外面伏擊了他。

那麼，你確定這不是一場偶然發生的搶劫？

對此我很確定。那些惡棍進行的毆打非常精確，也非常暴力。他被打倒了，他們本可以輕易搶走他的錢包並逃跑。但他們還是繼續毆打他，即使他已經沒有還手的力氣。這是私人恩怨，蜚滋。

寒意浸透了切德的聲音。私人恩怨。這名女士企圖殺死一名受到切德大人保護的孩子。我毫不懷疑，她一定會自食苦果。我也不會問切德會發動怎樣的反擊，以及由誰來具體執行。那位女士是否會在走進自己房間的時候發現那裡遭到了洗劫，她珍貴的珠寶都被偷走了？或是切德會施行更加殘忍的手段？我懷疑那位女士要緊緊看好她的兒子們了，否則她也許要領教一下受到自己保護的人被狠揍一頓是什麼滋味。切德完全可以做到這麼冷酷。我則不行。今晚，我體會了自己對於殺戮的一切厭惡。無論復仇還是尋求正義，無論給這種行為加上一個什麼樣的名號，我都不想這樣做。絕對不要再這樣做。

對於蜚滋機敏的一點真切的同情侵入了我的靈魂。遭受毆打而又無力反抗。我一點也不喜歡這樣。對於這樣的狀況，我有著太多回憶。有人會陪伴他嗎？護送他平安到達這裡？

他還沒有離開。我把他藏了起來。但我送他出來的時候，他只能一個人上路了。當然，如果我認為他還沒有恢復到足以騎馬的程度，我是不會讓他啟程的。他現在已經休養了三天。想要傷害他的人絕對找不到他。他從其他人的視野中完全消失了。我希望能夠讓他父親的妻子相信，他已經害怕得逃離了公鹿堡。也許那個女人會因此而感到滿意。但我需要讓他再等一段時間。現在那個女人也許正在派人找他，以免他逃走。

就算是你等了一段時間，如果她還不放棄呢？如果她安排人手監視並跟蹤那個男孩呢？她首先要能找到蜚滋機敏。她派出來的那些人也許只會找到另外一些東西。切德的思維停頓了一下。他如同貓一般愉快地哼了一聲。

我在這時先說了話。而且，就算是她發現你把那個男孩送到了哪裡，她還需要先過我這一關才能對男孩下手。

沒錯。切德顯然對我的話感到很滿意。我卻已經累壞了，就算是切德自信滿滿的聲音中流露出因為我而感到的驕傲，也讓我氣惱。你確定你沒有過分高估我的能力，確定我能夠照顧好這麼多小羊羔？

當然確定。我知道你的能力僅次於我。

深隱差一點被毒死，蜚滋機敏被毆打致傷，這都是在切德照顧他們的時候發生的事情。不過我壓抑住自己的衝動，沒有將這些話說出口。僅次於他。好吧，就這樣吧，我打了個大哈欠，差一點讓我的下巴裂開了。我必須竭力將自己的注意力集中在他對我說的事情上。機敏大人對此有什麼想法？他如何看待他的妻子意圖除掉他的私生長子這件事？

切德只做了最短暫的一點猶豫。那個男人沒有任何榮譽感。他完全沒有給這個男孩應得的任何東西。我相信蜚滋機敏的死只會讓他鬆一口氣。如果他知道妻子的陰謀另當別論；如果他不知道，我打算讓他詳細地知道這件事。他將必須關照這個男孩的安全，在我和他們之間的事情徹底了結之前。

看起來，局勢已經在切德的掌控之中了。至少這些事不在我的責任範圍之內。他到這裡的時候，我會讓你知道。現在，我必須睡了。

蜚滋，你還好嗎？當用精技交流的人不在意的時候，精技在傳遞想法的同時也會連通情感。切德很擔心。他感受到了我的痛苦。

我輕輕將他推開。我不想回答這個問題。我現在當然很不好。但切德是我最不願意與之談論的人。我非常累了。家裡來了客人，房子還在修繕，而現在並不是我們應該整修房屋的時節。我在今年夏天就應該做好這些事了。

嗯，是的，這能讓你明白萬事不可拖延。小傢伙呢？她還適應現在的生活嗎？

蜜蜂很好，切德，還不錯。我要睡了。現在就要睡了。

我堅定地將切德推出自己的意識，並在他身後重新豎起精技牆。

但我無法回到睡眠之中，所有平靜都已經逃走了。我看著爐火在天花板上形成的影子，想要不帶悲傷地去想莫莉。但那道傷口還遠遠沒有癒合。另一方面，我拒絕去想那名信使，去分析她帶來的訊息。

但拒絕去想一件事只會讓它更強烈地出現在腦海中。我想到了弄臣，只好竭力裝作我並不因為他送來這樣一個神祕莫測的訊息而感到氣惱。我不能生他的氣，所以我停止了去想他。

我側過身，看著我的小女孩。她的頭髮以各種角度立在頭頂上。她在長椅上縮成了一個球，就像是一隻熟睡中的小狼。毯子從她的身上滑開，讓我能看到她的小腳趾也緊緊地縮了起來。在睡眠時縮緊身子，希望隱藏自己。哦，小傢伙。她是這麼小，卻並不像其他人以為的那樣幼稚，尤其是在今晚之後。這都是因為我。我不假思索便讓她成為了共犯。就像切德原來對我那樣。從今而後的歲月中，我是否會繼續像切德對我一樣對她？我是否在重複一個輪迴：培養一名刺客學徒？這是我唯一知道的為父之道嗎？

弄臣總是主張時間在一個大的輪迴中運轉，而且這是一個正逐漸腐朽的輪迴，在它的每一次轉動中，人類都會重複錯誤，並且讓錯誤變得更嚴重。他曾經相信他能夠利用我作為催化劑，讓這個巨大的輪子駛入一個更好的軌道。他能夠看到未來，在所有可能的未來之中，他能看到有一個未來是我活下來，我們一同改變了世界。

我又開始想起弄臣。我輾轉反側，最終坐了起來，讓爐火燒得更旺一些，為蜜蜂裹緊毯子，隨後便像潛行的刺客一樣悄無聲息地走出了房間。我竟然還是如此擅長於此種技藝，這讓我不由得吃了一驚。

我手中拿著枝狀燭臺走過細柳林，查看了一下黃色套房的整備工作，並再一次為這件事的混亂和魯莽感到驚奇——一個滿心絕望的人成為了另一個人家中的客人，卻又在無休止地抱怨這裡的居住環境。但至少她一定會喜歡這些房間。在今天早些時候，這裡的壁爐中燃燒過蘋果木和雪松木，好讓房間中的空氣變得清新。現在木料的芳香仍然縈繞在房間中。在燭光裡，這裡的黃色牆壁呈現出溫暖的黃金光澤。等到重新清理好的帳幕被掛到床上，窗簾也被掛好，這裡對於任何女人而言都將是一個舒適的居所。在這個溫暖宜人的房間裡，深隱肯定不會再去想像有鬼魂出沒了。我走出房間，關上沉重的木門，確信這裡明天就可以做好接待客人的準備，並為此而感到舒心。是今天，我修正了自己的想法。今天，黎明已經開始將睡夢趕走了。

走過黃色套房是綠色套房。我已經想不起上一次走進這些房間是在什麼時候了。我打開房門，向昏暗的房間裡望去。用布遮蓋的家具上落了一層灰塵。百葉窗全都緊閉著。這裡的壁爐已經被清掃乾淨，只是多年不曾生火。沒有被褥的床架如同一副骷髏。床帳被收存在床腳的一只雪松木箱子裡。這個房間裡充斥著長久不見人跡的空氣。不過我並沒有見到老鼠屎。明天，我會讓僕人們將這裡變得適宜居住。等到蜚滋機敏到來的時候，這個房間會被徹底烘暖。它不像黃色套房那麼寬敞，毗鄰它的臥室有一個小書房和一個供僕人居住的房間。我不知道那個男孩是否會想要一名僕人。我應該為他提供一名僕人嗎？其實我並不知道該為家中的書記員提供一些什麼。我會問問樂惟。也許他會知道。但無論如何，這些房間應該足夠蜚滋機敏使用了。現在只需要再解決一個問題。

蜜蜂的房間。我發現這是我必須完成的任務。明天，我必須裝作對害蟲的事十分生氣，要求把那個房間中的一切被褥都燒掉，並且盡心徹底擦洗。這意味著今晚我必須將蜜蜂寶貴的物品轉移走，以確保它們不會在徹底清潔中遭受損失。需要搬動的有許多蠟燭、她的跳娃娃和陀螺，還有其他各種我相信對她都很珍貴的小物件。我要拿走它們，把它們藏到我的臥室的大箱子裡，再把箱子鎖好。

沒有別的原因，只是因為我已經無法入睡，所以我走進了廚房。細柳林的廚房要比公鹿堡的小，也不會那樣忙碌。但這裡還是瀰漫著麵包和生麵團的氣味。在火爐上一口被蓋住的大鍋中飄散出微沸肉湯的氣味，讓我感到很是愜意。我找到被包覆住的上個星期的麵包，切了一大塊，又走進食品室，切了一些氣味濃烈的輪狀乳酪，再為自己倒一杯麥酒，便坐到了廚房的工作臺前。這間廚房也許是細柳林中最暖和的房間。角落裡的大火爐從不會熄滅，另一邊的烤爐裡也一直在散發著熱氣。我將注意力集中在面前的食物和飲料上，心裡只想著我所熟知的廚房和廚師們。

然後，我又放棄了。我抱起雙臂，放在桌面上，頭枕在上面，盯著爐火。為什麼，弄臣？為什麼在杳無音訊了這麼多年之後？為什麼你不自己來？你會不會像那名信使所暗示的那樣遭遇了危險？如果你正身處險境，為什麼你不送一張地圖或者詳細的資訊來，讓我能找到你？你以為我不會去援助你嗎？

頭部感受到的劇烈震動讓我猛然醒來。廚娘肉豆蔻將一塊巨大的麵團摔在工作臺上，正在用力揉按，將麵團的一邊掀起，再按壓下去，然後用手掌奮力擊打。我深吸一口氣，坐直身子。片刻之間，我覺得自己又變成了男孩，正在看著公鹿堡大廚房中從每日黎明時分就開始的勞作場面。但這裡只是細柳林。在這個廚房中工作的人只有六個，而不是二十個。正在攪動麥片粥的塔維婭轉過頭，揚起眉毛和我對視。「麥酒是不是比你想得要更有勁一些？」

「我睡不著，就到了這裡。然後我想我是能睡著了。」

她點點頭，帶有敬意卻也相當堅持地對我說：「你在這裡很礙事。」

我也點頭回應，並說道：「我這就走。」我站起身，壓抑住打哈欠的衝動，「這裡的味道很好聞。」她們兩個都給了我一個微笑。

塔維婭說：「等到飯菜被擺上桌的時候，味道會更好聞。深隱女士昨晚似乎對我們的鄉下飯食有些失望。所以我已經和助手們說過了，我們今天需要讓餐桌變得更加閃耀。希望這樣能讓你高興，主人。」

「閃耀？」

「為了讓我們的莫莉女士感到自豪。現在該是我們昂起頭，再次成為上等莊園的時候了。這段時間莊園衰敗的樣子已經讓樂惟咬碎了牙。所以我們很高興能夠看到您對這幢房子有了更多的興趣，主人。能夠讓更多的人居住在這裡，無論對於我們的工作還是生活來說，都是一件好事。這樣能讓這個地方重新擁有生活。」

生活。在莫莉死後。我點點頭，不知道自己是否贊同塔維婭的看法，但我會讓她知道，我很重視她對我說的這番話。她也用力向我點一點頭作為回應，並強調她是正確的。「正式的早餐還要再過大約一個小時才好。不過如果您願意，我會先為您準備一些茶。」

「我很樂意。」我給了她肯定的答覆，然後就順從她的意思，離開了廚房。我的後背很痠痛，頭也疼得要命，而且我還能聞到昨晚的煙火氣味。我揉搓了一下面頰，摸到了正在變長的鬍鬚。我答應過女兒會把鬍子刮乾淨。現在我必須每天早晨打理一下自己的面孔了。「塔維婭！」我回頭喊道，「茶可以再等一下。我準備好以後會拉鈴的。」

雖然有些膽怯，我還是找到一名在廚房幹活的小姑娘，讓她去告訴管家，我在女兒的床上發現了害蟲，在昨天晚上把她的床褥燒掉了。我還讓那個小姑娘告訴樂惟，這件事由他全權處理。然後我就逃進了蒸氣浴室。

我的童年時代最讓我懷念的就是公鹿堡的蒸氣浴室。一年中無論什麼時候，那裡都很舒服，讓身體的種種不適隨著汗水流出去。在深冬季節更是能讓身體徹底溫暖過來。當公鹿堡還是軍事堡壘的時候，它們就已經存在了——數個蒸氣浴室供不同的人員使用，其中的設施也不盡相同。有一些特意隔離開的房間屬於城堡衛兵，他們在一夜的痛飲之後可以盡情在這裡大聲喧譁甚至打鬧，還有一些可以讓僕人們使用。貴族們則專門準備了單獨的套間。

細柳林的男士蒸氣浴室相較而言就簡單多了。整個浴室只有一個房間，並不比我的臥室大多少，貼牆擺著一圈長凳，房間中心處是磚塊壘成的水池。它從沒有像公鹿堡的蒸氣浴室那樣噴湧熱氣，但還是能讓人把身子洗乾淨。細柳林中所有的人，無論貴賤都會使用這些蒸氣浴室。今天早晨，牧羊人・林恩就帶著他的兩個成年兒子在男浴室中。

我向他們三個點點頭，並沒有心情說話。但林恩立刻就問我是否有授權什麼人在半夜燒掉那堆荊條。於是我不得不講了一個關於我女兒的床褥中出現害蟲，我希望將它們立刻搬出房間燒掉的故事。

林恩嚴肅地點點頭，表明他很清楚迅速處置這種害蟲的必要。但我看到他的兩個兒子對視的眼神。林恩沉默了片刻，又問我是否曾允許某人在牧羊的草場上紮營。我告訴他沒有，他又搖了搖頭。

「嗯，那也許只是偶爾路過的旅人，如果是您點了那堆火，那我也就不是很擔心了。今天早晨，我發現圍欄頂部的一根橫木被取下來了，從足跡判斷，至少有三匹馬穿過了草場。那些人並沒有造成什麼破壞，也沒有偷走任何東西。看樣子，他們是從來時的道路離開的。羊群沒有受到滋擾，我甚至沒有聽見黛茜和其他狗在晚上吠叫。所以，也許他們只是想在這裡休息一下。」

「他們有在草場上紮營嗎？現在草場上可是積著很厚的雪。」

林恩搖搖頭。

「我會去那裡再好好看一下。」我說道。

他聳聳一邊肩膀。「沒有什麼可以看的。只有馬蹄印。我已經把欄杆放回去了。」

我點點頭，心中感到奇怪。到底是普通的旅行者還是來獵殺那名信使的人？我懷疑他們並不是那些殺手。他們已經殺死了一名信使，又為另一名信使安排了恐怖的死亡。這樣的人不太可能止步於一片草場上。我還是打算看看那些馬蹄印，只是我不相信自己能找到林恩未曾發現的線索。

20

早晨

刺客需要在殺人之後立刻消失。這樣的殺人有些需要公開進行，有些需要暗中行事。為了實現恐嚇或震懾的目的，一些人必須被殺死在公眾面前，屍體也要丟給其他人去處理；但有時候，刺殺最好是祕密的，而屍體則要以一種充滿震撼力、恐怖感，或者是能表達出訓誡意味的方式展示出來。而最為困難的也許是整個刺殺必須完全不為人知，不僅是殺人的行動，還有屍體。這樣做的目的可能是為了造成惶惑，或者避免罪責，或者讓人們覺得遇害者已經逃走或放棄了自身的職責。

所以，有一點不言自明——僅僅是訓練你的刺客能夠高效殺戮並不足夠。一個被灌注以足夠的判斷力和紀律性，完全懂得沒沒無聞有多麼重要的人，才能成為有用的工具。

——《標準殺人課程》，翻譯自恰斯國語

當灰色的曦光穿過窗戶時，我甦醒過來。我正躺在媽媽生下我的長椅上，被毯子裹住。在壁爐前，我父親平日擺放椅子的地方有一條被整齊疊起的毯子。我能看出爐子裡剛剛添了新柴。我一動不動地躺著，回想我的生活在這一天時間裡發生的巨變。深隱來了。還有那名白色的信使。我幫助父親找到了她。父親因此認為我很有用，甚至很聰明。他信任我，讓我去做各種事情。然後，深隱用那些愚蠢的抱怨攪擾他，讓我們失去了挽救信使的機會。當我們隱瞞了信使的死亡時，我曾經非常震驚。同時我也感覺到了他對我的重視。但是當深隱感到害怕的時候，他立刻把我丟下，完全忘記了我，只是跑去照顧那個歇斯底里的女孩。

我將毯子扔到地上，坐起身，瞪著我父親的椅子。所有人都想讓他去照顧除了我以外的其他人。他要照顧深隱，保護她；那個白色的女孩想讓他去找一個不知去處的兒子。有沒有人告訴他，要注意一下他自己的女兒，因為除了他以外，這個世界上就沒有人會照顧她了？沒有。

也許只有蕁麻除外。但她認為我是一個白癡。好吧，也許不是白癡，也許從不將我的想法告訴蕁麻是我的錯。但如果我去和她一起生活，對於我的未來並不是什麼好事。或者謎語回到公鹿堡之後會告訴她，我並非像她想像的那樣心智有缺陷？也許謎語不會回公鹿堡了。他似乎也非常在意要保護深隱。而深隱顯然很渴望他能留在自己身邊。想到這裡，我皺起眉頭。我不能確定是為什麼，但我相當確信，謎語是我姐姐的財產。那樣的話，深隱不僅是外來者，還是敵人。

我跑掉的父親也好不了多少。

我很快就建立起自己的怨恨並對此確信無疑。對他們的怒火在我心中靜靜地燃燒著，我回到了自己的臥室。看到這裡有許多人正在擦洗牆壁和地板，我一點也不高興。空氣中瀰漫著一股強烈的醋味。保姆間床上的被褥也全都不見了。當我在這些並不熟悉的僕人中穿行時，我發現我的大部分衣箱都空了。想到我的衣服會被洗得乾乾淨淨，我很高興，但一想到我已經沒有多少衣服可以穿，我又不那麼高興了。我也不喜歡這四個新僱用的女人，和那個幫忙搬重物、體壯如牛的男人停下手中的清潔工作瞪著我的樣子。他們才是這裡的入侵者，而不是我！

而且他們只會瞪著我，當我奮力舉起沉重的箱蓋時，卻沒有一個人願意幫我一下。我只能盡力多抓起一些衣服，然後帶著它們回到了相對私密的媽媽的房間，換下了身上的睡袍。

我蹲在屏風後面的角落裡，慌亂迅速地換著衣服。這件束腰外衣還是夏天穿的，已經有一點小了。媽媽肯定不會讓我穿這麼短的外衣。褲子在膝蓋和臀部卻都太寬鬆。我用裝飾燈罩上的一塊小玻璃當做鏡子看了看自己。我的短髮都立在頭頂，就像是剛剛收割過的農田。現在我看起來比給我們跑腿的男孩更像是跑腿男孩。我深吸一口氣，拒絕去想深隱的漂亮衣服、髮梳、戒指和圍巾。

我的紅色新睡衣落在地板上。我把它撿起來，抖了抖，將它抱在手臂裡嗅了嗅。媽媽的氣味已經消退了許多，但還能聞到。我把它疊起來，藏到一只凳子後面。我會自己把它洗乾淨，用媽媽的玫瑰香囊重新為它熏香。想好這些之後，我就去找我的父親了。

我發現他、深隱和謎語正在起居室吃早餐。同時我驚訝地看到今天的餐點顯得格外豐盛和莊重。餐桌上擺放著被蓋住的餐盤和兩壺茶。有一個空位是留給我的。我有些想知道，如果深隱和我們共同生活，那每天的早餐會不會都是這個樣子。他們幾乎已經吃完了。我無聲地走進房間，坐進我的空位裡。

深隱正在說話，大概是在談用綠茶驅趕鬼魂的事情。我沒有打斷她。但是當我的父親能開口的時候，我搶先說道：「你沒有叫我一起吃早餐。」這的確深深地傷害了我，我並不想隱藏這一點。自從媽媽死後，只有我們兩個人的時候起，這就成為了我們的一個小小儀式。無論發生了什麼事，他都會在早晨叫醒我，我們會一同吃早餐。

儘管刮乾淨了鬍鬚，也換了乾淨襯衫，他看上去還是非常疲憊和虛弱。但我拒絕對他感到抱歉。他說道：「昨天我們睡得都很晚。我以為妳想要多睡一會兒。」

「你應該叫醒我，問問我是不是想要和你一起吃早餐。」

「我也許應該這樣。」我的父親低聲說道。他的語氣告訴我，他不喜歡我們在謎語和深隱面前討論這件事。我突然感到後悔了。

「小孩子就是比成年人更需要睡眠。所有人都知道這一點。」深隱彷彿是在提醒我。她拿起茶杯，一邊啜著茶水，一邊從杯緣上面看著我。她的眼神就像是一隻充滿惡意的貓。

我平靜地和她對視。「所有人都知道，鬼魂會被束縛在他們死亡的地方。妳的羅諾還在妳丟下他的地方。孤魂是不會跟著活人到處跑的。」

如果深隱是一隻貓，她現在一定會向我發出嘶吼。她的嘴唇翻起，露出了牙齒，這個動作也像貓一樣。但如果她真的是一隻貓，她早就應該發覺從牆裡發出聲音的只是另一隻貓。我看著她，一邊問父親：「還有剩餘食物給我嗎？」

他看著我，沒有說話，只是拉響了一只小鈴鐺。一名我不認識的僕人跑進房間。我的父親命令他端早餐上來。我覺得謎語是想要安慰我，所以他向我問道：「那麼，蜜蜂，妳今天有什麼計畫？」

深隱在謎語向我說話的時候瞇起了眼睛。我立刻知道今天我想要做什麼了。我要讓謎語沒時間陪深隱。我揚起下巴，向謎語露出微笑：「既然你在這裡，我的父親又一直在忙著招待我們的客人和整修房子，沒有時間陪我，我想知道你今天是否能教教我該如何騎馬？」

謎語立刻睜大了眼睛，眼神中閃耀著真心的快樂。「如果妳的父親許可，我樂意之至！」

我的父親看起來很震驚。我的心沉了下去。我應該知道，請謎語教我，會傷害他的感情。我本來要對付深隱，卻傷害了父親。不過我這一手也沒有讓深隱好過。她瞇起了眼睛，讓她看上去更像是一隻被水淋透的貓。我的父親說道：「我記得妳說過，妳不想學騎馬，因為妳覺得坐在另一隻動物的背上，命令牠去這裡或那裡並不是一件令人高興的事。」

我的確說過這樣的話。那時我比現在還要小很多。當然，我現在也還是這樣認為的。但我肯定不會在深隱的面前說這樣的話。我感覺到自己的面頰燒了起來。

「真是個奇怪的想法！」深隱高聲說著，快活地笑了起來。

我盯著父親。他怎麼能在陌生人面前提起這件事？難道他是有意這樣做的？因為我傷害了他的感情？我僵硬地說：「我還是覺得這樣做不公平，只不過因為我們是人類，有能力強迫動物服從我們，我們就要這樣做。但如果我要去公鹿堡看我的姐姐，我就必須學會這項技藝。」

謎語似乎完全沒有意識到餐桌上洶湧的暗流。他微笑著說：「我相信，沒有什麼事能比見到妳更讓她感到高興了。尤其是當她看到妳能這麼流利地說話時。」

「她以前說話很結巴麼？還是口齒不清？」如果深隱在掩飾她對我的鄙夷，那麼她做得相當糟糕。

謎語直視著深隱，面色嚴肅，聲音冷峻：「她很少說話，僅此而已。」

「如果蜜蜂希望你教她騎馬，我想我一定會非常高興。」我的父親說道，「馬廄裡有一匹馬，不是矮種馬，但也很小。蜜蜂五歲的時候，我為她挑選了那匹馬。那時我覺得能讓她對騎馬感興趣，但她拒絕了。那是一匹灰色的斑紋母馬，有一隻白色的蹄子。」

我看著他，但他將自己藏在了眼睛後面。幾年以前，他就為我挑了一匹馬，當他想要讓我在馬鞍上坐穩的時候，我卻不停地扭動身體。那時他放棄了，而且沒有責備我。為什麼他還要留著那匹母馬？因為他一直都抱有希望。我並不想傷害他。「一隻白色的蹄子。我會試著騎牠。」我低聲說，「很抱歉我以前不想去試。但那已經是幾年前了，現在我準備好了。」

父親點點頭，但沒有露出笑容。「蜜蜂，看到妳願意學騎馬，無論是誰教妳，我都很高興。但現在妳還不能去公鹿堡。今天早晨，我收到訊息，妳的新教師很快就要來這裡了。如果他離開公鹿堡到達這裡的時候發現妳已經去了公鹿堡，這就有些太奇怪了。」

「我的新教師？這是怎麼回事？這是什麼時候決定的？」我覺得自己所在的房間彷彿都傾斜了。

「幾年以前。」父親的用詞變得很簡單，「他的名字是蜚滋機敏。這件事已經計畫了一段時間。他會在十天之內到來。」他突然彷彿因為什麼事而感到痛苦，「也必須為他準備房間了。」

「蜚滋機敏。」謎語低聲說。他沒有用好奇的眼神看父親，也沒有揚起眉毛。我從他篤定的語氣中聽出來，他在讓我的父親知道，他瞭解的事情比父親所說的更多，「我聽說機敏大人認為他的小兒子們已經足夠年長，可以來王室了。」

「確實，正是這樣。」我的父親給出肯定的回答，「不過我被告知，這主要是他妻子的決定，而不是他的。實際上，我聽說機敏大人在聽到此事時非常驚訝。」

深隱的目光在他們兩個人的身上來回遊動。她是否在猜測他們兩人在這番對話中所傳達的意思要比她聽到的更多？但我對這些幾乎完全不在乎。我完全驚呆了。

我最早的童年回憶都像我在媽媽身體裡時的記憶一樣，漂浮不定，難以捉摸。但它們是確實存在的，只是並沒有被固定在我的日常生活中，只剩下了一些氣息、聲音或味道流散到我的意識之前。在這些亂流中，我找到了一個名字。

蜚滋機敏。

這個名字如同一陣鈴音在我的耳邊響起。突然間，我的思緒中充滿了一個回憶。它裡面包含著母親的奶香和蘋果木與雪松木柴的香氣。那是很久以前，我還是搖籃中的一個嬰兒，我聽到這個名字被一個年輕而陰鬱的聲音說起。孩提時代模糊的記憶是一回事，而將這個記憶找回來，清晰地呈現在眼前就是另一回事了。那個人曾經在我還是嬰兒的時候鑽進我的搖籃。我的父親抓住他，阻止了他。父親那時還提起過毒藥，並威脅他說，如果他再靠近我，就殺了他。

現在他要成為我的教師了？

我的腦子裡沸騰著各種問題。那名新僱用的僕人很快就回到了餐廳，在我面前擺上一碗燕麥粥，兩顆水煮蛋和一小碟燉蘋果。蘋果上的一點肉桂讓房間裡都飄滿了香氣。這是塔維婭特別為我做的？還是每個人都有？我抬起目光。他們全都在看我。我覺得很困窘。我的父親忘記了那一晚鑽進我搖籃裡的男孩叫什麼名字嗎？他以為那個男孩已經改變了？為什麼會讓他成為我的教師？我舀了一勺蘋果，想了想才問道：「你認為蜚滋機敏能教好我嗎？」

深隱一直在啜她的茶。這時她「噹啷」一聲將茶杯放到了茶碟裡，看著謎語，驚愕地搖著頭，用一種彷彿不想讓我父親和我聽見的策劃陰謀般的聲音說：「我從沒有聽過一個孩子會質疑父親的決定！如果我反對外祖母為我制定的任何一個計畫，我相信她一定會抽我的耳光，再把我轟回到我的房間裡去。」

她幹得漂亮。我在她的口中成了一個被過分寵溺的驕縱女孩，而無論我如何辯解，都只會讓自己顯得更加驕縱任性。我喝了一口牛奶，越過杯子上緣看著我的父親。他很生氣。他的表情沒有絲毫變化，也許只有我知道他被激怒了。只是我不知道激怒他的是深隱還是我。當他說話的時候，就連他的聲音也平靜一如往常：「看起來，我和蜜蜂的關係與妳和妳外祖母的關係並不相同。我一直都鼓勵她多思考，和我一同討論為她安排的計畫。」他吮了一口茶又說道：「我無法想像自己會打她。永遠都不會。」

他的目光在一瞬間和我相遇。淚水刺痛了我的眼睛。我曾經是那樣嫉妒、那樣相信他喜歡深隱。但在那短短的一次對視中，他給了我一些甚至超越父親的東西。他是我的同伴。他將茶杯放下，愉悅地向我點點頭，又說道：「從幾年以前，切德大人就著意讓蜚滋機敏準備好成為妳的教師了，蜜蜂。」然後他給了我一個其他人都沒有看見的眨眼，「試試他吧。」

「我會的。」我答應了父親。我欠他的。我集中起精神，讓臉上露出微笑，「能學到新東西真讓人興奮。」

「很高興聽到妳這樣說。」父親回答道。我幾乎感覺到他心中想著我的暖意。

深隱的聲音壓過了我：「昨晚有信使來說他要到了？是切德大人的信使嗎？但我什麼都沒有

聽到。我向你保證，我根本沒有睡著。昨晚我根本沒有得到一點休息。那名信使有說到我嗎？有沒有切德大人給我的訊息？」

「訊息被送來時沒有驚動任何人，而且只是關於教師的。」我的父親說道。不管他表面上是什麼意思，他的語氣明確表明了這不關深隱的事。我明白，是切德大人用精技和父親進行了聯絡。我的父親昨晚的確非常忙碌，今天自然會顯得如此憔悴。我意識到自己顯然知道一些深隱茫然無知的事情，比如我的父親和切德大人會用精技魔法分享資訊，於是我只好努力克制自己，不讓臉上的微笑變成得意的傻笑。

但這還是讓我很滿意。我決定，暫時不會提出更多問題了。我將注意力放到食物上，聽謎語和父親說話。深隱不斷用只和她有關的問題打斷他們。工人們會在中午回來，繼續對細柳林進行維修。深隱希望他們不會太早開始工作。她不喜歡被噪音吵醒。我的父親命令樂惟必須為書記員蜚滋機敏準備好房間。深隱很好奇他會得到哪個房間。當那個想像中的臭蟲問題被提起時，深隱立刻顯示出恐懼的神情，並要求得到全新的被子。我的父親向她保證，新被褥將會在黃色套房中準備好。她問黃色套房是否必須保持黃色，因為她非常喜歡淡紫色或者薰衣草色。

這讓我抬起眼睛。我看到父親和謎語交換了一個驚愕的眼神。父親的眉毛皺了起來。「但黃色套房一直都是黃色套房。」他彷彿用這句話解釋了一切。

「如果我記得沒有錯的話，這裡有紫色套房，就在那一翼的另外一端。」謎語說。

「那樣妳將和其他居室有相當遠的距離，不過，這全看妳是否願意。」我的父親說。

我盡量不讓自己露出微笑，喝光了正在變涼的麥片粥。這時深隱表示了反對：「但我喜歡那些窗戶外的風景。難道你不能將我的房間牆壁刷一下顏色，再把窗簾換成更能夠讓人感到寧靜的顏色嗎？只因為它以前一直是黃色套房並不意味著它一直都要這樣。」

「但……那就是黃色套房……」

我的父親沒有把話說完。因為深隱完全不理解他的話，卻又一直在打斷他，要讓他明白黃色也可以被塗刷成淡紫色。當他們還在爭論的時候，我悄悄離開了桌邊。我的父親和謎語都察覺到我走掉了。但他們都沒有阻止我。

我的臥室已經被搬空了，我可以將它塗刷成任何顏色而又不必擔心這裡的家具、掛毯和地毯。僕人們也許剛剛用壁爐放出熏煙殺滅害蟲，所以房間裡瀰漫著一股濃重的煙味。這裡只剩下了空床架。我的衣箱被挪到了走廊裡。我在那裡面翻找出暖和的衣服，準備外出。

雨暫時停了。在一年中的這個時節，今天的風算是暖和的。我首先去了父親昨晚和我一起生起大堆篝火的地方。那裡曾經被燒得很熱：在一圈被部分燒焦的荊條樹枝中心只剩下了白色的灰燼。我拿起一根樹枝，撥了撥那堆灰。在它的下面，黑色的熱炭彷彿被我驚醒一樣向我睜開了赤紅色的眼睛。我沒有找到一片骨頭，甚至連我相信能夠發現的球形顱骨也沒有。我很想知道父親是否在我之前，在破曉時分回到過這裡。我將一些殘斷樹枝踢回到灰炭的中心處，等待著。一縷青煙開始升起，最終，火苗又竄了起來。我一動不動地站著，看著火焰燃燒，回憶起我們特別的訪客說過的所有的話，好奇我的父親是否會照做，還是會隨著她的去世而將這些話都忘記。預言會有一個意外之子出現。有人曾經相信我的父親實現了這個預言。我顯然還不知道父親過去的全部經歷。當他忙於修理細柳林的時候，也許我可以更加大膽一些，偷來他更多的紀錄看一看？我決定我必須這樣做。

在返回屋子的路上，我經過羊圈。經過收割的低矮草地中間有一塊布滿地衣的石頭，上面蜷縮著一隻乾瘦的小黑貓，正在俯視遠處的長草。我能認出牠那兩隻白爪子。牠的尾巴彎起，顯然是正在狩獵。我停下腳步，靜靜地站著，看著牠的肌肉愈繃愈緊，隨後像離弦的箭一樣撲向了草叢中的目標。牠的前爪狠狠擊中了獵物，然後探頭迅疾一咬，結束了獵物的生命。牠抬起頭看著我，我突然明白，牠一直都知道我在旁邊觀看。那隻深灰色的老鼠在牠的嘴裡一動不動。

「我知道哪裡有充足的老鼠，因為吃了很多乳酪和香腸而變肥的老鼠。」我對牠喊道。牠一聲不響地看著我，彷彿在考慮我的話。然後，牠就轉過身，帶著牠的獵物目標明確地小跑離開了。牠長大得很快，我在心裡想。

貓就是這樣。一旦貓能夠狩獵，牠就能得到牠所需要的全部。那時牠的生活就是屬於牠自己的。

這個想法如此清晰地出現在我的腦海中，讓我幾乎相信這就是我的想法。

「我正需要像你這樣的獵手！」我又向牠高喊。牠只是一步不停地跑開了。

我看著牠離開，想到除了我自己以外，誰都不會在意我的需要。我需要的，我只能自己去取得。

21 尋子

一名女士在她的新家中必須承擔的第一個任務是建立起人們對她的尊敬。這也許要比人們想像的更難，尤其是當一個人在結婚之後進入新居，而這個居所的女主人依然是丈夫的母親時。但令人驚訝的是，對於一位在婚後掌管了她單身丈夫居所的女士而言，事情也許會更加困難。僕人們已經習慣了房子裡只有一位主人。新來的女士也許會發現要奪取控制權，甚至只是贏得資深僕人們的尊敬都會很困難。眾所周知，這種情形中的管家和廚師是非常難對付的。房子裡新的女主人很快就會不勝其煩地聽到：「但一直以來都是這樣的。」更糟糕的則是有僕人會告訴她：「主人喜歡這樣。」如果這種情況不能迅速被妥善處理，這幢房子的新女主人就會發現她將處在一個來訪吟遊歌手的地位。

解決這一問題的最好方式通常是解僱僕人們的首領，由這位女士選擇一批新的僕人。但房子原來的主人可能對老僕人們還有戀舊之心，所以女士必須以直接和堅定的風格立刻掌控局勢。乾脆明白地確認首先為她提供的一切是錯誤的。女士應該立刻對功能表、花卉擺放、僕人服裝等逐項事宜提出修改方案——簡而言之，當妳踏進屋門的時候，就應該建立起妳的統治。

——《聖天女士的儀禮行為指南》

我發現樂惟已經在帶著工人們忙碌了。他正在深隱即將入住的房間門外，斥責工人們將腳上的泥巴帶進了屋裡。我一直等到他把這件事做完，才向他提出，也許深隱女士想要房間被粉刷成另一種顏色。能否根據她的意思裝潢黃色套房？

樂惟看著我，彷彿我瘋了。「但那樣的話，彩虹的順序就錯了。」

「請問你在說什麼？」

「多年以前，根據耐辛女士的安排，這七個套房被按照彩虹的次序粉刷成七種顏色。所以第一間套房是紅色，然後是橙色。黃色在綠色後面，然後是藍色，然後……」

「是紫色。紫色套房的狀況還算良好嗎？」

樂惟雙眉之間的皺紋更深了：「我盡量將它維持在良好狀態，在您給予的預算範圍許可之內。」他低頭看著我，盡力隱藏起他心中的不快——畢竟我在這些年裡對這個莊園的關注實在是太少了。

我做出一個匆忙的決定：「請告知深隱女士，她可以選擇最符合她色彩品味的套房。也請把綠色套房準備好。不。等等。你是對的，樂惟。給我一份清單，寫清楚主屋中每一個套房都必須進行什麼樣的修繕和維護，完全按照你的要求來寫。這是我們幾年前就應該做的事，我們開始把這些事做起來，一件一件做好。對了，十天之內還會有另外一位客人來和我們同住。蜚滋機敏將成為蜜蜂女士的教師。也許他還能教導莊園裡其他的孩子。」

最後這個念頭是突然閃現在我的腦海裡的。黠謀國王總是堅持讓公鹿堡中的每一個孩子至少有學習拼寫和計數的能力。並非所有父母都會接受這項恩惠，也有許多孩子會懇求能免去學習的勞累，但公鹿堡的每一個年輕人都有機會學習。現在也該是我承襲這個傳統的時候了。

樂惟用鼻子深吸了一口氣。作為一個名字如此充滿歡愉色彩的人，他卻以萬分嚴肅的態度說道：「那麼講堂也必須準備妥當了，主人？還有供那位書記員使用的房間？」

講堂。我突然回憶起細柳林有一間講堂。我的早期教育就是在公鹿堡大廳中一個小壁爐旁完成的。莫莉的男孩們在來到我身邊之前，都已經由博瑞屈打下了很好的閱讀和計算基礎，又在細柳林接受了我和其他人的教導。向他們傳授過技藝的有樹木種植專家、果園的管理者、牧羊人……我從沒有要求過他們掌握另外一門語言，他們對於六大公國歷史和地理的知識，大多是在夜晚的交談和節日裡吟遊詩人的歌唱中學會的。我是否對於博瑞屈的兒子們沒有盡到教育的責任？莫莉和那些男孩們從沒有要求過我對此多做一些事。但愧疚感還是緊緊抓住了我的心。

「主人？」樂惟的問話聲將我拉回到現實。我盯著他，不知道他剛才說了些什麼。

在我充滿疑問的眼神中，他重複道：「講堂，獾毛管理人。耐辛女士已經準備了這個房間。許多年以前，當她還希望能在這裡養育她的孩子的時候，細柳林中就被安設了一個講堂。一個為受教育的孩子們特別安排的房間。」他在說到「教育」和「孩子」這兩個詞的時候刻意加重了語氣，彷彿在擔心我並不熟悉這一概念。

當然，於是我說道：「當然，那麼，樂惟，將那間講堂和書記員的房間都整理好，再為我列一張清單，說明它們還需要哪些重要的修繕工作。哦，還有，請列一張孩子們的清單，記錄下誰願意來學習拼寫和計算。」

樂惟的眼睛裡閃動著一名殉道者的決心。他問道：「還有其他什麼事嗎，主人？」

我回答：「現在我能想到的只有這些了。如果你還想到了什麼，都請告訴我。」

「當然應該如此，主人。」樂惟應聲道。我幾乎能聽到他的想法：早就應該這樣了。

那天晚上，工人們離開之後，蜜蜂再一次睡到了莫莉的女紅室中。我用精技和我的長女進行了聯絡。我已經準備上床了。蕁麻在接觸到我的意識時說。

我沒有想到已經這麼晚了，我向她道歉，我希望將最近我對細柳林的修繕工作報告給妳，我認為這些工程都是有必要的，樂惟也是這麼想，但恐怕這要消耗一些我存留的莊園收入。

我感覺到蕁麻歎了一口氣。請不要說這樣生分的話，你並不是真的事事都要向我報告的莊園管理人。我們全都清楚這一點。無論從任何角度講，細柳林都應該是屬於你的。你堅持說它是我的，你在那裡的一舉一動都要經過我的許可，這只會讓我感到疲憊。

但妳繼承了它……

這也傷害了我的感情。你真的認為我會反對你為蜜蜂在那裡做的任何一件事嗎？或者是為你自己？我知道你也不相信我會這麼自私。所以，不要再這樣說了，求你。為了保證那些房子屹立不倒，完整無缺，你做什麼都可以。那片土地上的收入你儘管使用，修房子也好，做其他事也好。她停頓了一下。你知道，蜚滋機敏很快就會去你那裡了嗎？

是的，我已經被告知了。我想要向她隱瞞對這一安排的疑慮。

實際上，我覺得他的身體狀況還不適合長途旅行。但我已經催促切德讓他離開藏身之地盡快上路了。等他到你那裡之後，你要找一名治療師看看他。他是個倔強的孩子，會謝絕你的好意，堅持說他沒有問題，而且會一再堅持。他被狠狠地打了一頓，傷得非常嚴重。我認為正是因為如此，切德才終於願意讓他去你那裡，希望你能保護他的安全。他早在幾年前就應該去找你了。我不斷地和切德提起這件事。切德總想要把那個孩子留在身邊，卻不知道為他多做考慮。

我會讓他得到精心照料。我打算安排他住進綠色套房，但樂惟告訴我，耐辛在房子東翼安排了一間講堂，和它毗鄰的還有專為講師準備的居所。

那裡？哦，是的，我想起來了。那是一片相當古老的地方了，對不對？不過應該會很適合機敏。他非常注重個人隱私，而被打之後，他對這一點似乎更加看重了。

經歷過肉體折磨的人很容易有這樣的心態。我在心中想。不過我不需要將這個想法和蕁麻分享。我現在還清楚地記得帝尊對我的折磨，以及弄臣經受過蒼白之女的野蠻手段之後變得多麼孤僻遁世。我們都生活在肉體中。意識容身的堡壘受到攻擊，意識也會留下傷痕。儘管這傷痕也許看不見，卻永遠無法癒合。我會給那個男孩足夠的私人空間。如果他想要說話，我也會保守他告訴我的一切祕密。

你還醒著嗎？蕁麻的聲音有些氣惱，也許她認為我用精技打擾了她的休息時間，現在又一聲不吭地溜走了。

是的，只是在考慮該如何安排蜚滋機敏。

對他好一些。

妳很喜歡他，對不對？我再一次感覺到，這個男孩比切德對我描述的更加重要。

是的。對他好一些，熱情一些。蕁麻顯然不會告訴我她為什麼對這個男孩有好感，以及這個男孩為什麼重要。我要去睡了，她對我說，並非所有人都是夜狼，湯姆。我們更需要在晚上睡覺。

那麼，晚安，親愛的。

晚安。

然後她就走了，如同一陣亂風吹走了房間中的香水氣味。

她不是唯一喜歡從我面前逃開的女兒。隨後的幾天裡，蜜蜂總是在我走進一個房間的時候立刻離開那裡。我能夠在吃飯的時候看到她，但她又恢復了沉默。而深隱總是像一隻剛下了蛋的母雞，想要讓整個雞場都知道她做了什麼。在經過了反覆斟酌之後，她選擇了紫色套房作為自己的領地，並稱那裡為薰衣草房間。但如果我以為這樣就能讓她暫時停止要求和抱怨，那麼我就是大錯特錯了。她認為那個房間裡的布置「太繁亂」，還認為床帳都褪色了，鏡子「有斑點，而且太小了，根本就沒辦法用」。枝狀大燭臺也不合用。她想要用數盞油燈照亮她的梳粧臺。我不敢讓她直接去找樂惟，因為我害怕樂惟不僅會接受她的每一個要求，甚至會變本加厲地滿足她。謎語嚴肅的表情和幸災樂禍的眼神讓我相信他也應該分擔一下我的辛苦，於是我讓他帶上深隱和一封賒欠授權信去了湖濱的大集市，這趟旅程需要他們在那裡的旅店中過夜，這給了我至少一個晚上的平靜。樂惟聽到他們要去那裡，便給了我一份購物清單。為此，我又分派了一輛馬車和一隊人手隨他們同去。然後又是塔維婭向我抱怨廚房的平底鍋都破舊不堪，刀子也全都磨損到不堪使用了。添加了她的購物清單之後，我又想到我自己也有幾樣東西需要更換。最後，他們帶著兩輛馬車和一隊傭工出發了。謎語在騎上馬背的時候臉上沒有了笑容。但我有了。我相信後來交給他的那些清單，足夠讓我在他們回來之前又多出了一天，甚至是兩天的空閒。

除了要滿足深隱和樂惟的需求，我還交給謎語一項任務——在路上探聽一切訊息，看看有沒有陌生人正在尋找一名膚色白皙的女孩，就像曾經出現在這裡的那名旅人一樣。我告訴他，我非常好奇她為什麼會那樣突然地逃走了。我想要知道她在害怕什麼，那些對她有惡意的人是否應該遭到國王衛兵的制裁。我知道謎語懷疑我向他隱瞞了許多細節，不過我相信這也會刺激他去搜尋更多的情報。而深隱則會因此離開我家至少幾天時間。我很驚訝自己竟然因此而長長吁出了一口氣。

我不會強迫蜜蜂靠近我。也許在她經歷過那天晚上的所有事情之後，她的確需要和我保持一定的距離。但我還是會在遠處注意她去了哪裡，做了什麼。她大量的時間都是在她的藏身之地度過的，我很快就發現了她在讀些什麼。我非常驚慌，因為我的疏失，也因為不知道她會對我有怎樣的認知。不管怎麼說，這是我的錯，我知道如何解決這個問題。就像切德發現我所閱讀的內容並不只是被擺放在面前的文字時一樣。隨後的五天時間裡，我全心地投入了工作。樂惟不可能顧及到一切事務。他是一名優秀的管理者，一個善於找到合適的人員，僱用他們，並清楚向他們分配工作內容的人。但他並不是能監督一項工作順利完成的最佳人選。博瑞屈曾經傳授過我從偷懶的工人身邊走過，用一個眼神激勵他們勤奮工作的巧妙辦法。這時我毫不猶豫地使用了它們。我對於磚瓦行當不甚了了，對木工手藝也說不上精通，但我能看出誰只是假裝在賣力工作。而看著像安特那樣的大師好整以暇地將一塊塊磚砌成一件藝術品，也實在是一件令人著迷的事情。對於她，我只會留出足夠的空間任由她發揮。

除了所有的修繕與清潔工作之外，莊園的常規工作也不能有疏漏。我感覺到蜜蜂在躲避我，但我不能責備她。她有許多事情需要思考，就像我一樣。也許，我也在躲避她，希望我沒有將太多壓力放在她的小肩膀上。如果我把她叫到面前來，坐下來和她討論這件事，是否會讓她感到有壓力，讓她過分重視這件事？我是否能誠實地回答她的問題？在這些日子裡，我將信使的懇求置之腦後，告訴自己，如果弄臣的意外之子隱藏了這麼多年，再多等幾天也不會有什麼問題。我又去過那片牧羊草場，查看了雪地中逐漸變為泥濘的馬蹄印。林恩是對的。就在我焚燒信使屍體的那一夜，有三匹馬同時來到這裡又離開。我發現有一個騎馬的人下了馬，留下腳印，至少那個人是在這裡活動了一下雙腿。但那裡沒有篝火和人們長期逗留的痕跡。我站到馬蹄印所在的地方向細柳林觀望。從這裡，他們不可能觀察到房間裡太多的活動。花園的圍牆和茂密的樹木遮蔽了他們的目光。他們也許曾經站在這裡看著我和蜜蜂燒毀那些捆紮起來的床褥。他們能看到的也只有這些了。這是足跡能夠告訴我的一切。我將此視作無用的情報，把它們從腦海中清除。那些人可能是旅行者、偷獵人或者路經此地的盜賊，也許僅此而已。

或者他們正是追蹤信使的人？我仔細思考了信使對那些人的描述，判斷那不是他們。那些人或者足夠凶惡，會一直追殺到我的門前；或者至少也需要能確定信使已經死了。我無法想像他們站在遠處，看著這個信使避難的地方，然後就走掉了。不，這只是巧合，僅此而已。我懷疑那些人可能還在努力尋找她。如果他們是這樣做的，謎語就會察覺到他們的蛛絲馬跡。他很擅長於從道聽塗說中分辨有價值的資訊。

但我會保持警覺，以免那些人還在追獵那名信使。我向自己承諾，我會盡快開始對意外之子的尋找。而現在，我在開始其他任務之前先要整頓好我的家，保護好我出乎意料的被監護人。在我必須離開之前，最好讓這裡的一切都變得乾淨而且堅固。我有些害怕冬天前往群山，但有可能我必須在那時上路。我懷疑巧憑不會給我任何回信。如果必須前往那裡才能找到答案，那我就要親自去一趟。

到了晚上，在我入睡之前，那個奇怪的任務又會鑽進我的思緒。如果要去完成這個任務，我又怎麼能將蜜蜂留在家裡？我不能。我能把她帶在身邊嗎？帶她進入危險之中？我不能。送她去蕁麻那裡？那名教師是否能成為她的保鏢，就像切德所說的那樣？機敏怎麼會有這樣的能力？他遭受的那頓毆打證明他甚至無法保護自己，更不要說我的孩子了。

讓深隱做蜜蜂的保鏢更是一個糟糕的笑話。她不喜歡我的女兒，甚至害怕夜晚的聲音。我不會選擇她作為蜜蜂的保護者。我必須找一個我能夠信任的人。在那以前，我不能去完成弄臣的任務。但我也不能對此置之不理。焦慮和憤怒在我的心中展開了競逐：我害怕我的老友遇到了可怕的危險，甚至也許已經死了。我也氣惱他只是給了我這樣一個含義模糊的訊息。我知道，現在他對未來的預見已經很不清晰了，但他至少可以告訴我他現在的處境吧！也許，如果他的信使能夠活得更久一點，就會多告訴我一些事。有一些夜晚，我開始害怕自己過於匆忙地給了她死亡的憐惘。現在想這種事已經沒有意義了。我只能責備自己。然後，我會試著在床上找一個更舒適的位置，閉起眼睛，斥責自己對女兒所做的一切。在大部分時間裡，我都一遍又一遍地責罵自己為什麼任由切德把他的問題丟給我。但我又怎麼能拒絕他？

至少，我還是打起了精神，開始我必須著手去做的任務。我承認，我是出於一點意氣用事，才一直等到午夜過後才用精技與切德聯絡。如果我想要把他從夢中驚醒，那我實在是浪費了力氣。他立刻就向我敞開，甚至對於我的探問表達了愉悅之情。這讓我意識到，我通常都不是主動伸展出去請求聯絡的人。這樣我就更難以嚴守自己的祕密了。

我會向你提出一個奇怪的請求，而更加奇怪的是，我暫時必須拒絕告訴你為什麼。

哦，看起來這一次的開始就會很有趣。那麼，問吧。但如果我先猜到了你心裡真正的打算，也不要責備我。我能感覺到他在他的巢穴中穩穩地坐進了椅子裡，向爐火伸長雙腿。看樣子，如果他能比我更聰明，猜出我的意圖，他一定會感到很高興。那麼，就讓這次對話成為他的一場遊戲吧。他像獾一樣挖掘我的祕密，也許會在這個過程中透露出其他祕密。

我估計你肯定想試一試。但暫時請不要逼我。我也有些事情還不清楚。我正在尋找一個孩子，他的母親可能是三個女人中的一個，他可能是私生子。我已經仔細考慮過如何詢問這件事。有許多女人會為了掩蓋孩子真實的父親而匆忙結婚。

三個女人，嗯，那麼，她們都是誰？

其中一個也許你認識，第二個你也有可能認識，第三個你可能從沒有聽說過。

哦，這愈來愈有趣了。好吧，我沒辦法承諾什麼，但你說吧。

還記得花斑點給晉責帶來的災難嗎？那時候幫助過我們的女獵人月桂。在那以後，我們對付原血者的時候她也幫了大忙。

隨後是片刻的沉默。切德是否將某些東西對我封鎖起來了？然後他熱心地回答，當然，我記得月桂！

你知道她有沒有結婚？有沒有孩子？

又是一點沉默的空檔，彷彿切德在猶豫。我肯定能查清楚。下一個呢？

嘉蕾莎。她是我在公鹿堡長大時一名園丁的女兒。我作為黃金大人的部下生活在公鹿堡的時候，她還在花園中做事。

從沒有聽過這個名字，但要找到這樣一個人也不是難事。最後一個呢？

他就像是一隻在搜集松果的松鼠，渴望著從我這裡得到下一個事實，讓他塞進自己的腦子裡。在從我這裡搜集到每一點訊息之前，他還不用費心去消化這些內容。我知道，他很快就會找出這三個人的共同點，並以此梳理線索。如果他必須要為這件事付出心力，那麼這就是他能夠得到的全部甜頭了。要提起第三個女人的時候，我猶豫了。如果她真的為弄臣生下了子嗣，那個孩子現在一定已經長大了。但我要考慮全部的可能性。

巧馮。她住在群山王國，當我受重傷的時候曾經幫助照料過我。她是一名木雕藝人，一個能製作精緻的小盒子和玩具的巧匠。我知道她有一個兒子，因為我遇到過她的孫子。但我需要知道她兒子的父親是誰，以及他是什麼時候出生的。我還想要對於他相貌的具體描述。

我記得巧馮。切德並沒有掩飾對於我的請求的驚訝。嗯，那已經是很多年以前的事情了，但要調查這件事並非沒有可能，我有人在頡昂佩。

我相信你能做到。任何地方都有你的人，包括在細柳林。我半是責備，半是恭維地對他說出這句話。

也許如此吧。你也很清楚，用伶俐的眼睛和耳朵編織成一張覆蓋廣泛的網會是多麼有用。那麼，巧馮、嘉蕾莎，還有女獵人月桂。你在找一個孩子。男孩還是女孩？

一個男孩。但現在他也許早已成年了。如果是巧馮的兒子，我想他至少也有三十六歲了。我能否確定弄臣從那以後就沒有去拜訪過巧馮？有什麼事情是我能夠確定的？哦，我不知道那孩子的樣子，不知道他的年齡，也不知道是那三個女人之中誰生的。如果你能幫我查清楚，剩下的事情我自己會處理，而且我欠你一個人情。

你肯定會欠我的。他向我承諾，然後就切斷了我們的精技聯絡，讓我來不及再告訴他或者問他任何事。

我在精技的湍流中又停留了片刻，讓自己感覺到它的引誘。接受精技訓練的年輕人都會被嚴厲地與這種強烈的吸引力隔絕開。這是一種難以形容的感覺。在精技中，我覺得自己完整了，不再孤獨，就算是在這世上可能出現的最深摯的愛情中，一個人還是會感覺到和他的伴侶是分離的——即使當我們合為一體的時候，皮膚仍然會將我們阻隔。只有在精技中，分隔的感覺才會消退。只有在精技中，我才會有和整個世界合為一體的感覺。自從莫莉死後，我比以往任何時候都更感到孤獨。所以，我在誘惑自己，讓這種完整的感覺沖刷著我。我想要就此放棄，成為更偉大的整體的一部分。不是一部分加入到另一部分之中，不是。在精技裡，一切界限都消失了，一切自我獨立的感覺都不復存在了。

在精技的表面，一個人能夠飄浮起來，聽到其他生命的絲絲縷縷。有許多人具有相當程度的精技天賦，這不足以讓他們啟動自己的精技能力，卻能讓他們在不知不覺間接觸整個世界。我聽到一位母親在想念她去了海上、已經六個月不曾傳回音訊的兒子。她希望兒子一切安好，而她的心已經不知不覺在尋找她的兒子了。一名年輕男子即將迎來他的婚禮，卻在想一個他剛剛長大時認識的女孩。他本以為那個女孩會成為他的生命摯愛，但他們分開了，現在他有了另一個珍愛的女人。明天，他們就要結婚了。但就在他沉浸於即將隨日出而到來的喜悅時，他的思念卻依然向他失去的第一個愛人伸展了過去。有許許多多的心都在尋覓。一些夢到了愛和完美，但還有一些在夢想著復仇和他人的災難，意欲做出壞事和輕薄之事。

不。這些都不是我想要的。我讓自己沉入到更加凶猛的激流裡，所有這些飄蕩的絲線擰結在一起，匯聚成滔滔洪流。有時候，我覺得這裡就是夢和直覺誕生之地。另一些時候，我相信它是所有在我們之前的人，甚至也許還有在我們之後的人所在的地方。在這裡，同樣有著哀傷和喜悅，生命和死亡只是一片編織兩面的針腳。這裡就是忘憂之地。

我在這裡漂流，只是稍用些力氣維持自己，讓它不會將我撕成亂線。我不能就這樣放棄自己，但我能想像放棄之後的感覺會有多麼奇妙。這裡不會有分離，不會有需要完成的任務，不會有孤獨，不會有痛苦。我丟下的人們將會承受沉重的打擊，但我會超越他們，超越因為他們而感到的懊悔和歉意。我想到了莫莉，感覺到那種痛苦，卻又責備自己不需如此，於是我讓痛苦如同絲線般飄散出去，進入精技。精技把痛苦從我體內吸出來，就像一劑上好的傷藥，將汙穢從我的傷口中吸走。壓力減輕了，就在這時……

蜚滋。

我可以忽略它。

夢狼！

這是我不能忽略的。蕁麻，我回應道。在如此沉浸於精技的時候被抓住，我感到很慚愧。我剛剛和切德進行了精技聯絡。

你沒有！你正在讓自己滲流出去。只有在學習精技第一年時的學生才會這麼做，而不應該是你。你出了什麼事？

她以我的女兒的名字召喚我，但這不是精技夢人蕁麻，而是精技師傅蕁麻。她對我非常生氣。

我的問題是我在因為妳的母親而心痛。我竭力將這一點視作一個理由，而不是我做出錯事的一個藉口。我飄得太遠了，沉醉得太深了。在突然停止之後，我才一下子意識到自己距離徹底放棄已經有多麼接近。這是多麼不可原諒的錯誤。我拋棄了蜜蜂，而依舊關心我的人將不得不照顧一具活著的屍體。我將像白癡一樣只能流著口水，什麼事都做不了，直到我的肉體死亡。

我，蕁麻堅持說道。她正確地理解了我的想法。這個任務會落在我身上。但是，我不會照顧你，也不會讓其他任何人照顧你。我會去細柳林，關閉那個莊園，帶走蜜蜂。我會讓你在角落裡自己去流口水。別以為你能這樣對待我的妹妹和我！

我不會的，蕁麻。我不會的！我只是……我的思維晃動一下，離開了我。

站在箱子上，用一根套索拴住你的脖子？用利刃割開你的喉嚨？用帶我走泡一杯濃茶？

我不想殺死自己，蕁麻。我不會這樣做。我甚至從沒有想過這種事。我只是有時會覺得太孤單……有時候，我只是不想再感到痛苦。

這樣也不會讓你遠離痛苦。她的回答幾乎已是狂怒。這樣不會阻止你再受傷。所以，接受它，繼續活下去，因為你不是唯一會感覺到這種痛苦的人。蜜蜂現在最不需要的就是承受雙重痛苦。

我不會這樣做的！我驚訝地發現自己也在生蕁麻的氣。她怎麼能這樣想我？

這對於學徒們將是一個非常糟糕的例證。你並不是唯一受到誘惑，想要逃出這條道路的人。

這讓我感到驚駭。寒流穿透了我的脊骨。妳？

她做了些什麼。我不能確定，但突然之間，我就被打回到我的軀體之中。我正坐在椅子裡，面前是即將熄滅的爐火。我打了個寒戰，坐起身，然後又靠回到椅背上。我的頭很暈，心跳不止，就好像蕁麻將我摔在地上。但我至少還知道為自己感到羞愧。她是對的。我已經站到懸崖的邊緣，正在向深淵中觀望，只想縱身跳下去。如果我再軟弱片刻，一切就都無法挽回了。蜜蜂將受到最嚴重的傷害。

我閉起眼睛，將臉埋在雙手之中。

還有一件事！

甜美的艾達啊，蕁麻真是愈來愈強大了。她闖進我的意識，就像是撞開了屋門，直接站到我的椅子前面。她根本沒有給我反應的時間。

你需要更加注意蜜蜂。謎語說她非常孤單，總是無人照管，四處亂跑。也沒有人讓她做任何事情，或者對她有任何期望。她完全被忽視了。她的衣服、她的頭髮……謎語說你似乎會注意她的心思，但在其他方面……聽我說，她不能像流浪貓一樣跑來跑去。你需要把她握在手中。難道你要任由她長大成為一個無用又無知的人？缺乏教養，蓬頭垢面？她需要有事情做，她的心智和雙手都需要接受一些任務！謎語說，我們嚴重誤判了她有多麼聰明，所以她從小時起到現在都沒有得到應有的教育。蜜蜂嫉妒深隱，嫉妒她受到的關注。不要讓她有這樣的心情。你是細柳林唯一幼稚的孩子，蜚滋。多關注她。

我會的。我做出承諾，但蕁麻已經走了，只剩下我坐在椅子裡，因為精技而感到頭痛——我已經有多年不曾如此了。我的叔叔惟真曾經說過，和我的父親進行精技溝通就像是被一匹馬踩踏而過。我的父親有很強的精技能力，他衝進弟弟的意識裡，傾倒下大量訊息，然後就離開。我覺得，我現在明白了惟真叔叔的意思。在我感覺到自己已經完全像是自己之前，我的蠟燭就已經變成了蠟燭頭。蕁麻在我的意識中栽下了一個完全陌生的想法。蜜蜂在嫉妒？我用了一些時間思考蜜蜂為什麼會嫉妒深隱。當我相信自己找到了答案的時候，我決定第二天一早就叫欒惟來，修補我的一切失誤。

22

堅韌不屈

我已經帶著受我照管之人平安到達了細柳林。這位深隱女士也許是切德大人交予我的最令人頭痛的任務。我每天都在慶幸，妳和她一點都不一樣。就像妳警告過我的那樣，蜜蜂是一個奇怪的小姑娘。我沒有看到任何妳的父親忽略她的跡象。實際上，他們看起來非常親密和（汙漬）。我會繼續觀察他們，就像我向妳承諾過的那樣，並且我會實話實說，只要是我認為（被汙漬覆蓋）。我真想再多給妳寫一些話，我的愛人，但能讓這隻鴿子攜帶的紙張實在是太小了。實際上，妳一定已經知道了我想說的許多話。

——被丟棄的飛鴿傳書

深隱持續不斷的抱怨，讓這裡的一切事情漸漸符合了她的心意，也讓我的父親和謎語在這些日子裡忙得不可開交。謎語承諾給我的騎馬課並沒有實現。等我在那天早晨散步回來的時候，謎語已經駕著雙輪大車，帶著深隱女士離開了。因為深隱女士想要看看村中的市集上有些什麼樣的布料，再買一些新罈子。當馬車在車轍凍成冰溝的道路上顛簸著向遠處駛去的時候，我的心中稍稍得到了一點安慰。同時我知道，她一定會對她找到的東西感到失望。她成功地擄走了謎語，讓謎語成為她的所有物。我發現我在因此而感到嫉妒，並不是為我，而是為了我的姐姐。我知道，從某種角度來說，謎語是屬於蕁麻的，我不喜歡看到深隱如此隨意地佔有他。就算是還有人記得我曾經被承諾過可以學騎馬，也沒人提起這件事了。當謎語和深隱回來的時候，他們幾乎是立刻踏上了一段更遙遠的購物旅程。這一次他們肯定要買許多東西，所以我的父親派了兩輛運貨馬車跟著他們。沒有人想到要問問我是否希望和他們一起去，或者我想要在那個貿易城鎮中買些什麼。

隨後的幾天充滿了噪音和混亂。又有一批新的工人來到了細柳林。重型馬車由高大的馬匹拖曳著，在莊園中不斷進進出出。人們從車上卸下木材和石料，再扛著它們走進屋中。如果一面牆壁發現了腐爛的狀況，那麼簡單的修理就有可能變成大範圍的工程。錘子、鋸子和工人們的腳步聲與叫喊般的交談聲似乎充滿了我家裡的每一個角落。我曾經答應過父親，我會盡力不礙他們的事，我做到了。我繼續睡在媽媽的起居室裡。我的衣箱也被搬到了那裡，裡面的衣服都被洗滌乾淨。現在這些箱子裡的衣服比原來少多了。樂惟一定是燒掉了一些。

我自己去了一趟馬廄。我對那裡並不熟悉。我的小身軀讓我總是對大動物有著更多一些的害怕。即使是牧羊人的狗在我看來也很大。我甚至可以從許多馬的肚子下面走過去，還不用低頭。無論如何，我還是去了那裡，還找到了我父親在很久以前為我選中的那匹母馬。就像父親告訴我的那樣，牠是一匹有著灰色斑紋和一隻白色蹄子的馬。我找到一只凳子，把它拖到這匹馬的馬廄，借助它坐到了馬槽上，看著這匹馬。牠的眼睛裡沒有任何羞怯，立刻就開始對我的鞋抽動鼻子，又用嘴唇碰了碰我的束腰外衣的邊緣。我向牠伸出一隻手，牠開始舔我的手心。我一動不動地坐著，任由牠做這些事，這樣能讓牠也保持平靜，讓我更加仔細地觀察牠的面孔。

但很快就有人高喊起來：「小姑娘，妳不應該讓牠這樣做。要知道，牠是在找您皮膚上的鹽。這樣有可能讓牠學會咬人。」

「不，這不會的。」我斷然說道。其實我也不知道自己說的對不對。這個抬頭看我的男孩肩膀都比我的頭頂更高，但我懷疑他只比我大一、兩歲。我很喜歡這樣俯視他。他的黑髮上有幾根乾草，身上的粗布襯衫已經因為多次洗滌而變得柔軟。他的鼻子和面頰都因為遭受風雨的齧咬而變得通紅，放在畜欄邊緣的那雙手也因為工作而變得非常粗糙。他有一個又直又挺的鼻子，牙齒和他的嘴相比，有些太大了，一雙深褐色的眼睛正帶著挑釁的神情看著我。

我從母馬的舌頭下面抽回手。「牠是我的馬，」我竭力用一本正經的口氣說道，卻又恨自己說話的聲音。這個男孩的面色卻陰沉下來。

「哼，我猜得果然沒錯。那麼妳就是蜜蜂女士了。」

現在輪到我瞇起眼睛了。「我是蜜蜂。的確如此。」

他用戒備的神情看了我一會兒，然後才說道：「我是小堅。是花斑的馬夫和馴馬師。」

「花斑。」我說道。我甚至還不知道我的馬的名字。為什麼我會為此感到羞愧？

「哼，愚蠢的名字，不是嗎？」

我向他點點頭：「任何花斑馬都可以叫這個名字。是誰給牠取了這麼糟糕的一個名字？」

他聳聳肩。「沒有人給牠取名字。」然後他抓了一下頭，一根乾草落在了他的肩膀上，他甚至都沒有注意到，「牠來這裡的時候就沒有名字，我們只是管牠叫花斑，於是這就成為了牠的名字。」

這也許是我的錯。我懷疑父親是想讓我到這裡來，和這匹馬結識，給牠一個名字。我卻一直都沒有來。我太害怕這些馬高大的身軀，太害怕去想像如果牠們不想讓我坐到背上，會幹出些什麼事來。

「小堅也是一個奇怪的名字。」

男孩側目瞥了我一眼。「我的名字是堅韌不屈，小姐。叫起來有一點太長了，所以我只被叫做小堅。」他看著我，忽然鄭重其事地說道，「但總有一天，我會成為最高的塔。我的祖父被稱為塔爾曼，我的父親個子比他更高，所有人就都叫他高塔曼。這就是他現在的名字了。」他挺直了腰桿，「我現在還有一點矮，但我相信，我會長高的。等我超過了爸爸，我就會被稱為『至高塔曼』，而不是堅韌不屈了。」他用力閉住嘴，思考了一分鐘。他說這些話的時候彷彿是搭起了一座橋，等待我走過去。現在輪到我說些什麼了。

「你照顧牠有多久了？」

「到現在為止兩年了。」

我的目光從他轉向這匹母馬。「你會給牠一個什麼樣的名字？」我知道，他已經給了牠名字。

「我會叫牠嚴謹。因為牠對許多事都很挑剔，還很不喜歡讓蹄子沾上泥。牠的鞍子必須被擺得很正，鞍墊必須平整柔軟，任何地方都不能有一絲皺紋。牠對所有事都是這麼吹毛求疵。」

「嚴謹，」我說道。這匹馬的灰耳朵向前抖動了一下。牠知道我們是在說牠，「這是個好名字。要比花斑好多了。」

「是的，」小堅立刻表示同意。他又抓了抓頭，然後皺起眉，用手指梳理頭髮，把裡面的乾草撥出來，「妳想要我為牠備好馬鞍嗎？」

我不知道該怎樣騎馬。我害怕馬。我甚至不知道如何坐到馬背上。「是的，請幫我備鞍。」我口中說著，卻不明白自己為什麼要這樣說。

我坐在畜欄邊緣，看著小堅工作。他的動作很快，卻又有條不紊，嚴謹在小堅動手之前似乎就知道他要做的每一件事。當馬鞍落在嚴謹的背上時，蕩起的氣流將牠的氣味吹向我。馬的氣味，還有上油的皮革，陳舊的汗味。我繃緊肌肉，對抗掠過脊背的緊張戰慄。我能做到。牠很溫順。看啊，牠等待上鞍的時候一動都不動，被戴上馬嚼和籠頭的時候也沒有絲毫焦躁。

我從畜欄上爬下來。小堅打開門，把嚴謹牽了出去。我抬起頭看看牠。牠可真高。

「在馬廄前面有一個上馬台。這邊，走在我旁邊，不要走在牠身後。」

「牠會踢人嗎？」我帶著愈來愈強烈的恐懼感問道。

「如果牠能看見你，牠會更高興一些。」小堅說道。我判斷小堅的意思是牠會踢人。

爬上上馬台對我而言已經不是一件容易的事情了。就算我站在這個台子上，嚴謹的脊背還是很高。我抬頭仰望天空：「看樣子要下雨了。」

「才不會。雨要等到晚上才會下來呢。」他的目光和我的對在一起，「想要我幫忙嗎？」

我僵硬地點了一下頭。

他也登上馬台，來到我身邊，指導我說：「我會把妳托起來，然後妳邁一條腿到馬背上。」

他猶豫了片刻，才將雙手放到我的腰間，把我舉起來。我幾乎要生起氣來，因為他這樣做似乎非常輕鬆。不過我還是照他說的，把一條腿邁到馬背上，他扶著我在馬鞍裡坐穩。我屏住呼吸，感覺到馬在我的身下有了動作。牠轉過頭，好奇地看著我。

「牠已經習慣我騎牠了。」小堅向我做解釋，「妳比我輕得多。牠也許在尋思自己背上是不是真的有人。」

我咬住嘴唇，什麼都沒有說。「妳能搆到腳鐙嗎？」小堅問。他的聲音裡沒有任何惡意。他不是在嘲諷我的矮小。我用雙腳試了試。他抓住我的腳踝，指引我的腳伸向腳鐙。「太長了，」他說道，「讓我修正一下。把妳的腳抬起來。」

我照做了。在他忙碌的時候，我只是盯著這匹馬的兩耳之間。他一個接一個地調整好了兩邊的腳鐙。「現在試試。」我終於能感覺到馬鐙被踏在足弓裡，這讓我覺得安全多了。

他清了清嗓子，指導我說：「拿起韁繩。」

我繼續照做，突然感覺自己變得好孤單，一切安全的東西都離我好遠。現在嚴謹掌控了我，如果牠想要向前飛奔，將我甩在地上，用馬蹄踩我，牠可以輕而易舉地做到。這時小堅又說話了：「我要牽著牠走起來了。妳抓住韁繩，但不要試圖控制牠的方向。只要坐在馬鞍上，感覺牠的動作。但要挺直脊背。在馬背上一定要坐直。」

這是我們第一天所做的一切。我騎在嚴謹的背上，小堅牽著牠。他沒有說太多的話。「背脊挺直。」「拇指扣在韁繩上。」「讓牠感覺到妳在牠身上。」這段時間不算短，也不算長。我記得當他說：「就這樣吧。」的時候，我才終於放鬆下來，呼出了一直憋在肺底的一點空氣。於是這次騎乘便結束了。

他並沒有幫我下馬，只是牽著嚴謹回到上馬台旁邊，等待著。我下馬之後，他說道：「明天如果妳穿上靴子，感覺會更好。」

「是的。」我說道。我沒有道謝。因為這並不像是他為我做了什麼，而是好像我們三個一同做了一件事。「明天。」我說道。然後我就一言不發地離開了馬廄。

一邊想著這件事，我去了我的祕密巢穴。我想要一個人仔細思考一下，同時查看一下我最珍貴的庫存。我已經不再從父親的書房進入密道，而是將食品室的那道祕門作為出入口。我依然害怕老鼠，不過最近的敲打和喊嚷聲至少把老鼠都嚇跑了。去看斗篷已經成為了我每天的例行活動。吃過早餐以後，我就會以最快的速度溜走，披上我的斗篷，去做各種好玩的事。

我很快就發現了這件斗篷的局限。我不能披著它明目張膽地穿堂過室。這件斗篷需要一定的時間才能完全模擬出周圍的顏色和光影。我很小心地進行試驗，因為我害怕一旦失手讓它有蝴蝶翅膀的那一面向下落在地上，我就再也找不到它了。所以我只在絕對沒有旁人的時候悄悄地試驗，用它蓋住樹林中的一個樹樁；披在耐辛花園溫室中的一個雕像上，甚至將它平鋪在媽媽房間的地板上。那個樹樁變成了森林中一片生滿苔蘚的空地，我能感覺到它，但我無法說服自己的眼睛它就立在我面前。雕像也是一樣地消失了，斗篷完美地複製了雕像下面地毯的圖案。把它疊起來的時候，它只有非常小的一片。我可以把它收在腰帶裡，隨身帶去任何地方。今天，我也是這樣將它在身上藏好，去了一片樺樹林。從這裡能夠俯瞰通向莊園大門的主路。我爬上一棵樹，給自己找了一個好位置，坐下來看著來來往往的馬車。

我將自己完全包裹在斗篷裡，只露出了一隻眼睛。我相信這樣絕不會被別人發現。從樹冠上，我能看到各種人在我的家中進出。這已經不是我第一次這樣做了。這件斗篷很薄，卻暖和得令人吃驚。這意味著我不必再將往身上套幾層羊毛衣服來抵禦冬日的寒冷了。每當我看到一個讓我想要進一步調查的人，我就會迅速從藏身的樹梢上爬下來，溜回到房子裡，藏起斗篷，再飛快地換上居家服，彷彿從沒有離開過房子一樣。

那天下午，我在我的觀察哨上，發現了一個陰鬱的年輕人騎著一匹毛色閃亮的黑馬，踏上了莊園主路。他還牽著一隻騾子，騾背兩側的馱籃裡拴著他的行李。因為天氣很冷，這個人穿的衣服相當厚實。黑色的靴筒一直包到他的膝蓋，深綠色的羊毛長褲，同樣顏色的厚斗篷用長絨狼皮鑲邊。他深褐色的頭髮並沒有編成武士髮辮，而是以自然的髮卷散落在他的肩頭。他的一隻耳朵上戴著兩枚銀耳環，另一隻耳垂下面掛著一顆閃亮的紅色寶石。他正從我的樹下走過去，讓我能夠嗅到他的氣味，或者他用的香水味。是紫羅蘭，我從沒有想到過一個男人會有紫羅蘭的味道。看他精緻的衣著，我迅速判斷出這一定就是我的教師了。我努力盯住他，竭力想要從嬰兒時的記憶中找到那個危險的男孩，和我俯視的這個人重合在一起。我很想知道他在旅程中遇到了什麼，因為他的兩隻眼睛都帶著黑眼圈，他的左側面孔完全變成了青綠色，還腫了起來。

儘管臉上帶著難看的傷痕，他依然是我見到過最英俊的人。他的肩膀很寬，騎在馬背上腰身挺得筆直。臉上的瘀傷也無法掩飾他筆直的鼻梁和強有力的下頜。

我看著他策馬走向房子大門。他的姿態顯得非常僵硬。我的直覺在心中和我發生了激烈的戰門。他是一個英俊的男人，身上散發著紫羅蘭的香氣，卻又是滿身傷痕。我曾經準備好要害怕他、恨他。現在我不知道該如何對他。他沒有僕人跑在前面通報，也沒有喊任何人來為他牽馬。他只是以僵硬的動作下了馬。當一隻腳碰到地面的時候，他輕輕痛哼了一聲。雙腳在地上站穩之後，他便將頭靠在馬鞍上，喘息了一陣，然後才直起身，又站立片刻，一邊撫摸著馬脖子，一邊環顧周圍。恐懼，我相信這就是他現在的心情。他來這裡並不是作為一名受僱教導小女孩的教師，而是一個遭受放逐，被迫進入另一個人生的人。我很想知道他是否出於自願而來。我還記得曾經在父親的紀錄中讀到過：「切德，你這隻老蜘蛛。」我悄聲說出這句話，卻驚訝地發現他的目光朝我這裡閃動了一下。我一動不動地坐著，雙腿緊緊收在身子下面，從斗篷中透過一道小縫隙向外望去。他的目光徑直掃過了我。但我還是屏住呼吸，全身僵硬。然後，他向主屋大門轉過頭，依舊在原地猶豫著。

一名僕人突然出現，有禮貌地問道：「我能為您效勞嗎，先生？」

蜚滋機敏的聲音依然像是一個男孩。「我是新來的書記員，」他不太確定地說道，彷彿他自己也不太相信這個身分，「我來到此地是要成為蜜蜂的教師。」

「當然，我們一直在等您。請進來。我會叫馬僮來牽走坐騎和騾子，並將您的物品送去您的房間。」這名僕人讓到一旁，伸手向敞開的大門指了指。我的教師雖然身帶傷痛，卻還是保持著一個男人的謹慎與高貴，小心地登上了臺階。

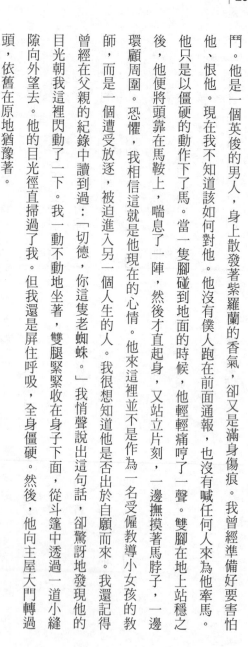

大門在他身後關閉了。我靜靜地坐在樹枝上，看著他曾經站立的地方。我有一種感覺，我的人生中發生了一件重大的事情。一點微弱的火花告訴我，我應該立刻跑進屋裡，把自己打扮起來。我懷疑父親很快就會叫我去見教師了。不安在我的心中湧動。我是在害怕嗎？還是在渴望與他見面？從現在起的很多年裡，他很可能將會是我生活的一部分。

除非他殺死我。

不管怎樣，依照眼前的情勢，我還是爬下了樹，將斗篷仔細疊好，收進外衣裡面，向僕人的出入門口衝過去。我踮著腳尖走進廚房門，然後快步穿過走廊，到達食品室，溜了進去。

牠正在那裡等我。我猛然停住腳步，盯住了牠。

要捉老鼠？牠坐在食品室的正中央，捲起的尾巴繞住了牠顏色不一的小爪子。

「你怎麼知道要到這裡來的？」我悄聲問。

牠盯著我，綠色的眼睛裡跳動著老鼠的影子。

「這邊。」我對牠說。我雙膝跪下，爬到堆砌在一起的鹹魚箱子後面。牠跟著我。當我進入密道中，轉回身去關閉祕門的時候，牠向後跳了出去。「不，進來。」我對牠說，牠照做了。我伸手去關門，牠又跳了出去，「我不能就這樣讓門開著。」

牠在祕門外面坐下來，盯著我，顯示出頑固的耐心。我等待著，但牠只是安心地坐在原地，不進來也不走開，直到我厭倦了等待。最後我說道：「只此一次，我會讓它留一道縫隙，直到你信任了我。」我退到密道中，牠跟了進來，我給那道門留了一個縫。其實我很少會將它完全關閉，因為我一直都沒有搞清楚它從密道這一側該如何開啟。當我緩緩向密道深處走去的時候，我能憑藉感覺而不是雙眼知道牠在跟著我。

儘管我很想將老鼠清除出我的空間裡，但我還是希望牠不要今天來找我。我還有事情要做。這隻黑白色的小貓像影子一樣跟隨我的腳步，走過迷宮一樣的牆內密道。我要依靠觸摸和記憶才能向前走，牠在黑暗中卻像幽靈一樣毫不遲疑地飄在我身後。

當我們到達我的巢穴時，我將斗篷在隱祕的角落中放好。我在櫥格的一只碗裡放著被包起來的小餅乾。我把餅乾從碗裡拿出來，將儲存在有著軟木塞蓋子瓶中的水滿滿倒了一碗。「水在這裡，」我對牠說，「無論你做什麼，絕不要叫，也不要發出其他太多聲音。我在食品室的門留了一條縫，所以，如果你想要出去，就可以出去。但不要讓廚娘或者廚房裡的任何女孩看見你在那間儲存肉的屋子裡。她們會用掃帚打你的！」

牠一動也不動，甚至讓我懷疑牠到底是不是跟著我一路來到這裡的。然後我感覺到一顆小頭在撞我，牠正繞過我的雙腿。我向牠伸出手，牠的絨毛滑過我的手掌。我蹲下身，牠第二次從我身邊經過的時候，容許我撫摸牠的肋側。牠是一直消瘦的穀倉貓，還沒有長大，很長一段肋骨凸出在皮膚下。牠突然轉過身，露出牙齒，壓在我的手上。「我也會給你帶魚和肉來，」我答應牠，「這樣你就不必只吃老鼠了。」

牠用頭撞我，表示同意。我突然感覺到牠在某種程度上是尊敬我的。我蹲在黑暗中，想了一下，對牠說：「你需要一個名字。」

並不。

我靜靜地點點頭，心知如果牠決定要我給牠一個名字，就會讓我知道。牠非常小心地將一隻爪子按在我的膝蓋上，彷彿我是一棵不算太粗壯、還無法攀爬的樹，然後竄上了我的膝蓋。我一動不動地蹲坐在原地。牠將前爪抵在我的胸前，嗅著我的臉，尤其是我的嘴。我覺得這很無禮，但我還是沒有動彈。經過一點令人氣惱的等待之後，牠從我的身上跳下去，身體繞成一個環，打著極細微的小呼嚕，睡著了。

23

教師

我第一次遇到切德．秋星的時候還只是一個小孩子。在一天深夜，我醒過來，被光線照在臉上，一名滿臉瘢痕的老人身披灰色羊毛長袍，站在我的床邊。他的袍服上還掛著蜘蛛網。在我臥室角落中一道曾經一直被封住的門現在敞開了，向我張開了黑色的、令人膽顫的大口。在那個黑色洞口的邊緣還飄蕩著蜘蛛網。這一幕和夢魘是如此相像，以至於有一段時間，我只是癡呆地睜大了雙眼。但當他命令我起床跟他走的時候，我服從了。

有時我會想起那些在我的人生中意義非凡的遭遇。我第一次與惟真相逢，還有博瑞屈，發現弄臣並不是我想像中那個平凡的小丑，而是一個擁有聰慧頭腦，並且決心要對公鹿堡的政局造成影響的人。一些關鍵時刻會將人生的道路完全改變，我們經常要到多年之後才能意識到，那些最初的相遇是多麼重要。

——日記引言

我的書記員如期而至，只是我忙碌的心神並沒有想到他會在那一天到來。當新僱用的僕人布勒恩跑來告訴我，有一個身帶傷痕的旅人正等在我的門口時，我的第一個反應是讓人帶他去廚房吃些食物，並祝願他能夠一路順風。只有當布勒恩又告訴我，這個陌生人自稱是新來的書記員時，我才停止了調停一名油漆匠和一名木匠之間的爭論，轉身向前廳走去。

蜚滋機敏正在那裡等我。他長高了，有了一個男人的下巴和肩膀，但更讓我注意的還是他青腫的面孔。

切德和蕁麻都說他剛剛遭受了一頓毒打。我已經想到他的臉上會有瘀傷，也許還會有青黑色的眼圈。看著他，我知道他遭受的拳頭可能打鬆了他的牙齒，甚至可能把一些牙齒打掉了。他的鼻子依然高高腫起，在他的一側顴骨頂端還有一道裂痕。他過分挺直的身子表明他的肋骨上可能還打著夾板。邁步時謹慎的姿態暴露了他的痛楚。切德和蕁麻對於他的擔憂是正確的：馬背上的顛簸對於斷骨的癒合毫無益處。很顯然，他是逃出了公鹿堡，有可能再晚一點，他下場就會更加可怕。這頓毆打並非警告，而是直接想要他的命。

我曾經氣惱切德把他送到我這裡，並決心要嚴防切德控制我的家庭，對這個男孩本人的企圖也要多加警惕。但一看到他青灰色的面容和如同蹣跚老者的步態，我的決心立刻煙消雲散。現在我只能竭力抵抗胸中湧起的同情心。當我注視他的時候，我有一種奇怪的感覺，彷彿他讓我想起了某個人。我竭力從他腫起的瘀傷中尋找蛛絲馬跡。也許是我看著他的眼神有些慌張，這讓他變得警惕起來。他向那名新僱用的僕人看了一眼，然後才開始說話。

他選擇裝作我們以前從未見過面。當他強迫自己向我僵硬地鞠了一躬，我聽到他的喘息聲。他開始介紹自己：「蜚滋機敏，由蕁麻女士舉薦，前來教導她的妹妹，蜜蜂女士，並擔任莊園的書記員。」

我鄭重其事地向他表示問候：「我們一直在等您到來。現在我們家中有一些紛亂，因為細柳林正在進行一場耽擱已久的修繕工程，但我相信，您會發現居室相當舒適。我會讓布勒恩帶您去那裡。如果希望在長途旅行之後洗一個熱水澡，儘管對布勒恩說，他會為您在蒸氣浴室中安排好浴盆和熱水。歡迎今晚和我們一同用餐，但如果這次遠行讓您感到過於疲憊，我們也可以把食物送到房間裡。」

「我……」

我等待著。

「非常感謝。」他改口說道。我感覺他把一些話嚥回到肚子裡。我想知道他是否覺得受到了冒犯，因為我給了他一個可以沉浸在自己的傷痛中龜縮起來的藉口。但我很久以前就知道，一場熱水澡和一場徹底的休息，比任何藥膏和滋補藥都對傷痛的復元更有好處。

他向門外指了指：「我的騾子馱著我的物品，還有用於教導蜜蜂女士的卷軸以及其他資料。」

「我會讓布勒恩將它們送到講堂和您的房間去，並找一名馬僮照看您的牲口。」我向剛剛僱用的那名僕人瞥了一眼。他的年紀和蜚滋機敏相仿，正在用充滿驚慌和同情的目光看著他。這名農夫的兒子穿著一身用樂惟的舊衣服截短之後改成的制服。儘管樂惟已經為他盡了最大的力量，他看上去還是一副鄉下男孩的模樣。但他開朗誠實的臉上隨時都會綻放出微笑。如果讓我調教僕人，我只會做得更糟。我自顧自地點點頭，「蜚滋機敏老師，在我們的家中，您可以將布勒恩看作是您的人。布勒恩，從現在起，你要隨時為我們的新教師效命。」這能讓他們兩個都有事可做，也能給我一些時間悄悄檢查一下蜚滋機敏騾子上馱運的每一樣東西。

「是，主人，」布勒恩接受了我的命令，立刻轉向蜚滋機敏，「請隨我來，先生。」

「等一下，」我叫住他們，「書記員蜚滋機敏，如果您不介意再多承擔一些職責，我想要問問，您是否願意教導細柳林的其他孩子。現在這裡的孩子不算很多，也許有六……」

「六個？」蜚滋機敏有些虛弱地問。然後他將身子站得更直——儘管我覺得這已經不太可能了。「當然，這正是我要在此擔當的責任，教導孩子。」

「很好。當然，您需要一天時間安頓下來。如果您認為已經準備好開始工作了，就請告訴我。如果覺得校舍有任何缺乏，就告訴布勒恩，他會將您的要求轉達給我。」

「校舍，先生？」

「那裡和您的房間臨接，並且已經被放置了一些很有用的卷軸、地圖，也許還有一些圖表。它們都是耐辛女士在將近四十年以前存放到那裡的。所以您也許會發現它們有一些過時了。不過我想，六大公國在這段時間裡也沒有太大的變化。」

他點點頭。「謝謝您。我會看看那裡有些什麼，再決定是否要向您提出什麼請求。」

於是，蜚滋機敏加入了我的家庭。在不到兩個星期的時間裡，細柳林的僕人隊伍增加了兩倍，我自己的家庭也擴大了一倍。我找到樂惟，並告訴他我已經將布勒恩安排給我們的家庭教師作為隨從。這名高個子管家用充滿惋惜的神情俯視著我，我不得不又補充說，如果他需要替換掉布勒恩，也可以再僱用一名男僕。

「也許兩名。」他嚴肅地說。

我甚至不想知道是為什麼。「那麼，就兩個吧。」然後我又加了一句：「他有一頭騾子在外面，上面馱著他的行李和書記用品。如果能夠立刻把那些東西送到他的房間，我相信他一定會很高興的，我也會。」

「是，馬上就送過去。」樂惟表示同意，我便急忙走掉了。

當我確認布勒恩已經送蜚滋機敏去了蒸氣浴室之後，我去了蜚滋機敏的住所。他的行李被送到了這裡，正在等待布勒恩進行分揀安放。不著痕跡地檢查私人物品是一種藝術。這需要時間，還有清晰的記憶，能夠始終明確每一樣物品的具體位置。蜚滋機敏的居所就在他的校舍旁邊。我將屋門拴好，仔仔細細地查看了他帶來的每一件東西。他的大多數物品都是年輕男人應該擁有的用具，只不過我認為其數量遠超過他這樣的年紀所必須的水準。他的許多件襯衫都是做工上乘。

還有收放在一只軟皮卷中的各種金銀耳環，其中一些鑲嵌著小寶石。我注意到，他的衣服上完全沒有體力勞動留下的痕跡。實際上，他的衣箱中幾乎找不到適合在細柳林教導兒童和計點帳簿時的穿著。我本來還期望至少能找到一條結實耐穿的褲子，但這方面也是一無所獲。在我看來，他的衣服質料都更適合製作女士的長裙。難道公鹿堡的宮廷已經有了這麼大的改變？

切德似乎確實中止了他的刺客訓練。我沒有在他的衣服上找到暗兜，也沒有裝毒藥和睡眠藥粉的小瓶子。只不過他的隨身小刀要比一般的男性年輕貴族更多。我本以為在他的行李中找到了毒藥祕匣，最終卻發現那只是切德最普通的藥劑，用於緩解疼痛和癒合傷口。我認出了切德寫在上面的幾個標籤，另外一些我認為是迷迭香調製的。有趣的是，蜚滋機敏甚至沒有自己調配的藥劑。那麼，這個年輕人的時間都用在什麼地方了？

他的教學物品遠遠超出了我的預料。他有品質極佳的地圖，其中包括了每一個公國和群山王國的詳圖。他還有一份學者短腿的《公鹿國歷史》抄本，一本配有可愛插圖的草藥典籍，用於學習數學的計數算籌，許多粉筆，還有大量粗紙和墨水，以及另一份軟皮卷。這個皮卷中收納的是銅尖墨水筆。簡而言之，我在他的行囊中沒有發現任何教師和書記員不應擁有的物品，也沒有任何東西能表明他可以是蜜蜂稱職的保鏢。

這個想法讓我意識到，我一直希望他能夠擁有一些保鏢的技藝。那名白色的信使曾經警告我們，獵殺者會緊隨她而來。到現在為止，這裡還沒有任何陌生人的跡象，但我並沒有放鬆戒備。

那些人已經殺死了她的同伴，並讓她承受了長久的痛苦。這樣的人是不會輕易停止追殺的。

我迅速審視了一遍這個房間，確認這裡的每一分一毫都和布勒恩與蜚滋機敏離開時完全一樣，然後就悄無聲息地離開了這裡。

該是和我的女兒談談她的新教師的時候了。

24

安居

對於年輕的精技學生，精技師傅最初傳授給他們的課程中必然會包含如何自我控制。學生必須明白，作為精技魔法的容器，她不僅要收納好自己內部的種種波瀾，還要能夠阻止來自於外部的入侵。說得更具體一些，她必須像一只酒囊，不僅要保存好內部的美酒，還要阻止外面的雨水和塵埃。精技學生必須懂得要包藏好自己的心緒，同時要排除掉其他人侵入自己的思維。如果她無法掌控這種雙向的防護之牆，很快就會成為其他人心智的獵物，如果那些外界的心智並非無意識的胡思亂想，不是原始的欲望或者愚蠢的念頭，就很可能會控制她的意識。因此，她需要進行練習，學會包容好自己的思想，同時將他人的思想阻隔在自己內心的平靜以外。

——《對精技學生的訓示》，精技師傅殷懇

我保持著絕對的安靜，心中尋思著他是否知道我在這裡。我的父親進入了他的巢穴，現在正盯著我的窺視孔。他當然知道這個窺視孔的存在，所以如果他懷疑我在，那麼他的注視就絕非漫無目的。我等待著。如果他轉身離開，就意味著他沒有察覺到我。

他用閒談一般的語氣說：「蜜蜂，我一直在找妳。如果妳打算裝出從這幢房子裡消失的樣子，那麼最好讓我知道。請出來。我需要和妳談些事情。」

我一動不動地坐著。那隻小貓還在我的對面熟睡。

「快點，蜜蜂。」父親警告我。他轉過身，關上書房的門，然後說道：「我扳動機關的時候，妳最好就站在門口，等著走出來。」

他是認真的。

我離開那隻睡夢中的小貓，快步走過狹窄的密道。當他打開祕門的時候，我走了出來，一邊撣掃著身上的蜘蛛網：「你要帶我去見我的教師嗎？」

父親將我上下打量了一番。「不。不過我的確是要和妳談談那個人。他已經到了，只是現在他的身體狀況不是很好。我覺得他還要再過幾天才能做好教導妳的準備。」

「我不介意。」我平靜地說。從心中升起的寬慰感澄清了我複雜的心思。窺看這名年輕男子的到來是令人興奮的。在他看到我之前先能夠將他看清楚，這讓我多了一點控制局勢的感覺。但我發現，我還想要多一點時間來適應。在我對這個人有更多瞭解之前，我會盡可能避開他。

父親側過頭，給了我意味深長的一瞥。然後他問我：「妳害怕見妳的教師嗎？」
我想要問他是怎麼知道這個的。但我選擇了另一個問題：「你覺得他來這裡是要殺死我嗎？」
有那麼一瞬間，父親的臉鬆垂了一下。但他立刻就恢復常態，裝出驚愕的樣子厲聲向我問道：「妳怎麼會有這種想法？」
我應該如何回答他的問題？我只能盡可能接近事實，同時又不讓他以為我是一個怪物。「我曾經夢到他要來殺我。很久以前，他被派來殺我，是你阻止了他。現在他也許是要來再試一次。」
隨後又是一陣沉默。父親緊緊收束住他的精技，讓他幾乎就像是廚娘肉豆蔻一樣一片空白。我曾經找到並閱讀過一份關於這種狀況的卷軸，才知道了這種能量的名字。父親豎立起圍牆，包藏住自己的精技，讓我覺得能夠在他的身邊呼吸了。但這也意味著他在努力向我隱瞞些什麼。
「他是妳的姐姐派來的，也是被切德大人派來的。他的任務是來教導妳。妳認為他們會派人來殺妳嗎？」
「他也許是蕁麻派來的。但蕁麻並不知道他是一名刺客。」我沒有說出自己對切德大人的想法。
父親重重地坐進他書桌後面的椅子裡：「蜜蜂，為什麼會有人要殺妳？」
我抬起頭，看著懸掛在牆壁上父親頭頂的長劍。也許我的事實終究會贏過他的。「因為我是瞻遠家族的一員，」我緩緩說道，「一個他們並不需要，也不想要的人。」
父親將目光從我的身上移開。他在椅子中緩緩轉動身體，和我一同看著那把劍。我聽到房子裡從遠處傳來的聲音。有人在用錘子敲擊。一扇門被打開又關上。

「我沒想到我們會這麼快就開始這個話題。」他用指尖敲擊書桌的邊緣，又向我轉回頭。他是如此哀傷。我人生中的這一部分讓他感到了深深的愧疚。「妳知道多少？」他柔聲問道。

我靠近他的書桌，將我的手指也搭在我這一側的書桌邊緣上：「我知道你是誰。你是誰的兒子，而我是你的女兒。」

他閉上眼睛，短促地呼出一口氣。然後，他繼續閉住眼睛問我：「是誰告訴了妳？肯定不是妳的母親。」

「不是，不是母親。是我探究出來的。從各種蛛絲馬跡裡。你有許多線索都沒有在我面前藏起來。我還小的時候，還不太說話的時候，你和媽媽經常會在我身邊談許多事情。關於耐辛的故事。她是多麼想要一個孩子，為什麼她希望你掌管細柳林。這個莊園中到處都有一些關於我的家族歷史的細節。我的祖父的肖像就掛在樓上的牆壁上。」

父親的手指在桌面上緩慢地移動。他睜開眼睛，向我的身後望去，盯住了門板。我明白，我必須替他把話說完。

「媽媽有時候會稱你為蜚滋。蕁麻也會這樣稱呼你。你看起來很像駿騎。在房子的南翼有一幅黠謀國王和他第一位王后的舊畫像。那是我的祖母。我相信，當黠謀國王和欲念王后聯姻時，他們將這幅畫送到了這裡，因為欲念王后不想見到丈夫的第一位妻子。我覺得我和堅頍王后有一點像。」

「是嗎？」父親低聲問道，他的話語幾乎就像一陣喘息。

「我認為是的。我的鼻子。」

「到這裡來。」父親說道。我走到他面前，他將我抱到膝頭，讓我坐在那裡。他的腿很寬大，我覺得自己就像是坐進了一把椅子。他用手臂環抱住我，將我拉近。我感覺到和他的隔閡，卻又覺得如此貼近他，這種感受真是奇怪。突然我明白了，這就像和媽媽在一起。她一直都會這樣抱著我。我將額頭抵在父親的肩膀上，感覺到他的手臂將我環繞。這是一雙肌肉堅實的手臂，能夠保護我。他在我的耳邊說：「無論他們用什麼樣的名字稱呼我，妳一直都會是我的。我也是妳的，蜜蜂。我永遠都會竭盡全力保護妳。妳明白嗎？」

我在他的懷中點點頭。

「我一直都需要妳。我一直都希望妳會是我生活的一部分。妳明白嗎？」

我又點點頭。

「那麼，讓我們來談談這名要留在我們身邊的書記員蜚滋機敏如何？實際上，切德送他來到我們這裡，是因為他也需要我的保護。他是一名私生子，就像我一樣。和妳不同，他的家人很想除掉他。他們不需要他，也不想要他。所以，切德為了保護他的安全，就將他送到了這裡。」

「就像深隱一樣。」我低聲說道。

我聽到了父親的心跳聲。「這件事妳也看穿了？是的。的確就像深隱一樣。但和深隱不同的是，他接受過一些訓練，讓他，嗯，也能夠保護他人，同時成為一名教師。切德的設想是他能夠在教導妳的同時也保護妳。蕁麻也同意這種設想。」

「而且他是私生子？」

「是的。所以他名字的開頭是『蜚滋』。他的父親承認了他。」

「但他的父親並沒有保護他？」

「沒有。是因為不能，還是因為不願意，我不知道。我想這沒有區別。他父親的妻子和他的弟弟們不喜歡他，希望他不存在。有些時候，一些家族中的確會發生這樣的事情。但這不會是妳和我的家族。蜚滋機敏對妳不會有危險。尤其是現在。」

「現在？」

「他被嚴重地打傷了。是他自己的家族派人毆打了他。也許就是他的繼母。他逃到這裡就是為了讓他們無法找到並殺死他。他需要一些時間來復原，才能開始教妳。」

「我明白。所以我暫時還是安全的。」

「蜜蜂，只要我在這裡，妳就是安全的。他來這裡不是為了殺妳，而是要保護妳的安全，並教導妳。蕁麻瞭解他，對他有很好的評價。謎語也是。」

然後，父親陷入了沉默。我坐在他的大腿上，緊靠著他溫暖的胸膛，傾聽他的呼吸。我感覺到他體內深沉而又充滿思慮的寂靜。我覺得他會問我還知道些什麼，或者我是如何發現這些的。但他並沒有。我有一種非常奇怪的感覺，這些其實他全都知道。我是如此小心地借閱他的文件，總是嚴格地按照原樣把它們放回去。他是否注意到了我的某些疏漏？我不能問他這件事，這就意味著我承認了自己所做的一切。突然間，過去窺伺他的那些行為讓我有一點羞愧。窺探他的隱私，又裝作一無所知的樣子，這算是說謊嗎？這是一個嚴肅的問題。坐在這裡讓我覺得昏昏欲睡。也許是因為我真的覺得很安全，感覺得到了保護。

他忽然微微歎了口氣，把我放到地上，讓我站好，再一次上下打量我，對我說：「我一直忽略了妳。」

「什麼？」

「看看妳的樣子，妳比一個貧家子女好不了多少。在我不注意的時候，妳的衣服已經小到不堪再穿了。妳上一次梳頭是在什麼時候？」

我伸手撫摸了一下頭髮。它們太短，還無法服貼地垂下來，又太長，沒辦法整齊地立在頭頂上。「也許是昨天吧。」我知道自己在說謊。他並沒有揭破我。

「妳的問題還不僅僅是頭髮和衣服，而是遍布妳的全身。我真是瞎了眼。我們必須做些事情了，小傢伙。」他對我說，「妳和我，我們必須做些事情了。」

我不知道他是什麼意思，不過我知道，他很大一部分是在自言自語。我將雙手放在背後，因為我知道它們並不是很乾淨。

「好吧，」他對我說，「好吧。」

他正在看著我，但看到的並不是我。「我現在就把頭髮梳一下。」我提議道。

他點點頭。這一次，他的目光聚焦到我的身上，向我報以承諾：「我會把早就該做的事情做起來，現在就開始。」

我向母親的起居室走去。我還沒有搬回到我的房間裡。在母親的起居室中有一個小箱子，裡面收放著我有限的幾件衣服和一些物品。我找到髮刷，開始打理頭髮，用大水壺中的水清洗了臉和雙手，找出乾淨的緊身褲和束腰外衣。當我下樓走進餐廳的時候，坐在餐桌旁的只有我的父親。那是我在很長一段時間裡享用過的最好的一頓晚餐。

謎語和深隱帶著滿滿的兩大車貨物從遠行中回來了。這些貨物中有一些是欒惟的，但有許多完全是屬於深隱的。她為自己的臥床訂製了新的床帳，等到它們完工的時候就會被送來。這段時間裡，她「相信」她將只能忍受紫色套房中原有的擺設了。她買了兩把椅子，一座燈架和一塊地毯。她還在自己的衣物儲備中增加了一些保暖的羊毛製品和有裘皮鑲邊的斗篷，另外還有裘皮軟鞋。一個雕花雪松木箱裡裝滿了這些東西。我的父親監督僕人將這一切貨物從車上卸下來，抬進剛剛為深隱整修好的套房中。我則在一旁看著父親。父親發現我在觀察他，便低聲說道：「我覺得妳媽媽在和我結婚的這些年裡，也沒有要過這麼多衣服。」我並不認為他這句話的意思，是媽媽不得不在自己的穿著上刻意儉省。

謎語和深隱全都對我的家庭教師表現出了好奇心。直到他們回來的第二天，那名教師也沒有和我們一同用餐。在深隱面前，我的父親只是說有些人從旅途勞頓中恢復過來的時間要更慢一些。她是否注意到了兩個男人交換眼神的樣子？我相信謎語會在這一天結束之前就去拜訪蜚滋機敏書記員。我很想陪他一起去，當然，我不可能被允許這樣做。

於是，在隨後的幾天裡，我只是在做著我自己的事。每一天，我都會去馬廄，與堅韌不屈和嚴謹共度一段時間。我並不稱他為小堅。對此我也不知道是為什麼。我只是不喜歡拿這個當做他的名字。我們這樣做沒有求得任何人的許可，我喜歡這樣。我感覺到自己將這件事掌握在手中，並且為自己選擇了一名優秀的教練。我喜歡堅韌不屈，因為他從不覺得需要求得別人的許可才能教導我。我甚至懷疑除了我們兩個之外，沒有人知道我已經開始學習騎乘了。我喜歡這樣。我覺得這段時間裡每一個人都在為我做決定。我要為自己做些事了。

有一次騎乘將要結束的時候，堅韌不屈對我說的話讓我吃了一驚：「我們也許不能像以前那樣在這個時間裡騎馬了。」

正在下馬的我皺起眉頭。現在我不需要幫助就能離開馬背，站到上馬台上了。能夠輕易做到這一點讓我很驕傲。「為什麼？」我問道。

他驚訝地看著我：「妳應該知道的。書記員來了，他會給我們上課。」

「他是來教我的。」我糾正了他，而且語氣很不柔和。

他向我一揚眉毛。「也會教我，還有馬廄的盧考爾、雷迪和奧提爾；廚房的榆樹和草坪。也許還有阿愚，但他對此嗤之以鼻，還說沒有人能讓他去課堂。還有放鵝女的孩子們，也許還有一些牧羊人的孩子。管理人湯姆．獾毛已經傳出話來，任何細柳林傭人的孩子都能來上課。有許多人不想去。但我必須去。我爸爸說，如果一個人能學一樣新東西，他就絕不應該放棄這個機會，能夠簽下自己的名字而不是只畫一個標記，這肯定是件好事；能夠知道自己簽名的紙上寫了些什麼，而不必去找村裡的書記員，這就更好了。所以，他要我必須去上課，要求我至少能寫下自己的名字。我爸爸似乎認為到那時我還要繼續學下去。我對此就不是很肯定了。」

我相信，我一點也不想讓他去上課。我喜歡他只知道在這裡的我，只是蜜蜂。而想到阿愚也會出現在課堂上，我便打了個冷戰。自從那一天之後，他一直都不敢再追趕我了，但也許這只是因為我再也不敢跟蹤並窺伺他們。我想像著榆樹和草坪嘲笑我。那樣的話，堅韌不屈就會明白他成為我的朋友是怎樣的一個錯誤。不！我不能允許他們進入課堂。我緊緊抿住雙唇，又對堅韌不屈說：「我會和父親談談這件事。」

我冰冷的嗓音讓他很不以為然。「如果妳真的能讓管理人不這樣做，我會很高興。坐成一圈，讓我的手指上沾滿墨水，我可不覺得這能讓人感到高興。我的父親說這證明了妳的父親是一位心性慷慨的人。他總是這樣說。並非所有人都贊同他。有人說管理人有時候眼睛裡會泛出黑光，甚至在他說好話的時候也會。沒有人能說出他在什麼時候虧待過別人，或者做過不公的事，但許多人說他待人和善都是因為妳母親的影響。妳母親死後，大家都覺得我們的日子要變壞了。他帶那個女人來這裡的時候，有人說那個女人看上去像是他的血親，還有人說那個女人根本就是要找一個有錢的男人過好日子。」

我的身子僵住了。聽著他的話，我張大了嘴，心變得冰涼。我覺得他將我的反應看做是對他的話題產生了強烈的興趣，而不是滿心希望他不要再說下去了。他向我點點頭：「就是這樣。有人就是這麼說的。那天晚上，當那個女人尖叫著說有鬼的時候，一半傭人都睜著眼捱到了天亮。然後，樂惟在第二天向所有人發了一頓火。他又羞又怒，因為妳的床褥裡有害蟲。妳的父親也是惱羞成怒，在昨天深夜裡就把妳的床褥都燒掉了。『難道他真的在乎她？看她身上的衣服，穿在補鞋匠兒子的身上倒是更合適。』」看到我怒不可遏的眼神，他一下子梗住了。也許他這時才突然想起自己是在對誰說話，所以他立刻又說道：「那是他們說的，不是我！」

我並沒有收斂自己的怒火，只是開口問道：「是誰說的這些話？說出那些關於我父親的卑劣謊言，並且還嘲諷我的『他們』是誰？」

堅韌不屈突然變成了一名僕人，而不再是一位朋友。他將冬季暖帽從頭上扯下來，提在膝蓋前，低垂著頭，雙眼盯住地面。他的耳朵變得通紅，但並不是因為寒冷，他說話的時候，聲音中充滿了謹慎：「請原諒，蜜蜂小姐。我說了不該說的話，都是我的錯。這些只是一些流言蜚語，並不適合被女士聽到。我轉述它們只是在讓我蒙羞。我現在要去工作了。」

我唯一的朋友牽住了嚴謹的籠頭，在我面前轉過身，開始向遠處走去。「堅韌不屈！」我用我最莊嚴的聲音喊道。

「我必須去照顧您的馬了，小姐。」他回頭向我道歉，然後就低下頭，快步走遠。嚴謹似乎很驚訝他為什麼要這樣著急。我站在上馬台上，在心中與自己爭吵。到底是應該揚起聲音命令他回來，還是就此逃走，永遠，永遠都不回到馬廄來，蜷縮成一個球，痛哭一場。

我站在原地，因為猶豫不決而一動不動，就這樣看著他走開。當他和我的馬消失在馬廄裡的時候，我跳下上馬台，跑掉了。我來到母親的墳墓前，在一個非常冰冷的石凳上坐了很短一段時間。我告訴自己，我沒有那麼蠢，會以為媽媽還在身邊。這裡只是一個地方而已。我從沒有感到如此受傷，我不知道這是因為他所說的話還是我對這些話的反應。蠢男孩。我當然會生氣，並且要求知道是誰說過這麼可怕的話。如果他不打算告訴我這些話是誰說的，那他為什麼又要把這些話告訴我？我還要和細柳林的其他孩子們一起上課？我不會介意堅韌不屈在我的身邊，但如果阿愚、榆樹和草坪也在，他們對於我的看法就會像毒藥一樣擴散開來。堅韌不屈當然更願意和阿愚這樣的大男孩做朋友，而不是靠近我這樣的人。榆樹和草坪現在偶爾也會幫忙布置餐桌了。瞥到她們從我身邊經過已經夠可怕了。而現在我更要看到她們交頭接耳，他們鋒利的舌頭會像磨石上的刀刃一樣來回晃動。他們一直在嘲笑我。很明顯，其他人也都在嘲笑我的外貌。

我將雙腳舉到面前。我還穿著去年的靴子。靴子上的皮革已經裂開了。因為從花園中的捷徑走過，我的緊身褲上掛滿了蒺藜球，膝蓋部位沾著泥土，小腿上還掛著一片枯葉。我一定是在哪個地方跪過。我站起身，將束腰外衣的前襟拉了拉。這件外衣上看不到泥巴，但也很髒了。自從我的房間被徹底清理之後，我的衣服就更少了。我模糊地警覺到也許我的一些衣服被燒掉了。也許我應該查看一下我的物品。我撓了撓外衣的底襟邊緣，從那裡摳掉一點泥土。我穿上這件衣服還只有一、兩天。它胸部的汗漬是以前就有的。泥土和汗漬根本不是一回事——我想道。

但也許，終究沒有人會在意這兩者到底有什麼區別。我將這個問題又想了一段時間。所有這些事都是這樣令人沮喪。要和恨我的孩子們一起上課。他們會抓住一切機會戳我、捏我、嘲笑我。人們都在談論父親和我，但他們談論的方式我一點都不喜歡。他們相信不真實的事情，只是因為那些事看起來像是真的。在有些人看來，我的父親並不在意我。當我的母親還活著的時候，她無微不至地保持著我的整潔乾淨。我對這些事從沒有想過太多，她全都會為我做好。她會為我們做許多事，這只是其中的一部分而已。現在，她走了。我的父親還沒有開始為我做這些事。我慢慢意識到，這是因為它們對他來說根本不重要。他看到我的時候，並沒有注意到我的靴子在側面裂開了，我的外衣上全都有了汗漬。他曾經說過，我們必須「做些事情」，但他什麼都沒有做。

而我就像他一樣。這些事情從未令我掛懷，直到有人明確地指出它們也許值得注意。我站起身，撣了撣上衣的前襟。我覺得自己已經長大了，便決定我對於這件事的反應不應該是憂鬱無奈，或者怪罪於我的父親。我伸手摸了摸自己凌亂的頭髮。我會明白地告訴父親我需要什麼，他會滿足我的需求。他就是這樣對深隱的，不是嗎？

我直接去找他。這花了一點時間，不過我最終在黃色套房中發現了他。他正在跟樂惟交談。在他們身邊有一名僕人站在凳子上，正在懸掛潔淨的床帳。一名新僱用的年輕女僕站在旁邊，懷中抱滿了亞麻幔帳。我知道她的名字叫細辛。這裡的羽毛床褥上鋪了新的床罩，看上去又蓬鬆又柔軟。如果沒有別人在場，我一定會立刻躺上去試一試。

但我只是耐心地等待著，直到我的父親轉過身看見我，露出微笑。他問道：「蜜蜂，妳覺得這個房間如何？還有沒有什麼東西想要添加到妳的新臥室裡？」

我盯著眼前的一切，張大了嘴。樂惟發出一陣非常愉快的笑聲。我的父親向我一偏頭。「妳來得有一點早，不過我們的布置就要結束了。我知道妳一定會吃驚的，但我沒想到妳會說不出話來。」

「我喜歡我自己的房間。」我喘息著說道。我不能公開說出是因為那裡有進入窺伺通道的祕門。我環顧周圍，看到了以前從沒有見過的一些東西。床腳處的箱子尺寸剛好能讓我輕鬆地在裡面翻檢物品。角落裡的空衣櫃敞開著，旁邊有一只凳子，讓我能使用它的上層格架。衣櫃裡的掛鉤被調低了位置。我可以輕易摸到它們。這些都證明了我的父親的確在想著我。我知道，我不能拒絕這份有些無法讓我合意的禮物。「這都是你為我做的？」在他繼續說下去之前，我搶先問道。

「樂惟給了一些建議。」我的父親強調。那名高瘦的管家點了一下頭表示同意。

我緩緩地掃視整個房間。我認得爐火旁的那把小椅子。我曾經在這幢房子裡其他地方見到過它。現在它被油漆得煥然一新，又配上了黃色的軟墊。我不認得那只腳蹬。它和這把椅子並非完全相配，但也很相近了，而且它的上面也安放了同樣質料的軟墊。窗框下安裝了一座大窗臺，還配了一小段臺階，讓我能輕鬆地登上去，坐到那裡。各種尺寸、色彩鮮豔的軟墊被鋪在窗臺上，召喚我去那裡舒舒服服地躺下。我瞥了它們一眼，又將目光轉向父親。

「樂惟提供了很多幫助。」父親有些囁嚅地修正了自己的話。管家的臉上立刻煥發出光彩，「妳知道，我對於像窗簾、軟墊之類的東西一無所知。我在發現那些臭蟲之後對他說，我不會再讓妳睡到那個房間裡去了。他說僕人們都知道妳很喜歡這個套房。所以他建議，既然我們已經開始了對這裡的修繕翻新，就應該為妳把它修整好。正好妳來了，現在該由妳來決定是否要接受這個房間了。」

我終於找到了我的舌頭：「這裡非常好，非常漂亮。」

我的父親在等待著，我不得不又說道：「但我的確喜歡我原來的房間。」我不能在僕人們的面前告訴他，我想要一個能夠直接進入密道的房間。我甚至不確定是否會告訴他那個祕門的存在。我很想成為唯一知道那道祕門的人。我將我的祕密，還有迅速進入窺伺通道的便捷和消除流言蜚語的必要進行了一下衡量。如果我拒絕這裡，父親會不會認為他必須將我的舊房間也整修一新？那道祕門也許會被發現！我清了清嗓子：「但那只是一間嬰兒房，不是嗎？這裡要好多了。謝謝您，父親。這裡非常好。」

隨後我的行為有些窘迫，但我還是走向他，抬起臉要他親吻。我也許是唯一知道他有多麼驚訝的人。知道我們這樣相互碰觸是多麼罕有的肯定只有他和我。但他還是彎下腰，在我的面頰上吻了一下。我們是盟友，我突然明白了，我們共同豎起了圍牆，抵禦一個充滿敵意的世界。

樂惟興奮得幾乎要手舞足蹈了。當我從父親面前退開時，他鞠躬說道：「蜜蜂小姐，如果您有時間，我很想向您展示一下衣櫃中抽屜的設計，還有那裡的鏡子是如何摺疊起來的。」我微微一點頭。他邁開長腿，兩步就走到了我的新衣櫃前。「請看，這裡有一些掛項鍊的掛鉤，還有放置其餘珠寶的小抽屜。這裡是放香水的小擱架！還有，為了讓您高興，我已經在這裡放了一些香水！這個可愛的小瓶子裡是玫瑰蜜露，這個藍色的瓶子裡是金銀花香水。兩者都非常適合您這樣年紀的年輕女士！

「我還為您添加了一只精巧的小梯凳，讓您能夠順利地使用這裡的每一部分，並在鏡子中審視自己。看到了嗎，它可以這樣疊上去或者拉下來！還有這裡，這個隔間是為了懸掛更大的衣服。啊，這股芬芳的氣味全來自於它的香柏木隔板。那些可惡的小蛀蟲全部會被趕走！」他一邊說，一邊拉開空抽屜，輕輕敲打掛鉤。我絕不會對一座衣櫃產生出這樣的熱情。我露出自己最可愛的微笑。當他向我保證，鄰接的女僕間很快也能做好入住準備時，我繼續微笑著。他讓細辛來到我面前，表明她有可能成為女士的侍女。我不得不在她面前轉過身，掩飾住自己一臉的沮喪。我判斷她至少有十五歲，也許還要更年長。她抱著滿懷的亞麻向我行屈膝禮，臉上滿是紅暈。我不知道該對她說些什麼。一名侍女。我該讓她做些什麼？她一直都要跟在我身邊嗎？忽然間，我很高興自己有雅量接受了這個新寓所。如果我堅持要住到那間舊房間裡去，他們就會讓她住進那個保姆間。我肯定沒有機會再使用我的祕門了。不過，如果她就睡在我旁邊的房間裡，我還能有機會神不知鬼不覺地溜出去嗎？

我轉向樂惟。要小心，非常小心。「這個房間實在是太好了，衣櫃也非常迷人。你為這裡的每一樣東西都花了很大的心思。讓我能如此輕鬆地使用它們，你可真好。使用一般的物品經常會讓我很頭痛，現在你幫我解決了這個問題。」

我從沒有見到過樂惟因為高興而面色變得粉紅，他現在就是這副樣子。他的褐色眼睛突然向我閃動起來。讓我感到驚訝的是，我意識到我已經讓他成為了我的朋友。我的目光從樂惟轉向父親。我是來找他的，我本打算向他要新的冬靴和一些更長的束腰外衣。但我現在發覺，我絕不能在僕人們的面前要這些東西。我向他們掃了一眼。細辛、樂惟和那個正在安裝床帳的男僕。現在床帳差不多已經裝好了。細辛正走過去，最後將它拉直。我從初生時起就認識樂惟，但我一直活得像是一隻小野貓，總是一言不發地在這名高瘦的管家身邊竄來竄去。如此威嚴而又重要的成年人怎麼會對我有興趣？但他的確正在充滿喜悅地談論這個他為我布置的房間。

現在，細辛顯然要成為我世界的一部分了。細柳林中將增添許多新人，而我每一天都要和他們相遇，和他們說話。這裡還會有別的小孩，比我更高大，卻和我同齡。我每天都要在課堂上和他們共處。這麼多人都將成為我的世界的一部分。我該如何應對？

我的世界的一部分，但並不是我的家庭的一部分。我的父親就是我的家。他和我必須背對背站在一起，抵抗各種謠言和猜疑，一直都要如此。我不知道為什麼要這樣……但現在我知道了。他們也許稱我為蜜蜂．獾毛，但我知道，我實際上是蜜蜂．瞻遠——這個資訊就如同一塊磚被放進合適的位置，剛好填滿了一堵牆的裂縫。我是瞻遠家族的一員，就像我的父親。所以我微笑著，小心地用清澈的語音說道：「我是來問一下，教師什麼時候能夠準備好為我上課，父親。我迫不及待地想要開始學習了。」

我看到父親的眼中現出理解的神情。他也在我們的觀眾面前表演起來：「據他說，他認為再過兩天就可以開始了。他終於感覺從旅途勞頓中恢復過來了。」

應該是從痛毆中恢復過來。我想道。我們全都在使用一個禮貌的說辭。但在他剛剛到來的時候，只要看過一眼他滿是傷痕的臉，任何人都能知道我們的新教師為什麼要一直閉門不出，臥床不起。

「這樣的話就實在是太好了。」我緩慢地環顧我的新房間，露出明顯的笑容，確保所有人都能看到，知道我是多麼喜歡這裡。「這個房間已經完全布置好了嗎？我今晚能睡在這裡嗎？」

樂惟微笑著說：「只要床褥鋪設平整就好了，小姐。」

「謝謝你。相信我一定會愛上這裡的。我的舊房間裡還有一些東西，我想拿到這裡來。我會去取它們的。」

「哦，請相信我，這不需要，蜜蜂女士！」樂惟大步走到我的新床床腳處的衣箱前，將箱蓋打開，然後單膝跪倒，並招手示意我過去。他細長的手指掃過疊放整齊的織物。「黃色和奶油色的新毯子，為了在寒冷的夜晚使用。這裡是一塊護膝毯。您坐在窗臺上的時候可以把它蓋在身上。一條新的紅色披肩，還帶有兜帽。因為我們不得不銷毀掉您的許多衣物，我讓裁縫百合為妳製作了一些新的束腰外衣。不過看到妳的時候，我有些擔心我們把那些衣服做得太大了。當然，它們暫時也能穿一穿，讓我們有時間能夠為妳做出合適的衣服來。看，這是一件黃色鑲邊的褐色外衣，這一件是綠色的。這一件有一點樸素，妳喜歡邊緣有刺繡的衣服嗎？沒關係，妳當然可以隨便挑選。我會把妳的要求告訴裁縫。」

我沒有再聽下去。樂惟完全沉浸在他的喜悅之中。他的話不斷從我的耳邊流過。我不知道該有怎樣的心情。這麼多新衣服都是屬於我的，其中卻沒有一件出自我媽媽的雙手。沒有人曾經將這些衣服舉起來，在我的胸前比量，或者問我是否想要給衣襟繡上花朵和卷紋。我蹙起眉毛，竭力重新理解我母親的死亡。每一次我以為自己能夠控制這件事的時候，它總會露出新的一面，再一次徹底將我壓垮。

欒惟說完了。我還在微笑。微笑，微笑，微笑。我絕望地看著父親，有些吃力地說道：「這些都好可愛。不過，我還是要從我的另一個房間裡拿些東西過來。非常感謝你們。」

然後，我逃走了。我希望自己是優雅地走出房間，但我一到走廊裡就立刻跑了起來。衝過兩名抱著地毯的僕人，拐過一個彎，我找到了我的舊房間，猛衝進去，將房門在身後緊緊關閉。

這裡的壁爐已經被清掃一空，看上去非常冰冷。被剝光的床架如同一副骷髏。我來到了保姆間的門前，向裡面望去。那裡面空空如也。那張沉重的床還在角落裡，床頭板完全遮擋住祕門細小的接縫。至少這道門還是安全的。

我慢慢地回到我的房間。壁爐架上也是空無一物。沒有了藍色的陶瓷燭臺，沒有了媽媽和我在水邊橡林集市上買的那只貓頭鷹小雕像。我打開我的小衣箱。也是空的。舊床腳前的那只更大的衣箱，除了一陣淡淡的香柏木和薰衣草香氣之外，什麼都沒有了，就連放在裡面的香袋也都被清除乾淨。已經被磨薄的藍色羊毛毯也不見了。我的舊睡衣和外衣一件都看不到。所有那些媽媽縫製的衣物，都為了掩飾父親的藉口而變成了灰燼。正因為如此，沒有人知道我們在深夜裡燒掉了一具屍體。只有在我睡到母親房間裡的時候帶過去的那些舊衣服還留了下來。還有我藏在那裡的睡袍。除非那些衣服也已經被發現並被拿走了！

我將雙臂緊抱在胸前，開始審視這裡還少了什麼。一直被我放在床邊的那本關於草藥的浮雕木版書、我床頭櫃上的燭臺。一種強烈的恐懼感抓住了我。我跪到床頭櫃前，打開櫃門。沒有了，全都沒有了。我的媽媽做的所有散發著芬芳氣息的蠟燭。我在這個房間裡入睡的時候，一定要點燃一根蠟燭。我無法想像沒有了那種給人慰藉的芬芳，我該如何住進一個新的房間。我盯著這個空無一物，只剩陰影的櫃子，將自己抱得更緊，讓指甲一直刺進手臂中，不讓自己爆炸成碎片。我緊閉起眼睛，如果從鼻孔中緩緩吸氣，我就能捕捉到曾經在這裡的蠟燭正在消逝的香氣。

直到他坐到了我身後的地板上，用手臂將我環抱，我才知道他來了。我的父親在我耳邊說：「蜜蜂，我已經把它們收藏好了。那天晚上我就回到過這裡，拿走了蠟燭和另外幾樣我知道妳一定會想要的東西。我為妳把它們都安全地收好了。」

我睜開眼睛，卻沒有在他的懷抱中放鬆身體。我激動地說道：「你應該告訴我的。」我突然對他很生氣。他怎麼能讓我有這樣強烈的失落感？即使是幾分鐘也不行，「你早就應該讓我來這裡，在他們把許多東西燒掉以前就拿走我重要的東西。」

「我應該這樣做。」他認了錯。然後他的話又刺痛了我，「我那時沒有想到這一點。這件事必須盡快做好。這裡在太短的時間裡發生了太多事情。」

我用冰冷的聲音問：「那麼你都收藏了什麼？我的蠟燭？我的草藥書？我的貓頭鷹雕像？我的燭臺？你有沒有收藏好我的藍色毯子？還有那件邊緣繡著雛菊的外衣？」

「我沒有留下那條藍色的毯子，」他用沙啞的聲音承認，「我不知道那很重要。」

「你應該問我的！你應該問我的！」我痛恨自己突然湧入眼睛的淚水，還有抽緊的，讓我哽咽的喉嚨。我不想難過。我想要憤怒。憤怒的傷害會更小一些。我轉過身，做了我以前從沒有做過的事情。我打了我的父親，用盡我的全力，我想要傷害他。我對他打了一下又一下，直到我意識到，他在縱容我這樣做，他本來隨時都可以抓住我的手阻止我。他甚至也許想讓我傷害他。這樣做毫無用處，甚至比無用更糟。我停下來，抬頭看著他。他的面容無比平靜，他睜大了眼睛看著我，絲毫沒有防備我的怒火。他接受我的怒火，認為這是理所當然的。

這沒有喚醒我心中的同情，只是讓我更加惱怒。這是我的痛楚，我被剝奪了我所珍愛的東西。他怎麼敢這樣看著我，就好像他才是受傷的人？我再一次將雙臂抱起。這一次，我將他擋在外面。我低下頭，這樣就不必看著他了。當他將一隻手放在我的面頰上，另一隻手按在我的頭頂上時，我只是繃緊肌肉，將頭垂得更低。他歎了口氣。

「我在盡力而為，蜜蜂，但我有時候做得的確很糟。我留下了我以為對妳很重要的東西。妳想要的時候就告訴我，我會把它們拿出來，放到妳的新房間裡去。我本想讓它成為妳的一個驚喜，我以為妳會喜歡擁有黃色套房。這是一個錯誤。這個改變太大，太快。在這件事上，妳本應該有更多的發言權。」

我沒有放鬆肌肉，但我在聽。

「所以，我要告訴妳另一件事，不再讓妳吃驚。五天後，妳和我會去水邊橡林。樂惟很聰明，他提議說妳應該想要在那裡的織工鋪子中挑選一些布料，用於製作厚實的冬季衣物。我們會去找鞋匠，而不是在這裡等他進行冬季的來訪。我認為妳的腳又已經長大不止一年了。樂惟告訴我，妳需要新的鞋子，還有靴子，騎馬用的。」

我吃驚地再一次抬頭看他。哀傷依然充滿了他的眼睛，但他溫柔地說道：「這讓我很吃驚，不過這是給我的一個驚喜。」

我又低下頭。我並沒有想到這件事和他會有什麼關係。不過，現在我仔細思考了一下，我一直在期待能讓他看到我騎在馬背上，即使他和謎語都沒有時間考慮教我騎馬是多麼重要。我這才意識到，看到他們將更多的時間用在深隱的身上，讓我的內心深處有多麼憤怒。我想要控制住這股怒意，讓它變得更深，更強烈。但我更想在今晚我睡覺的房間中，能夠得到媽媽的撫慰。

我對著地板說話了，我痛恨自己不流暢的聲音：「我現在就想要我的東西，請帶我去取它們，把它們安全地放到我的房間裡。」

「那麼，我們走吧。」他說道。然後他站起身。我沒有向他伸出手。他也沒有試圖牽起我的手。但我跟著他走出曾經屬於我的房間，那個信使死去的房間。

25

有所保留

在璣巧女王的時代，公鹿堡的首席書記員開始擔負起額外的職責——向城堡中任何「自願」的孩子傳授關於文字的藝術。據說那位女王宣布這項政令是因為她非常不喜歡書記員馬丁。當然，在馬丁之後的許多書記員都認為這更像是一種懲罰，而不是榮譽。

——《關於書記員的職責》，書記員費德倫

看樣子，我又錯了，而且錯得很厲害。我在走廊中緩步前行，我的小女孩走在我的身邊。她沒有握住我的手，還走在我伸手摸不到的地方。我知道這不是無意的。如果痛苦能夠像火焰中的熱量一樣向外輻射，那麼我從她僵硬的小身軀裡就能夠清晰地感覺到那種哀痛。我一直都確信自己做得沒有錯。她會非常喜歡她的新房間，還有那些特別依照她的身體尺寸製作的家具。但就在我急切地想要欺騙僕人們，讓他們相信那位「客人」已經無故失蹤的時候，我摧毀了她珍貴的紀念品，無可挽回地打碎了她的童年。

我帶她去了我的臥室。這裡和她上一次到來的時候已經不同了，我收集齊了我的全部衣服床褥，讓洗衣工將它們漿洗乾淨。洗衣工用一只非常大的籃子運了兩趟才將這些衣物全部運走。他的尖鼻子幾乎皺縮成了一團，臉上滿是不以為然的神色。那天晚上，當我回到我的房間裡時，我的羽毛床墊經過了晾曬和翻轉，上面的灰塵全被拍打乾淨了。房間裡其餘的地方也整潔如新。我並沒有命令僕人收拾這裡。我懷疑是樂惟做的。於是我睡在了被洗淨汗漬的亞麻床單上，枕頭也不再浸透我的淚水。我的燭臺上的細蠟燭是普通的白燭，沒有香氣。貼在我皮膚上的睡衣柔軟乾淨。我覺得自己就像是一個經過長途跋涉的旅人，終於到了一家不知名的客棧。

當蜜蜂在門口猛然停住腳步，帶著驚慌的神情瞪大眼睛的時候，我並不感到驚訝。這可能是任何一個人的房間，或者是一個根本無人居住的房間。她向房間裡掃視了一周，然後轉向我。

「我想要我的東西。」她清楚地說道。她的聲音裡沒有任何沙啞的痕跡，沒有為了控制淚水而繃緊的感覺。我帶她走到窗子下面的儲藏箱前，將箱子打開。她朝箱子裡面望進去，身子完全定住了。

箱子裡不僅有我在那個殘酷而狂亂的夜晚從她的房間中取來的那些東西，還有許多其他的紀念品。我有蜜蜂穿過的第一件衣服；一條在許多年前從莫莉的髮絲間偷來的緞帶；我有蜜蜂母親的髮梳和鏡子；還有她喜歡的腰帶——被染成藍色的皮帶上綴著幾只小口袋，這是博瑞屈為她做的。皮帶釦已經因為長期使用而磨細了。她一直繫著這條皮帶，直到死去的那一天。這裡還有一個小匣子，裡面不僅收藏著蜜蜂母親的珠寶，還有她的每一顆乳牙。

蜜蜂找到了她的書，還有她的睡衣。「蠟燭在我的書房裡，只有妳能使用。」我提醒她。她找到幾個小雕像，把它們抱起來。她一直都沒有說話，但看到她緊閉的雙唇，我知道還有其他重要的物品也不見了。

「我很抱歉。」我說道，這時她正抱著滿懷的珍寶轉過身來，「我應該問過妳的。如果我能找回妳珍愛的物品，我一定會的。」

她轉過頭，目光迅速掃過我的眼睛。怒火和痛苦在她冷漠的眼神中燃燒。突然間，她將抱在懷裡的東西都放到我的床上，「我想要我媽媽的小刀。」她高聲說道。

我低頭朝箱子裡望去。那把小刀還繫在腰帶上。它在那個位置已經待了許多年。它有骨質的握柄。不知是莫莉還是博瑞屈在握柄上纏了皮條，以防止打滑。它的藍色刀鞘和這條皮帶的顏色一樣。「這條腰帶對妳來說還太大。妳要再過許多年才能繫它。」我說道。我只是在進行評估，並不是反對。除了蜜蜂之外，我從沒有想過它還會屬於別人。

「我現在只是需要小刀和刀鞘。」她說道。她再一次用那種飄忽不定的目光看著我的眼睛，「為了自衛。」

我深吸一口氣，從箱子裡拿出莫莉的腰帶。我必須從腰帶上取下幾只小口袋，才能將刀鞘取下來。我將小刀向蜜蜂遞過去，刀柄朝前，但就在蜜蜂伸手要接過小刀的時候，我又將手抽了回來。我問道：「為什麼要自衛？要抵禦什麼？」

「刺客，」蜜蜂平靜地斷然說道，「還有恨我的人。」

這些話就像石頭一樣擊中了我。「沒有人恨妳！」我喊道。

「他們恨我。那些按照你的決定，要和我一起上課的孩子們。至少他們之中有三個人恨我。也許還有更多。」

我在床邊坐下。莫莉的小刀鬆鬆地握在我的手中。「蜜蜂，」我用理性的聲音說，「他們幾乎還不瞭解妳。所以，他們怎麼可能恨妳？即使他們真的不喜歡妳，我相信這裡的孩子也不敢……」

「他們向我扔石頭，還追我。他用力搧我的耳光，直到我的嘴出血。」

恐怖而冰冷的怒意從我的心中湧起。「是誰這樣做的？什麼時候？」

蜜蜂從我面前移開了目光，盯著房間的角落。我覺得她在和淚水戰鬥。她用非常小的聲音說：「那是幾年以前了。我不會說的。如果你知道了，只會讓事情更糟。」

「我對此表示懷疑。」我嚴厲地說道，「告訴我是誰在追打妳，誰敢向妳扔石頭，他們今晚就會從細柳林消失。他們，還有他們的父母。」

她的藍眼睛在我的視野中滑過，就如同燕子劃過一道懸崖。「哦，這樣就能讓其他僕人愛上我了，對不對？到時候我會擁有美好的人生，其他孩子都會害怕我，他們的父母只會恨我。」

她是對的。這讓我的心中充滿了噁心的感覺。我的小女孩被追打，被人擲石頭，我卻甚至一無所知。就算是知道，我也想不出辦法來保護她。她是對的。我對此做的任何事只會讓情況更加惡化。我發現自己正在將小刀遞給她。她從我手中接過小刀。片刻之間，我覺得她在因為我向她叫喊而感到失望。她是否知道我是在承認，有時我的確無法保護她？蜜蜂從刀鞘中拔出小刀。我不知道莫莉看到這一幕會對我說些什麼，或者會做些什麼。這是一把樣式樸素的小刀，刀刃上能看到多次打磨留下的痕跡。莫莉曾經使用它做各種事情：割斷堅韌的花莖，從胡蘿蔔上挖下蟲洞，或者撥掉我拇指上的刺。我向我的手瞥了一眼，回憶起她是如何緊緊攥住這隻手，毫不留情地剜除掉扎在上面的雪松木碎片。

蜜蜂反握著這把小刀，彷彿要揮手將它刺落。她咬緊牙，把小刀在空中揮了幾下。

「不是這樣，」我聽到自己說。她低垂下額頭，向我皺起眉。我想要從她的手中拿過小刀，卻又意識到這樣不行。我抽出自己腰間的小刀。它看上去很像莫莉的刀，短小堅固的刀刃足以應付數十種日常事務。我鬆鬆地將它握在手中，掌心朝上，刀柄輕落在手掌裡。我讓它在手裡維持住平衡。「試試這樣。」

蜜蜂不情願地更換了握刀的手勢。在手掌中找好小刀的平衡，然後將它握緊，用它戳刺空氣，又搖了搖頭。「我覺得另一種握刀的方式會更有力。」

「也許。如果妳有一個合心意的敵人，能夠一動不動地站在原地讓妳刺，那樣握刀會更好。

但那也會迫使妳靠近他。如果我這樣握刀，我就能迫使敵人在我面前後退。或者我能夠在敵人靠近我之前伸手刺中他。我這樣還能夠進行大範圍的劈斬。」我向她做出示範，「那種握刀方式讓妳無法有效地進行劈砍，也無法抵擋敵人的連續攻擊。」

我看到她弓起肩膀，知道她是多麼想要證明自己是對的。不得不承認錯誤，這讓她感到氣惱。但她還是用微弱而粗啞的聲音認了錯。「為我演示一下。」然後她用更加不情願的語氣說道，「請。」

「很好。」我從她的身邊走開，擺好姿勢，「這要從妳的腳開始。妳需要掌握好平衡，做好準備，要這樣支撐體重，讓妳能夠向側面擺動，或者突然進步向前，或是後退，而妳的平衡都不會受到影響。膝蓋稍彎。看到我是如何將身體從一側移到另一側的？」

她在我的對面學我的樣子擺好姿勢。她的身體很柔軟。我的小女孩，她簡直像蛇一樣細長靈動。

我放下小刀，拿起刀鞘。「現在，這是我們的第一個遊戲。我們兩個都不能移動腳步。不能邁步前進，也不能後退。我要試著用刀鞘尖碰到妳。妳必須向側旁移動，不要被刀鞘碰到。」

她看了看手中的鋒刃，又看看我。

「暫時把它放下。從躲避我的刀鋒開始。」

於是，我開始了和女兒的舞蹈，分別向對方的身側擺動。一開始，我能毫不費力地碰到她，點中她的上臂、她的胸骨、她的肚子、她的肩膀。「不要看刀，」我提示她，「看我的全身，當刀子向妳移動的時候，幾乎就已經太晚了。看我的全身，看看能不能判斷出我什麼時候想要刺妳，刺妳身上的哪個部位。」

我對她不像切德對我那樣粗魯。切德的戳刺總是會留下一小塊瘀傷。每一次他刺中我的時候，還會向我發出一陣大笑。我不是切德，她也不是我。在她的身上留下傷痕或者嘲笑她都不會讓她更加用心練習。在我的回憶中，這只會激怒我，誘使我犯錯，更加迅速地被擊敗。我提醒自己，我不會訓練我的女兒成為刺客。我只是想要教她如何躲避刀刃。

她進步得很快。沒過多久，就改由我來躲避刀鞘的戳刺了。我第一次允許她刺中我的時候，她立刻停止了動作，一動不動地站在原地。「如果你不想教我，那就明白地告訴我，」她冷冷地說道，「但不要裝作我已經學到了某些我根本還沒有領會的東西。」

「我只是不想讓妳太失望。」我為自己尋找著藉口。

「我只是不想錯以為我學會了一些技藝。如果有人想要殺我，我需要能夠真正殺死他。」

我呆立在原地，竭力抑制著正在我的臉上和眼睛裡醞釀的笑意。她不會明白的。「那麼，好吧，」我說道。隨後，我就開始以最誠實的態度對待她。所以那天下午，她沒能再碰到我。但是當她認為她在那一天的訓練已經足夠的時候，我也感到後背痠痛，全身都是汗水。她坐到地上，將刀鞘在自己的腰帶上繫好。她的短髮浸透了汗水，一簇簇立在頭頂上。當她站起來的時候，那把小刀掛在她單薄的身側，顯得格外沉重。我看著她。她並沒有向我抬起眼睛。突然間，她望向我，就像一隻被忽視的小狼。莫莉從不曾讓她變得這麼髒亂。

我從我的收藏中拿起莫莉的銀柄髮刷和角梳，覺得彷彿從我的心上撕下了一塊。我將它們和她的珍寶放在一起，然後不得不清了清喉嚨，才能開口說道：「我們把這些拿到妳的新房間去吧。我想讓妳用妳母親的髮刷整理一下頭髮。妳的頭髮還太短，沒辦法綁起來。但妳可以穿上新外衣了。」她毛茸茸的頭點了一下。我又說道：「我想，我們可以悄悄進行刀術訓練，對不對？」

「我倒是希望你教我的所有課程都不要讓其他人知道。」她悶悶不樂地嘟囔著。

「我們需要討論一下這件事嗎？」

「你做事的時候從不問我。」她抱怨著。

我將雙臂抱在胸前，低頭看著她。「我是妳的父親。」我提醒她，「我做認為是正確的事情不需要妳的許可。」

「我說的不是許可！而是應該讓我在事情發生前知道。這是關於……」她的聲音一頓。然後她向我抬起頭，努力讓視線停留在我的身上，認真地對我說，「他們會想要傷害我。」

「我相信妳的教師會確保學生們的秩序。」

她用力搖搖頭，發出一陣彷彿被逼到角落裡的貓一樣的叫聲：「他們不必打我就能傷害我。女孩們能……」她攥緊的拳頭突然打開，變成了爪子。她用雙手抓住自己的小腦袋，緊閉起眼睛，「忘記我對你說的事吧。這件事我自己會處理。」

「蜜蜂。」我向她發出警告。但她打斷了我：「我告訴過你，女孩們不用打我就能傷害我。」

我沒有任由她說下去：「我想讓妳明白，為什麼我會邀請其他孩子也來接受教育。」

「我明白。」

「那麼就告訴我是為什麼。」

「讓所有人都看到，你不是一個吝嗇的人，也不是心腸冰冷的人。」

「什麼？」

「堅韌不……那個馬廄的男孩。他告訴我，有人說你有一種黑沉沉的眼神。在媽媽死後，他們都害怕你會對僕人們變得嚴苛。你沒有。但這樣做能夠讓他們知道，你真的是一個好人。」

「蜜蜂。我無意於讓別人看到任何事情。在公鹿堡，任何想要學習的孩子都能夠去大火爐的課堂。我，一名私生子，也可以去那裡學習。所以我認為，現在該由我來向願意學習的孩子們提供機會了。」

她沒有看我。我深吸一口氣，很想再說些什麼，但我只是又歎了一口氣。如果她不明白我對她說的話，那麼說得再多也只會讓她感到厭煩。當我歎息的時候，她將目光從我的身上移開。

「這樣做是對的。」

看到我沒有反應，她又說道：「我的媽媽也很希望有學習的機會。如果她在這裡，我知道她會堅持讓每一個孩子得到這樣的機會。你是對的。」她開始收集起她的寶物。那些東西很快就堆滿了雙臂。她沒有請求幫助，只是用下頷將懷裡的物品固定在胸前。然後她用很低的聲音說：「但我很希望你不是對的，那樣我就不必和他們一起學習了。」我為她打開門，跟著她走了出去。

當我們就要走到她的房間門口時，我聽到硬底軟鞋敲擊地面的聲音，回過頭，看到深隱向我走來，如同一艘撐滿風帆的海船。「獾毛管理人！」她用不可一世的聲音向我喊道。蜜蜂的腳步加快了。我則停住腳步，向深隱轉過身，讓我的女兒有機會逃走。

「午安，深隱女士。」我向她問好，在臉上堆出沒有半點愉悅的微笑。

「我需要和你談談。」她氣喘吁吁地叫喊著，一直逼近到我的面前。一停下腳步，她就沒有半分客套地說道：「那麼，我的音樂課將在何時開始？我的舞蹈教師應該來自於公鹿堡，或者是遮瑪里亞。我想要確認你明白這一點。我可不希望自己只知道那些老舞步。」

我有些困難地保持著微笑：「音樂課。我不太確定書記員蜚滋機敏能夠教導……」

她不耐煩地搖搖頭，赤褐色的髮卷來回飛舞。這個動作將她身上的香氣推進了我的鼻孔。莫莉總是會使用花朵和草藥香水：薑和肉桂、玫瑰和百合。從深隱身上散發出的香氣肯定不是來自於花園。一陣頭痛幾乎是立刻向我襲來。我後退一步，她則一邊說話，一邊又逼近了一步。「三天以前，我就已經和他談過了。他和你一樣，自認為沒有能力教導我演奏樂器和歌唱，不過他建議說，如果這個莊園在冬天會招待吟遊歌者，只要一點薪酬，他們常常會樂於向年輕的女士傳授音樂技藝。

「那時我還問了他關於舞蹈和……」

「書記員蜚滋機敏還在恢復身體。妳是什麼時候和他談話的？」

「當然是我去他的房間探望他的時候。那真是一個可憐的人兒，被趕出公鹿堡，離開王室的享樂，來到這麼一個不毛之地！我相信，他在恢復期中一定很孤獨，也很無聊，所以我去拜訪了他，和他交談，希望能讓他打起精神來。恐怕他並不是一個擅長於談話的人。不過我很懂得要如何提出問題，將一個害羞的人從他的殼中拉出來。所以，我問他是否能跳舞，他說他可以，而且還跳得不錯。我就問他是否能教我一些新舞步。他說他擔心自己的健康狀況讓他在近期還無法優雅起舞。就在那時，他建議我需要一位導師。當然，我將這件事告訴了謎語，那麼……他沒有對你說起這件事，對不對？作為一名僕人，他可真是健忘！簡直是毫無用處。我真是很驚訝你竟然還會把他留下！」

我開始回憶最近和謎語的談話，竭力想要尋找出和深隱剛剛所說有關的一點線索。而想到喋喋不休的深隱曾經去打擾可憐的蜚滋機敏，我的心中又是一陣煩亂。「實際上，謎語是蕁麻女士的人，他只是為了保護妳的安全而被暫借給切德大人，同時他來此也是為了探望蕁麻女士的妹妹，年輕的蜜蜂女士。」

「她的『妹妹』。」深隱微微一笑。她向我側過頭，帶著一絲同情看著我，「我尊敬你，獾毛管理人。我確實是尊敬你的。生活在你繼女的家裡，勤勉地維護這個地方，為公鹿堡的私生子們提供避難之所：蜚滋機敏、我和蜜蜂。告訴我，哪位大人是她的父親，以至於她必須跟著你藏在這裡？我一直認為她的父親是法洛人。我聽說那種麥草色的頭髮和矢車菊色的眼睛在那裡更加常見。」

激烈的情感衝上了我的頭頂。如果不是經過了切德長年累月的訓練，我覺得我會在一生中第一次攻擊一名沒有武器的女人。我盯著她，掩藏起她那種空洞的微笑讓我產生的一切情緒。或者她這樣說另有用意？她是不是想要傷害我？確實，蜜蜂是對的。一個女孩不需要毆打就能傷害別人。我無法判斷她對我的打擊是不是有意而為。她這時向我側過頭，露出隱祕的微笑，彷彿在向我索求一些私下裡的流言蜚語。我緩慢地低聲說道：「蜜蜂是我真正的女兒，是我深愛的妻子為我生的孩子。她的身上沒有丁點私生子的汙血。」

深隱的眼神改變了，顯得更加同情。「哦，天哪，我請求你的原諒。我本以為一定是這樣，畢竟她完全不像你……但是當然，我相信你知道這件事的實情。所以，只有三個私生子在細柳林尋求庇護。我，蜚滋機敏，當然還有你。」

我完美地配合著她的語調：「當然。」

我聽到一陣輕微的腳步聲，便向深隱的身後望過去，看到謎語正在走近。他的動作很慢，彷彿是看到了一隻弓起脊背的猞猁，或者是一條擺出攻擊姿勢的蛇。他已經接受了這個事實——為了保護深隱，他有可能要和我戰鬥，這讓他的表情從猶疑變成了沮喪。這個人是什麼時候如此瞭解我的？我從深隱的面前後退了一步，讓我離開了攻擊範圍。謎語的肩頭也隨之放鬆了。而當深隱隨著我向前邁步，衝進我觸手可及的範圍內時，謎語的身子立刻又繃緊了。他的目光和我的交會在一起。片刻之後，他輕輕邁步，來到我們身邊，碰了一下深隱的肩膀，把深隱嚇了一跳。深隱完全不知道他就在身後。

「我已經為妳安排好了和樂惟見面，」謎語立刻開始說謊，「我相信，如果要為妳找一位合格的音樂導師，那麼他最適合完成這個任務。也許他還能為妳找到一位舞蹈教師。」

深隱顯得很惱怒，也許是因為被碰觸而感覺受到了冒犯。就在她將全部注意力放在謎語身上的時候，我走開了，將這個問題丟給了謎語。也許這不公平，但對於我們所有人都更安全。

在我的安全的書房裡，在緊閉屋門之後，我終於能夠讓自己發洩出深隱在我心中激起的所有情緒。首先是憤怒。作為一名客人，她怎麼敢如此說我的女兒！而對於莫莉名譽的侵犯同樣不可饒恕。但緊跟在憤怒之後的又是困惑。為什麼？為什麼完全要仰仗我的好意才能棲身於此的深隱會說出這樣的話？她真的對於禮貌如此無知，竟然認為這樣的問題是可以接受的？她是不是故意想要冒犯或者傷害我？如果是這樣，那又是為什麼？

她真的相信莫莉對我不忠？其他人是否也在以異樣的目光看待蜜蜂的淺色頭髮和藍眼睛，認為我是一個傻瓜？

我控制著目光，坐到了我的書桌上。對於我工作臺上方的牆壁，我只敢偷偷瞥上一眼。在蜜蜂的窺視孔上，我黏了一根蛛絲，上面掛著一點鳥羽。只有當蜜蜂不在的時候，它才會靜止不動。我走過房間的時候已經注意到它在微微晃動。她正在那裡。我有些好奇她是不是搶在我前面進了書房，或者她使用了那個隱藏得很糟糕的食品室入口。我希望她沒有因為父親愚蠢地處理了她的寶藏而哭泣。她的憤怒讓我很難承受，但哭泣只會更加可怕。

我低頭看著我桌上的卷軸。此時此刻，我對它們並沒有任何興趣。這些卷軸上都是一些墨跡漸褪的古老文字，是切德送來讓我重新抄錄的，其內容為初涉精技的新學生進行的練習。我懷疑它應該不會引起我女兒的興趣。我留在它一角的頭髮並沒有被動過。看樣子她今天沒有瀏覽過我的文件。我一直都知道她在這樣做。只不過我無法確定，她從什麼時候開始閱讀我留在書房的文字，所以我也無法確定她在我的個人紀錄中都讀到了些什麼。我暗自歎了口氣。每一次我以為自己向更好的父親邁進了一步的時候，我都發現自己又犯了新的錯誤。當她調查她的父親時，我沒有直接面對這個問題。我早就知道她能閱讀，而我卻一直對此掉以輕心。在我自己的年輕時代，我曾經讀過不止一份切德無意中落下的文件和卷軸。

或者切德的「粗心」只是我的想像。我很好奇他那時所做的是否和我現在所做的一樣——只留下那些我認為會引起她的興趣或者能夠給予她教導的文字。我記錄自己私密想法的本子現在絕對不會離開我的臥室。即使是她已經知道了我床腳旁的那只大箱子裡可能收藏著些什麼，她也沒辦法取到箱子裡的東西。

我想要將她從藏身之地叫出來，隨後又打消了這個念頭。就讓她有一個自己的私人空間，發洩怒氣或哀傷吧。

有人在敲房門。「謎語。」我說道。他輕輕將門推開，向房間裡掃視了一圈，謹慎得像一隻狐狸，然後才悄然走進房間，輕柔地將房門在身後關閉。

「我很抱歉。」他說道。

「沒關係。」我回答道。我並不確定他的道歉是為了深隱的音樂課，還是他聽到了深隱的那段關於私生子和同情的言論。無論怎樣都沒什麼意義。「我現在不想討論這件事。」

「恐怕我們必須討論一下。」他說道，「樂惟很高興能滿足深隱女士的要求。他認為讓細柳林再次擁有舞蹈和音樂，對你來說絕對是一件大好的事情。他說在水邊橡林有一位老者，已經唱不出一個音符，但能教深隱女士用豎琴彈奏樂曲。樂惟還提議由他來做深隱的舞蹈教師。『當然，這只是在我們能為這樣一位女士找到更合適的舞伴之前的權宜之計。』我還要說的是，當樂惟熱切地提議蜜蜂也應該接受舞蹈和音樂教育的時候，深隱女士並不是很高興。」

我看到他目光裡的閃爍，便猜測道：「但你代替蜜蜂接受了。」

「恐怕我無法拒絕，」謎語承認了。我看到那根蛛絲在抖動，彷彿有人在歎氣，或者是深吸了一口氣。小間諜。我相信，孕育在骨髓裡的東西是不會輕易就消失的。

「嗯，毫無疑問，這對她不會有壞處。」我殘忍地回答道。那根蛛絲又動了一下。「我的女兒早就應該接受成為一位女士的教育了。」我心中卻暗自想道，音樂和舞蹈課總要好過出血點和毒藥的訓練。也許，透過教育讓她脫離我的影響，能夠阻止我按照自己長大的方式養育她——在月光下焚燒屍體，用刀子戰鬥。哦，幹得好，蜚滋。幹得好。但在我意識中一個陰暗的角落裡，一頭賢哲的老狼指出，最瘦小的小狼正需要最鋒利的牙齒。

謎語還在看著我。我不情願地問道：「還有別的事，對不對？」

他繃緊肌肉，點了一下頭。「是的，但是另一個人的事情。我得到了切德的訊息。」

這引起了我的興趣。「你得到了切德的訊息？是怎麼得到的？出於偶然嗎？還是那個訊息找上了你？」我該不該讓他在蜜蜂面前披露這個訊息？

他聳了聳一側的肩膀，遞給我一張小紙卷。「鴿子。如果你願意，可以自己看。」

「他把這個交給了你。他是否打算讓我們兩個都知道裡面的內容？」

「實際上，這是一封很特殊的信，尤其是因為它來自於切德。他說，如果我能發現你是如何推測出蜚滋機敏的母系血脈，他願意給我一桶沙緣白蘭地，杏子白蘭地。」

一種深感不妙的戰慄湧過我的皮膚：「我相信，我並不知道我們在這裡討論什麼。」有那麼一瞬間，我很想用噓聲示意他安靜，我不知道這個祕密是否應該讓我的小女兒知道，畢竟這並不屬於她的權利。

謎語聳聳肩，打開那個小紙卷，湊到眼前，又放遠了一些，直到自己的目光能夠聚焦在那些小字上。然後他朗聲念誦起來：「『他推測是女獵人或者園丁的女兒。確切而言是女獵人。一桶杏子沙緣白蘭地，如果你能為我查出他是如何將範圍縮小到這兩個……』」

謎語的聲音在此時停了下來。我露出微笑：「剩下的部分無疑是只應該由你知道的了？」

謎語揚了揚眉毛。「嗯，也許他是這樣打算的，但我不知道該如何向你保密這件事。他非常想要知道為什麼這個訊息對你而言是如此重要。」

我用臂肘撐住身子，將手指搭成尖脊，用指尖輕敲嘴唇，開始思考。「也許並不重要。」我突然對謎語說道。牆壁後面的那名小傾聽者是否像我一樣迅速將這些碎片整合了起來？很有可能。這並不是一個艱澀的謎題。

「我正在尋找一個可能是這些女人所生的孩子。不過這和機敏大人沒有關係。除了……」這一次是我只說了半截的話。因為一個特別的想法突然出現在我的腦海中。有許多私生子都能幸運地得到一位足夠狡黠的母親，能夠用一場合法的婚姻掩飾他們的真實身分。是否在這件事中，一位母親為她的兒子找到了更能被世人接受的家世傳承？哪怕這種傳承同樣可能是不合法的？月桂會不會懷了弄臣的孩子，又對外宣稱這個孩子是另一場幽會的產物？不，我不相信那名女獵人會珍愛黃金大人給她的孩子，而且年紀也對不上。蜚滋機敏也許是月桂的兒子，但他絕不可能是弄臣的。我瞭解月桂，所以我也不相信她會將因為愛而得到的小孩丟給父親一個人照管，無論孩子的父親是誰。這其中也許有著更多我不願聽聞的事情，一些黑暗的事情，一場強姦？虛偽的誘騙？月桂將一個孩子丟給一個男人，那個男人雖然承認了這個孩子，卻無力也不願在他的成長過程中保護他。為什麼？為什麼切德和蕁麻對他如此重視？

我看著謎語探詢的眼睛。「實際上，這完全是巧合。我正在尋找另一個人，一個年長得多的子嗣。切德不會相信的，所以他也不會支付他的賭注。真可惜。杏子沙緣白蘭地可是很難找到的。我已經有許多年沒有嚐過它的味道了。」我將飄進回憶中的思緒拉回來。太晚了。這件事已經和蜚滋機敏的任務交纏在一起。蜚滋機敏會是他讓我尋找的那個意外之子嗎？也許在我和切德都不知道的時候，黃金大人回到了六大公國，得到了女獵人月桂，然後又拋棄了她。月桂又將這個孩子丟給了機敏大人？不。這根本不合理。

謎語還在審視著我。也許我應該利用一下他的好奇心。「還記得我們的那個訪客，那個不辭而別的人嗎？她給我帶來了一位老友的訊息。確切地說，是黃金大人。」

謎語的一道眼眉微微挑動了一下。那位訪客其實是一名信使——如果這件事讓他感到吃驚，那麼他也將自己的驚訝掩飾得很好。「我記得你和黃金大人非常親密。」

謎語的口氣很自然，彷彿這並沒有什麼，或者意味著一切。「我們是很親密。」我平靜地承認。

隨後是一陣長久的沉默。我一邊留意牆後的那個小傾聽者，一邊清了清嗓子：「還有，那名信使說她受到了追殺，而且追殺她的人已經逼近這裡了。」

「如果她留在這裡會更安全。」

「也許。也許她不這樣認為。我知道她害怕追蹤她的危險會來到我的家門口。但她也告訴我，黃金大人正努力想要回來，只是他同樣在躲避追殺者。」我在心中權衡了一下這樣做的風險。也許有好有壞，總需要試一試，「黃金大人在六大公國時可能留下了一個孩子。那名信使就是要來告訴我，他的這個兒子可能正處在巨大的危險之中。黃金大人希望我能夠找到他並保護他。」

謎語沒有說話。他在將我告訴他的一切拼合起來。然後，他謹慎地說道：「你認為蜚滋機敏也許就是黃金大人的兒子？」

我搖搖頭。「他的年齡不對。另外，我認為女獵人月桂是可能的母親之一。」

「更確切地說，他所認為的父親是錯誤的。切德已經說了，女獵人月桂是他的母親。但機敏大人承認他是自己的兒子。除非這個孩子有兩個父親……」

「或者承認他為子嗣的人並非他的父親。」我插嘴說道。然後我歎了口氣，「他還太年輕。除非黃金大人又去過一趟公鹿堡。」

我們全都閉上了嘴。弄臣會返回公鹿堡卻不聯絡我嗎？我不這樣認為。而且為什麼他要回來？

「你對於機敏大人有些什麼瞭解？」我問謎語。

「並不多。他有一點粗野，而且他的采邑多年來一直處在混亂不堪的狀態。當我第一次聽說蜚滋機敏的時候，我很驚訝機敏大人竟然能讓某個女人與他同床共枕，更不要說還是單身漢的他會承認一名私生子。但也許，如果他認為這個男孩會是他唯一的繼承人，他這樣做也是合理的。不管怎樣，他終究還是守住了他的產業，並僱用了一個優秀的人才幫助他將采邑經營得井井有條。等到他開始富裕起來的時候，他結了婚。我認為這正是他麻煩的開始。有什麼樣的女士會想要自己丈夫的私生長子奪取她合法兒子的繼承權？不久之後，蜚滋機敏就被送到了公鹿堡，受到切德的照管。」謎語又思考了片刻，「也許生下蜚滋機敏的女士在多年前也曾經懷孕生子，但我看不出這兩個孩子之間會有什麼關聯。」

我搖搖頭。「應該沒有，這只是一個特別的巧合。我打開一只袋子，以為會看到一頭小豬，卻發現了一隻貓。但我不會因此就結束對這個『兒子』的尋找。我認為，也許直接去問一下女獵人月桂會是明智之舉。」

謎語搖搖頭。「這很難。多年前她就失去行蹤了，蜚滋。我記得當她離開公鹿堡的時候，珂翠肯王后曾經非常失望。那時月桂在對付原血者集團上出力甚多。她離開得是那樣突然，有傳聞說是因為她和某個居高位者發生了爭執。無論有沒有這樣的事情發生，它都被掩蓋住了。然後就在那一年裡，我們得到了她的死訊。」

我仔細思考這件事。月桂逃出公鹿堡是不是為了隱瞞她已經懷孕的事實，並且打算祕密生育一個孩子？這是多年前的祕辛，而我完全不曾關心過。知道她已經走了的時候，我很難過。她對我一直都很好。我搖搖頭，拋下關於她的思緒。「謎語，如果你能四處活動，能不能幫我留意一下關於那名信使的傳聞？」

「當然。我一直都沒有得到任何關於她的追殺者的訊息。這個你知道。但我也許能在追蹤她本人上做得更好一些。你認為她逃向了……哪裡？」

羊圈中的一堆灰燼。「我不知道。但我更好奇她是從哪裡來的，是誰在追殺她。不要只關心她離開之後的事情，如果你能查出任何她來到這裡之前的情報，無論是關於她還是那些追殺者的，我也會非常感興趣。」

「我會注意的。我懷疑她是從公鹿河溯流而上。在返回公鹿堡的路上，我會進行一些查問。」

「我認為你這樣說的意思是很快就要離開這裡了。」

「我的任務已經結束，另外我還在這裡做了不少其他的事情。我也執行了命令，將我的包裹安全地交給了你。我不介意在這裡逗留一段時間，幫幫你。但我也有事情必須回去處理。」

我緩慢地點點頭，感到心中一陣失落。直到謎語要告辭的時候，我才意識到自己已經是多麼依賴他了。謎語知道我的過去，是我能夠坦誠相對的人。他的存在對我來說無異於是一種安慰。我會非常想念他，不過我的聲音中並沒有流露出這一點，「你再過多久就必須走了？」

「至多三天。」

我又點點頭，知道他在給我時間，讓我能夠適應他不在的日子。他又說道：「到那時，機敏應該已經能起床走動了。所以你至少還有一個人能照顧你的背後。」

「他連自己的背後都照看不好。我懷疑我是否能放心地把我的背後交給他。」

謎語點點頭，承認道：「他的確沒有你和我這樣的能力。但他絕不會因此就一無是處。他還很年輕。你應該對他有更多瞭解。」

「我會的。只是要等到他的身體狀況好一些，我相信他也許需要一些私人空間來治癒傷口。」

謎語微微昂起頭，「並非所有人都像你一樣孤僻，湯姆。機敏很討人喜歡，也很願意與人相處。離開公鹿堡對他來說會很艱難。你應該知道，他實際上很歡迎深隱的拜訪。等到他痊癒之後，如果深隱需要一位舞伴進行練習，他將是絕佳的人選。他是一個機智幽默的伙伴，受過良好的教育，為人和藹可親。儘管出身低微，但在王室的女士中間，他非常受歡迎。」

「我應該去看看他。」

「是的，你應該去看看。他對你有一點敬畏。無論你在第一次和他相遇的時候做了什麼，你對他的影響一直都沒有消失。他鼓起了很大的勇氣才來到這裡，不僅是為了求得許可，以便能教導你的女兒，他還希望能得到你的保護。這樣說對他有一點……羞辱，但切德的確告訴過他，這實際上是他唯一的選擇。」

我以前從沒有在這個角度上看待過關於蜚滋機敏的問題——謎語早就知道我和這個男孩的第一次相遇，這的確很有趣。不過就某方面而言，謎語依然是切德的人。我沒有對此多說些什麼，只是評論道：「他還認為我在對他感到氣惱。」

謎語點點頭：「他其實已經可以進行案頭工作，並在細柳林內部走動了。但他現在就好像被你囚禁在他的房間裡。」

「我明白，今天下午我就去解決這個問題。」

「湯姆，他還是個年輕人，但這不意味著他不能成為你的朋友。去認識他一下。我認為你會喜歡他的。」

「我相信我會的。」我說了謊。談話的時間應該結束了。蜜蜂已經聽得夠多了。

謎語總是能知道我有什麼話沒說。這有時會讓我感到一些不安。他幾乎是用哀傷的眼神看著我。而他的聲音也更低了：「湯姆，你需要一個朋友。我知道機敏很年輕，而且你們的第一次見面也……相當不好。再試一試，給他一個機會。」

那天下午，我敲響了蜚滋機敏的屋門。布勒恩立刻將門打開。我看到樂惟為他製作了更加合身的制服，他的頭髮也變得平整了。我不動聲色地審視了一遍這名家庭教師的房間，發現他是一個習慣於整潔的男人，但應該沒有潔癖。切德為他準備的藥膏整齊地排列在壁爐臺上。山金車油膏的氣味飄散在整個房間裡。蜚滋機敏正坐在一張寫字臺後面寫著一封信。他的手邊擺放著兩枝墨水筆、一瓶墨水和一小張吸墨紙。在桌子的另外一端，一幅布製石子棋盤被鋪開。我有些想知道是誰教會他下這種棋。隨後我用力控制住自己的思緒，將注意力集中在我的目標上。

蜚滋機敏立刻站起身向我鞠躬，然後就在那裡一言不發地站立著，有些畏懼地看著我。當一個男人不希望顯示出敵對姿態，但確實準備要進行自衛的時候，他就會以一種特殊的姿勢站立。蜚滋機敏現在就是這樣的站姿。但他臉上頹唐的表情讓如此站立的他只是顯得畏縮怯懦。我覺得有些噁心。我回想起自己失去了一切信心時的樣子。這是一個已經認輸的男人。我很想知道他頹廢到了何種程度，是不是還能恢復成可以動用武力的男人。我竭力不讓自己的臉上顯示出憐憫的神色。

「書記員蜚滋機敏，很高興看到你已經行動自如了。我是來問你，現在能不能開始和我們一同用餐了？」

他沒有看我的眼睛，只是略一鞠躬。「如果您願意如此，先生，我就會開始這樣做。」

「我們很高興在餐桌旁能有你的陪伴。這樣不僅能讓蜜蜂，也能讓莊園中的僕役們都有機會更加瞭解你。」

他又鞠了一躬。「如果您願意如此，先生……」

「是的，」我打斷了他，「但前提是你也必須對此感到適意。」

我們對視了片刻。他還是一個男孩，赤身裸體地站在壁爐前，一名訓練有素的刺客正在檢查他的衣服。是的。我們關係的開始有那麼一點尷尬。我們必須跨越過這個開始。房間裡陷入了寂靜，他的心中發生了某種改變，他的臉上隨之顯示出決心。

「是的，我會去的，獾毛管理人。」

26

課程

一個來自於冬季夜晚的夢，那時我六歲。

在市場裡，一個瞎眼的乞丐坐在他的破布堆中。沒有人給他任何東西，他的臉上滿是恐怖的傷疤，兩隻手扭曲變形，這讓人們只覺得他可怕，而不是可憐。他從破布堆裡拿出一個小人偶。這個人偶用細木棍和線繩綁紮而成，只用一顆橡子作為頭顱。但他能讓這個人偶跳舞，就好像它是活的一樣。一個面色陰鬱的男孩正從人群中看著他。慢慢地，他被人偶的舞蹈吸引過來。當他靠近的時候，那名乞丐向他轉過滿是陰翳的眼睛。這雙眼睛開始變得清澈，就彷彿水塘中的泥沙逐漸沉澱下去。突然間，乞丐丟下了人偶。

這個夢結束在鮮血之中。我很怕回憶它的結尾。那個男孩是不是變成了人偶？絲線繫住了他的手腳、他的膝蓋、臂肘和來回擺動的頭？還是乞丐用瘦骨嶙峋卻異常有力的手抓住了他？也許這兩件事都發生了。一切都結束在鮮血和尖叫之中。我做過的所有夢中，這是我最痛恨的一個。這是我的終結之夢，或者也許是肇始之夢。在此之後，我知道我所認識的世界再不會和原來一樣了。

——蜜蜂・瞻遠的夢境日誌

我和我的新教師共用的第一次晚餐是我一生中最糟糕的一頓飯。我穿著一件新束腰外衣。這件衣服有些扎人，而且並不合我的身材，所以我覺得自己就像是走在一頂小羊毛帳篷裡。我的新緊身褲還沒有做好。我的舊褲子太短了，而且膝蓋部位都被撐大了。我覺得自己就像是一隻涉禽。兩條腿從鬆垂的褲管中伸出來。我告訴自己，只要坐到桌邊，就不會有人知道了。但我第一個在桌邊就坐的計畫落空了。

深隱已經在我之前來到餐廳。她在餐廳中的樣子就像女王走進自己的王座大廳。她的頭髮被束在頭頂。她的新侍女很會打理頭髮，讓她的每一個赤褐色髮卷都閃閃發亮。白銀髮針在桃花心木色澤的光潔髮絲之間閃爍，就好像夜空中的星星。她真是美得無法形容，光彩奪目得令人窒息。就連我也不得不承認這一點。她穿著一襲綠色長裙，精巧的剪裁讓她的胸部高高挺起，彷彿她把那個部位頂到我們眼前，要我們好好看一看。她塗了口紅，在臉上敷了薄粉，讓她的深褐色睫毛和綠色眼睛彷彿被罩在一副面具後面。在她兩側面頰的頂端各有一點胭脂紅暈，讓她顯得活力動人。她的美麗讓我無可遏制地更加痛恨她了。我跟著她走進餐廳。還沒有等我坐到座位上，她已經轉過身看著我，露出貓一樣的微笑。

更糟糕的事來了，我的教師出現在我身後。

蜚滋機敏完全無法將目光從深隱的身上移開。他美麗的臉已經痊癒，腫起的地方平復了，青紫色的瘀傷也不見了。他的皮膚並不像我父親和謎語那樣滿是皺紋。宮廷紳士應該就是他這樣的膚色。他的顴骨很高，下巴強壯有力，臉上的鬍鬚被刮得乾乾淨淨，露出光滑的皮膚，只有上唇留有短鬚——毫無疑問，它們以後會長成濃密漂亮的髭鬚。我一直擔心他會對我不合身的穿著不以為然——這實在是一種無用的擔心。他停在門口，瞪大的眼睛裡只有深隱。深隱和我都看出他屏住了呼吸。然後他慢慢走過來，坐到了桌邊，因為遲到而向我的父親道歉，但在說話的時候，他也一直在看著深隱。

他是最後一個就座的人，所以我首先聽到的是他因為遲到而向父親致歉的聲音。

就在他以宮廷用語字斟句酌地表達出他的禮貌時，我墜入了愛河。

人們總是會嗤笑一個女孩或男孩的初戀，說這是小狼的癡迷。但為什麼年輕人就不能像其他人那樣愛得狂野而深沉？我看著我的教師，知道他一定只是將我看成了一個孩子，實際發育比我的年齡更小，還是個什麼都不懂的鄉下人，根本不值得他的注意。但我不會對自己的內心說謊，在他的身邊，我希望自己像火一樣燃燒起來。我渴望著能說些有吸引力的話，或者能讓他笑起來。我希望會有什麼事情發生，讓他能夠覺得我很重要。

但這裡的一切都和我無關。我只是一個小女孩，穿著非常普通的衣服，沒有引人入勝的故事。我甚至無法加入由深隱開始的談話，只能看著她巧妙地將談話引到自己身上，顯示出她精緻高貴的教養。她談起在外祖父母家中的童年生活，講述了許多著名的吟遊歌手在那裡表演的故事，還有前去拜訪的貴族。蜚滋機敏時常會附和說他也聽說過那些藝人的表演，還有他認識這位或那位女士，因為她們也去過公鹿堡。當他提起一位名叫幸運的吟遊歌手時，深隱放下刀叉，高聲說她知道幸運是最有趣的吟遊歌手，精通每一首滑稽歌曲。我很想張口說，幸運就像是我的哥哥，還送過我一隻布娃娃。但深隱和蜚滋機敏的談話中沒有我，如果我這樣說，那就好像是我在偷聽他們說話。此時此刻，我是多麼渴望幸運會突然來訪，向我這個妹妹問好啊。

也許這樣能夠提升我在書記員蜚滋機敏眼中的地位？不，對他而言，餐桌旁只有深隱。深隱正側過頭，向他微笑，並吮了一口葡萄酒。他也向她舉起酒杯，還之以微笑。我的父親在和謎語談論他返回公鹿堡的事情。即將離去的謎語要將一些訊息帶給切德大人、蕁麻女士，甚至還有晉責國王。細柳林的葡萄長勢很好，父親想要給珂翠肯女士送去一些葡萄乾，再加上一份細柳林酒窖中五年佳釀的樣品。父親認為這是一份很好的禮物。

我一言不發地坐在他們中間，切割咀嚼著我的肉食，把黃油塗抹在我的麵包上，每當榆樹走進餐廳，放下新菜或者收走食碟的時候就將目光轉向一旁。現在她已經年長到可以在餐桌邊服務了。代表細柳林的綠色圍裙和黃色制服很適合她。他的頭髮被編成髮辮，服貼地盤在腦後。我很想抬手摸摸自己的頭，看看我的淺色短髮是否還保持著經過梳理的整齊樣式，還是像散亂的玉米穗一樣糾纏在頭頂。但我還是將雙手放在桌子下面，緊緊攥了起來。

吃過晚餐，眾人打算離席的時候，我的教師迅速走到深隱的椅子後面，向她伸出手臂。深隱自然而然地挽住他，用非常可愛的聲音感謝了「機敏」。也就是說，他已經是她的機敏了，對我則只是書記員蜚滋機敏。我的父親將手臂伸給我，我驚訝地抬起頭看著他，他朝那對年輕男女微微瞥了一眼，深褐色的眼睛裡躍動著打趣的神情。我看了看謎語。謎語翻翻眼睛，但顯然也很喜歡他們的樣子。我則絲毫不覺得這一幕有趣。

「我想我現在應該去自己的房間了。」我低聲說。

「妳還好嗎？」我的父親立刻問道。他的眼睛裡充滿了關切。

「還可以。我只是剛剛度過了漫長的一天。」

「好吧。過一會兒我會去敲妳的門，向妳道晚安。」

我點點頭。他是不是在警告我要說話算數，不要亂跑？當然，我會的。到時候我自然會在房間裡。我從燭臺中拿了一根蠟燭照亮。

深隱女士和蜚滋機敏書記員甚至沒有注意到我們短暫的停頓。他們已經走出餐廳，正在向一間舒適溫暖的客廳走去。我不想看他們坐在那裡聊天。所以我轉過身，朝另一個方向大步走開了。我的一隻手護住了蠟燭的火焰。

這的確是漫長的一天，但並不是因為我做了什麼。實際上，我之所以覺得時間難熬正是因為我什麼都沒有做。我沒有去馬廄。有那麼一段時間，當父親和謎語談話的時候，我被困在藏身的密室中。隨後我溜出密道，躡手躡腳地進了廚房，但我不敢在那裡久留，看輕柔在那裡揉麵團做麵包或者轉動烤肉叉。草坪現在也總是在廚房裡，清掃撒落的麵粉或者攪動緩緩冒泡的燕麥粥。她的深褐色眼睛就像是一雙匕首，抿起的嘴就像是一個鐵砧，從那裡冒出的簡短話語則像錘子一下下地敲擊著我。所以這一天的大部分時間，我都是在耐辛的一間花園溫室中度過的，陪伴我的只有一本《獾毛的原血者傳奇》。每一次父親看到我讀這本書的時候，他都會給我另一本書。這讓我相信這本書中一定有一些他不願意讓我看到的內容。但他從沒有將這本書從我這裡拿走。所以我打算仔細閱讀這本書的每一頁，就連那些無聊的部分也不放過。我在今天終於將它讀完了，卻還是不明白父親害怕我看到的是哪一部分。然後我在這間溫室中走了走，摘下植物上的枯枝黃葉。這裡的大部分植物都處在冬季的休眠期，所以做這件事也不是那麼有趣。

在我沿走廊向臥室行進的時候，我的腳步緩慢下來。經過舊臥室的門前，我稍作停留，小心地朝身後看了一眼。沒有人在看我。我打開門，溜了進去。

這裡很黑。壁爐中沒有火。窗簾全都被拉上了。我走進去，將屋門關好，一動不動地站立著，呼吸也不發出聲音，等待著我的眼睛適應昏暗的環境。我手中的蠟燭幾乎無法將面前的黑暗趕走。我慢慢向前摸索著前進，找到床的角柱，又摸到了床腳旁的空箱子。幾步之後，我的手就碰到了冰冷的石砌壁爐。

通向旁邊僕人間的屋門緊閉著。突然，我覺得很害怕。一種刺麻感從我的脊背一直向上蔓延。那名信使就死在那裡，不，實際上她就死在我的床上。就在我身後。片刻間，我完全無法讓自己轉回頭去看那張床。但我又必須去看一眼。我知道自己很傻，卻拿自己沒辦法。或者我一直都是這麼傻？我曾經對深隱說過，所有人都知道幽靈只會停留在他死去的地方。而那名信使就是死在這裡的。我緩慢地轉過身，兩隻手不住地顫抖，讓蠟燭的火光也不停搖晃。房間各處的影子都隨之跳動。

那張被剝光了被褥的床空空如也。我的確很傻。我不會死盯著它看。我不會的。我向關閉的屋門轉回身，鼓起勇氣向它走過去，將一隻手放在門把上。門把很冷。比它在正常情況下更冷嗎？她的幽靈會不會就遊蕩在我無意中拋棄她的地方？我拉開門上的插銷，把門拉開。從那個小房間裡吹出來的冷風差一點把我手中的蠟燭撲滅。我一動不動地站在門口，直到燭火穩定下來，才向門中窺看進去。

這裡比我上次看到的時候還要空曠。那座舊盥洗架和大水壺還在原地。沉重的床架依然緊貼在我的祕門前。不知為什麼，我覺得今晚這些閒置的家具都蜷縮了起來，那個空的大水罐彷彿在責備我。我對她的幽靈說：「如果我知道妳還在這裡，我一定會好好照顧妳。我以為妳已經走了。」我感覺到懸浮在我面前的黑暗並沒有絲毫變化，但我的心中有了一點勇氣，讓我敢於直接向她說話了。

因為要拿穩蠟燭，所以要將床架從祕門前拖開變得更加困難。但我還是做到了。我爬過床架，觸動機關，將蠟燭先放進密道裡，然後把床架拖回原位，再將祕門關好。進入我隱祕的迷宮中，我立刻覺得好多了。我穩穩地握住蠟燭，跟著我所做的標記向我的小巢穴走去——不過我現在幾乎已經不再需要這些標記了。就在小巢穴外，我猛然停住腳步，心中感到一陣困惑。這裡有些不同了。是氣味嗎？還是空氣中的一絲暖意？我仔細審視這個小空間，卻沒有看出任何有問題的地方。我小心地向前邁步，卻被絆了一下，全身撲倒在地上。我的蠟燭從手裡掉落出去，滾了半圈。實在是非常幸運，它沒有熄滅。但不走運的是它碰到了一束我留在地上的卷軸。當我匆忙地跪立起來，將蠟燭撿起的時候，卷軸的邊緣已經散發出皮革燒焦的氣味。我將蠟燭在燭臺中插好，轉身去看是什麼絆住了我。我覺得自己剛剛彷彿踢到了一團布料。一團溫暖的布料。

我眼前的地板在晃動，讓我覺得自己有些眼花。然後，一隻愁眉不展的小貓突然出現了。牠緩緩地從地上站起來，伸了一個懶腰，用責備的語氣向我「嗚嗚」叫了兩聲。一點點蝴蝶翅膀的邊緣翻捲起來，讓我看到了堆在地上的斗篷。我立刻將它拿起來，抱在胸前。斗篷很溫暖，有一股黑貓的氣味。「你在幹什麼？」我問牠。

睡覺。很暖和。

「這是我的。你不能從我的架子上拿東西。」我看到蓋在硬麵包碗上面的碟子被推到了一旁。我將斗篷夾在手臂下面，迅速查看了一下我的補給品。麵包的邊緣被咬了幾口，牠顯然是放棄了。我曾經放在這裡的半根香腸只剩下了一點殘渣。「你吃了我的食物！還睡在我的斗篷上。」

不是妳的，是她的。

我一下子停止了呼吸。「不管怎樣，現在它是我的了。她已經死了。」

她是死了。所以這是我的了。

我盯著牠。我關於那一天的回憶完全被一片迷霧蒙住了。讓我想不清的不是晚上的哪些事，而是那天早晨的。我無法回憶起為什麼我要到莊園的那個地方去。那裡植被茂密，顯得很陰冷，在灰暗潮濕的天氣裡會讓人很不舒服。我幾乎想不起自己看到了地上的蝴蝶翅膀，也無法確定那到底是我在那一天的回憶，還是夢中的回憶。但我的確記得，當我的父親到來時，曾經發出一陣驚訝的喊聲。有什麼東西跑進了灌木叢中——一個黑色的、毛茸茸的東西。

是的，我在那裡。

「那並不意味著斗篷就屬於你。」

牠坐得非常直，將黑色尾巴整齊地圍繞在牠白色的腳旁。我注意到牠有一雙黃眼睛，當燭光在那雙眼睛裡舞動時，牠鄭重地說道：她把它給了我。這是一場公平的交易。

「交易什麼？一隻貓能拿什麼做交易？」

一道金光在那雙黃眼睛裡閃過。我知道我冒犯了牠。我冒犯了一隻貓。只是一隻貓而已。所以為什麼我的脊背會掠過一點畏懼的顫抖？我還記得媽媽曾經告訴過我，犯錯的時候絕不要害怕道歉。她說如果她和我的父親曾經遵循這一規則，他們就能省卻非常多的麻煩。媽媽給過我這個告誡之後歎了口氣，又叮囑我絕不要以為一個道歉就能完全抹去我所做的或者所說的一切。不過，這還是值得一試。

「請你原諒，」我真誠地說，「我對於貓所知不多，更從沒有養過貓。我認為我對你失言了。」

是的，妳的確是失言了，而且是兩次。人類能夠「養一隻屬於自己的貓」，這種想法同樣是一種侮辱。牠突然抬起一條後腿，指了指天花板，然後又開始梳理自己的屁股。我知道我被冒犯了。但我選擇沉默地接受這種冒犯。牠將這個動作持續了很長一段時間——這段時間長得實在是有些不合情理，我已經開始感到全身發冷了。我偷偷揪起斗篷的一邊，包裹住了肩頭。

牠終於結束了對毛髮的打理，將那雙眨也不眨的圓眼睛重新對準了我。我給了她一個夢。我趴伏在她身邊，在漫長的冬夜低聲嗚叫。她受了重傷，瀕臨死亡。她很清楚。她的夢很黑暗，充滿了銳利的鋒刃和那些她所辜負的面孔。她夢到了自己體內的那些怪物。它們正在齧咬她，要啃穿她的身體。我進入了她的夢。在那些夢裡，我是眾貓之貓，強大得超乎想像。我追逐並殺死那些傷害她的怪物，用利爪將它們的內臟挖出來。到最後，當冰霜最為寒冷的時候，我答應會帶妳到她那裡，讓她被發現，讓她能夠傳達訊息。她感謝了我，我告訴她，我很喜歡這件斗篷的溫暖。那時她說，等她去世之後，我可以擁有這件斗篷。

小貓一本正經地講述著牠的故事，直到最後做出這個鄭重的聲明。我清楚牠在說謊。牠也知道我看破了牠的謊言。牠慵懶地微笑著，根本沒有動一下嘴。或許只是動了動牠的耳朵——牠在質問我敢不敢懷疑牠的故事。在我的內心深處，狼父親在嗥叫，那是一陣低沉的隆隆聲。牠不喜歡這隻貓，牠的吼聲是在警告這隻貓，卻也是在警告我。

「很好。我會在晚上把這件斗篷放在這裡讓你使用。」

成交。牠說道。

哈，我向牠一點頭。「那麼我又有什麼可能是一隻貓想要的呢？」

牠瞇起眼睛。那種被允許睡在壁爐邊，擁有鋪著柔軟毯子的籃子的貓。還有草藥……

「貓薄荷，還有飛蓬。」我知道。這是從我的母親開始的傳統。

我也想要那些。如果妳看到她們用掃帚趕我走，妳必須尖叫、胡鬧、拍打她們，讓她們再也不敢這麼做。

「這個我能做到。」

妳必須給我帶精緻的食物來。放在乾淨的碟子裡。每天都是。

不知何時，牠靠近了我，慢慢爬上我的大腿，在那裡安臥下來。「這個我能做到。」我表示同意。

當我想要被撫摸的時候，妳必須撫摸我。但只有在我想要的時候才可以。牠變成了我大腿上一個黑色的圓環，又抬起一隻前爪，伸出了長而且非常鋒利的爪子，開始撫弄和清潔它們。

「很好。」我非常小心地將雙手放在牠身上。我的手指陷進牠濃密的黑色皮毛中。牠可真溫暖！我用一隻手小心地撫摸他的肋側，找到兩顆小蒺藜球和一叢棘刺。我用手指把它們梳理掉。牠的尾巴末梢翹起來，捲住了我的手腕。這種感覺真是很迷人。我將手指放在牠的下巴下面，溫柔地撓牠。牠抬起臉，一副奇異的透明眼瞼覆蓋住了牠半閉的眼睛。我伸手搔了搔牠的耳朵。牠發出的「嗚嗚」聲變得更深沉，眼睛變成了一條細縫。片刻間，我們坐在一起。然後牠慢慢地側身躺下。我輕輕拂去牠肚子上的蒺藜球。

突然，如同蛇發動攻擊，牠的前爪落在我的小臂上，留下了三道深深的傷口。然後牠就竄出密室，消失在黑暗之中，沒有留下一絲一毫的解釋讓我明白牠為什麼要這樣做。我將流血的手腕攥在胸前，向前搖晃，無聲地承受著這股刺痛。淚水刺痛我的眼睛。在我的心裡，狼父親用低吼強調著牠的看法。貓是受詛咒的生物，從來都無法信任。牠們會對所有人說話，從不加以區別。我希望妳已經學到了一些東西。

我確實學到了一些，但我還不能確定那是什麼。我慢慢站起身，突然開始焦慮現在已經過去了多少時間。我將斗篷拿起來匆匆疊好，將它放回原本的位置，又重新蓋好麵包碗。鬼鬼祟祟的小賊。

我能夠從牠身上學到些東西。

到了早晨，未經吩咐，細辛便來服侍我起床、洗漱、梳理我散亂的頭髮，然後幫我穿衣服。這讓我感到非常難受。除了我的母親，還沒有人做過這種事。而她在這樣做的時候還一直快活地和我聊天，告訴我這一整天的計畫。我相信，細辛更應該被叫做慌忙，或者是酸辣。因為她喋喋不休的嘴彷彿將我衣櫃裡的每一樣東西都熏出了一股酸味。她將我的罩衫從頭頂上套下來，幾乎還沒有等它落到我的肩膀上便又開始替我穿束腰外衣——問也不問就給我套上了袖子，才又將我的罩衫拉平整。她還向我要我從不曾有過的東西，比如髮簪或者可以固定頭髮的潤髮油。她問我耳環在哪裡，然後又因為我甚至還沒有穿耳洞而震驚不已。她用不屑的語氣大聲驚歎我的長襪都很糟糕，最終找出一雙格外厚實的，又說我的鞋實在是配不上我家族小姐的地位。

也許她是認為我沒有受到很好的照顧，在為此表達氣憤，並認為我也應該和她有同樣的憤慨。實際上，她只是讓我感到自己的粗陋並為此而羞愧。我找不到合適的言辭來為自己和自己的衣服辯護。我繫上帶有母親小刀的腰帶，以此來鼓勵自己。細辛不以為然地哼了一聲，跪到我面前對我說：「妳不應該這樣繫腰帶。」我保持著沉默，看著她將我的腰帶拿走，飛快地用她的小刀在上面穿了一個新孔，然後繫回到我身上。現在這根腰帶固定在我的腰間，而不是落在我的屁股上了。

她終於不再揪扯我的頭髮，並將我的束腰外衣拉直以後，便讓我站到鏡子前，看見自己的倒影。讓我驚訝的是，我看上去並不像我所擔心的那樣糟糕。我朝著自己的倒影露出微笑，向她說：「這是我這幾個月以來最漂亮的樣子了。謝謝妳，細辛小姐。」

我的話讓她大吃了一驚。她剛才一直蹲在我身邊。現在她一下子站起身，緊盯著我，褐色的大眼睛圓睜著。「妳等在這裡，」她唐突地對我說，「妳就等在這裡。」

我服從了她的命令。還沒等我有時間思考為什麼我會按照一名僕人的話去做，她已經回來了。「現在，我希望妳在把它們用完之後能夠還給我。它們花了我不少錢，而且我只戴了它們幾次。所以，妳一定要讓手腕遠離會沾髒它的東西。妳認為自己能做到嗎？」

她沒有等待我的回答或許可，就將一雙奶油色的蕾絲袖口接到自己的罩衫袖子上，又給我戴上了相同款式的圓領。它們有一點大，但細辛從她的襯衫衣領下面拿出針線，很快就把它們縫綴就位了。完成之後，她注視著我，眉毛緊蹙在一起。然後她微微歎了口氣：「好吧，我希望既然這個家族的女兒要由我來照顧，那我就要讓她比廚房女孩更好些。今天只能這樣了，但在一個小時之內，我就要讓樂惟知道我是怎麼想的！好寶寶，妳現在要去吃早餐了。毫無疑問，我要用一個小時的時間為深隱女士整理房間。每天早晨都是如此，十幾條裙子被扔得到處都是，還有同樣數量的漂亮襯衫。而妳，妳的物品整潔得就像是一根大頭針。我整理妳的房間大概連十次呼吸的時間都不需要。」

我實在是太忽視周圍的狀況了，甚至不知道她要整理我的房間。我已經不加疑問地接受了讓別人打理我的洗臉盆、水罐和夜壺，就如同我接受了我的亞麻床單被一個月清洗一次。「非常感謝妳照顧我。」我說道。我知道，這並不是什麼令人愉悅的工作。

她的面頰再一次泛起了粉紅色。「非常願意為您服務，蜜蜂女士。您可以走了！我希望您的課程會一切順利。」

期待和恐懼相互衝突。我想要直接去教室，又想跑到我的祕密巢穴中躲起來。但我只是走去吃早餐。我的父親正在餐廳等我。他沒有坐下，而是在房間中來回踱步，彷彿他也很緊張。我走進門的時候，他向我轉過身，眼睛睜得老大。然後他露出微笑：「好啊，妳看上去已經為新的學習生活做好了準備！」

「細辛幫我穿的衣服。」我一邊對他說，一邊摸了摸脖子上的蕾絲，「這副領子和袖口都是她的。她知道我沒有耳環的時候很吃驚。然後她說，她不會讓我還不如廚房女孩漂亮。」

「她們不可能比妳更漂亮，就算是妳只穿著又髒又破的衣服也要比她們漂亮得多。」

我只是看著他。

「更不要說妳的衣服一點也不破不髒！不，不！我只是說，無論……」他停下來，看上去是那樣悲慘又滑稽，讓我不由得笑了出來。

「沒關係，爸爸。他們每天都會看見我，也都知道我平時會穿成什麼樣子。我愚弄不了任何人。」

我的父親稍帶一點警覺地看著我：「我可不認為我們的目標是欺騙誰，蜜蜂。實際上，妳的穿著是為了向教導妳的書記員表達敬意。」他放慢語速繼續說道，「並且彰顯妳在這個家族中應有的地位。」他停頓了一下。我能看出他正在努力思索著什麼。我沒有催逼他，因為我的心思也突然被佔滿了。

一個可怕的念頭出現在我的腦海中。每五天中，我會有四天時間上課。這是否意味著我將要天天穿成這樣？是否意味著每個早晨，細辛都會侵入我的房間，為我做這樣的準備？我慢慢明白了，我要過上整整四天這樣的生活，才能有一天上午按照我自己的意願行動。上午不會再有騎馬訓練了，自從那天我和堅韌不屈吵過之後，我就再沒有騎過馬。但我一直相信，我終究能夠修復和他的關係。而現在，我的上午時間將脫離掌控，這將是一個永遠的改變。幾乎在每一天裡，我都要在課堂中被迫與我不喜歡的人相處。甚至是在早餐的餐桌旁……

「天啊，蜜蜂，這真是令人吃驚！妳梳好了頭髮，今天早晨看上去幾乎就像是一個女孩了。」我轉過頭，看到說話的深隱。謎語跟著她走進了餐廳。深隱在朝我微笑。我的父親看上去有些猶疑。而謎語的眼眉幾乎提到了髮際線。我用微笑回應她，小心地行了一個屈膝禮。「謝謝妳，深隱。妳今天看上去幾乎就像是一位有教養的女士。」我讓我的聲音像甜奶油一樣柔滑。看到我父親的表情從猶疑轉變為警惕，我差一點又因為他滑稽的樣子笑了起來。但這時書記員蜚滋機敏剛好走進來，聽到我的話。他只聽到了我的話，卻沒有聽到剛剛刺激我的那番話。他看了我一眼，就像是在看壞脾氣又不講禮貌的小孩子，然後熱情地向深隱問好，並陪伴她到了椅子旁，彷彿是護送她遠離一隻性情惡劣的小怪物。

我在桌邊坐好，注意到深隱並沒有立刻開始用餐，而是等待著蜚滋機敏坐到她身邊。他們真是最喜好交際的用餐者，分別向我的父親和謎語問好，卻沒有對我說一個字或是瞥我一眼。他們彼此傳遞食物，深隱為他倒茶。大部分時間裡，我只是盯著自己的盤子，咀嚼食物。每當我偷瞥他們一眼，他們不相上下的美麗就會用嫉妒的爪子狠狠地抓撓我的心。確實，他們看上去就好像從一個模子裡鑄出來，天生就是要成為一對的。他們擁有同樣光亮潤澤的鬈髮、線條清晰的下巴、外形精緻的鼻子。他們一直在彼此欣賞，彷彿注視鏡子中自己的倒影。我將目光轉回到碟子裡，裝作對我的香腸非常感興趣。

我的父親讓謎語帶一些上好的燻豬肉，酒窖中的葡萄酒和煙燻河魚回公鹿堡。如果謎語接受了父親所有的饋贈，他大概要把這些東西裝滿一馬車，還要借用一支馬隊。但他堅持說必須輕裝簡行，並保證會儘早再來探望。

然後我的耳朵捕捉到了深隱的一段話：「……只能裝作這不會讓我煩擾。但我還是很高興你的身體已經恢復到能夠教書的程度了。我相信，讓孩子們過上充實而有意義的每一天對他們來說是再好不過的事情了。當然，還有紀律約束。你會嚴格約束他們，你認為是這樣嗎？」

蜚滋機敏的聲音低沉輕柔，就像是一隻大貓的低吼：「我認為一開始要非常嚴格，從一開始就使用強硬的手腕，總好過以後再試圖建立威信。」

我的心沉了下去。

早餐結束的時候，我們的書記員祝願我的父親有一個美好的上午。他看著我的時候，臉上完全沒有笑容。「我期待著盡快在教室與妳相見，蜜蜂女士。」

如果我禮貌一些，也許能改變他對我的看法。「我會跟隨你去那裡的，書記員蜚滋機敏。」他再說話的時候是看著我的父親，而不是看著我：「我建議我的學生們稱我為機敏書記員，這個名字好記一些。」

「如你所願。」我的父親回答道。但我知道，父親和我有著同樣的想法。稱他為「機敏」不會讓他每一次都想起自己是私生子。

我安靜地等待著我的教師向謎語致以問候，然後又安靜地跟隨他前往教室。他的腳還是有一點跛，但他努力做出一副步履輕捷的樣子。我盡可能加快腳步跟上他，又不讓自己跑起來。當我們匆忙趕往教室的時候，他什麼都沒有對我說，也沒有回頭看我是不是跟上了他。也許這樣說很蠢，但我破碎的心中沸騰著對深隱的厭惡。我會在她的衣櫃裡放死老鼠。不，這只會給樂惟造成麻煩，而他一直都對我很好。我徒勞無功地思考著能夠傷害她，同時又不至於給其他人造成麻煩的陰險伎倆。這實在是太不公平了，僅僅是因為她很美麗，是一個成熟的女人，她就能得到這裡所有男人的全部注意。那些男人可是我的父親和我的姐姐的同伴，是被派來教導我的教師，但只要她一擺頭，就能讓他們都變成她的人。我則完全無力阻止她。

我已經被大步向前的蜚滋機敏落下了很遠。他走到教室門口，停住腳步，回過頭稍有些氣惱地看著我。等我追上去的時候，他一言不發地向後退了一步，讓我在他之前跑進了教室。

我驚愕地在教室門口停住腳步。我從沒有見過這麼多小孩聚集在同一個地方。我走進去的時候，他們全都站立起來。這種情形看起來怪異又充滿了威脅，就像是一棵樹上立滿了呱呱鳴叫的烏鴉，或者即將離巢的蜜蜂聚集在蜂巢之前。我一動不動地站立著，不知道該去哪裡。我的目光掃過他們。這些人裡有一部分我打過交道，有一部分我曾經見過，有兩個是完全陌生的。榆樹和草坪也在這裡，她們穿著細柳林的黃綠色衣裙，沒有繫廚房圍裙，顯得整潔得體。阿愚也在，穿著簡單的短上衣和褲子。他將雙臂抱在胸前，面色陰沉，顯然是不喜歡待在這個地方。我發現堅韌不屈在人群後面，他的臉被徹底地擦洗過了，看上去紅紅的，頭髮被梳到後面，結成了一條辮子。他的衣服很整齊，但顯然他不是唯一穿過這身衣服的人。他身邊的小夥子應該都是馬廄的孩子們，有盧考爾、雷迪和奧提爾。還有一個男孩，我見過他在花園裡工作；還有一個男孩和一個女孩，我見他們放過鵝。這麼多人！至少有十幾張面孔正盯著愣在原地的我。

一個不以為然的聲音在我身後開了口：「蜜蜂女士，妳是否可以從門口讓開，好讓我能進去？」

我讓開了幾步，才突然發現這些孩子站起來不是因為我，而是因為書記員。這讓我感覺好了一點。我貼著牆邊蹭進房間，他們的目光從我轉向了蜚滋機敏。

「很高興看到你們反應如此靈活。」書記員向孩子們問好。我覺得我在他的聲音中覺察到了一絲沮喪。看到有這麼多孩子聚集在一起，他會像我一樣驚愕嗎？他短促地吸了一口氣：「你們可以稱我為機敏書記員。我來此教導你們。這都是因為蕁麻女士格外的慷慨，願意派遣一名教師來教誨她的封地的孩子。我希望你們全都明白，這樣的慷慨是多麼罕見。我也希望你們能夠顯示出良好的品行舉止，並且刻苦學習，以報答這份慷慨。我們的學習將立刻開始。你們先各自找地方坐下。我認為我的第一個任務應該是確定你們已經知道了多少。」

有一張長凳上能坐四個孩子。榆樹和草坪迅速佔據了她們的兩個位置。牧鵝女孩和男孩坐到了長凳的另外兩個位置上。阿愚、另一個高大的男孩和堅韌不屈坐在壁爐前，背對著爐火。其他人都四下打量，然後盤起腿坐在地板上。猶豫片刻之後，我坐在了人群的邊緣，和他們在同一塊地毯上。園丁的男孩瞥了我一眼，害羞地笑笑，然後又將目光轉向一旁。另外兩個孩子從我身邊移開了一些。他們全都有一股輕微的綿羊氣味。書記員蜚滋機敏已經來到書桌後，在那裡坐下。「我應該多要些桌子過來。」他半是對自己，半是對我們說道，「還要讓欒惟送椅子過來。」

然後他向坐在長凳上的孩子們一指：「從你們開始。請一次一個上前來，告訴我你們已經學到過什麼。」他的目光掃過房間，「我相信，我這樣做的時候你們都能安靜地等待。」

孩子們交換著眼神。他並沒有選擇第一個叫我。我想知道這些孩子是不是以為他完全瞭解了我的狀況，或者就像我一樣，他們知道這表明這位書記員已經不喜歡我了。我提醒自己，他是將這份慷慨歸於蕁麻女士名下，而不是我的父親。而且他說他的任務是來教導這裡的孩子們，並沒有提及是我在將我的教師與他們分享，完全沒有這樣的表示。他將我和其他孩子歸為一類，就像我和他們一起坐在地板上。我突然意識到這是一個錯誤。我該如何糾正它？我想要糾正它嗎？

一些孩子立刻擺出了更加舒服的姿勢。教室在片刻間發生了一陣小小的騷動。阿愚依舊是悶悶不樂地坐著。他開始抽出腰帶上的小刀，切削指甲，用刀尖刮去指甲縫裡的汙泥。花園的孩子好奇地看著眼前的一切。堅韌不屈只是專注地坐著，就如同桌邊的一條狗。

機敏書記員首先叫了榆樹。我將雙手交疊在膝頭，盯著地板，同時將全部注意力集中在耳朵上。當然，她會計數，還會簡單的算數，只要數字不比她的手指更多。她不認識字母，也不會讀寫，不過會寫自己的名字。她能叫出公鹿堡屬下所有公國的名字，還知道恰斯國對我們是危險的。對於其他地理知識，她就所知不多了。當然，我知道的不只這些，但也還沒有多到能讓我感到自信的程度。

草坪的知識水準和榆樹相當，不過她認得一些香料的名字，因為她必須不斷從架子上取下盛放這些香料的容器。那個牧鵝女孩名叫長春蔓。她沒有讀寫的能力，但她和她的兄弟會玩數學遊戲來打發時間。她的兄弟名叫雲杉，他的個子就像他的名字一樣高。他也不認識字母，但顯然很高興能夠有機會學習它們。他計數就像他的姐妹一樣快。我們的書記員向他提出的問題，比如：「十二隻鵝在水上，還有十七隻在旱地上，又飛走了五隻。這時二十二隻小鵝從蘆葦裡出來。一隻牛蛙吃掉了其中一隻。還剩下多少鵝和小鵝？」雲杉很快就做出了回答，但他又帶著面頰上的一點粉紅色說，學會計數並不只是為了牧鵝。蜚滋機敏讚揚了他敏捷的思維和他對學習的熱情，又叫堅韌不屈到他面前去。

堅韌不屈站起身，低垂著頭，滿懷敬意地回答說他不認得字母，不會閱讀。不過他能計數，「好到足以完成工作。」他主動說是他父親希望他能多學一些東西，並說他很尊重父親的意志，因為父親知道怎樣才是對他最好的。「我也同樣尊敬他。」書記員同意他的看法。他給了這個馬廄男孩一些算數問題，我看到堅韌不屈動著手指想要找出答案。他的面頰和耳朵比被冷風吹襲的時候更紅。他張張嘴，什麼話都沒有說出來，而是朝我這裡瞥了一眼。我只是裝作正在拉直我的束腰外衣的邊緣。

其他學生的狀況也都差不多。我注意到他們大多數只有他們父母接受過的教育水準。同樣來自於馬廄的奧提爾有時會幫忙搬運各種物品，並對它們進行點數。他有一點閱讀的能力，他的母親想讓他學習更多閱讀和書寫，讓奧提爾能夠多幫她做些事。讓我驚訝的是，那個園丁的男孩能夠寫出自己的名字，並且懂一些簡單的詞彙，卻幾乎沒有什麼算數的能力。「但我真的很想學，」他說道。我們的教師微笑著回答他：「那就盡力學吧。」

當阿愚被書記員叫到的時候，他懶洋洋地站起身，沒精打采地走了過去。他臉上似笑非笑的表情沒有逃過蜚滋機敏的注意。書記員朝他瞥了一眼說道：「請站直。你的名字？」他的筆尖落在了紙上。

「阿愚。我爸爸在葡萄園工作。我媽媽在自己不生孩子的時候會來幫羊生小羊。」他向我們其餘的人瞥了一眼，傻笑著說：「爸爸說她最快樂的事情就是有個大肚子，或者有個小子叼著她的乳頭。」

「是嗎？」我們的教師不動聲色地說。就像阿愚說那段話是為了讓所有人聽到，他也高聲問道：「你能閱讀或者書寫嗎，年輕人？」

「不。」

「你應該說：『不能，機敏書記員。』我相信下一次你回答我的問題時會做得更好。你懂得計算嗎？在紙上，或者在你的頭腦裡？」

阿愚用舌頭舔了舔下唇：「我只懂得我不想待在這裡。」

「但你還是來了。就像你父親希望的那樣，我會教導你。回到你的座位去吧。」

阿愚散漫地從書記員面前走開。輪到我了。我是最後一個。我站起身，走過去在書記員的桌前站好。他還在寫下關於阿愚的評語。黑色的字跡呈現出一個個完美的卷紋。我低頭看著他書寫，即使倒著看，也能看出他的筆跡整潔而有力。「粗野傲慢，不願學習。」這是他在阿愚的名字旁寫下的文字。

他抬頭瞥了我一眼，我急忙讓目光離開紙面望向他的眼睛。他有一雙淺褐色的眼睛，還有很長的睫毛。我急忙又低下頭。「好吧，蜜蜂女士，現在輪到妳了。」他輕聲說道，「蕁麻女士衷心希望妳能學會閱讀和書寫，至少是一點點。或者盡妳的能力能學到的程度。妳認為妳可以為了她努力做到這一點嗎？」他竭力露出友善的微笑，但這是一種虛假的友善。

讓我吃驚並感覺受傷的是，他對我說話的時候竟然會擺出一副如此屈尊俯就的態度。這要比早前他用那種輕蔑的眼神看待我沒禮貌的行為更糟糕。我抬起頭向他瞥了一眼，又將目光轉開。我的聲音不大，但我盡可能謹慎地說清楚每一個字。我知道有時候我說話還是會語音不清，吞吞吐吐。我要確保今天不會發生這樣的事。「我已經能夠閱讀和書寫了，先生。我能夠心算到二十。如果有算籌，我就能計算更大的數字。大部分計算我都能應付，也許不會很快。我熟悉本國地理，能夠在地圖上找到每一個公國的位置。我知道《十二治療草藥》和其他智慧詩歌。」最後這個是來自於我母親的禮物。我注意到沒有一個孩子提到過智慧詩歌和諺語。

機敏書記員戒備地看了我一眼，彷彿他懷疑我有些什麼不正常的地方。「智慧詩歌。」

我清了清嗓子：「是的，先生。比如對於貓薄荷，詩歌中是這樣唱的：『如果你栽培它，貓就會拿走它。如果你種下它，貓就不會知道它。』所以種植這種草藥首先要知道的是如果你一開始就在花園中培養它的小植株，貓就會把它們吃掉。但如果你種下種子，讓它們從泥土中生長出來，貓就不會那麼明確地注意到它們，這種植物就能繁茂起來。」

他也清了清嗓子：「這是一段聰明的小韻文，但並不屬於我們打算在這裡學習的內容。」有人發出「咯咯」的笑聲。我感覺到血液湧到了面頰上。我痛恨我的白色皮膚如此明顯地表露出我的羞愧。我希望自己沒有選擇媽媽的詩歌中最簡單的一段朗誦出來。「我還知道其他詩歌，先生，也許它們會更有用。」

書記員機敏微微歎口氣，將眼睛閉起片刻。「我相信妳是知道的，蜜蜂女士。」他的語氣彷彿是明知我有多麼無知，卻還是不忍傷害我，「但我現在更有興趣看看妳的書寫。妳能在這上面為我寫一些字母嗎？」他向我推過一張紙，並給了我一截粉筆。他認為我不知道墨水筆是什麼？

我的恥辱感在憤怒中沸騰。我越過他的手，拿起了他精緻的墨水筆，仔細地寫道：「我的名字是蜜蜂·獾毛。我居住在細柳林采邑。我的姐姐是蕁麻女士，六大公國的晉責國王陛下的精技師傅。」我提起筆，用審慎的眼光看著我的書寫，然後轉過紙張，遞給他。

他帶著難以掩飾的驚訝之情看著我，又難以置信地將那張紙細看了一段時間，把它交還給我：「這樣寫：『今天，我開始了和機敏書記員的學習課程。』」

我照他的話做了。這一次我書寫的速度更慢，因為我發現自己不太確定該如何拼出「機敏」這個詞。我又一次將紙交給他。他隨即推給我一塊塗蠟的黑板。上面已經被他寫了一些字。我以前從沒有見到過這樣的物品。我用手指輕輕拂過這塊木板表面厚厚的蠟質層。他是用鐵筆將文字雕刻在這一層蠟上，動作迅速而優雅。

「那麼，妳能讀懂這些嗎？」他的話語如同一個挑戰，他又說道，「請大聲讀出來。」

我盯著這些字，慢慢地說道：「偽裝無知和無能是一種卑劣行徑。」我又困惑地看著他。

「妳同意嗎？」

我又將這些字看了一遍。「我不知道。」我也不知道他的這番話是什麼用意。

「是嗎，我知道我是同意的。蜜蜂女士，妳應該為妳自己感到羞愧。蕁麻女士一直都為妳而憂心忡忡，她相信妳是弱智，而且幾乎無法說話。她一直在為妳該如何在這個世界上好好活下去而深感苦惱，擔心妳會在年老時無人照料。我剛來這裡的時候，以為我的任務就是給予妳基本指導，讓妳能夠做最簡單的事情。而我卻發現妳完全有能力閱讀和書寫，還很懂得如何冒犯一位本應該得到妳的尊敬的女士。那麼，蜜蜂女士，我該怎樣想？」

我在手中的黑板上找到一個小木結，便盯著那個黑色的木紋漩渦，只想要消失不見。這實在是太複雜，完全沒有辦法向他解釋。我只是不想在其他人面前表現得太特殊。因為我的確是太與眾不同了。就我的年齡而言，我的身材太矮小，卻又太過於聰明——前者非常明顯，但要明確說出後者，我一定會顯得非常自負狂妄，而他已經相信我是個粗魯無禮的人了。我感覺到面頰發熱。這時有人在我背後開了口。

「是啊，她裝成弱智，這樣就能偷看其他人了。她以前總是跟蹤我，給我找麻煩。所有人都知道她有毛病。她就喜歡製造麻煩。」

現在，我的臉上完全沒有了血色，失血讓我感到暈眩。我幾乎無法呼吸。我轉過身，盯著阿愚說：「這不是真的。」我想要吼叫，但我的聲音只是一陣斷斷續續的耳語。阿愚的臉上全都是嘲弄的笑容。榆樹和草坪也都在點頭表示贊同，她們的眼睛全都在閃著光。兩個牧鵝的孩子看著這一切，驚奇地睜大了眼睛。堅韌不屈的目光從我身邊滑過，盯住了窗外的灰色天空。其他孩子都只是盯著我。我在這裡沒有盟友。不等我轉過身看向蜚滋機敏，他已經用簡潔的言辭命令我：「坐下，現在我知道該從哪裡開始你們的課程了。」當我回到我在地板上的座位時，他還在說話。我的鄰座從我身邊退開，彷彿教師的厭惡會傳染給他們。他說道：「恐怕我沒有想到這裡有這麼多學生，而你們的水準又是如此參差不齊。所以我沒有帶來足夠的教學器材。我有六塊蠟板和六根能在上面書寫的尖筆。我們必須共用它們了。我有一些紙張，我相信我們能找到優質的鵝毛來做墨水筆。」牧鵝的孩子們露出微笑，高興地摩拳擦掌。

「但我們在學習到足夠的程度之前還不應該使用水筆、墨水和紙張。我已經在紙上寫下了大而且清晰的字母，你們每一個人都會有一張這樣的字母表。每天晚上，我希望你們用自己的手指臨摹這些字母。今天，我們將會練習全部字母的書寫和前五個字母的發音。」他向園丁的男孩瞥了一眼，又說道：「燕草，你在這房間已經很有能力了，我不會讓你再做這種無意義的練習。這裡有幾份很好的卷軸和書籍，內容都和園藝以及植物有關。在我教導其他人的時候，也許你有興趣研讀一下它們。」

教師的讚揚讓燕草容光煥發，他立刻站起身，接過一份關於玫瑰花的卷軸。那份卷軸我讀過幾次，知道它是來自於耐辛的圖書館。我緊咬著嘴唇。也許我的父親告訴過他能夠自由使用細柳林的書籍。當他將字母表遞給我的時候，我沒有抗議說我已經認識了這些字母。我知道這是一種懲罰。我要做這種乏味無用的練習，以表明他對於我所謂的「欺騙」是多麼厭惡。

他開始在我們中間走動，大聲念出每一個字母，然後我們將他的念誦重複一遍，並用手指臨摹這個字母。當我們臨摹過全部三十三個字母之後，他又帶我們回到最初的五個字母上，並問有誰記得它們的發音。我沒有舉手要回答問題。他問我是否還要裝作無知的樣子。我並不打算這樣，卻只是看著自己的膝蓋。他從喉嚨深處發出一陣聲音，那是對我的急躁和厭惡。我沒有抬頭看他。他向雲杉一指。雲杉記得兩個字母。草坪記得一個。一個牧羊的孩子記得另一個。當書記員指住阿愚的時候，阿愚只是緊皺眉頭盯著字母表，然後用充滿嘲諷的聲音說：「屁！」我們的教師歎了口氣。我們又開始隨著他的念誦重複每一個字母。這一次，當他叫到一個牧鵝孩子念出字母的時候，結果要更好一些。

我覺得，這是我人生中最漫長的一個上午。當他終於在正午之前說下課的時候，我已經因為靜坐太久而感覺到脊背痠痛，雙腿又疼又麻。我浪費了一個上午，卻什麼都沒有學到。不，我一邊踉踉蹌蹌地讓僵硬的雙腿站直，把我的字母表捲起來，一邊糾正自己——我知道了阿愚、草坪和榆樹會一直恨我。我知道了我的教師鄙視我，更喜歡懲罰我而不是教導我。最後，我知道了我的心情變化能夠有多麼快。自從蜚滋機敏到來時，我第一眼看到他便從心中滋生的迷戀被另一種東西取代了。不是恨。這其中混和著太多哀傷，讓它無法成為恨意。我說不出這是什麼。我該怎樣稱謂這種讓我無論何時何地，永遠也不想再見到那個人的感覺？我突然知道，自己根本沒有胃口和他同桌共進午餐。

食品室中的那個通向我巢穴的祕門距離廚房太近了。我相信榆樹和草坪都會在那裡傳播關於今天上午課程的流言蜚語，並且還會等在餐桌旁。書記員蜚滋機敏也會在餐桌旁。不，我回到臥室，小心地除掉細辛給我的裝扮。當我將那些蕾絲放下的時候，我想到她一直對我很好，就像樂惟一樣。我突然開始思考，該怎樣做才能讓他們知道，我對他們心懷感激。是了，我的父親承諾再過幾天會帶我去市場。我知道細辛很羡慕我的香水小瓶。我會為她買一瓶。那麼樂惟呢？對他，我不知道該怎樣做。也許我的父親會知道。

我將自己的新束腰外衣和厚長襪都收起來，穿回我已經有些短的舊外衣和緊身褲。現在我覺得更像自己了。然後我溜進我的舊臥室，從那裡進入了牆中密道。這一次，我不需要光亮，全憑感覺來到了我的巢穴，我嗅到了那隻熟睡的貓的溫暖氣息，摸到牠柔軟的身子——還是被裹在我的斗篷裡。然後我邁過牠，向我父親真正的書房走去。我從那裡偷了一根蠟燭，將它在父親的壁爐中點燃，然後挑了一份關於征取者．瞻遠的卷軸，他是六大公國的第一位國王。這份卷軸一直在我父親的手中，也許是另一份古老文件的抄本。我有些想知道他為什麼會把這份卷軸放在桌面上。回到我的巢穴裡，我舒服地躺在軟墊中，旁邊有蠟燭，身上蓋著我的毯子，還有斗篷和一隻溫暖的貓。我本來只想和牠一起蓋這條保暖的斗篷，卻完全沒想到一隻貓能夠散發出這麼多的熱量。我們在這裡都很舒服，當牠醒來的時候，我覺得應該把我的硬麵包和香腸午餐也分給牠一份。

乳酪呢？

「我這裡沒有。不過我會為我們拿一些。我很驚訝會在這裡找到你。上次你離開的時候，我把食品室的門關死了。」

這些隧道裡到處都是窟窿。老鼠能進來的地方，貓也能跟進來。

「真的？」

大部分情況是如此。這裡還有許多小路，是個狩獵的好地方。大鼠、小鼠，上層還有鳥。

牠趴下來，縮回到斗篷下面，將身子和我緊貼在一起。我繼續閱讀記述我古老祖先的卷軸，努力將奉承吹捧的段落和真實的內容區分開來，並覺得這其中樂趣盎然。征取者到來了，驅逐了那些可憐的野蠻人。野蠻人企圖抵擋他和他的部眾，最終卻歸於失敗。在他隨後的一生中，征取者致力於將公鹿堡從他最初搭建起來的粗糙原木工事變成一座岩石牆壁的堡壘，用了許多年將這座城堡逐漸矗立在大地上，它大部分用當地廣泛分布的岩石砌成，其中有許多都被精心雕刻成為磚塊。

我的父親在那一段的字裡行間做了一些批註。公鹿堡最初的木製建築顯然是搭建在一座更加古老的城堡的原岩地基上，這一點似乎讓他很感興趣。現在那裡早已重新建起了石砌城堡，但父親在此寫下了幾個問題，誰建造了最初的那座石砌城堡？後來那些人怎樣了？在卷軸的留白上還有一個小畫面，父親相信那是征取者首次到達時還矗立在那裡的石牆。我仔細審視那幅畫。很明顯，我的父親相信那裡曾經有過大規模的城堡建築，征取者只是重建了被他人毀掉的古跡。

那隻貓坐了起來，片刻之後我才意識到父親進了他的書房。他關上屋門，打開鉸鏈機關。貓如同一道毛茸茸的閃電一樣消失了。我抓起斗篷，把它捲成一個球，塞到我的碗櫥後面。我已經來不及將他的卷軸藏起來了。他走過密道，手舉蠟燭俯下身。我抬起頭看著他，他也只是看著我。「妳在這裡。」他說道。

「是的。」我應道。

他盤起雙腿，未經邀請便坐在我身邊的毯子上。等了一會兒，看我什麼都沒有說，他說道：「我在中午沒有看見妳。妳沒有來和我們一起吃飯。」

「我不餓。」我說道。

「我明白。」

「在那麼多人中間度過了一個漫長的上午，我想要一個人待一段時間。」

他點點頭，他嘴角繃緊的線條告訴我，他理解我的需要。然後他用食指的指背敲了敲卷軸：「妳在看什麼？」

要勇於面對。「我從你的卷軸堆裡拿了它。是關於征取者．瞻遠和他在公鹿堡城上方的懸崖上首次建築城堡的事。」

「嗯，很久以前，那裡就有公鹿堡城了。」

「那麼，是誰摧毀了那裡？」

他皺起雙眉。「我猜那曾經是一座古靈城堡。用於建造它的岩石和屹立在附近的那些石碑一樣——見證石。」

「但古靈擁有各種強大的魔法。為什麼他們需要城堡？他們的敵人又是誰？是誰摧毀了他們的城堡？」

「這是很好的問題。能提出它們的人並不多，就我所知，現在沒有人能給出答案了。」

我們沉默了一會兒，我忽然脫口說道：「總有一天，我要去看看公鹿堡。」

「妳想去嗎？妳會去的。」他又沉默了一段時間，彷彿要說出口的話語充滿了痛苦，「我們在餐桌旁的時候，你的教師談到了上午的課程。」

我什麼都沒有說。突然間，我希望那隻貓還和我在一起。

我的父親歎了口氣。「他讚揚了牧鵝孩子們的技藝和算數能力，並且非常高興地發現了燕草能夠閱讀和書寫。」

我等待著。他輕輕咳嗽一下，又說道：「深隱女士問，一個長大以後也只會牧鵝的孩子識數有什麼用處，一個園丁難道能閱讀土地和葉片嗎？她似乎認為給予僕人們的孩子教育沒有意義。」

「樂惟能夠讀寫和計數，」我指出，「媽媽經常給他各種清單，他會拿錢去購買媽媽想要從市集上得到的各種物品，數量上也不會有任何錯誤。就算是牧鵝的女孩也應該懂得數字，能夠數清楚一個窩中的蛋！燕草能夠從耐辛女士的植物和園藝卷軸中學習到許多智慧。廚娘肉豆蔻知道如何閱讀和書寫，以及計算她在冬季需要多少袋麵粉和多少鹹魚。」

「妳說得很對。」我的父親對我表示贊同。「我也對深隱說了同樣的話。然後我問機敏，妳在學習中有什麼樣的進益。」

機敏。我的父親現在叫他機敏了，就好像他是我的親戚。我低頭看著自己被毯子蓋住的雙腳。貓在這裡的時候，它們要暖和得多。我覺得有一點難受，就好像某種可怕的東西掉進了我的肚子裡，而且就盤踞在了那裡。

「我不喜歡我聽到的話。」我的父親低聲說。

這個世界上沒有人愛我。我艱澀地嚥了一口唾沫，感到喘不過氣來。我說道：「我不能解釋。」我拚命搖著頭，感覺到淚水從眼睛裡飛出來，「不。他並不真的想聽我解釋。他認為他知道什麼是事實，他不想成為犯錯的那個人。」

我將膝蓋緊緊抱在胸前，用力勒住它們，希望我能夠把自己的雙腿勒斷，希望我能將自己毀掉，這樣我就能從這些可怕的感覺中逃脫出來了。

「我當然站在妳這一邊。」我的父親平靜地說，「我責備了他，因為他從未向我詢問過妳的聰穎，在課程開始之前也沒有和妳進行過交談。我告訴他，對於妳的看法，他只是在自欺欺人，妳從沒有對他說過謊。我告訴他，他還有一次機會，給妳適當的教育，至少能及得上妳所自學到的智慧。如果他做不到，他還可以給其他孩子上課，但我不會允許妳的時間被浪費。我將很高興親自教導妳，讓妳學習到我認為妳應該知道的一切。」

他說出這些的時候是如此平靜。我盯著他，無法呼吸。他向我一點頭，露出有些顫抖的微笑。「妳覺得我還能有其他的反應嗎，蜜蜂？」

我咳嗽了一下，撲到他的大腿上。我的父親扶起我，將我緊緊抱住。他用力收束住自己，讓我不致受到傷害。儘管如此，我還是感覺到他體內沸騰的憤怒，就好像在被蓋住的鍋子裡翻滾的熱油。我覺得他低沉的聲音就像是狼父親在我的體內說話：「我會一直站在妳這一邊，蜜蜂。無論對或者錯。所以妳必須永遠謹慎，做對的事，以免妳會讓妳的父親成為一個傻瓜。」

我從他的腿上滑下來，抬起頭看他，想知道他說的這一切是不是在開玩笑。他深褐色的眼睛裡只有鄭重。他看出了我的疑慮：「蜜蜂，我會一直選擇首先相信妳。所以妳承擔著一個嚴肅的責任，就是必須做正確的事。這是我們之間一定會存在的契約。」

我從來都無法過久地與他對視。我的目光轉向他身旁，心中仔細思考他的話，想到我過去對他的種種欺騙。斗篷、貓、我對密道的探索、我暗中的閱讀，但他難道不也曾騙過我嗎？我低聲說：「那麼這個契約是不是雙向的？如果我總是站在你這一邊，我是不是也不應該成為一個傻瓜？」

父親沒有立刻回答。不知為什麼，這反而讓我高興。因為我知道這意味著他正在認真思考我的問題。他能不能向我承諾，我可以一直相信他所做的都是正確的？他清了清嗓子：「我會盡力而為，蜜蜂。」

「那麼，我也會。」我表示同意。

「那麼，妳會和我們共進晚餐嗎？」

「等到時候再說吧。」我慢吞吞地說。

「孩子，妳已經在這裡待了好幾個小時。我懷疑他們現在正在為我們準備晚餐。」

這太突然了。片刻之間，我只能緊咬住牙。然後我誠實地問他：「我必須去嗎？我覺得我還沒有準備好面對他們。」

他低頭看著自己的雙手。我覺得自己的肚子裡被撕開了一道可怕的裂隙。「妳需要這樣做，蜜蜂。」他輕聲說，「我想讓妳思考一下謎語必須為妳的姐姐帶回什麼樣的訊息。我不希望深隱和蜚滋機敏認為妳是個發育遲緩或者心智愚拙的人。所以，儘管妳還很年輕，但妳必須能夠控制自己和自己的心情，在今晚來到飯桌邊。我比妳所想像的更能理解妳現在的感受——一個本應該教導妳的人卻只是給了妳嘲諷和懲罰。妳一定很難相信，但我並不認為他是一個天性殘忍的人。我認為他只是非常年輕，喜歡聽信他人的話，而不是自己去查找真相。我甚至敢於希望，他會向妳證明他的價值。你們甚至能喜歡上彼此。但我還是要說，現在我很難裝作喜歡他在身邊。對此，我覺得他也明白。」

在說出最後幾個字的時候，父親的聲音變成一陣低吼。我意識到我的父親對於蜚滋機敏有多麼的憤怒。他會遵循社交禮儀，但這不會減少一分一毫這名書記員在他心中引起的憎惡。我看著我的雙手鬆弛地交疊在膝頭。如果我的父親能做到這樣，如果他能克制自己的怒火，對蜚滋機敏以禮相待，那麼也許我也能這樣做。我竭力想像自己坐在飯桌旁的樣子。我不會低垂下頭，彷彿自己犯了罪。我也不必讓他知道，他對我造成了多麼嚴重的傷害。我能夠成為我父親的女兒。不會受到外人所作所為的影響。我要對自己的價值有信心。我揚起下巴：「我認為，也許我畢竟還是餓了。」

那天的晚飯對我來說並不舒適。我知道深隱和機敏都在看著我，但我從來都不擅長與他人對視。所以我看著我的碟子，或者只是瞥一下父親或謎語。當草坪或者榆樹從我的椅子旁經過時，我不會打哆嗦，但我也沒有接受她們帶來的食盤中的任何食物。有一次，我看到她們在經過謎語的時候將頭轉向角落裡，交換了一個眼神。榆樹的面頰變得極為粉紅。我突然發現謎語儘管年紀已經大了，卻還是一個英俊的男人。榆樹在上菜時站得離他的椅子很近。而謎語對於她的注意並不比牆上的一隻蒼蠅更多，這讓我不由得暗自露出了勝利的微笑。

在晚餐的第一階段，我保持著沉默。父親和謎語再一次談起了謎語返回公鹿堡的事。深隱和機敏只是醉心於他們自己的低聲交談，不時還會發出一陣笑聲。我讀過一首關於一個女孩有著「白銀笑聲」的詩歌，但深隱的聲音在我聽來就好像有人將一籃子廉價的錫盤從一道長樓梯上傾倒下來。父親和謎語進行過短暫交談之後，向我轉過頭說道：「那麼，妳對於征取者．瞻遠和他對這片土地的入侵有什麼看法？」

「我還沒有想過這個問題，」我回答道。我的確還沒想過。緊接著，我不得不問道：「那麼在征取者奪取公鹿河口的土地之前，又是誰居住在這裡？那份卷軸上說，古老的岩石城堡被荒棄，只剩下煢煢孑立的骨架。曾經居住在這裡的人們就是曾經在公鹿堡之前建造城堡的人嗎？你說原始的城堡也許是古靈建造的？那麼征取者是在與古靈戰鬥之後奪取了這片土地嗎？」

「嗯，我相信，那裡的原住民大多是漁夫、農夫和牧羊人。切德大人曾經試圖尋找關於這些人的更多紀錄。但他們似乎並沒有將自己的智慧用文字書寫在卷軸中。一些吟遊歌者說，我們最古老的歌曲就根植於他們的歌謠裡面。但我們也許並不能將那些人稱之為『他們』，因為我們實際上是征取者所率領的入侵大軍和這裡的原住民共同的後代。」

也許他其實早就知道這些？他是不是故意要給我這個發言的機會？「那麼，在那個時代裡，人們是從歌曲和詩歌中學習智慧的？」

「當然。最優秀的吟遊歌者仍然會憑藉記憶誦唱最長的宗譜。不過它們現在都已經見諸紙端了，畢竟現在紙張也變得更為豐富。但吟遊歌者還是會從他的導師那裡口傳心授這些詩歌，而不是從紙上學習它們。」

謎語像我一樣全神貫注地聽父親說話。父親話音停頓的時候，他插口道：「我上次見到幸運的時候，他為我們誦唱的詩歌，那首關於巨龍的朋友，銀膚長者的詩歌，是不是就非常古老？」

還沒等我多想一下，我心裡的話已經脫口而出：「『他擁有無盡的寶物。說話的石頭，發光的鼓，看樣子，真是得到了靈界的親吻。』」

「什麼是『靈界的親吻』？」謎語問道。而我的父親也在同時說：「如果幸運知道妳將他的歌記得這麼清楚，他一定會感到驕傲的！」然後他轉向謎語，「在遙遠的法洛公國，『靈界的吻』意味著好運氣。但我不知道《銀膚》是幸運自己的歌還是一首更古老的歌。」

深隱突然打斷了我們。「你們認識幸運・悅心？你們聽過他唱歌？」她顯得非常驚愕，或者是極為嫉妒。

我的父親微微一笑。「當然，幸運還是個孤兒的時候，是我養大了他。當我聽說他為自己取了這個名字，我特別高興。悅心。」他轉回頭看著謎語，「不過我們已經從蜜蜂的問題上跑得太遠了。謎語，你認為是誰第一個在那道懸崖上建造了城堡？」

很快，我們三個全都陷入了思索。謎語說，他在公鹿堡底層一座地牢的牆壁上看到過一些像是符文的雕刻，只不過它們受到了嚴重的侵蝕。我的父親提及了見證石，還有在那裡進行戰鬥和婚禮的公鹿堡傳統。現在我們知道了見證石實際上是受過嚴格訓練的精技操縱者才能使用的傳送門，可以一步就跨到非常遙遠的地方。而它們是如何被稱為見證石的，這實在是個值得思考的問題。

當晚餐接近結束的時候，我才意識到我的父親一直在謹慎地引導著我們的交談，彷彿這是對一座堡壘的反擊。我與他和謎語交談，完全忘記了我心中的傷痛。我察覺到蜚滋機敏與深隱的談話停頓下來。他正在傾聽我們的交談。深隱將一塊麵包撕成了碎片，她的嘴不高興地噘了起來。我能發覺這些事，全是因為我的父親在座位中動了一下身子，輕鬆地說道：「那麼，機敏書記員，你對於謎語的理論有些什麼樣的看法？你是否曾經去過公鹿堡的底層？」

蜚滋機敏稍稍愣了一下，彷彿因為被發現偷聽我們說話而感到不安。但他很快就恢復常態，承認說他小時候曾經和幾個朋友進入城堡深處探險。他們一開始興致很高，但在接近牢房的時候，一名衛兵用嚴厲的警告將他們趕了出去，後來他就再也沒有去過那裡。「那是一個悲慘的地方，冰冷、黑暗又潮濕。當衛兵威脅要將我們關進牢房，直到有人來找我們。在我小時候，這是最讓我害怕的一次。我們全都逃走了。哦，毫無疑問，那裡肯定關押著罪人，但我再也不想看到那個地方了。」

「毫無疑問。」我的父親用和藹的語氣說道。但狼父親在片刻之間從他的眼睛裡望出來，憤怒的黑色火星在那道目光深處閃動。我注視著他。狼父親居住在我的另一個父親之中？這完全出乎我的意料。那天晚上隨後的時間裡我都在思考這個問題，幾乎沒有再說什麼話。

飯吃完的時候，我的父親向我伸出手臂。我挽住他的手臂，努力不顯示出驚訝的樣子，讓他引領我來到客廳。這裡有為男人準備的白蘭地和為深隱準備的紅葡萄酒，讓我驚訝的是，托盤上還有一杯為我準備的香料蘋果酒。我的父親繼續著我們關於古靈的談話。機敏書記員也加入其中。我很驚訝他竟然變得如此親切友善。我本以為他會悶悶不樂，或者對我們冷嘲熱諷，因為我的父親告訴我，他對書記員機敏的斥責相當嚴厲。但這名書記員似乎完全接受了我父親的指正。有兩次，他甚至直接和我說了話，而且既不屈尊俯就，也沒有嘲諷的意味。非常、非常緩慢地，我相信他已經接受了這個事實——他對我的印象和他對待我的方式都是錯誤的，而且現在他希望能夠為此做出補償。

我發現他看著父親的時候顯得很是不安，彷彿父親的認可對他而言格外重要。他害怕我父親，我心中暗想。然後我明白了自己是多麼愚蠢，竟然看不出書記員機敏是多麼脆弱，不僅是因為他還是男孩時就見識過我的父親有怎樣的能力，而且他現在還要依賴父親的庇護才能安全地躲藏在這裡。如果父親趕他走，他還能去哪裡？多久之後就會被找到並殺死？我的心情變得非常複雜。深隱的綠眼睛裡充滿了惱怒，因為書記員機敏將更多的注意力給了我的父親和他的談話，這讓我很是快慰。與此同時，我知道正是因為他曾經對我的粗魯，才讓他現在變成了我父親腳旁一隻搖尾乞憐的小狗，這卻讓我很不舒服。我保持著沉默，在更多的時間裡只是觀察和聆聽，而不再說話。終於，我請求離開，說我已經累了。

那一晚，我來到了令我愉悅的新房間，躺在床上。我的心思煩亂又充滿困擾。睡眠很晚才到來。到了早晨，細辛又來了，在我身上揪揪扯扯，盡力鼓搗我的頭髮。我感謝了她借我的蕾絲，但謝絕了繼續使用它們，說我害怕墨水和粉筆會把它們弄髒。我覺得，當細辛將她的蕾絲從這種潛在的災難中挽救出去的時候，也大大地鬆了一口氣。但她又建議，等我父親帶我去市集時，我應該買一些自己喜歡的蕾絲，讓裁縫為我縫製一些適合我的領口和袖口。我輕聲表示贊同，卻不知道自己是否想要如此。我發現自己不是那種喜歡蕾絲和耳環的人。我的媽媽曾經很喜歡這樣的裝飾品，我也喜歡看她穿戴它們，我自己卻更傾向於模仿我父親的樸素穿著和簡潔作風。

我下樓去吃早餐的時候帶了我捲起的字母表，將它放在我的碟子旁邊，非常有禮貌地向一同用餐的每一個人問好，然後就將精神集中在食物上。儘管有父親的支持，但當我想到即將到來的課程，還是感覺到噁心。我的父親也許說服了蜚滋機敏，讓他相信我並不是一個說謊的弱智小孩，也許我的教師現在不敢再對我不敬，但這對我改善和其他孩子的關係沒有半點好處。我提前找藉口離開了餐桌，直接向教室走去。

其他一些孩子已經到了。牧鵝的孩子們站在園丁男孩的身邊。燕草正指著他們的字母表，念出上面每一個字母的發音。堅韌不屈穿著馬廄男孩的制服，這件衣服顯然要遠比昨天他的衣服更合身，而且看上去幾乎是新的。我不知道自己是不是更喜歡他穿簡單的皮衣，而不是這種黃綠色的制服。他還有一隻眼睛變青了，下唇也腫了起來。當他微笑的時候看上去很是可怕，腫脹的嘴唇向外伸出，看著就覺得很痛。但他在看到我的時候立刻露出了微笑，彷彿我們從沒有爭吵過。我向他走過去的時候放慢了腳步，心中充滿疑惑。我們之間可以這樣簡單嗎？簡單地裝作我們從沒有吵過架，就這樣回到以前的那種關係裡？這似乎是不可能的。但我決心要試一試。我也向他露出微笑。有那麼一瞬間，他的笑容變得更加燦爛了。然後他用手背蹭了一下被打腫的嘴，瑟縮了一下，但微笑仍然停留在他的眼睛裡。

「堅韌不屈，」我在距離他只有兩步的時候向他問好。

「蜜蜂女士，」他嚴肅地說道，而且有模有樣地向我鞠了一躬，彷彿我真的是一位成年女士，「我正希望能夠在課程開始前見到您。」

「真的？」我懷疑地朝他揚了揚眉毛，竭力掩飾住自己因為他的話而加速的心跳。一個盟友。我在這個卑劣的教室中所需要的就是一個盟友，只有這樣，我才能堅持下去。

「確實。因為我已經把這兩個字母完全搞混了。我的爸爸和媽媽都沒辦法幫我。」他一邊壓低聲音說著，一邊打開捲起的字母表。我沒有問他為什麼不去向燕草請教。我是那個他可以放心尋求幫助而不會感到困窘的人。就像他能夠教我在馬背上坐穩。我們沒有再多說一句話便從其他人身邊走開，背對著牆壁，同時打開我們的字母表，彷彿在將它們進行比照。

我低聲念出前五個字母。他也用同樣低的聲音重複著。然後他又悄聲說：「它們看上去就像是雞的腳印，念出來就像是雞叫聲。誰會記這種沒用的東西？」

我從沒有以這樣的方式看待過字母。但我在出生之前就透過我母親的眼睛看到過它們。直到一天晚上，我坐在她的膝頭，終於親眼看到了它們，還聽媽媽將它們念誦出來。我細想堅韌不屈的話，理解了他感到的挫折。於是我開始尋找方法與他溝通：「看，第一個字母，它的發音就像樂惟名字的第一個音，而且它也有長腿，就像樂惟一樣。第二個是『水』的第一個發音，在這裡有一個捲曲，就像水流過岩石。」用這樣的方法，他不僅記住了前五個字母的發音，而且還多記住了五個。我們的精神都集中在這個看字母的新遊戲裡，完全沒有注意到其他孩子的目光，直到榆樹發出不懷好意的「咯咯」笑聲。我們抬起頭，看到她正在向草坪翻眼珠。而沿著走廊向我們走過來的正是我們的教師。

他經過我的身邊，用令人愉悅的語氣說道：「蜜蜂女士，妳不需要這個！」然後他從我的手中拽走了字母表，我嚇了一跳，縮回手。還沒等我反應過來，他就命令我們進教室。我們走進教室，紛紛坐到和昨天相同的位置上。今天機敏書記員顯得要比昨天活躍得多。他將我們按照年齡分成幾組，每組分發一塊蠟板。他讓燕草和我去了教室的另一角，給了我們一份關於六大公國地理和農作物的卷軸，還有一張地圖，讓我們先熟悉這些資料。在他指導我們的時候，臉上帶著微笑，而且看起來是真誠的微笑。我知道，恐懼是他這種友善態度的源頭，我為我們兩個感到慚愧。這時，他氣惱地向周圍掃視了一圈後問道：「阿愚在哪裡？我絕不容忍遲到！」

孩子們陷入一陣沉默。有幾個人相互瞥了一眼。我意識到，這裡有一個我不知道的祕密。堅韌不屈將注意力集中在他的蠟板上。我看到他正在仔細地摹寫一個字母。

「那麼？」書記員蜚滋機敏問我們，「有人知道他在哪裡嗎？」

「他在家。」榆樹說。

一名帶著綿羊味的男孩低聲說：「他狀況很糟。他今天不會來了。」他瞥了堅韌不屈一眼。一抹非常淺的微笑出現在這個馬廄男孩腫脹的嘴唇上。而他的眼睛卻只是緊盯著他的字母表。

蜚滋機敏從鼻子裡噴了一口氣。今天才剛剛開始，但在他說話的時候，語氣中已經顯示出疲憊的意味：「孩子們，我負責教導你們。這不是我會為自己的人生做出的第一選擇，但這是被交予我的責任，我要履行它。我要讓你們的家長明白，送你們到我這裡是明智的。我非常清楚，你們之中有幾個人很想跑到別的地方去。阿愚昨天就清楚地向我表明，他認為我們的課程只是在浪費他的時間。今天，他又裝病來躲避我。聽著，我不會容忍這樣的無病呻吟！」

聽到這個陌生的詞彙，幾個孩子交換了一個困惑的眼神。堅韌不屈還是沒有從紙上抬起頭，卻輕聲說道：「阿愚沒有裝病。」其他人是不是也像我一樣聽到了他聲音中的心滿意足？我盯著他，但他並沒有抬起眼睛來看我。

我們的書記員說話了。他的聲音中並沒有譴責：「是你的拳頭讓他『狀況很糟』的？」堅韌不屈抬起頭看著書記員的眼睛。我知道他比我大不了一、兩歲，但他說話的時候完全像是一個男子漢：「先生，直到他開始對我的姐妹胡說八道的時候，我才揮出了拳頭。我做了任何男人在家人受辱時都會做的事。」他揚起雙眉，眼睛直視蜚滋機敏。他對於自己所做的事情沒有絲毫愧疚，只有坦蕩之心。

教室中變得鴉雀無聲。我的心情卻非常複雜。我甚至不知道堅韌不屈有一個姐妹。她不在這裡。那麼她或者要比堅韌不屈小很多，或者要大很多。或者也許是堅韌不屈的父母認為女孩不需要學習讀寫。就算是在公鹿堡也會有這樣的父母。

教師和學生都沒有將目光移開。但書記員首先說了話：「讓我們繼續上課吧。」堅韌不屈立刻將目光低垂到蠟板上，繼續仔細地摹寫他刻在上面的字母。我壓低聲音說了一句話，一句我在夢中聽到的關於幼小公牛的話：「雙角還沒有長出來，但是當他擺動頭顱發出警告，所有人都會心存警惕。」

27

又一次

細柳林的所有季節都是美好的。夏季，高地的圓形山丘上，橡樹灑下了令人愉悅的樹蔭。靠近溪流的地方，讓此地因之而命名的彎曲柳樹會灑落令人精神清爽的細雨。樹木可以攀爬，溪流可以垂釣。一個男孩還需要些什麼？秋季，小孩子可以高興地從橡樹林中收集橡實，或者在我們的葡萄園中摘食成熟的葡萄。冬天呢？厚厚的落葉被滿坡白雪覆蓋，這是滑雪的好時候。廳堂中的壁爐呼喚著冬日的節慶宴會，不是一晚，而是整整一個月。春天會帶來新的羔羊在山丘上嬉戲，還有馬廄中的小貓和小狗。

我知道，我知道男孩會喜歡這裡。我知道我能夠贏得他的心，讓他成為我的。我是如此愚蠢，當我第一次聽說他的時候，竟然會感到受傷和痛楚。駿騎在追求多年之後才得到我，我又怎麼能責備他對於一個他尚未擁有的妻子不忠？但我的確是這樣做的。因為我是如此渴望那個孩子，那個我會無比珍惜的繼承人，而又是怎樣的機緣會讓一個並不想要他的女人得到他？我乞求駿騎，甚至雙膝跪地，求他把孩子接來。但他拒絕了。「他在這裡不安全。」他對我說。

「有什麼地方能夠比他父親的屋簷和他父親的劍更能保護他安全？」我問他。這是我們至今以來唯一一次激烈的爭吵。而他的心堅如頑石。

——耐辛女士的私人日記，在一疊花盆後被發現

我們去市集之前的那個夜晚，我滿心期待地上了床。一開始，睡眠不斷躲避著我，然後又拋給我冰雹風暴般的無數個夢。其中一些是噩夢，另一些更是勒緊了我的神經，讓我只是拚命地想要掙脫出來。但我卻無法完全醒來。我的房間中彷彿充滿了濃霧，每一次我覺得已經將自己喚醒時，各種幻景又會出現，將我拖回到某一個夢裡。

清晨到來時，我還是覺得很疲憊。整個世界都有些模糊，我無法完全說服自己真的脫離了夢境。細辛已經來了，堅持要我必須起床。她掀起我的被子，讓冷風吹進來，然後讓我坐到火爐前的一張凳子上。我幾乎沒辦法把脖子挺直。當她將髮刷在我糾結的鬈髮中扯動的時候，我沒有做任何抵抗。「妳今天不會是要偷懶吧，我的小女士！哦！我可真是嫉妒妳，能夠去市集上買各種漂亮的新東西！妳的父親已經對樂惟說了。所以他寫了一個小清單讓我交給妳。就是這個！我們

的管家真是個有修養的人。很可惜，我不是，不過他已經告訴我這張清單上都有什麼了。他說妳需要靴子和鞋子，羊毛和皮革的手套，至少三種顏色的羊毛長襪。他還推薦了一個鎮上的女裁縫，說那位裁縫能夠為女孩縫製日常穿的小長裙，這樣妳就不必整天穿著短上衣和束腰外衣了！這種衣服其實都是給男孩穿的！我真不知道妳的父親在想什麼！當然，我不是要批評他。那個可憐的男人，沒有了妻子，根本沒有人和他說這些事！」

我幾乎沒有在聽她說了些什麼。我的思維遲鈍而木訥。細辛憂心忡忡地揪扯著我的頭髮，拚命想要讓它們顯得更長一點，更女性化一些。現在我至少有了足夠多的頭髮，能夠顯示出髮色，讓我的頭皮不再暴露出來了。她又為我穿好衣服，幾乎不需要我幫任何忙。我的確想要幫她，但我的手指就好像肥粗困頓的小香腸，我的頭一直沉重地壓在肩膀上。她在給我套上束腰外衣的時候歎了口氣。不過我很高興這件衣服又在我的亞麻襯衫之外增添了一層溫暖。在用這些乏味的衣飾竭力為我精心打扮之後，她讓我去吃早餐，並且警告我應該好好享受這趟旅程，絕不要錯過售賣冬季慶飾品的商舖。

冬季慶！我稍稍清醒了一點。我幾乎把這個節日忘記了。但細辛是對的。冬季慶就要到了。在我的記憶中，這是細柳林的一個溫暖而又喜慶的日子。吟遊歌者和木偶藝人都會在這個時候到來。壁爐中會高高地堆起原木柴，上面還會撒海鹽，讓火焰以不同的色彩躍動。每到冬季慶前的夜晚，我的母親就會頭戴冬青花冠出現在宴會上。有一次，她將一根冬日手杖倚在我父親的椅子旁。那根手杖幾乎和我父親一樣高，上面裝飾著彩色緞帶。不知為什麼，這讓所有僕人都大笑起來。我的父親則滿面通紅。我一直都沒有搞懂這個笑話，但我明白，這是母親在提醒父親一樁他們兩個都知道的特別的事情。在那天夜晚，他們的身上閃耀著愛意的光芒，比平日裡的每一個夜晚都更加明亮。在我看來，他們又變成了男孩和女孩。

於是，我用盡全力打起了精神。因為我知道，今年冬季慶一定會讓我的父親在哀傷中想起許多往事。我竭力趕走那些奇奇怪怪的夢，情緒高昂地享受燕麥粥、香腸、乾漿果和熱茶。當謎語走進餐廳，我的父親邀請他和我們一同用餐的時候，我期待著這會是美好的一天。但就在這時，謎語提醒我們兩個，他在今天就要返回公鹿堡了。

「你可以騎馬和我們一同到水邊橡林，」我的父親對他說，「那裡正順路。我們在旅店中吃過飯，你再繼續趕路。我聽說商人們就要在那裡開始展銷冬季慶的慶典用品了。也許蜜蜂和我能夠找一些小東西，讓你帶給她的姐姐。」

這對謎語而言是一個完美的誘餌。我幾乎能看到他在思考是否自己也應該為蕁麻挑選一、兩件小禮物。在冬季慶，愛人們經常會交換來年的信物。謎語想要送我姐姐禮物，這讓我感到高興。這意味著深隱並沒有能真正控制他。謎語在想著要送蕁麻一樣綠色的禮物，綠色的手帕或者是綠色的手套，能夠配得上她漂亮的雙手。他幾乎能想像蕁麻將那雙手套戴在手上時的樣子。我眨眨眼。我並不知道姐姐喜愛的顏色是綠色。謎語向我的父親一點頭：「為這個耽誤一點時間當然可以，只要我能夠在天黑之前趕到林緣鎮就行。我可不想在下雪的時候睡在野外。」

「現在下雪了？」我愚蠢地問道。就算是我也能聽出自己的聲音有些渾濁。我竭力讓自己散亂的思緒回到餐桌上的對話中來。

謎語正在和善地看著我，彷彿他覺得我在擔心我們會取消這次旅行。「下了一夜的雪。但我們不會因為這個就被擋在家裡。」

我也要加入到談話之中。「我喜歡雪。」我低聲說，「它讓一切都煥然一新。我們走在新雪裡，從沒有人走過的新雪。」

他們全都盯著我。我竭力想要露出微笑，但我的嘴唇咧開得太大了。熱氣從茶壺中升起來，上升，盤旋，一圈圈扭轉，變成一種新的形態。就像是大海中盤繞的巨蛇，或者是飛翔的龍。我在努力看清它散開的形態。

「穿暖和一些，蜜蜂。」我的父親說道。我眨眨眼。他們的食碟都空了。我回憶起我們要騎馬穿過雪地前往水邊橡林。那個市集。冬季慶。今天，我的父親和謎語會看到我騎嚴謹。我突然非常希望堅韌不屈能夠和我們同行。我敢不敢提出這個奇怪的請求？

正當我要站起來的時候，深隱和蜚滋機敏如同輕風一般來到我們面前。書記員看到我們空空的食碟，彷彿是嚇了一跳。「我們遲到了嗎？」他驚訝地問。我意識到我的父親曾經要我早些來吃早餐。他向他們微笑著，熱情地說：「不，是我們提早了。享用你們的早餐吧，祝你們度過愉快的一天。我們今天要去市集，等天快黑的時候就回來。」

「市集！真是幸運啊！我正在害怕要度過漫長乏味的一天。我很快就會吃完，和你們一起去。」深隱立刻顯得精神煥發。

彷彿深隱的想法能夠傳染，書記員也立刻做出回應：「還有我，如果可以的話！我承認，我來的時候很匆忙，沒能帶上足夠多的保暖衣物。我很高興能在這裡購買一些。我還想知道，市集上是否有賣寫字蠟板？我希望我的學生們每人能有一塊蠟板，方便他們做自己的功課。」

我的心沉了下去。這是我們的一天，承諾好給我的一天。我的父親當然會為我抗爭。他低頭望向我，但我低垂下雙眼。過了一段時間，他說道：「當然。如果你們想去的話。我相信我們可以等一下。」

我們等待了一整個上午。深隱就好像是剛剛聽說我們要出行。但我相信，她早就從僕人們的閒言碎語中聽說了這件事，只是選擇以這種不合時宜的方式硬要加入進來。首先，她來吃早餐的時候就把自己打扮成彷彿出席盛大宴會的樣子。這讓她不可能很快就做好出發的準備。然後，她又將她的頭髮梳理了很久，並且試了十幾對耳環，還斥責她的女僕沒有為她修補好一件短上衣，讓她無法在今天穿用。我知道這些事情是因為她一直讓她的房門敞開著，她不高興的尖叫聲沿著走廊一直傳到我的房間裡。我躺在床上，等待著她宣布已經做好準備的時刻，不知不覺打起瞌睡來。我落回到那些令人不適的夢中，當我的父親來找我的時候，我覺得自己彷彿並不在這個世界裡。其實我很奇怪自己是怎麼穿上衣服，跟著他登上笨重的馬車的。我們今天要乘馬車去鎮上，因為深隱女士選擇的裙子肯定會被馬背毀掉。

我的父親揮手示意車夫離開馭手位。然後他上了車，親自拿起韁繩，又打了個手勢，示意我和他坐在一起。謎語的坐騎和馱馬都被繫在馬車後面，跟我們一起走。他也爬到了我們旁邊。所以我至少能夠坐在我的父親身邊，看著他率領整支隊伍，而不必聽深隱乏味的嘮叨。我回頭向馬廄瞥了一眼，恰好看到堅韌不屈牽著嚴謹走出來遛圈。他向我點點頭，我也向他點了一下頭作為回應。自從課程開始之後，我們總算找到時間進行了一次騎乘訓練。我本來很期待能在今天讓父親因為我的騎術而感到驕傲，結果全都讓深隱給毀了！

但不管怎樣，我很喜歡這次去鎮上的遠行。蜚滋機敏和深隱縮在馬車後面的軟墊和毛毯堆裡。我聽到深隱正在向蜚滋機敏描述她的外祖母曾經擁有的華麗馬車。她說那輛車裡面全都是軟皮和天鵝絨簾幕。我坐在父親和謎語中間，感覺很溫暖。他們越過我的頭頂，談論著無聊的男人事情。我看著雪不停地落下，馬鬃來回甩動，傾聽著馬車和馬蹄在前行時發出的韻律，漸漸進入了一種白日夢中——落雪散發出來的柔和光芒不斷吸引我們向前。直到我們接近那個貿易小鎮的時候，我才從這個夢中醒來。樹林先是變成了開闊的原野，偶爾有幾幢房屋點綴其中。然後我們開始看到了更多的村舍聚落。終於，我們來到了鎮子裡。所有商舖、精緻的屋宇和客棧都簇擁在一片方形大廣場的周圍。而籠罩在這一切之上的是一片閃耀的珍珠色光澤，照得我很想揉揉眼睛。積雪讓冬日的陽光四處散射，彷彿雪地和天空同樣在發光。我覺得自己有些魂不守舍。這真是一種奇妙的感覺。我的鼻子和面頰冷冰冰的，就像我的手一樣，但我身體的其餘部位都被溫暖地包裹在兩個男人中間。他們深沉的聲音讓我心懷喜悅。集市的廣場上豎立起了長杆，上面掛著花環和油燈，顯示冬季慶就要到了。商人和遊走在店鋪之間的人們都穿著色彩鮮豔的衣服，更增添了這裡的節日氣氛。常綠植物編成的花環懸掛在每一個門口和窗臺。落光樹葉的枝頭也都被點綴了紅色或白色的果實和褐色的松果。富裕的人家還在松柏的枝葉上掛起小鈴鐺，讓一陣陣鈴聲隨風飄到遠方。

我的父親在一座馬廄旁邊停下車，丟給一個男孩一枚硬幣，讓他照料好我們的馬匹。他將我抱下車的時候，深隱和蜚滋機敏也從車後面爬了下來。我的父親牽著我的手，驚歎了一下寒冷的天氣。他的手很溫暖。他的精神完全被約束在他豎起的高牆後面，讓我能夠承受和他的肌膚碰觸。我抬起頭向他微笑。雪還在下個不停，我們的周圍都是光。

我們走進鎮子裡的人群中。水邊橡林在中心位置上有三片大橡樹林，年輕的冬青樹則剛剛被修剪掉多刺的枝葉並被採摘下果實。在一群群平民中間彷彿出現了一座新的村鎮。商販和匠人們用大車搭建成舖位，出售掛在架子上的鍋具、放在托盤中的哨子和手鐲，還有堆在大籃子中的晚熟蘋果和堅果。這裡有如此為數眾多可以選擇的商品，我們根本不可能把它們全看一遍。從我們身邊經過的人們穿著裘皮和亮色斗篷。這麼多人，我卻完全不認識他們！這裡和細柳林截然不同，一些女孩戴著冬青花冠。再過兩天就是冬季慶了，這裡已經充滿了花環和音樂，還有一個人一邊炒著熱栗子，一邊吆喝著：「栗子，栗子，熱氣騰騰！栗子，栗子，在鍋裡亂蹦！」

我的父親為我買了一些熱栗子，裝滿了他的手套。我將它抱在臂彎裡，剝去光亮的褐色外殼，露出裡面奶油色的果仁。「我喜歡這個！」謎語一邊對我說，一邊偷走了一個栗子。他走在我身邊，講述著他孩提時代在一個小鎮裡過冬季慶的情景。我覺得他吃的栗子和我一樣多。兩個戴冬青花冠的年輕女子「咯咯」笑著從我們身邊經過。她們向謎語微笑，謎語也向她們還以微笑，但又搖了搖頭。她們便大笑著，拉著手跑進人群裡了。

我們首先在一個馬具店前停下腳步。我的父親聽店主說他的新馬鞍還沒有做好，顯得有些沮喪。直到那名店主走過來測量了我的雙腿長度，然後搖搖頭說他必須調整作品的尺寸時，我才明白這副鞍韉是為了嚴謹和我做的。店主還向我展示了馬鞍兩側的護腿，上面各雕刻著一隻蜜蜂。我驚訝地盯著這件工藝品，並且覺得我的反應讓父親很高興，就像這副馬鞍已經做好了一樣。店主向我們承諾，等到下個星期我們帶著馬過來，就能直接給馬上鞍了。我幾乎無法理解眼前的一切。直到我們走出了馬具店，我都說不出一個字。謎語問我，我對那兩隻雕刻的蜜蜂怎麼看，我誠實地回答，它們非常好看，但我更想要一頭衝鋒的公鹿。我的父親看上去很是吃驚，而謎語則大笑起來。他的笑聲甚至讓周圍的人們紛紛轉過頭來看我們。

我們又去了幾家店舖。我的父親為我買了一條染成紅色、雕刻花朵圖案的皮帶、一只雕刻花卉的鹿角手鐲，還有一小塊有很多葡萄乾和果仁的蛋糕。在一間店舖中，我們買了三塊有紫藤香味的白色肥皂，和一塊有薄荷香味的肥皂。我用非常小的聲音對父親說，我想要為細辛和樂惟買些東西。父親似乎覺得很高興。他找到一些被雕刻成橡實形狀的鈕扣，問我細辛是否會喜歡它們。對此我無法確定。但他還是把它們買下了。為樂惟買禮物要困難得多。不過我看到一個女人正在出售橘黃色、淺綠色和天藍色的刺繡衣袋方巾。我問父親是否能為樂惟將這三種顏色各買一條。看到我如此確定樂惟會喜歡這樣的禮物，父親感到很驚訝。不過我對此毫不懷疑。我希望我能有勇氣求父親為堅韌不屈買一件小禮物，卻又覺得只是告訴父親他的名字都會讓我感到羞愧。

一個男孩捧著一只裝滿小海貝的托盤。其中一些貝殼被鑽了孔，能夠像珠子一樣掛在細繩上。我在他面前耽擱了許久，盯著這些貝殼——其中一些是螺旋形的尖錐，另一些則是小小的扇形。「蜜蜂，」我的父親終於開了口，「它們只是普通的海貝，任何沙灘上都能揀到許多。」

「我從沒有見到過大海，或者走在沙灘上。」我提醒他。當他開始思考這個問題的時候，謎語抓了一滿把貝殼，放到了我捧成杯狀的兩隻手裡。

「現在先拿著這些吧，」他對我說，「不過妳遲早能和妳的姐姐一起走在沙灘上，想揀多少貝殼就揀多少貝殼。」看到我高興的神情，他們兩個全都笑了。我們繼續向前走。在一個匆匆建起的攤位前，我的父親給我買了一個購物袋，就像我母親曾經用過的那種袋子一樣。它是用亮黃色的稻草編成，有一個牢固的背帶讓我能掛在肩頭。我將它掛好。我們仔細地把我們買到的所有東西都放在了裡面。我的父親想要幫我拿著它，但我很高興能夠感覺到我的珍寶的重量。

我們來到一個小一些的方形市場中，這裡全都是小販和貨攤。我的父親給了我六枚銅幣，說我可以隨意花用它們。我為細辛買了一串閃光的黑色珠子和一條藍色的長絲帶：我相信她一定會喜歡這些禮物。我為自己買了些綠色緞帶，足夠做一副領子和袖口。這大部分是因為我知道，如果我按照細辛的建議去做，她就會感到高興。最後，我購置了一只小錢袋，繫在我的腰帶上，將最後兩枚銅幣和小販找給我的半枚銅幣放了進去。我覺得自己長大了。有一些人正在這條街上歌唱，將他們糅合在一起的聲音在落雪中向四外播撒。有一個肥胖的男人坐在兩幢房子之間的夾縫裡，被非常明亮的光芒環繞著，以至於大部分從他身邊走過的人都承受不住，不得不將眼睛轉向別處。我還看到有一個人在耍弄馬鈴薯，一個女孩在指揮三隻馴服的烏鴉用小圓環玩把戲。

如此寒冷的日子裡，這裡的街道上卻是熙熙攘攘。在房屋之間的一條巷子裡，一個神采張揚的木偶師和他的學徒們正在搭建起表演帳篷。我們又走過了三名面頰通紅、鼻尖更紅的樂師，他們在方形廣場的一棵常綠樹下正一同吹著笛子。雪愈下愈大，現在飄在空中的已經是連綴在一起的大片雪花了。它們落在我父親的肩膀上，閃閃發光。三名乞丐一瘸一拐地從我們身邊經過，看上去很是可憐。謎語給了他們每人一枚銅幣，他們用瑟縮沙啞的聲音祝願謎語走好運。我注視著他們的背影，然後我的目光又被露宿在一間熱茶舖臺階上的一名孤獨乞丐吸引過去了。當他的一雙瞎掉的眼睛盯住我的時候，我抱緊自己打了個哆嗦。

「妳冷嗎？」我的父親問我。這時我才意識到，我們已經停下腳步，他剛剛這樣問過我兩次。我冷嗎？我尋找著回答。

「是從心裡出來的冷，就在紅血的波浪上。」我聽到我自己這樣說。我的確很冷。我看著自己的手指，它們是白色的，就像那名乞丐的眼睛一樣白。是因為乞丐看了這些手指，才讓它們變得這樣白嗎？不。如果我沒有看他，他就無法看到我。我看著我的父親，他沒有動，卻似乎正在離開我。我身邊的一切都在後退。為什麼？我對他們有危險嗎？我向父親伸出手。他牽住我，但我卻覺得他根本沒有碰到我。我感覺到謎語的目光落在我的身上，卻無法與他對視。他在看著我，我卻不在他所看的地方。一段時間過去了，不知是長是短，然後，整個世界在突然的震顫中重新出現在我的周圍。我聽到了市集上的聲音，嗅到了在街上行經我們身邊的馬匹和大車的氣味。我緊緊抓住了父親的手指。

我的父親正慌亂地說著話，彷彿是要將我們的注意力從眼前的狀況中轉移開。「她只是感到冷了。就是這樣。我們應該去鞋舖替她買靴子了！然後，蜜蜂，我們去為妳買一條溫暖的圍巾。謎語，你是不是很快就要上路了？」

「我認為我可以再待上一會兒，」謎語平靜地說，「也許我甚至可以在這裡的客棧過夜。雪愈下愈大了，這不是長途旅行的好天氣。」

「我想知道深隱和蜚滋機敏去哪裡了。」我的父親向周圍瞥了一眼，彷彿有些擔心。我明白，他是希望謎語能夠去找找他們。他擔心的是我，希望我們能獨處一段時間。謎語沒有接受這個誘餌。「那兩個人似乎很喜歡結伴獨行。也許我們應該帶蜜蜂去喝些熱飲。」

「先去鞋舖吧。」我的父親頑固地回答。他突然停下來，把我抱進懷中。

「爸爸？」我反對著，想要從他的懷裡掙脫出來。

「我的腿更長。而且妳的靴子會讓雪灌進去。我抱妳去鞋舖好了。」他緊緊將我抱在胸前，並且更加緊密地收束住自己的思緒。我們經過了一個斜靠在房屋角落中的男人。他看著我，眼睛完全不正常。他旁邊的那個坐在巷子裡的胖男人指著我露出笑容。發光的霧氣在他的周圍湧動。人們走過那個巷口的時候都會放慢腳步，露出困惑的神情，然後又匆匆走掉。我將父親抱得更緊，閉上眼睛，不再去看那些光和霧。狼父親在向那些人咆哮。又走過三步，我睜開眼睛，向後望去。我看不見他們了。

鞋舖到了，就在下一個角落裡。我的父親將我放下。我們跺掉靴子上的雪，又撣去衣服上的雪，才走了進去。這間舖子裡散發著好聞的皮革和油脂氣味。鞋匠在他的壁爐中生了很旺的火。這個鞋匠是一個靈動敏捷的小個子，名叫跬步。我還是嬰兒的時候他就認得我，在我眼裡他卻從沒有過什麼改變。一直以來，他都能讓我特別的小腳穿上舒適合意的鞋子。這一次，當他看到他的作品已經比我的腳小了這麼多，不由得懊喪地感歎了一聲。他讓我坐在火爐前，不等我彎下腰就幫我脫下了靴子。然後他用一根細繩和他溫暖的雙手測量了我的腳，答應我兩天之內就會給我做好新的靴子和鞋子，並會派他的學徒送到細柳林來。

他沒有讓我穿回我的舊靴子，而是送給了我一雙他放在架子上的作品。這雙靴子對我來說太大了，但他在我的腳趾前填上羊毛，向我保證穿上它們會更舒服。而我的那雙舊靴子在接縫處已經裂開了。他對我說：「如果讓您穿著這雙舊靴子回到雪地裡，我會感到羞愧的。我相信，它們一定能讓您感覺好很多。」

我看著腳上的靴子，竭力想要找到一些話語。「看到我的腳變長，我覺得自己也長高了。」我說道。我的父親和謎語笑出聲，彷彿我剛剛說了這個世界上最聰明的話。

然後我們再一次走進雪中。進入下一個門口，我們彷彿鑽進了一個羊毛的世界。我看到一束束紗線被染成我能想到的每一種顏色。我走過擱架，輕輕觸摸每一種色彩，悄然微笑。我看見謎語找到了一雙綠色的手套和一塊同樣顏色的頭巾。就在他付錢買下它們，並將它們包裹好的時候，我的父親挑選了一條厚實的亮紅色和淺灰色羊毛圍巾。當他把這條圍巾繞在我的脖子上時，我吃了一驚。這條圍巾對我來說很大，我用它遮住頭頂的時候，還有足夠的圍巾能裹住我的雙肩。它是這樣溫暖，不只是因為厚厚的羊毛，還有父親在我開口之前就為我想到了它。

這時我想到，我應該拿出樂惟認為我需要的物品清單了。但我的父親似乎很樂意尋找並購買各種物品。我不想阻止他。我們又回到繁忙的街道裡，不斷地進出各種小店鋪和貨攤。然後我看見了那個駕著一車小狗的人。一頭疲憊不堪的驢子正拖著那輛兩輪小車走過擁擠的街道。一條年老的斑紋母狗焦急地跑在後面。牠的小狼正站在那輛車裡。牠們的前爪搭在車沿上，不停地向牠們的媽媽吠叫嗚咽。一個瘦骨嶙峋、留著薑黃色鬍鬚的人正趕著那輛車。他讓驢子一直跑到市集中心廣場的一棵橡樹下，在車上站起身。讓我驚訝的是，他朝橡樹的低矮枝杈上拋出了一根繩子。

「他在幹什麼，爸爸？」我問道。我的父親和謎語全都停下來，轉過頭看著他。

「這些小狗。」那個人一邊抓住垂下來的繩頭一邊喊道，「是最好的鬥牛犬。所有人都知道，狗兒的心性都繼承自牠們的媽媽。我的這頭老母狗可是最強悍的母狗。現在牠老了，看上去不怎麼樣，但牠的性情還是很凶悍。我相信這是牠給我生的最後一窩小狗了！所以，如果你們想要一頭能咬倒公牛的狗，一個能把牙齒插進盜賊的腿或者是公牛鼻子，沒有你的命令絕不鬆口的狗，現在就從這些小狗裡挑一隻吧！」

我注視著雙輪車上那些白色和褐色的小狗。牠們的耳朵邊緣是紅色的。我意識到那是被剪除掉一部分的傷痕。有人割短了牠們的耳朵。一隻小狗突然轉動起來，彷彿被跳蚤咬了。但我知道牠要做什麼。牠在舔被切斷的尾巴。那隻老狗只剩下了很短的耳朵和一小截尾巴。那個人在喊話的時候還不停地拽動著繩子。隨後的一幕讓我驚駭不已——車上的一條毯子抖動了一下，從裡面冒出一顆血淋淋的公牛頭。那個人把繩子拴在牛角上，將牛頭鼻子向下懸掛起來。被砍斷的牛脖子裡垂掛出淺黃色的喉管。他扯拽繩子，讓牛頭一直升到與自己的頭頂平齊的位置，又將繩子繫牢，用力推了一下牛頭，讓它開始來回晃動。他以前一定就做過這樣的事。那頭老母狗這時死死盯住了牛頭。

牠實在是已經老邁不堪了。在牠嘴邊的毛全都變成了白色，乾癟的乳房垂掛下來，耳朵上盡是殘破的缺口。牠用有一圈紅邊的眼睛緊盯著晃動的牛頭，全身一陣顫抖。廣場周圍的人們愈湊愈近。有人在酒館門後喊叫著什麼。沒過多久，已經有二十多人從酒館裡湧了出來。「咬啊，母狗！」賣狗的人喊道。老狗向前撲去。隨著一次高高的縱躍，牠叼住了公牛的鼻子，就這樣掛在了半空，隨著牛頭來回晃蕩。距離雙輪車最近的人們發出一陣喝彩聲。有人跑向前，給了那個懸掛的牛頭強有力的一推。被砍斷的牛頭和狗一起擺動。賣狗人叫喊著：「什麼也沒辦法讓牠鬆口！就算是毆打牠、砍傷牠，牠也不會鬆開！快從牠的最後一窩小狗裡買上一隻吧！」聚集在雙輪車周圍的人愈來愈多，這讓我非常氣惱。「我看不見了，」我對父親抱怨說，「我們不能靠近一點嗎？」

「不，」謎語只說了這一個字。我抬起頭，看見他陰沉的臉上滿是怒意。我回頭瞥了父親一眼，突然間，我發現站在我身邊的變成了狼父親。我並不是說他生出了長吻，臉上有了毛髮，而是他的眼神變得狂野，眼睛裡射出凶暴的目光。謎語抱起我，要將我帶走。但這反而讓我能更清楚地看到雙輪車那裡的情形。車上的那個人從外衣裡面抽出一把大匕首，邁步向前，抓住老母狗的後頸。狗大聲咆哮著，卻沒有鬆口。那個人朝人群咧嘴一笑，突然一揮刀，切下了狗的一隻耳朵。狗的叫聲變得益發狂暴，但自始至終都沒有讓牙齒離開牛頭。深紅色的血沿著牠的肋側流下，融化了地上的積雪，彷彿剛剛落下了一片紅色的雨滴。

謎語轉過身，大步向遠處走去。「走了，蜚滋！」他用低沉粗啞的聲音說道，語氣嚴厲得就像是在命令一條狗。但任何命令都不可能控制狼父親。他繼續一動不動地站在原地，我看到他的肩膀在冬季斗篷下面隆起。而那個人的匕首又高舉起來，再次落下，鮮血隨之高高飆射。我能看到的只有這些，但圍觀的人群已經發出了嚎吼和尖叫。所以我知道，受傷的還是那隻緊緊咬住公牛鼻子的母狗。「只有三隻小狼出售！」那個人高喊著，「只有三隻，牠們的媽媽就算是讓我割開肚子，也會死死咬住牛鼻子！要買到這樣的小狗，這可是最後的機會了！」

但他並沒有等待任何人向他出價。他知道，等到他讓這些人所渴望的鮮血完全潑灑出來的時候，他才能得到最高的標價。謎語抱著我，我知道他很想帶我遠離這裡，卻又不敢將我父親一個人丟下。「該死的，深隱和蜚滋機敏跑到哪裡去了？這兩個煩人的傢伙現在好歹能幫上點忙吧！」他自顧自地嘟囔著。然後他又看向我，深褐色的眼睛裡閃動著混亂的光芒，「如果我把妳放下，蜜蜂，妳會留在……不，妳很可能會被踩倒。哦，孩子，到那時妳的姐姐會怎樣說我？」就在這時，我的父親突然向前衝去，就好像一條困住他的鐵鍊突然繃斷了。謎語急忙追過去，想要抓住他的斗篷。賣狗人血淋淋的匕首又舉了起來。我看到它出現在旁觀者們的頭頂上方。謎語推搡著，咒罵著，擠過了聚攏起來想要看到那條狗的死亡的人群。

在我們前面，有人發出憤怒的喊聲。我的父親把那個人撞到一旁，衝了過去。賣狗人的匕首落下，人群齊聲發出來自喉嚨深處的吼聲。「這就是我夢到的血嗎？」我問謎語，但他沒有聽我說話。有什麼東西在我的身周狂野地盤旋。人群嗜血而瘋狂的心情就像是一股我無法從鼻腔裡清除出去的氣味，我感覺到這股氣味要將我扯離我的身體。謎語將我抱在他的左肩頭，右手用力推開人群，繼續追趕我的父親。

我知道我的父親是什麼時候衝到了屠狗人的面前。我聽到一陣響亮的碎裂聲，就好像骨頭擊中了骨頭。然後人群發出了一陣不同的咆哮。謎語用肩膀頂開最後幾排人，來到一片空地的邊緣。我的父親正將一個人高高舉起。他的一隻手緊攥著那個人的喉嚨。另一隻手朝身後一擺，然後我看到那隻手像離弦的箭一樣射向前方。他的拳頭擊中了那個人的臉，只是一擊便把那張臉打爛了。那個人被他丟進了人群，就像是一頭狼猛一甩頭，折斷了口中兔子的頸骨。我從沒有猜測過我父親的力量。

謎語想要將我的臉捂在他的肩膀上，但我扭過頭繼續看著發生的一切。母狗還掛在公牛鼻子上。牠的內臟已經從肚子裡流出來，變成一縷縷灰色、白色和紅色，在冬天的寒風中冒著熱氣。匕首出現在我父親的手中。他用一隻手臂環抱住母狗，輕柔地割開了牠的喉嚨。在牠心臟的最後幾次跳動中，牠的下巴終於鬆開了。父親輕輕把牠放在地上，沒有說話，但我聽到了他在向牠承諾，牠的小狼會過上比牠更好的生活。不是我的小狼，牠對父親說，我從來都不知道還會有像你這樣的主人。會有這樣的人類存在，這更讓牠感到驚愕，而不是好奇。

然後牠就去了。掛在橡樹上的只剩下了那顆牛頭，就好像冬季慶中一個巨大而怪異的裝飾品。屠狗人在滿是血漬的地上翻滾著，用力捂住自己的臉，口鼻噴著血，卻還在不停地咒罵。我父親懷中那具鮮血淋漓的屍體不再是一條狗。我的父親讓它平臥在地上，緩緩站起身。觀眾們形成的圓圈變大了。人們在躲避著我的父親和他黑色的目光。他走到躺在地上的那個人面前，抬起腳，踏在那個人的胸口上，把他牢牢釘在地上。屠狗人停止了咒罵和啜泣，一聲不吭地看著我的父親，彷彿是在看著死亡本身。

我的父親什麼都沒有說。隨著寂靜持續，地上的那個人從破爛的鼻子上舉起雙手。「你沒有權力。」他開了口。

我的父親伸手到錢包裡，然後在那個人的胸口上丟了一枚硬幣。是一枚很大的硬幣，一枚未經切割的銀幣。他的聲音就像是劍刃被抽離劍鞘。「這些狗我買了。」他看了一眼那些小狗，然後是拴在車轅上的那頭骨瘦如柴的驢子，「還有這輛車和這頭驢。」包圍他的人們安靜了下來。他的目光緩緩掃過他們。很快地，他指住一個幾乎和成年人一樣高的男孩，「你，結魯比，你趕著這輛車，帶著小狗去細柳林。送牠們去馬廄，把牠們交給一個名叫獵狩的人。然後去找我的管家樂惟，要他給你兩枚銀幣。」

人群中傳出一陣倒吸冷氣的聲音。用一下午的時間跑個腿就能得到兩枚銀幣？

他轉過身，又指住一個上了年紀的人。「魯布？如果你把這顆血汙的牛頭從這裡拿走，再用乾淨的雪把這片地方蓋住，我給你一個銀幣。這並不適合冬季慶。我們是恰斯國人嗎？我們想把吾王廣場帶回到水邊橡林來嗎？」

也許這些看客中的確有人有這種念頭，但在我父親充滿譴責的聲音中，沒有人敢承認這一點。父親在提醒這些曾經為鮮血而吶喊歡呼的人們，他們本可以做得更好一些。圍觀的人們開始散去。而那個躺在地上的人用沙啞的聲音抱怨著：「你在欺詐！那些狗要比你丟下來的這點錢貴多了！」他抓住我父親扔給他的那枚錢幣，雙手將它高高舉起。

我的父親回過頭盯著他。「那些小狼不是牠生的！牠太老了。牠已經承受不住任何戰鬥。在牠身上還有些力量的只剩下了牠的雙顎和心臟。你只是想要靠牠的死來掙錢。」

地上的那個人向他張大了嘴，過了一會兒才說道：「你無法證明你的話！」他的嚎叫根本就在表明他是個騙子。

我的父親已經忘記了這個屠狗人。他突然意識到，謎語就站在一旁，而我正注視著他。那頭老母狗的血浸透了他的斗篷。他看見我緊盯著這件斗篷，便一言不發地解開斗篷釦，讓它落在地上。這件厚重的灰色羊毛斗篷被不假思索地放棄了，只是因為他不想讓我沾染血汙。他走過來，要將我抱進懷裡。但謎語沒有放手。我無言地看著我的父親。他抬起眼睛，與謎語對視。

「我本以為你會將她從這裡帶走。」

「我本以為你會讓一群暴徒撲向你，那時你也許需要有人看護你的後背。」

「並且將我的女兒帶進暴徒之中？」

「從你決定要插手的那一刻起，我就沒有好的選擇了。如果你不喜歡我的選擇，那麼抱歉了。」

我從沒有聽過謎語的聲音變得這麼冰冷，也沒有見過他和我的父親像憤怒的陌生人一樣彼此瞪視。我必須做些事情，說些話：「我很冷，」我對著空氣說，「而且我餓了。」

謎語轉過頭看著我。一個緊張壓抑的時刻過去了。世界又開始了呼吸。「我快餓死了。」他低聲說。

我的父親看著自己的雙腳，喃喃地說：「我也是。」他忽然彎下腰，捧起乾淨的白雪擦拭手上的血。謎語看著他。

「你的左臉上也有。」謎語說道。他的聲音中已經不再有憤怒，只有一種怪異的疲憊。我的父親點點頭，還是沒有看任何人。他走到幾步以外的一叢灌木前，捧起滿把的新雪擦洗面孔。他洗淨自己之後，我從謎語的手臂中掙脫出來，握住父親冰冷潮濕的手。我什麼都沒有說，只是抬起頭看著他。我想要告訴他，剛剛我見到的一切並沒有傷到我。或者說，我是受傷了，但並不是因為他所做的事情。

「我們去吃些熱食吧。」他對我說。

我們走向一家酒館，又經過了巷子裡的那個胖男人。他的身上還是閃耀著光芒，讓別人很難看到他。在街道遠處的一個角落裡，有一個頭髮灰白的乞丐。從他身邊經過的時候，我轉過頭去看他。他也在盯著我，不是在看我，因為他的眼睛就像他穿的破斗篷一樣灰白一片。他的面前沒有乞討碗，只有伸在膝蓋上的手。那掌心裡是空的。他不是在向我乞討錢幣，這一點我知道。我能夠看到他，但他無法看到我。不應該是這樣。我猛然轉回頭，將臉埋在我父親的手臂中。這時他推開了酒館的大門。

酒館裡總是喧鬧、溫暖，充滿了各種味道。當我的父親走進去的時候，人們的談論聲突然中止了。他站在門口，向周圍掃視了一圈，彷彿是狼父親在審視一個陷阱。慢慢地，交談聲再一次響起，我們跟隨謎語來到桌邊。剛剛坐下，一個手捧托盤的男孩就出現在我們的桌邊。他的托盤裡有三大杯溫熱的香料蘋果酒。隨著「咚，咚，咚」三聲，男孩把酒杯放到桌上。我的父親露出了微笑。「我們老闆請客。」他對父親說道，並且有模有樣地鞠了一躬。

我的父親在長凳上向後一仰身，和另外幾個人一同站在火爐旁的酒館老闆向他一舉手中的酒杯。我的父親嚴肅地向他點點頭，又轉頭看著送酒來的男孩問：「今天的主菜是什麼？」

「牛肩，一直燉到脫骨，還有三粒黃洋蔥和半蒲式耳胡蘿蔔，以及滿滿兩升今年的大麥。先生，如果您叫一份這裡的燉湯，那您絕不會只得到一碗褐色的水再加上碗底的一點馬鈴薯！我們的麵包剛出爐，我們還有夏季牛油，被保存在冰冷的地窖裡，還像雛菊花芯一樣黃。但如果您更喜歡羊肉，我們還有羊肉餡餅，裡面也塞滿了大麥、胡蘿蔔和洋蔥。餡餅的褐色脆皮非常薄。我們必須將它們放在碟子裡捧給客人，否則客人一不小心就會把它們捏破！我們還有切成薄片，配著蘋果、牛油和奶油一起烤的南瓜，還有……」

「停，停，」我的父親求他停下，「你再說下去，我的肚子就要因為你的話而爆開了。我們要吃些什麼？」他向謎語和我問道。我的父親在微笑。我衷心感謝這個心性歡快的侍應男孩。

我選了牛肉湯、麵包和牛油。謎語和我的父親也選了同樣的菜式。我們在等待飯菜的時候都沒有說話，不過我們之間的氣氛並不尷尬，確切地說，大家都很小心。安靜一段時間總要比說錯話更好。被送來的食物就像那個男孩描述得一樣好。我們開始用餐。眼前的沉默似乎讓謎語和父親之間的狀況好了很多。大壁爐中的火焰在被加入原木柴的時候不斷噴出火星。酒館前門開關不停，人們進進出出。周圍的交談聲讓我想起了蜜蜂巢中的「嗡嗡」聲。我完全沒想到在一個寒冷的日子裡購買商品，看著我的父親用死亡拯救一條狗會讓我這麼餓。當我幾乎能看到碗底的時候，我終於找到了我需要的話語。

「謝謝你，爸爸。謝謝你所做的事。那是正確的。」

他看著我，謹慎地說道：「那是父親應該做的。我應該給我的孩子所需要的東西。靴子和圍巾，還有手鐲和栗子。」

他不想回憶我們在鎮中心廣場上經歷的事情。但我必須讓他明白，我理解他的行為。「是的。父親們都會這樣做。會有父親衝進暴徒群中，拯救一條可憐的狗，讓牠迅速而平靜地死去，並送小狗和驢子去安全的地方。」我轉頭去看謎語。這樣做很難。我從沒有直視過他的臉。我用我的眼睛盯住他的，保持著這個姿勢。「見到我的姐姐時告訴她，我們的父親是一位非常勇敢的人。告訴她我也正在學習變得勇敢。」

謎語也注視著我的眼睛。我竭盡全力，但還是無法將這個姿勢維持太久。我向我的碗低下頭，拿起勺子，彷彿我還是非常餓。我知道，我的父親和謎語正越過我低垂的頭彼此對視，但我只是用雙眼看著我的食物。

28

採買

如果有那麼一、兩個學生不願意專心於學業，那就隨他們去。如果所有學生都不願意學習，那就解僱你的書記員，再找一個。因為一旦學生們認為學習是一件沉悶、困難和無用的事情，他們就再也不會上另一節課了。

——《關於教育的必要之事》，書記員費德倫

一個男人能有多少次毫無疑問地知道自己做對了？我相信這樣的情況在任何人的一生中都不會經常發生。而當他有了孩子之後，這種事就會變得更少了。自從我成為人父起，我總是會質疑自己為了孩子們所做的一切決定，從蕁麻到幸運，甚至還有詈責。對於蜜蜂，我更是如此。我覺得自己總是在她身上犯下一個又一個災難性的錯誤。我絕對不希望她看到我殺那條狗。去酒館之前，我用冰冷的雪洗淨臉上和手上的血漬，卻無法清潔我心中的羞慚。那時，我的孩子抬起頭看著我，感謝了我。她不僅向我表明她理解我的行為，還試圖撫平我和謎語之間的裂隙。她的言辭

沒有讓我從愧疚中解脫出來。謎語是對的。當那條狗的痛苦如同巨浪般衝擊我的時候，我完全忽視了可能讓她陷入的危險。那頭老母狗完全服從了主人的命令，直到最後也要取悅她的主人。這種極度的殘酷讓我無法忍受。我是否應該為了保護我的女兒而忍耐這種事？

蜜蜂卻明顯認為不應該。我向自己保證，如果還有下一次，我會更聰明一些。我竭力思考還能採取什麼不同的措施，卻找不到答案。但至少這一次，我的女兒看起來並沒有因為我的輕率而受到傷害。

這裡的食物很好，我和謎語短暫的衝突似乎也得到了解決，我的女兒也顯得頗為自在。酒館的大門在我們身後幾乎是有規律地不停開合，就像是一張大嘴不斷地將饑餓的人們吐進這家酒館。突然間，深隱和蜚滋機敏走了進來。蜚滋機敏的手上全都是包裹。他彎下腰，小心地將那些包裹放到我們旁邊的地板上，然後他們才突兀地加入到我們中間，坐到我們所在的長凳兩端。深隱立刻就說道：「我找到了一些綠色的長襪。我在冬季慶裡一定用得上它們。我們會在細柳林慶祝這個節日，對不對？當然，我們一定會的。我們會舉辦舞會！會有許多吟遊歌者來到鎮上，我相信你一定能僱用他們之中的一些人去細柳林！但首先，在我們尋找藝人之前，我必須買下這些長襪。我相信，如果你借我一些錢，切德大人一定會替我還給你的！」她激動得有些喘息。

還沒等我向她轉過頭，蜚滋機敏已經在長凳的另一端說道：「我在一個專門售賣最新商品的商人那裡找到了蠟板！他的蠟板還是兩片之間有鉸鏈連接的，這樣一個學生就能將兩片蠟板合起來，保護他的作業了。這真是個聰明的設計！他的蠟板不算太多，但我們購買的任何一副都能幫助我的學生。」

我有些錯愕地看著我熱心的書記員。他的精神和自信迅速地恢復了。我很高興他不再因為我的存在而畏畏縮縮，但也有一點詫異於他似乎像深隱一樣對那些沒有必要的瑣碎物件過分貪婪。在我最開始學寫字的時候，紙張太過珍貴，不會讓我這樣的幼小學生使用。我只是用沾了水的手指在大廳的石板地面上描摹字母。有時候，我們會用燒過的炭棒。我還記得用煙灰做的墨水。不過我沒有向蜚滋機敏提起這些。我知道那些年中有許多人都會感歎公鹿堡，甚至整個六大公國都是多麼偏僻閉塞的地方。戰爭造成的與世隔絕和數位國王閉鎖國門的決定，讓我們被束縛在許多古舊的傳統中。珂翠肯王后首先向我們展示了她的群山王國，她不僅鼓勵我們引進遙遠地方的貨物，更還有外國的思想理念和工藝技術。不過我至今都無法確信這肯定是一種進步。機敏的學生真的需要帶鉸鏈的蠟板才能學會字母嗎？我感覺到抗拒的情緒在心中滋長。然後我回憶起樂惟沮喪地低聲嘟囔說我給蜜蜂穿的衣服只有四十年以前的孩子才會穿。也許是我還在不講道理地堅持著舊日的方式？現在是我應該做出改變的時候了嗎？我是不是應該讓我的小女孩在成為女人之前先穿上長裙？

我向她瞥了一眼。我愛著穿褐色小束腰外衣和緊身褲的她，喜歡她能夠無拘無束地奔跑和跌跤。在我身邊，蜜蜂正無聊地扭動著。我壓抑下一聲歎息，將我的心思拉回到現在。「先給學生們買蠟板，然後我會去看看那些讓深隱如此喜愛的長襪。」

我拿起麵包。深隱立刻發起了一陣暴風雨般的爭辯，要我明白為什麼我首先應該去購買她所垂涎的商品，理由從害怕那個商人會關店到會有別人買走它們，還有我可能會為了蠟板而花光我所有的錢，最後剩不了一點錢來買她的綠色長襪和吸引住她眼球的其他一切東西。我覺得自己就好像不停地被小石頭敲打。而蜚滋機敏這時也開了口。他說那些蠟板並非真的必不可少，我當然應該先滿足深隱女士的需要。

我堅定地說：「我會的。但請允許我先吃完飯。」

「我也不介意吃些東西，」深隱表示同意。既然大家都服從了她，她也心滿意足了，「但他們就沒有一些比湯和麵包更好的東西嗎？比如蘋果酥？烤雞？」

我抬手叫來了一名侍應男孩。他一走過來，深隱就冷冷地訊問他這裡有什麼食物可吃。經過一番吵鬧，她終於逼那個男孩答應去要求廚師把食品室中的一份冷的鳥肉加熱，再配上一份乾蘋果餡餅。蜚滋機敏對於湯和麵包感到滿意。男孩提到小薑餅很快就能從廚房的爐子裡出來了。我要了六枚薑餅。男孩就離開了。

「六個？」深隱驚訝地喊道，「六個？」

「一些在這裡吃，一些帶走。我還是孩子的時候就很喜歡吃它們。我認為蜜蜂會像我一樣喜歡它們。」

我轉身問蜜蜂想不想嚐一嚐我喜歡的甜點，卻發現她不在座位上了。我抬眼去看謎語。謎語向酒館後面一歪頭。那邊是洗手間。

深隱抓住我的袖子。「我忘記要他們在我的蘋果酒裡加磨碎的香料了！」

我抬起手示意那個男孩回來。男孩低下了頭。我幾乎可以確定，他是在假裝沒有看見我。我疲憊地擺擺手。那個男孩立刻竄向了另一張桌子。在那裡，六個正等著他的男人發出粗啞的歡呼聲。我看著他擺起架勢，開始介紹菜品。那些男人們都向他咧嘴笑了起來。「他正忙著呢。」我為他向深隱開脫。

「他忽視了我！」

「我會去廚房，叮囑他們為妳的蘋果酒裡加香料。」蜚滋機敏說。

「你當然不應該去！」深隱喊道，「那個小孩應該回到這裡來完成他的工作。湯姆．獾毛！難道你不能讓那個小孩來做他應該做的事情嗎？為什麼他要忽視他應該服侍的人，卻去給一桌下等農夫上酒上菜？讓他回到這裡來！」

我吸了一口氣。謎語突然站了起來，差一點把身後的長凳撞翻。「我去廚房。今天這裡的夥計都很忙。讓那個男孩去做自己的事情吧。」

他甩腿跨過長凳，轉身大步走過擁擠的酒館大堂——在成群的酒客中如同游魚般穿插而過，沒有讓任何人感覺受到冒犯，這只有謎語能做到。

但還是有一個人感覺受到了冒犯，那就是深隱。她盯著謎語的後背，鼻翼歙動，緊緊抿起的嘴唇變成了白色。謎語的語氣毫無疑問地表明了他對於深隱的看法。蜚滋機敏注視著謎語的後背，嘴巴微微張開。然後他將眼珠轉向深隱，虛弱地說道：「這不像是謎語。」

「他今天已經很累了。」我為謎語做了解釋。我是在對深隱說話，語氣冰冷，但她似乎對我的責備之意完全無動於衷。我向著謎語的後背皺起眉頭，覺得他似乎是同時在譴責我和深隱。機敏是對的，這不像是謎語。我懷疑我的行為遠比深隱關於香料蘋果酒的刻薄言行更加讓他感到氣憤。我閉起眼睛，品嘗著喉嚨深處的苦澀。那頭可憐的老母狗。多年以來，我一直嚴格地控制著我的原智，拒絕讓它向外伸展，拒絕允許任何思維觸及我的內心。今天，這些屏障倒塌了，我無法再擋開外來的心緒，就如同我無法坐視有人毆打蜜蜂。那個施虐狂屠夫沒有原智，但我感覺到了從那頭老狗身上向他射出的情感。那不是牠衰老殘破的身體在追逐雙輪車時的痛楚，甚至也不是當屠夫宰割牠時牠肉體的劇痛。這麼多年了，我早已學會讓自己能抵抗生靈遭受的流血的傷痛。不，打破我的牆壁，並讓我陷入熊熊怒火的是牠對那個屠夫的另一種情感。忠誠，信任那個屠夫知道怎樣做才是最好的。在牠生命中的每一個日子裡，牠一直都是那個屠夫的工具和武器，任由他擺布。牠的生活一直都很殘酷，但這是牠生來就被安排好的命運。牠曾經為那個人折磨公牛，與其他狗戰鬥，攻擊野豬。無論那個人給牠什麼樣的命令，牠都會照做，並因為自己成為一件武器而感到快樂。當牠做得好，為那個人贏得勝利的時候，偶爾那個人也會讚賞牠一句，或者割一塊肉丟給牠——這樣的時候非常少，而它們是牠一生中最快樂的時光。牠一直都準備著付出任何犧牲，只為了能換得這樣一次獎勵。

當那個人讓牠叼住牛頭的時候，牠就向牛頭躍起。當那個人割掉牠的一隻耳朵的時候，牠仍然緊咬牙關，倔強地向自己申辯，牠的主人讓牠吃苦一定是有原因的。

當切德第一次使用我的時候，我也是這種樣子。我曾經順從切德的養育和訓練，成為了他所期待的那個人。就像切德自己一樣。我沒有辜負他在我身上付出的努力。如果切德沒有將我收做學徒，也許我不會活過十歲。他收養了一名私生子，一個瞻遠王位的汙點，更有可能是王座的負累，他卻讓我成為有用之人，甚至成為瞻遠家族中至關重要的一員。

所以我曾經活得就像那頭母狗一樣，按照他的吩咐去做每一件事，從沒有半點質疑。我絕不會忘記，當我第一次徹底意識到切德並非完全可以信賴的時候心中的感受。許多年裡，當我在使用精技之後或者嘗試使用精技的時候頭痛難忍，他就會用精靈樹皮治療我。為了驅走疼痛，我承受了那種陰森的精神和絞勒神經的能量。而他在給我慰藉之後，還是會更加嚴厲地催逼我，強化我的精技。許多年中，我們都不知道，精靈樹皮本身實際上正在侵蝕我施展那種魔法的能力。但是當我發現這一點的時候，讓我深受打擊的並不是我的魔法能力遭受重創，而是切德竟然犯了錯誤。

我正開始猜測自己是否又落進了同樣的陷阱。思維的習慣是很難以破除的。

明顯的沉默落在了我身旁兩側。深隱還是怒不可遏，蜚滋機敏則顯得侷促不安。我覺得他和謎語在公鹿堡的時候就相互認識了。儘管他們的身分地位有很大的不同，但蜚滋機敏很有可能已經將謎語視作一位朋友。現在，他必須做出選擇——或者支持深隱女士，或者為他的朋友辯護。我有些想知道他在這件事中是否也在考慮要贏得我的認可。我靜靜地等待著，知道他做出怎樣的決定確實會影響我對於他的判斷。

他俯身到桌子上，越過我看向深隱女士，用勸諫的口吻說：「妳不應該過於苛責那個侍應生。」片刻之間，我的心因為他而感到了溫暖，但他隨後的話立刻又將我的好感毀掉了，「我們正坐在平民之中。他只是偏僻小鎮中的一個酒館僕人。如果他有些教養，能認出身分高貴的女士，並知道要優先為妳服務，那才會讓我感到奇怪。」

切德怎麼會讓他有這種高高在上的觀念？儘管切德從沒有因為我們所共有的私生子身分而貶低過我，但他早就讓我明白，我有一位平民母親意味著我絕不可能擁有我的貴族血液帶來的特權。我很好奇蜚滋機敏是否知道他的母親是一名女獵人，儘管受到王后的尊敬，但在王室中並沒有顯赫的地位。他是否以為自己本應該擁有非同一般的貴族身分？要遠勝過卑微的湯姆．獾毛，一個平民之子？

更要比蜜蜂高貴？

在這一刻，我完全明白了，蜚滋機敏根本不適合教導我的女兒。我怎麼可能會得出別樣的結論？我再一次發現我正在為自己的愚蠢而搖頭。蜚滋機敏作為一名刺客已經失敗了，所以切德以為他作為一名書記員和教師能表現得更好。而我也接受了這個荒謬的邏輯。為什麼？難道我和切德會以為教導孩子要比殺死他們更簡單？

我到底是出了什麼問題？在這麼多年以後，我發現自己依然會毫不質疑地接受切德的觀念。我理所當然地以為自己成年了，真的是這樣嗎？我的舊日導師壓倒了我。我早已知道他的判斷並不可靠，但在不知不覺間，我卻總是重複過去的那個錯誤——切德比我更有智慧，判斷更為準確。我很少會質疑他的命令，更糟糕的是，我很少會試圖挖掘他沒有告訴我的訊息。好吧，現在這一點要改變了。毫無疑問，我要搞清楚機敏真正的血緣傳承。我會要求確切知道為什麼有人要置深隱於死地。我要認真問問切德，為什麼他會認為這兩個人能夠成為我的孩子的保鏢和教師？

所以我要自己成為女兒的教師和保鏢。她已經能夠閱讀了。我自己接受的大部分教育都來自於閱讀和幫助切德進行各種古怪的實驗。另外當然還有我的體術訓練。不過我覺得沒有什麼必要教導蜜蜂揮舞斧頭和長劍。想到她在我們的匕首晚課中是那麼認真，我不由得露出了微笑。現在，使用利刃的課程取代了睡前的故事和安眠曲。我必須承認，她的進步很快。在她兩次割到我的指節之後，我用木刀替換下她的小刀。幾個晚上之前，她又讓我大吃了一驚。她用一個翻滾技巧避開了我的攻擊，就算是和弄臣相比也不遑多讓。如果我能教導她刀刃之舞，我當然可以教導她其餘所有她需要掌握的智慧。在許多方面，我能夠給予她足夠的教育。在我力所不及的一些方面，我會找到最優秀的導師教導她。在細柳林有一位非常優秀的治療師。儘管莫莉已經為蜜蜂打下了草藥學的基礎，她還是能讓蜜蜂在這個基礎上更進一步。是的，我的女兒將學會演奏一種樂器，學會跳舞，還有各國的語言。這其中當然要包括群山王國的語言。我忽然想到，並沒有什麼事情將蜜蜂和我禁錮在細柳林。我們可以在群山王國度過一年，讓蜜蜂學會群山人的慷慨風格和他們的語言。還有外島。還有六大公國中的每一個公國。我突然決定，在蜜蜂十六歲之前，我的女兒一定要去過這些地方。這就好像我一直沿著一條羊腸小徑向前走，卻突然明白了我隨時都能離開這條小路，在原野中任意漫步。我能夠選擇要教她些什麼，如何教她，並在這個過程中塑造她的人格。

蜜蜂有權利享受這一切。女孩們不必揮拳就能傷害別人。但我是否想讓蜜蜂學習這種傷害他人的能力？從深隱那裡學？再由機敏來確認？

「……糾正他是你的義務，而不是我的或者機敏的。難道你不氣惱他冒犯了你？他還冒犯了機敏！你聽到了嗎？獾毛管理人！」

當她喊出我的名字時，我猛然驚醒，回到了正在進行的對話中。但我沒有轉頭去回應深隱，而是轉向了蜚滋機敏。我的意識抓住了我所需要的一點訊息。「你希望購買多少蠟板？」

在我背後，深隱因為被忽視而惱恨地哼了一聲。對此我一點也不感到困擾。蜚滋機敏因為突然被我問到而嚇了一跳，好一陣子沒有說出話來。我懷疑他是在害怕我會節制他的預算。「當然，那個商人的蠟板並不多。那種能摺疊的，我相信，可以由有親屬關係的學生們共用，並且……」

「他有多少，我們就買多少。」我輕輕向後靠去，離開了桌子。我在看著酒館的門，等待蜜蜂回來。突然間，我有些開始擔心她吃的那些栗子和甜點了。她還好嗎？「我會給蜜蜂留一副。她的教育由我來負責。我發現你並不適合教導她。」

蜚滋機敏盯著我。這是一雙非常年輕的眼睛，其中充滿了恥辱與恐慌。沮喪和驚駭爭搶著要控制他的面容，但最終都沒能成功。他只是愣愣地盯著我。如果不是因為蜜蜂，也許我會對他感到抱歉。他又用了一會兒工夫才找到自己的舌頭。這時他的話音變得謹慎而且精確：「如果我有冒犯之處，或者沒有能達到您的預期，先生，我的確……」

「你說得沒錯。」我打斷了他。我拒絕對他感到憐憫或者同情。他在其他孩子面前責備並羞辱蜜蜂的時候，有沒有對蜜蜂感到過憐憫？

蜚滋機敏的下唇開始顫抖。然後他的面孔變得非常僵硬。他將身子坐得筆直。「我們今晚回來的時候，我會立刻收拾好行李，離開細柳林。」

他的故作姿態讓我感到疲憊。「不。你們兩個都很令我困擾，但我不會允許你們離開。無論我多麼不願如此，你們必須留在細柳林。我已經清楚，你們都沒有準備好教導和保護我的孩子。那麼，你們又怎麼會以為我相信你們能夠保護自己？蜚滋機敏，你可以繼續嘗試教導其他孩子。

我會教導你使用斧頭和長劍，以及如何尊敬以誠懇的態度待你的人。」這需要耗費我更多的時間，但至少這樣有可能最終讓他有能力保護自己。那麼深隱呢？我看著這個高傲而且憤怒的女孩，「我會請管家樂惟指導妳該如何贏得一位丈夫。根據我的判斷，那並不是舞蹈和歌唱的技藝，而是知道如何管理家庭預算。」

深隱冷冷地盯著我。「切德大人會聽到這些話的！」

「確實，他會聽到的。而且在妳給他送信之前，他就會從我這裡聽到。」

深隱像貓一樣瞇起眼睛。「我不會回細柳林了。今晚我就在這裡租一個房間，就在水邊橡林，哪怕只是孤身一人。對切德大人，你可以回答說我離開了。」

我歎了口氣。「深隱，冬季慶就要到了。這裡的旅店都住滿了。今晚妳要回我家去。我們要為了我的小女兒做好慶祝冬季慶的準備。我不會再聽你們兩個要離開的威脅了。你們不會離開。因為我已經向我尊敬的人承諾過，我會照看你們。」我的目光從機敏轉向深隱。

深隱的下巴拉了下來。她用力把嘴閉上，然後突兀地問道：「獾毛，你怎麼敢自認為有命令我的權威！切德大人讓你成為我的屬下，供我驅遣，為我提供保護。儘管給切德大人發信吧，無論什麼時候，無論你想說些什麼。無論你對於我們的關係有著怎樣的誤解，我都會讓他予以糾正。」

這句話讓我明白了。儘管切德無意中透露了我的名字，深隱並沒有能透過這一點看到真正的答案。她對我怒目而視，以為我會畏懼退縮，向她鞠躬道歉。雖然只是一個私生女，但她自信位置在我之上。機敏儘管也是私生子，卻得到了貴族父親的認可，所以才能有和她平等的地位。

但無論是侍應男孩、我，還是謎語，我們的地位都是低賤的。在深隱的眼中，我就像我的女兒一樣是下等人。

「深隱，夠了。」我只說了這一句。深隱瞇起眼睛，臉上顯示出冰冷的怒意。看到她決意要表現出自己的權威，我差一點笑出了聲。

「你不可以這樣對我說話。」她低聲警告我。

就在我差一點開始認真思考要怎樣回應的時候，謎語來到了桌邊，手裡端著深隱和蜚滋機敏的飯菜——那些食碟被他輕巧地排在一隻手臂上。他們的蘋果酒杯由他的另一隻手拿著。隨著「咚咚」兩聲和一個華麗的動作，謎語將所有這些飲食放到了桌子上。他的眼睛裡閃爍著光彩。看來他已經決意要將今天的一切拋諸腦後，讓自己快活起來。然後他努力的微笑突然被擔憂的目光取代了。他問道：「蜜蜂在哪裡？」

警惕之心刺穿了我。我在長凳和桌子的夾縫中站起身。「她還沒有回來。已經太久了。我去找她。」

「我的蘋果酒根本不熱！」當我跨過凳子走開的時候，我聽到深隱叫喊著。

29

迷霧和光

然後，從包圍我們的閃耀迷霧中衝出了一頭狼。牠的全身都是黑色和銀色，覆滿了傷疤，死亡緊緊依附著牠，就像是水浸透了剛從河中游出來的狗的皮毛。我的父親和牠在一起，在牠的體內，在牠的周圍，卻絕對不是我所認識的樣子。牠的身上有數十個無法癒合的傷口在流血，但在牠的內心深處，生命就像火爐中熔融的黃金在燃燒。

——蜜蜂．瞻遠的夢境日誌

當酒館門打開，又「砰」的一聲被關上，深隱和蜚滋機敏隨之出現的時候，一切都毀了。蜚滋機敏看我父親的眼光讓我知道，他已經從鎮上的人們那裡聽說了剛剛發生的事情。我不希望他向我的父親提起這件事。這件事已經過去了，如果他再提起來，只會讓謎語重新想起它。謎語和我的父親現在就好像一切平安無事，但我知道，我的父親的行為會像一隻蟲子一樣齧咬謎語的心。我的父親是他的朋友，但他對蕁麻有著不可動搖的忠誠。他非常害怕要告訴蕁麻這件事，向蕁麻顯露出父親的這一部分。

而深隱，就算她知道了這件事，也對此毫不在意。她只是開始大呼小叫地要這要那，要我的父親拿出錢來現在就去購買她看上的東西，或者她也許會先吃飽肚子。她坐在我父親的旁邊，蜚滋機敏坐在謎語的另一側。這兩個人讓我想起了紅嘴的幼雛在巢中「啾啾」地尖叫，提出各種要求。我的父親從我面前轉過頭和深隱說話。我忍受不了這個。我突然覺得這裡太熱，太壓抑。許多人的說話聲就像無數隻手按在我的耳朵上。我拉了拉謎語的袖子說：「我要到外面去。」

「什麼?哦，那裡就在酒館後面。完事以後馬上回來，聽到了嗎？」他轉回身，回應了蜚滋機敏的問話，並且開始和他交談。真奇怪，為什麼我絕不能打斷別人的話，而我的教師卻不懂得對我遵守同樣的禮貌規則，這根本沒有道理。「這些是鄉下食物，和你在公鹿堡城酒館中能吃到的不一樣，但味道不壞。你可以試試這裡的燉湯。」

我不得不扭動身子，在長凳上轉過身，才下了長凳。我覺得我的父親根本沒有注意到我離開。我向後門走過去的時候，一個肥胖壯碩的女人差一點踩到了我。不過我從她身邊閃過去了。屋門很重，我必須等到有別人來開門，才能從門縫裡鑽出去。門外涼爽的空氣讓我精神一振。雖然已經是臨近黃昏，街道上的歡快氣氛卻有增無減。我稍稍從門邊讓開，以免被打開的門板撞到。然後我不得不又讓開一點地方，因為一個人要在酒館門旁卸下一車木柴。於是我走過街道，看著一個人用三粒馬鈴薯和一粒蘋果玩雜耍。他一邊拋起蘋果和馬鈴薯，一邊唱著一首快樂的歌曲。他唱完之後，我把手伸過我的新購物包，摸到我的新錢包的最裡面，找到我的半枚銅幣，給了那個人。那個人微笑著送給我他的蘋果。

現在我應該回到酒館裡去找我的父親了，我很擔心父親會被深隱拖走，去滿足她的心願。但也許父親會讓謎語陪深隱，只是把錢交給深隱讓她去揮霍。一輛裝滿蘋果酒桶的馬車由四匹馬拉著，停在了街上。所以我不得不繞過它。也就是說，如果我想要回到酒館，就必須經過那名灰色的乞丐。

我停下腳步看著他。他給我一種空蕩蕩的感覺。不只是因為他張開在膝蓋上擺出求乞樣子的髒手，而是他的全部，就好像他是一張紫紅色的人皮，掛在樹上，被馬蜂偷走了裡面的全部血肉，只留下一副空殼。我看著他的空手，但我非常想要留下我的兩枚銅幣。所以我說道：「我有一粒蘋果。你想要蘋果嗎，乞丐？」

他向我轉動眼睛，彷彿能看見我。那雙眼睛好可怕，完全是陰翳覆蓋下的兩團死肉。我不想讓他用這樣的眼睛看我。「您真是好心人。」他說道。我勇敢地俯下身，將蘋果放在他的手裡。

就在這時，香料店的門打開了，瘦小的女店主走出來。「你！」她喊道，「你還窩在這裡？走開！我告訴過你，走開！這條街上到處都是顧客，我的店裡卻空無一人，都是因為沒有人想要邁過你這堆臭骨頭和爛布。走開！否則我的丈夫就會拿棒子來教教你該如何跳舞！」

「我走，我走，」乞丐輕聲說道。他灰色的手握住了那顆紅蘋果，將那顆果實塞進了破束腰外衣的胸襟，然後開始緩慢而吃力地站起來。那個女人還在緊盯著他。我彎下腰，找到他正在摸索的手杖，放進他的手裡。「您可真好。」他又說道。然後他兩隻手抓緊手杖，把自己的身子撐起來。搖搖晃晃地將臉慢慢從街道的一端轉向另一端。「街上人多嗎？」他可憐地問，「如果我走出去，會被擠到嗎？」

「街上沒人。快走吧！」香料店的女店主厲聲喝道。這時，一輛馬車正轉過街角向我們這裡駛過來。我決定永遠都不從這個女人的店裡買任何東西。

「先等一等，」我警告乞丐，「你會被車撞到的。等一下，我會帶你過去。」

「天哪，妳可真是個愛管閒事的小麻煩！」女店主向前彎下身，對我發出嘲諷。她豐滿的胸部就像是被鏈子拴住的狗，掛在我的眼前，「妳的媽媽知不知道妳在街上亂跑，還和髒乞丐說話？」

我想要說些聰明的話回敬她，但她已經轉身走進她的店舖，一邊還叫喊著：「亨尼？亨尼，那個乞丐還在擋住我們的門！把他趕走。我幾個小時以前就讓你去幹這件事了！」

隆隆的馬車聲從香料店前駛過。「好了，跟我走吧，」我說道。乞丐身上的氣味非常糟糕。我不想碰他。但我知道，我的父親不會把他丟在這裡任由那個賣香料的女人欺侮。我應該做我父親的女兒。我握住他的手杖，盡量靠近他的雙手，然後對他說：「我來給你帶路。現在邁步，跟我來。」

乞丐的動作很慢。即使用雙手抓住手杖，他幾乎還是無法站立。他向前邁出兩小步，將手杖朝前探了探，又向前邁了兩步。就在我將他領到街上，離開了那家香料店的門口時，我突然發覺不知道該將他安置到什麼地方。也許可以去那裡，他在那裡至少還能避一避冷風。現在我們身旁都是顧客盈門的店鋪，我們面前只有普通的鎮民。我們慢慢向母狗死去的那個地方挪過去。沒有人再去那裡了。有人按照我父親的要求，拿走了母狗的屍體和牛頭，並用淨雪覆蓋了那裡。但血水還是透過雪地滲了出來。粉紅色的雪，如果是不知道緣由的人，甚至可能認為很漂亮。我不知道為什麼要帶他來這裡，不過這裡至少不會受到別人的打擾。那塊曾經覆蓋牛頭的帆布就鋪在樹下，也許他能坐在那裡。

我回頭瞥了一眼酒館大門，知道如果我不趕快回去，我的父親或者謎語就會出來找我。也許他們兩個會一起出來。

或者也許他們都不會來。深隱還在那裡，她完全有能力讓他們兩個忙得團團轉，把我忘記。一種糟糕的感覺壓抑住了我的心。是嫉妒。我終於找到了這種感覺的名字。我在嫉妒。

這讓我更加想要幫助這名瞎眼的乞丐。我不會回去。他們必須來找我。當他們找到我的時候，就會看到我能夠像我的父親一樣勇敢而且仁慈。幫助一名沒人想要接觸的乞丐。一個人站在補鍋匠的大車旁，用厭惡的眼神盯著我們。很明顯，他想讓我們走遠一些。我下定決心，將我的口袋牢牢掛到肩頭，然後大膽地說：「把你的手給我，我能幫你走得省力一些。」

乞丐猶豫了。他知道自己有多麼惹人生厭。最終，他的疲憊取得了勝利。「您真是太好了。」他幾乎是有些哀傷地說道，並且伸出了一隻枯瘦的手臂。我伸手去握他的手，他稍稍踉蹌了一下。我比他預料的更矮。他的髒手一下子抓住了我的前臂。

整個世界在我們的周圍旋轉。天空閃耀起七彩色澤。我在一生中都要透過一重霧氣才能看到世界。而現在，這重迷霧分開了，就好像一陣喜悅的風將它撕碎。我敬畏地看著將我的心大大扯開的美景。所有的一切，那個緊皺眉頭的補鍋匠，那個戴著冬青花冠、在樹後親吻男孩的女孩，客棧門廊下面的那隻貓，那個為了一頂新羊毛氈帽而討價還價的老人，他們全都閃耀起我從不曾想像過的燦爛光彩。他們身上的瑕疵完全被這種潛在的美麗光輝掩蓋住了。我輕呼一聲，那名乞丐卻大聲抽泣起來。

「我能看到了，」他喊道，「我的眼睛回來了。我能看到了！哦，我的光，我的太陽，你們是從哪裡來的？你們一直都在哪裡？」

他將我抱到胸前，緊緊擁抱著我。我感到非常高興。各種美麗的、輝煌的可能性在我們周圍綻放，從他流向我。是的，只有這樣才是對的。不應該只是浮光掠影的一瞥，不應該只有毫無關聯的昏夢。無論我望向哪裡，各種可能性都交織在一起。這讓我想起了我的父親第一次將我舉到他肩膀上的時候，我一下子看到了父親一直都能夠看到的遼遠景色。但現在我看到的不只是更多的風景，不只是更遠的地方，而是全部的時間。安全地處在旋轉的渦流中心，這種感覺很舒適。我毫無畏懼地讓目光追溯那無數根絲線。其中一個吸引了我的注意。那個接吻的女孩會和她的男孩結婚，戴上橙花的花冠，在一個山谷中的農場裡為那個男孩生養九個孩子。或者不，她也許會和他過上一段浪漫的日子，然後再嫁給別人。但她對這段時光的回憶將讓她烤製的每一塊糕餅變得更加甜美，她領略過的愛意會被分享給小雞和小貓，直到她七十二歲的時候死去，她這一生中不會生養任何子女。但是不，他們會一同逃走，就在今天晚上，一同在森林中纏綿。到了第二天，在通往公鹿堡的路上，他們將雙雙殞命。他死於羽箭，她則會被強姦，殘破的身體被扔到溝壑中，在那裡死去。因此她的兄長們會集結在一起成立橡林衛隊。在他們巡邏的時候，他們將殺死五十二名強盜，拯救超過六百名旅人，讓他們免於痛苦和死亡。這些數字都很明確。一切突然變得非常簡單。我需要做的只是輕輕推他們一下。如果我在他們走過這片鎮中心的廣場時微笑著對他們說：「你們的身上閃耀著愛的光芒。愛是不應該等待的。今晚就私奔吧！」他們就會將我的話當做一種預兆，接受我的建議。他的痛苦只會持續很短一段時間，而她的也只有幾個小時，要比她第一次分娩時的掙扎短得多。我有這種力量。我有力量，能夠做出選擇。我能夠讓這個世界變得更好，好上很多。我可以做出許許多多的選擇，只為這個世界變得更好。我可以從這個戴冬青花冠的女孩開始。

乞丐將我抱得更緊，在我的耳邊說道：「停下，停下，妳絕不能這樣！必須深思熟慮，然後……即使是那樣……也還有太多的危險。太多的危險！」

他的話讓我轉過目光，絲線分裂成一千條更多的絲線。這並不像我想像的那樣簡單。我想要追索的每一根絲線都變成了許多根。只要我從那許多根中選擇一根，它又會分裂成更多的可能。也許她會對他說錯話，那樣他不到天黑就會將她殺死。她告訴她的父親他們接吻了，她的父親會祝福他們，或者會詛咒他們，或者將她趕出家門，讓她被暴風雪吞噬，死在夜晚的嚴寒之中。

其中一些遠比另一些更有可能發生，但每一種結果至少都有一點機會變為現實。所以在進行選擇之前，每一條路都必須被仔細審視。妳剛剛選定的那條路，他們必須一同赴死的那條路。如果我們真的要促使橡林衛隊出現，我們就必須一次再一次地觀察。而且總會有其他的時間路徑通向相同的結果。其中一些道路更具有毀滅性，更加醜惡，而另一些則不會如此。

我本以為他是在大聲對我說這些話，隨後我才明白，是他的想法正透過我們的聯繫滲入到我的腦海中。他將意識裡的智慧注入到我的意識裡，彷彿他是一只大水罐，我是一只杯子，或者是一座乾渴的花園一直在等待著這樣的滋養。

道路會改變，它們在時刻不停地改變。其中一些會消失，變成不可能，另一些的可能性會增大。所以訓練要花費許多年的時間。許多許多年。一個人進行研究，一個人關注夢境。因為夢就像是路標，指明了最至關重要的時刻。那些最至關重要的時刻……

他的注意力從我的身上離開了，就好像有人在冰風暴之中扯掉了我身上溫暖的斗篷。他用失明的雙眼盯著遠方，恐懼和喜悅印在他滿是傷疤的臉上。「狼來了，」他的聲音如同吟誦詩歌，「牠的牙齒是鋒利的匕首，飛散的血滴是牠的眼淚。」

然後我的視野消退了，讓我只能看到最後一絲光亮隱沒於夜幕之後最陰暗的黃昏。所有光彩都暗淡下去，暗影遮蔽了一切，從我眼中抹除了所有事物的細節。我覺得我要死了。所有可能性都被隱藏起來，被空無籠罩，只剩下眼前孤單的一瞬。我覺得自己無法移動。生命變得僵硬、局限而緩慢。時間曾經是無限的海洋，朝所有方向擴散。我曾經是一隻海鳥，可以自由地在海面上盤旋，從一個時刻飛向上千種其他的可能。現在我卻被困在一小片泥沼中，掙扎著，卻連一秒鐘的世界都難以充分體驗，完全看不見我的每一個行動能夠造成的未來因果。我停下來，縮起身子，任由生活在我的周圍演進。

30

衝突

我的狼教給我的就像我曾經教牠的一樣多。但無論牠如何努力，都沒能完全成功地教會我像牠那樣生活在當下。當我們在安靜的雪夜圍坐在壁爐前，享受舒適的爐火時，狼不需要交談，也不需要閱讀卷軸，溫暖和安逸已足以讓牠心滿意足。當我要站起身走過這個小房間，或者從灰燼中抽出一根燒焦的木棍，無聊地在壁爐石上描畫幾下，或者拿起紙筆的時候，牠會抬起頭，歎一口氣，然後又躺倒下去，繼續默默地體會這個夜晚的喜悅。

當我們一同捕獵的時候，我會像牠一樣幾近無聲地移動、觀察，從不放過一隻耳朵的抖動或者一隻蹄子被抬起，這些微小的動作也會讓我們發現悄然站在灌木叢中，等待我們走過去的一頭鹿。我可以自誇自己在這方面已經技藝純熟，能夠把全部精神集中在狩獵上。而我是這樣的專注，以至於在夜眼突然竄起，叼住一隻縮在雪中的兔子或者松雞的時候，我會被牠嚇一跳。但如果不是牠一撲一甩，殺死這些小獵物，我便會直接走過去，根本察覺不到牠們的存在。我一直都很羨慕牠的這種能力。牠會向這個世界給予牠的所有訊息敞開心扉，一縷氣味、一個聲音、一點點動作，或者只是生命絲線輕輕拂過牠的原智。我從來都無法擁有牠向一切敞開自己的能力。只有牠能夠在一瞬之間就瞭解全部正在發生的。

——未署名的日記

我剛剛邁出一步，謎語就已經來到了我身邊。他抓住我的一隻手臂。我轉向他，看到他的嘴抿成了一條細線。他說話的聲音很小，音調幾乎沒有變化，彷彿他自己也不知道如何看待他所說的話：「在我們去找蜜蜂之前，我需要說清楚一點。蜚滋，這樣不行。實際上，這正是蕁麻害怕的。你是一個好人，是我的朋友。我希望你能夠記住，就像我說的那樣，我是你的朋友。但你不能……你無法成為一個好父親。我必須帶她回公鹿堡。我向蕁麻承諾過，我會查看你們兩個的狀況。蕁麻無法完全信任自己的判斷，她很害怕自己會過於苛刻。」

我壓下突然從心中冒起的怒火。「謎語。現在不是說這些的時候。無論時間還是場合都不對。」以後我會思考他的話和這些話的含義。我甩掉他握住我手臂的手，「我需要找到蜜蜂。她離開的時間太久了。」

謎語又抓住我的袖子，讓我不得不回身去看他。「確實。但在我指出這一點之前，你完全沒有注意到。這是今天她第二次被置於危險之中。」

深隱有一雙狐狸的耳朵。她在偷聽我們說話。在我們身後，她輕輕發出一陣介於厭惡和愉悅之間的哼聲，故意用我能夠聽到的聲音，意有所指對蜚滋機敏說：「他說你不適合教導他的女兒。」我幾乎向她轉過了身，但我心中的狼跳到我面前。找到小狼。其他的都不重要。

謎語也聽到了深隱的話。他放開我的袖子，向門口跑去。我跟在他兩步之後。各種想法飛掠過我的意識。水邊橡林並不是一個很大的市鎮，但冬季慶讓這裡匯聚了各種各樣的人。人們打算在這裡度過一段快樂的時光。而對其中一些人來說，他們的快樂很可能會包括傷害我的小女兒。我的腰撞到了桌沿上。兩個人因為他們的啤酒被從酒杯裡撞出來而開始喊叫。這時深隱愚蠢地抓住了我的袖子。她追上了我，機敏緊跟在她身後。「謎語能找到蜜蜂，管理人獾毛，我們需要徹底解決我們之間的問題。」

我將袖子從她的手中猛然拉脫出來。她驚呼一聲，將手捂在胸前。「他傷到妳了嗎？」蜚滋機敏惶恐地喊道。

謎語已經到了門口，正等待著兩個非常高大的酒客進來，好衝出去。他側過身，朝那兩名大漢背後望出去，突然高聲咆哮道：「不！住手！把她放下！」兩名剛走進門的大漢被他撞到一旁，而他已經飆飛了出去。我離開深隱，疾步狂奔，跌跌撞撞地跑過擁擠的酒館，最後像閃電一樣射出敞開的酒館大門。我慌亂地掃視著熙攘的人群。謎語到哪裡去了？他到底看見了什麼？人們平靜地走過積雪的街道。一條狗坐在地上抓撓著身子。一輛空馬車停在酒館門前，車夫正在照顧他的馬匹。我瞥到謎語在馬車對面，正跑過驚詫的人們，撲向一個衣衫破爛的乞丐。那個乞丐扭曲而骯髒的雙手中抱著我的小女兒。她被緊緊按在他的胸前。乞丐的嘴在她的耳邊。蜜蜂似乎被他控制住了，絲毫沒有掙扎，全身甚至一動不動，雙腳無力地垂著，仰頭看著那個乞丐的臉。無力的雙手向外張開，彷彿在向天空中祈求著什麼。

我超過謎語，匕首不知何時已被我握在手中。我聽到一種聲音，一陣怒吼，就像是我的耳中有一頭瘋狂的猛獸。然後我的手臂繞過乞丐的喉嚨，將他的臉從我的女兒身邊拉開，當我用臂肘頂彎他的脖子時，我的匕首也插進了他的肋側，一次，兩次，至少三次。他尖叫著，放開了蜜蜂，我把他向後拖去，遠遠離開我的孩子。蜜蜂的紅灰色頭巾落在雪中，如同一朵殘破的玫瑰。

謎語在眨眼間趕到。他明智地將我的女兒從雪地中抱起，和她一起向後退去。他的右手將蜜蜂抱在胸前，左手抽出了匕首，環顧四周，尋找其他的敵人或者目標。然後他低頭瞥了一眼蜜蜂，又後退兩步才喊道：「她沒事，湯姆。有一點被嚇到了，但沒有受傷。沒有血！」

直到此時，我才察覺到周圍的人們在叫喊。有些人在逃離這個暴力的場面，其他人環繞在我們周圍，像窺伺猛獸捕獵的烏鴉一樣如饑似渴地看著這血腥的一幕。我依然將乞丐卡在我的臂彎裡，低頭俯視這個被我殺死的人。他的雙眼圓睜，上面覆蓋著灰色的陰翳。一道道傷疤密布在他的臉上，卻構成了充滿愛意的紋路。他的嘴唇扭曲著，一隻手抓住我緊扼他喉嚨的手臂，彎曲的，曾經折斷後又癒合的手指就像是鳥的爪子。

「蜚滋。」他低聲說，「你殺死了我。但我明白，這是我應得的。我本應該得到更多的懲罰。」他的呼吸帶著惡臭，他的眼睛就像髒汙的窗戶。但他的聲音並沒有改變。世界在我的腳下晃動。我踉蹌著後退，重重坐倒在雪地中。弄臣就在我的臂彎裡。我意識到自己在哪裡——在橡樹下，在那頭老母狗流出的鮮血之上，現在又加上了弄臣的血。我感覺到溫熱的血從他的傷口中流出來，浸透了我的大腿。我丟下匕首，一隻手按在我刺出的傷口上。「弄臣，」我啞著嗓子說。但我沒有足夠的氣息能組成辭句。

他挪動一隻手，盲目地摸索，充滿希望地問：「他到哪裡去了？」

「我就在這裡。就在這裡。我很抱歉。哦，弄臣，不要死。不要死在我的懷裡。我受不了這個。不要死，弄臣，不要死在我的手上！」

「他就在這裡。我的兒子。」

「不，只有我。只有我。小親親，不要死，請不要死。」

「我是在做夢嗎？」濃稠的黃色淚水緩緩地從他失明的眼睛裡滑落出來。在他惡臭的氣息間傳出微弱的囈語，「我能死在這個夢裡嗎？可以嗎？」

「不，不要死。不要死在我的手中，不要死在我的懷裡。」我乞求他。我向他俯下身。我的視野邊緣變成了黑色，讓我漸漸變成了和他一樣的瞎子，但我依然奮力抗爭著。這樣的事情太可怕了。怎麼會是這樣？怎麼會是這樣？我的身體渴望失去意識，我的意識卻知道我正站在刀刃上，而腳下就是萬丈深淵。如果他死了，那麼我也無法再活下去。

他又說話了。血隨著他的一字一句漫過他的舌頭、他的嘴唇。「死在你的懷裡……還是死亡。」他喘了兩口氣，「我不能，絕對不行。」血沿著他的雙唇溢出嘴角，涓涓流下，「我很想如此，但是我不能。如果可以，如果你有能力，讓我活下來，蜚滋。無論我們要付出什麼樣的代價，無論你要付出什麼樣的代價。請救我，我需要活下來。」

精技的治療，即使在最安穩的環境下，也是一件異常困難的事情。通常都需要一個精技使用者的團隊協力進行，必須是一個精技小組，其中的成員都彼此熟悉，能夠自如地使用彼此的力量。而對於人體構造的瞭解更是關鍵的一環，在一些難度極大的案例中，精技治療者必須決定哪些創傷是最致命的，需要首先進行治療。比較理想的情況是，在嘗試治療以前，傷患應該先得到良好的常規治療，傷口被清洗乾淨，包紮妥當，傷患也需要充分休息和進食。當然，這只是理想的情況。我跪在雪中，弄臣靠在我的腿上，我們被議論紛紛的人們包圍。謎語則抱著我被嚇壞的女兒。我向謎語抬起眼睛，用清晰的聲音說：「我犯下了一個可怕的錯誤。我剛剛傷害了一位老友，他絕不會對我的孩子有惡意。照顧好蜜蜂，擋開這些人，我希望向艾達祈禱。」

這是一個可信的理由，而且圍觀的人群中有不少艾達的追隨者，他們也會勸說其他人給我一個安靜的空間。沒有人叫來城鎮衛兵：完全有可能是人們根本沒有察覺到是我刺傷了這名乞丐。謎語瞪著我的眼睛裡充滿了驚愕和責備，但讓我感到驚奇的是，他照我說的去做了。我忽然間明白我們之間的友誼已經深厚到了何種程度。他大聲呼喝，讓人們讓出空間來。然後他轉過身，我看到他一邊招手，一邊呼喚蜚滋機敏到他身邊來。深隱也跟著那名書記員，步伐就像是一隻貓走在濕雪裡。我看見謎語認真地對他們兩個說話，下達命令，便知道他能夠掌控這裡的一切。

我閉起眼睛，低下頭，彷彿是在祈禱。

我進入了弄臣的身體。我們已經不再有精技聯繫。在最初的一瞬間，他的身體邊界抵抗著我。我使用我所擁有卻幾乎還不懂得的精技力量突破了他的防禦。他發出一陣微弱的聲音，或者是抗拒，或者是痛苦。我沒有理會這些。這是一個我非常熟悉的身體，甚至曾經親自使用過它。它和男人的軀體相似，又不相似，有著細微和關鍵的差別。將我所造成的傷口閉合，阻止出血並不是很複雜。我首先便要完成這個任務——消除我對他造成的傷害，這需要集中精神，用我的意願推動他的肉體燃燒本就短缺的能量儲備，優先恢復傷口處的破損。當他的出血逐漸停止，身體逐漸在加速癒合時，我也感覺到了他肉體的衰弱和收縮。精技是一種強大的魔法，但它並不會讓身體癒合，只能引導肉體進行自我修補，而這種修補必然導致身體能量儲備的大幅度消耗。

我幾乎是立刻就察覺到自己犯下了多麼大的錯誤。我隨著他的血液在他的體內遊走，發現了各種舊傷和糟糕的修復，還有一些留在他體內，被暫時封閉的毒素——也許這種控制毒性蔓延的措施最終只是徒勞，但我刺進他身體的一刀剛剛穿透了這樣的一個毒囊。現在黑色的毒液正滲進他的血液。他跳動的心臟將毒液輸送到了全身各處。隨之而來的可怕後果在迅速蔓延。我感覺到他的身體發出了微弱的警告。隨後，一種特殊的放棄感覺開始向他的全身擴散。這不是來自於他的意識，而是他的身體知道生命已經到了盡頭。一種怪異的喜悅在他體內各處湧動，這是肉體給意識的最終安慰。既然一切很快便會結束，為什麼還要將最後的時刻浪費在警告之中？這種平靜的誘惑幾乎將我也拖了進去。

「弄臣。求你！」我低聲哀求他打起精神。我睜開自己的眼睛，仔細端詳他的面孔。很長一段時間裡，世界在我們的周圍旋轉。我無法集中精神，治療對我的消耗要比我此時所意識到的更加嚴重。

我顫抖著吸了一口氣，睜大雙眼。當弄臣的眼睛依然無色而清澈的時候，想要注視它們就很困難。即使這雙眼睛從淺黃變成了金黃，要解讀藏在它們之後的深意依然無比艱難。現在他的眼睛已經被完全封閉。我知道，這層致盲的灰翳一定是有意蒙上去的。他無法用這雙眼睛看世界，我也再無法看進他的心。我現在能得到的只有他的聲音了。它只是一陣微弱的喘息，並且完全放棄了最後的掙扎。

「好了，再過一會兒，我們就能在一起了。但最終我們還是失敗了，我的催化劑。沒有人曾經比我們更加努力地嘗試過。」他染血的舌頭在乾裂脫皮的嘴唇之間移動著。隨後，他又吸了一口氣，在微笑中露出紅色的牙齒，「也沒有人比我們為了失敗付出過更高的代價。享受你生活中的美好吧，老友。邪惡的時代很快又會落在你們身上。最後能在你身邊真好。」

「你不能死。不能就這樣死掉。」

一個無力的微笑為他的嘴唇增添了一道弧線。「不能死？不，蜚滋，我無法再活下去了。我很想活下去，但我做不到了。」他的眼皮落下來，遮住了陰翳的眼睛。眼皮上一片青黑，彷彿帶著瘀傷。我抬起目光。時間正在流逝。到底過了多久，我說不出來，但周圍的光線已經改變了。一些鎮民仍然在好奇地圍觀我們，也有許多人認為這裡沒有什麼可看的。即將開始的冬季慶正在召喚他們，他們還有自己的事情要做。謎語還站在原地，懷中抱著懵懂的蜜蜂，身邊是深隱和蜚滋機敏。深隱用衣服裹住身子，不住地顫抖，她的臉上則戴著一副用正義和憤怒編織成的面具。蜚滋機敏則只是一臉困惑。我直視著謎語，說話時毫不在意別人會聽到什麼，懷疑些什麼。

「我必須帶他去公鹿堡，找到那裡的精技小組治療他。通過判決石過去。你會幫我嗎？」

謎語低頭看著懷中的蜜蜂，又看著我說道：「她沒事。」我聽出了他的責備之意——我甚至沒有問一句蜜蜂的狀況。但如果蜜蜂真的出事了，難道他不會立刻就告訴我嗎？我因此而感覺到一陣憤怒的刺痛，但這股怒意很快就消失了。我沒有資格生謎語的氣，也沒有時間應對其他任何事——弄臣危在旦夕。我注視著謎語。謎語搖搖頭，不贊同我的決定，但他還是說道：「我會盡全力幫助你，一直以來都是如此。」

我沒費多大力氣就站了起來。弄臣的身子幾乎沒有重量，完全沒有重量。他一直都很輕盈敏捷，而現在，他幾乎只剩下一副骨架，被傷疤和破布所包裹。那些圍觀的人都在專注地盯著我，但我現在沒精力對付他們。我向謎語走過去。他還站在原地，但深隱和蜚滋機敏已經因為我懷中這個散發著臭氣的老乞丐向後退去。

我將目光轉向蜚滋機敏：「去找我們的馬車，把它趕到這裡來。」

深隱開口道：「但我的綠色長襪……？」

我只是看著她。她閉住了嘴。「去！」我提醒蜚滋機敏。他開始行動了。他剛剛走出兩步，深隱就決定跟上他。這樣很好。

「蜜蜂。蜜蜂，看著我。求妳。」

蜜蜂的臉一直埋在謎語的脖子上。現在她慢慢抬起頭，看著我。那雙冰藍色的眼睛鑲嵌在一張蒼白的小臉上。紅色的圍巾與之形成了令人驚駭的對比。「蜜蜂，這個人並沒有要嚇到妳。我曾經和妳說過他。還記得嗎？他是我的一個老朋友，我已經多年不曾見到過他了。謎語知道他是黃金大人。我和他還是孩子的時候就在一起了。那時他是弄臣。有一件事我非常確定：他絕對、絕對不會傷害一個孩子。我知道妳被嚇壞了，但他不會傷害妳。」

「我沒有被嚇到。」蜜蜂輕聲說，「直到你殺死他的時候。」

「他還沒有死，蜜蜂。」我希望自己的話聽起來能讓人感到安慰，「但他受了傷，非常嚴重的傷。我需要馬上帶他去公鹿堡。我相信他在那裡能夠得到治療。」

我聽到馬車駛來的轔轔聲。剩下的旁觀人們紛紛為馬車讓開道路。今晚的酒館裡一定會流傳一些怪異的故事，但我對此已經無能為力了。我抱著弄臣上了馬車。深隱已經在車廂裡最靠近馭手位的角落中坐好了。「把那些毯子拿過來鋪好，讓他能夠躺下。」

深隱盯著我，一動未動。

蜚滋機敏拉好煞車，束起韁繩，轉身邁過馭手位，走進車廂，收集起一堆新毯子朝我扔過來。謎語已經站到了我身邊。他將蜜蜂放到車廂裡，用毯子把她暖和地包裹起來，然後把其他毯子鋪在車廂裡。我盡量小心地放下弄臣。他喘息了一聲。「我們要帶你去尋求幫助。繼續保持呼吸。」我說話的時候，將手按在他的胸口上，向他的體內伸展，竭力將他的生命留在肉體中。像以往一樣，我無法用原智感覺到他。他曾經施加在我身上的精技聯繫在數十年前就被他收走了。但我還是感覺到了某種東西，某種將我們聯繫在一起的東西。我拚命想要將力量灌輸給他，一邊笨拙地爬進馬車廂，始終不讓自己的手離開他的身體，然後又伸出另一隻手，將蜜蜂拉到我身旁，讓她靠著我。「謎語，你來駕車。去絞架山的判決石。」

「我知道那裡。」謎語只說了這麼一句就轉身走開了。他的沉默中蘊含著千言萬語。他登上馭手位。蜚滋機敏將解下來的韁繩交給他，爬進車廂裡，坐到了深隱的旁邊。他們全都看著我，彷彿我剛剛將一頭瘋狗放進了他們的車廂裡。我完全不在乎。馬車抖動一下，上路了。我沒有去看那些在背後盯著我們的人，而是閉上眼睛，向蕁麻伸展過去。現在沒有時間注意細節了。

我找到了黃金大人。他受了重傷，我需要精技小組的協助才能讓他活下來。我要帶他通過判決石去公鹿堡。謎語說他會盡力幫助我。

隨後是一陣長久的靜默。她沒有感知到我嗎？然後，蕁麻回應了。那麼你和黃金大人有精技聯繫嗎？

我們曾經有過。我剛剛又進行了嘗試，雖然這很愚蠢。

不是愚蠢，而是危險。你怎麼能帶一個沒有精技，也和你沒有聯繫的人穿過門石？你是在拿你和謎語的生命冒險！

我曾經和他有過精技聯繫，蕁麻。對此我還沒有完全理解。我能夠進入他的身體，治療他。我認為我和他之間還有足夠強大的聯繫，讓我可以帶他通過門石。謎語沒有精技，但他能夠與妳和切德出入門石。我不會因此而質問你們是否在用他的生命冒險。所以，請召喚其他人過來做好準備，好不好？

今天？今晚？但今天晚上有一個重要的晚宴。前來參加晚宴的有繽城、遮瑪里亞和克爾辛拉的使團。我們要慶祝冬季慶的到來，也要商談新的貿易條約，還有……

蕁麻，我不想聽這些。我需要你們。求妳了。

又是一陣彷彿持續到永恆的停頓。然後她說話了，我會召集盡可能多的精技使用者來幫助你進行治療。

謝謝妳，謝謝妳，我欠妳的。我們就要到了。在見證石等我們，派一輛馬車或者雪橇過來。

蜜蜂呢？誰會照看她？

誰會照看她？我的心一沉。我將只能依靠兩個我剛剛宣布不適當的人來照看她了。兩個遭到羞辱和冒犯的人，而且深隱肯定沒有足夠的判斷力，能夠明白這根本不是蜜蜂的錯。我對蜚滋機敏的瞭解更少。切德似乎非常看重他，謎語也是如此，還有蕁麻。我只能更加依賴他們的判斷而不是我的，希望蜚滋機敏已經足夠成熟，不會將他對我的怨恨發洩在我的孩子身上。

蜚滋機敏會帶她回細柳林。不必擔心，不會有事的。求妳了。哦，我是多麼希望真的不會有意外發生。而我現在只能將這種惴惴不安用精技牆壁牢牢封住！派一輛馬車在見證石等我們。我重複了一遍。告訴趕車的人，我的生死全繫於此。這有些誇張，但這種誇張不算過分。至少切德能夠明白，還有晉責。我將意識從蕁麻那裡抽離回來，豎起我的牆壁。我現在不希望再有精技的交涉了。我要集中精神確保弄臣活下來，不想要任何外來的打擾。我低頭看看蜜蜂，感覺到自己對她的不忠。這本應該是我們共度的一天。是的，這一天從一開始就被毀了。她靠在我身上，我整理了一下她的圍巾，將她的身子又裹緊了一些。我打算為她購買的物品連一半還沒有買到。等我回來的時候，我會好好補償她。我會迅速去一趟公鹿堡城的市場，給她帶回許多好東西補償她。弄臣和我會一起回去，這將是一個我們都銘記在心的冬季慶。

弄臣又呻吟了一聲，讓我將注意力轉回到他的身上。我俯下身，輕聲說道：「我們要穿過精技石柱，弄臣。我要帶你回公鹿堡，讓精技小組為你治療。如果我們還有精技聯繫，我帶你穿過石柱會更容易。所以……」

我握住他的手。多年以前，在照料惟真國王的時候，弄臣意外地讓手指擦過了惟真充滿精技的雙手。銀色的精技燃燒起來，滲透進他的指尖裡。他對我手腕的碰觸曾經留下過印記，銀色的指紋，還有我們的聯繫。就在我踏上那場決定命運的旅程，穿過精技石柱返回公鹿堡之前，他收回了他的印記和我們的聯繫。我現在要恢復這種聯繫，將他的指紋再一次印在我的手腕上。按照我的計畫，我們的精技聯繫將足以讓我和謎語帶他穿過那根石柱。

但是當我將他的手翻過來，細看他的手指，卻只感到心中升起的恐懼和噁心。曾經無比精緻，閃耀著一絲絲白銀脈絡的螺旋形指紋完全被凹凸不平的疤痕覆蓋，讓他的手指變成了乾硬的枯枝。他的指甲變成了粗礪發黃的節瘤，指尖的軟肉完全不見了，取而代之的是一層粗糙的死皮。「是誰這樣對你？為什麼？你都去了哪裡，弄臣，你怎麼會遇到這樣的事情？」還有那個困擾了我許多年，此時在我心中格外響亮的問題，「為什麼你不來找我？不給我任何音訊，和我斷絕了一切聯絡？否則我早就會來找你了，無論如何，我早就會來了。」

但我現在沒有心思求索答案。弄臣也許不再失血了，但我釋放進他體內的毒素正在擴散。我已經汲取了他的力量，用來封閉我造成的傷口。無論他的肉體還剩下多少能量，他都應該用來對抗體內的毒液。但他還是微微動了一下，開口說話了。

「那些曾經愛我的人……想要毀滅我。」他轉動著失明的眼睛，彷彿努力想看進我的身體，「他們失敗了，你卻成功了。不過我明白，蜚滋。我明白。這是我應得的。」

他陷入了沉默。他的話對我沒有任何意義。「我不想傷害你。我絕對不想傷害你。我把你誤當做……我還以為你要傷害她！弄臣，我很抱歉，真的很抱歉！但到底是誰折磨了你？」我仔細思考自己所知不多的資訊，「養育你長大的學院……他們對你做了這些？」

我看著弄臣微微起伏的胸膛，為自己對他的追問而自責不已。「你不必回答。不必現在回答。等到我們治癒你的時候。」如果我們可以的話。我的手按在他破爛的襯衫上，感覺到下面的肋骨。那些肋骨上有著一個個凸起的節，那是折斷後在很糟糕的狀況下癒合的結果。他是怎麼活下來的？他一個人，雙目失明，又是怎麼跛著腳走了這麼遠？他在尋找他的兒子嗎？我本應該非常非常努力地去尋找那個男孩。弄臣一定是極為需要見到他。我應該知道，我應該能想到他的處境是多麼絕望。我辜負了他。而現在，我要救他，我可以的。

「羞恥啊。」這個詞隨著一陣氣息被呼出來。

我低垂下頭，覺得他看出了我的想法，正在責備我。他又開始說話，聲音非常輕：「為什麼我沒有向你尋求援助。從一開始就來找你。但我太慚愧了，慚愧得無法尋求援助。我做了那麼多壞事，對你。我有多少次把你拖進了痛苦之中？」他灰色的舌頭想要潤濕一下脫皮的嘴唇。我開口想說話，但是他抓緊了我的手。他正在積攢力氣。我保持著沉默。

「我有多少次看著陷阱就在你的腳前？你真的需要經歷那些可怕的事情嗎？我有沒有足夠努力地去尋找另一條道路？還是我只是在利用你？」

他吃力地喘息著。我依然深陷於沉默中。他的確利用過我。他早就向我承認過這一點，不止一次。他能夠改變我的生活軌跡嗎？我知道，有很多次，僅僅是他說出的隻言片語就足以讓我重新考慮我的行動。我清楚地記得他是如何提醒我小心蓋倫，甚至建議我放棄我的精技訓練。如果我聽了他的話呢？我就不會遭受那場幾乎讓我失明並讓我在許多年裡飽受頭痛折磨的打擊。但我又要在什麼時候學會精技？他知道這樣的事嗎？他是否知道每一條我不曾走上的人生之路會終結在什麼地方？

他輕輕喘了口氣：「我不曾援救你，讓你遠離痛苦，當我遭受折磨，承受痛苦的時候，我又怎麼能要你來救我？」這番話因為一連串如同小鳥啁啾般無力的咳嗽而變得斷斷續續。我將手從他的胸口抬起，因為我無法忍心去感受他為了呼吸而進行的掙扎。

「你……根本不需要有這樣的想法，弄臣。我也絕不會這樣想的。」

弄臣吸了一口氣：「但確實是如此。最後確實是如此。」又是一陣喘息，「當我明白我向你要求了什麼的時候。原本設想的短暫痛楚卻一直綿延到了永久。」他又開始咳嗽。我俯身貼近他，用非常小的聲音說話。

「那已經是很久以前的事情了。你現在道歉也太遲了，因為我在許多年以前就已經完全原諒了你。實際上，我並不認為有什麼事情是需要我原諒的。現在，不要再說話了。保留好你的力氣。你需要它來撐過我們的旅程。」

他是否還有足夠的精力能支持他活著穿過精技石柱？沒有了精技聯繫，我還能夠帶他過去嗎？但我剛剛還可以進入他的身體。這件事絕不尋常，我們之間肯定還存在著某種關聯。但現在想這些沒有用。我知道，除非我在今晚將他帶到公鹿堡，否則他絕不可能活下來。所以我必須試一試。我們要一同穿過石柱，如果……

蜜蜂在我的另一邊說話了。她的聲音如同耳語：「你要走了嗎？」

「只離開很短一段時間。帶我的朋友去找治療師。」如果我回不來了該怎麼辦？如果我們都無法活過這一劫，她又會遭遇些什麼？我無法思考，我不能考慮這種事。我只知道，我必須試一試。為了弄臣，我不會顧惜我的生命。但她的未來呢？我稍稍提高了聲音：「深隱和機敏會帶妳回細柳林，照看妳，直到我回家。」

她的沉默顯得意味深長。我握住她的小手，壓低聲音說：「我向妳承諾，我會盡快趕回來。」騙子，騙子，騙子。我甚至不知道自己是否能在這趟旅程中活下來，我根本沒有資格做出這樣的承諾。

「如果深隱女士和我能夠知道到底發生了什麼，我相信我們一定能給予你很大的幫助。這個乞丐是誰，為什麼你會攻擊他，我們現在要去哪裡，為什麼你要留下蜜蜂讓我們照看，事先卻沒有任何提示或準備？」蜚滋機敏並沒有試圖壓抑聲音中的怒氣。

我相信他的氣惱是有道理的。我盡量讓回答更耐心一些，不會進一步刺激他的怒火。因為我不得不將我的女兒留給他照顧，任由他擺布。我用了一些時間整理了一下狀況，思考能告訴他們些什麼。

「他是一位老朋友。我誤會了他的行為，沒有認出他，攻擊了他。他需要治療，是我們在細柳林無法進行的治療。我相信，你一定聽說過精技魔法。我們打算利用精技魔法穿過一根石柱，前往公鹿堡。我在那裡的老朋友擁有他所需要的治療手段。我必須和他一起去。我希望離開的時間不會超過一到兩天。」

他們兩個都沒有開口。我嚼碎了我的驕傲，將它吞嚥下去。至少，我必須請他幫這個忙。我看著我的蜜蜂。為了她，我能做任何事。我用更加輕柔的聲音說：「在酒館裡，我對你說過我懷疑你的能力，不僅是教導我的孩子，還有保護我的孩子的能力。命運給了你一個機會證明我是錯的。做好這件事，我就會重新考慮對你的看法。我期待你挺身而出，接受我給予你的責任。照看好我的孩子。」我希望他能夠明白我這番話的意涵，因為我不敢將它明說出口。用你的生命守衛她。

深隱突然說話了，語氣中帶著她一貫的傲慢：「精技魔法只屬於瞻遠王室血脈。你怎麼可能使用……」

「安靜。」謎語用我從不曾聽到過的命令口吻說道。我懷疑以前根本不曾有人這樣對深隱說過話，但令人驚詫的是，深隱竟然聽從了謎語的命令。她蠕動了一下，彷彿變成了趴在窩裡的母雞，用毯子裹緊身體，縮到了蜚滋機敏的身邊。我看著他們交換了一個憤慨的眼神，顯然都感覺自己受到了不公正的待遇。拉車的馬隊跑得很吃力。積雪很深，不斷陷住車輪。片刻之間，我感覺到了馬匹的辛苦，嗅到了冰冷空氣中牠們的汗水氣味。我抑制住我的原智，清了清喉嚨，稍稍用力地握緊蜜蜂的手。

「蜜蜂是一個很有能力的孩子。我相信你會明白，她在日常生活中並不太需要監督。她的課程會繼續下去，就像你教導莊園裡所有的孩子一樣。我不在的時候，讓她自己管理自己的生活。如果她需要從你們那裡得到說明，我相信她自然會去找你們。如果她不來找你們，你們也不需要關注她。她有她的侍女細辛和管家樂惟，還有你們。這樣能讓妳滿意嗎，蜜蜂？」

我的小女兒非常罕見地直視了我一眼。「是的。謝謝你，爸爸。謝謝你相信我能照顧好自己。我會盡力負起責任來。」她的嘴唇抿成一條嚴肅的細線，同時也握住我的手作為回應。面對當前的狀況，我們全都表現出了自己的勇敢。

「我知道妳會的。」

「就快到了。」謎語回頭對我說，「他們會做好準備嗎？」

「是的。」我希望蕁麻認真對待了我的籲求。不，我知道她會的。我當時並沒有遮掩住我的情緒。她一定能感覺到我的急迫。他們會在那裡等我們。

我再一次看見深隱女士和蜚滋機敏交換了一個受到冒犯的眼神，他們都為自己被排除在這起神祕的事件之外而氣憤不已。對此我全不在意。通向絞架山的小路狀況很糟糕。馬車不停地在凍結的車轍中顛簸打滑。想到這會讓弄臣感到的痛苦，我不由得咬緊了牙。馬隊一停下，我立刻就下了馬車，卻感覺到整個世界彷彿都在旋轉，讓我接連踉蹌了兩步之後才找到平衡。我靠在馬車上，向蜚滋機敏一指：「帶蜜蜂回家。我不在的時候，相信你能夠讓她感到安全和適意。我的話你明白嗎？」儘管他在點頭，我卻知道這並不是對待這個人最好的方式，更不要說深隱了。他們都會感到怨恨和困惑。但我已無能為力。現在沒有時間更妥善地處理這件事了。

我握住蜜蜂的雙手。她坐在車廂尾部，讓我們的高度幾乎相當。她平視著我。灰紅色的圍巾覆蓋了她的大部分金髮，也映襯得她的皮膚更加白皙。我只對她悄聲說：「聽我的。不要忘了蜚滋機敏，如果妳有任何需要，就告訴他，或者是深隱女士，或者是樂惟。我很抱歉，非常非常抱歉，我們的這一天被打亂了。我答應妳，等我回來的時候，我們會一起度過整整一天，只有我們。一切都會順心如意。妳能相信我的話嗎？」

她稍稍抬起頭看著我，平靜的目光彷彿接受了這一切，幾乎顯得有些冰冷。「我覺得我會先去找樂惟管家。他最瞭解我。我知道你會盡全力遵守你的諾言。」她輕聲說，「我明白。」

「很高興妳這樣說。」我親吻了她的頭頂，又對她耳語：「要勇敢。」

謎語從馭手位上爬下來。深隱問他：「你要去哪裡？」

「我要和蜚滋一起走，」他對深隱說，「穿過精技石柱，回到公鹿堡。我們相信你們能夠照顧好蕁麻的小妹妹。」我憑感覺而是不是眼睛知道，他將視線轉向了蜚滋機敏。我凝視著我的孩子，不知道我怎麼能冒這樣的險，也不知道我怎麼樣才能不冒這個險。謎語又說道：「機敏，我們彼此相識已經有很長一段時間了。我知道你是一個什麼樣的人。而我從沒有將這麼重要的責任交託給你。照看好蜜蜂，要對她好。蕁麻和我會珍視你為蜜蜂做的一切。」他的話音很輕，但能聽出他咬緊了牙。我不確定蜚滋機敏是否有回答。

我放開蜜蜂，轉向弄臣，就好像我第一次看見他。如果不是我們在那個暴力的時刻緊貼在一起，如果在我將匕首刺進他身體的時候，他沒有說話，我根本不會認出他。只有他的聲音還和原來一樣。他身上的破布已經不能用「骯髒」來形容了：它們散發著惡臭，變成一縷縷腐爛的纖維垂掛下來。從他的膝蓋向下，這些布條全都是濕黏的棕褐色。他細長的腳也被破布裹住。他的全部優雅和精緻都已蕩然無存。他傷痕累累的面部皮膚緊繃在骨頭上，一雙失去了光明的眼睛直視著遙遠的天空，全身一動不動，靜靜地等待著最終命運的降臨。

「我要把你抱起來了，」我警告他。他用最小的幅度點了點頭。我用一條毯子將他裹好，彷彿在包裹一個孩子。然後我將雙臂插到他身下，將他舉起來。這個動作又讓一陣惡臭隨之泛起。

我小心地抱住他，看著謎語：「我們要怎麼做？」

謎語已經向石柱走去了。他回過頭瞥了我一眼。「如果你不知道，你又能讓我做些什麼？」他的笑容中流露出憂懼和聽天由命的神情。他曾經這樣做過。他曾經冒著生命的危險服從我，將他的力量借給我，去做有可能將我們全都殺死的事情。我配不上這樣的朋友。抱著弄臣，我跟隨他踏過積雪的小路，向聳立的石柱走去。

我回頭瞥了一眼馬車。那裡沒有人動一下。馭手位是空的。車上的三個人全都在看著我們爬上岩石山峰上的最後一段路，來到判決石前。我壓低了聲音：「你和切德是怎麼做的，他是怎樣將你帶過石柱的？」

「他抓住我的手臂，我想到了蕁麻。當他走進傳送石的時候，我跟著他。我能感覺到他在拉我。這就像是，嗯，像是有一個全身冰冷的人把你抱緊在一張床上，奪走了你的體溫。然後我們就走出來了。相比較而言，陪著他在暴風雪中走下這座山，找到路去客棧要容易得多。不過那時他才真正需要我的力量，而不是穿過石柱的時候。」他朝弄臣一點頭，「這真的是黃金大人？」

「是的。」

他懷疑地看著弄臣，「你怎麼能確定？」

「我知道。」

他沒有再追問下去，而是換了一個問題：「你要怎樣帶著他穿過石柱？你和他連在一起了嗎？」

「我們曾經聯繫在一起，那是很久以前了。我希望我們之間的還有足夠的聯繫。」我搖搖頭，

「我必須一試。」

謎語放慢了腳步。「過了這麼多年，蕁麻告訴了我那麼多，你還是有這麼多事是我不知道的。」雪停了，天空中的最後一絲光亮也消失了，「我們可能全部迷失在裡面，對不對？你和我，我們以前從沒有嘗試過這種事。你希望讓他和我們一起過去。我們三個全都有可能……」

「有可能迷失。」我不得不替他說完這句話，承認我們都很清楚的這個事實。我向他提出的過分要求沉重地壓在我的心上。這的確是太過分了，我沒有權利提這種要求。謎語是我的朋友，但我能夠確定無疑的是，他對於蕁麻而言絕不只是朋友那麼簡單。我有權利賭上他的命嗎？沒有。「謎語。你不必這樣做。我可以自己試一試。你可以帶蜜蜂回細柳林，替我照看他。我們平安到達公鹿堡之後，我就會派一隻鳥給你報信。」

謎語將雙臂緊緊抱在胸前，彷彿感到寒冷，或者是緊緊壓抑住他的恐懼。他深褐色的眼睛直視著我。沒有任何掩飾、任何猶豫。「不，我要和你一起去。我剛才看到了你的臉，我看到了你在下車時的蹣跚。我相信你曾經盡全力治療他，因此而耗費了你的大部分力氣。你需要力量。而我有力量。蕁麻曾經說過，只要我想，我很容易就能夠成為一名吾王子民。」

「但你選擇了一位女王。」我低聲說。他微微一笑，算是默認。

我們發現判決石就矗立在我們面前。我抬起頭，看著將要帶我們去見證石的符文。那裡就在公鹿堡旁邊。我感覺到恐懼在心中升騰。我站立著，將弄臣的身體抱在胸前，感覺到恐懼和沉重的疲憊。我是否已經耗費掉了我需要用在這裡的力氣？我低頭看看弄臣破爛的面孔，他一動不動。慢慢地，這種寂靜也充斥了我的身體。我回過頭，再一次向蜜蜂望去。她同樣靜靜地看著我。我向她點點頭。她舉起小手向我揮一揮，彷彿是在道別。

謎語就像是知道我的心思。他抓住我的手臂，我用了很長一段時間才感覺到他。我的老朋友。這些朋友都是我不配得到的。我的心思如同織機上的梭子，從弄臣飛向謎語，再飛向我，周而復始。我回憶起我們的友誼，我們曾經去過的恐怖之地，還有我們奮戰求生的經歷。「準備好了嗎？」我問謎語。

「我跟著你。」他說道。我能夠感覺到他真實的力量。就好像切德描述過的那樣，一種我能夠操縱的韁繩。就像是駕馭著一匹強壯的駿馬衝過又深又冷的河流。

我將弄臣緊抱在胸前。我們向前踏步，走進岩石的黑暗中。

31

療傷時刻

吾王子民的職責非常簡單。他首先要確保自己的身體完全健康，以備國王隨時召喚他，借用他的力量。吾王子民必須和他所侍奉的人有密切的關係，最好是真心關愛將會從他身體中汲取精技力量的人，而不只是尊敬和責任感。

在理想的狀況下，這種關愛應該延伸至肉體方面。借用吾王子民力量的精技使用者必須時刻將同伴的幸福放在心頭。而一旦吾王子民將身體資源的控制權交予精技使用者，就再沒有拒絕的可能了。一名有經驗的吾王子民能夠讓他的同伴知道自己何時體力已到極限，不能再提供更多的力量。精技使用者對於這種提醒的反應乃是二者之間信任關係最關鍵的基礎。

——《關於吾王子民的訓練》，精技師傅墨水井

我們從石柱中落到了見證石前的積雪山丘頂端。新雪一直沒過了大腿，上面沒有足跡。我跌

出去的時候因為被積雪撐住，沒有倒在地上，也沒有放開懷中的弄臣。謎語依舊抓著我的手臂，和我一起走進暮色沉沉的黃昏。我深深吸了一口冰冷的空氣，喘息著說：「並不像我擔心的那樣困難。」但我還是不住地喘著氣，就好像剛剛跑上一座陡峭的高山。我的頭彷彿在不斷遭受重擊，精技頭痛又回來了。但我們畢竟還是完整無損地過來了。一切可能只發生在轉瞬之間，而我卻覺得彷彿從長久的沉睡之中猛然驚醒。儘管頭痛得厲害，但我還是覺得自己的身體得到了休息。我還記得一片星光閃爍的黑暗，無論上下前後，到處都是星星。我們從那一片無限的空間中，一下子來到了靠近公鹿堡的這座白雪山丘。

這時，謎語人事不省地倒在了我身邊的雪地裡。他的身體完全癱軟了，彷彿身上一根骨頭都沒有。我緊緊抱住弄臣，單膝跪倒在他身旁：「謎語？謎語！」我愚蠢地叫喊著，彷彿他只是忘記了我也在這裡，只想趴倒在雪地上。我放開弄臣的雙腿，讓它們落在雪中，伸手抓住謎語肩膀處的襯衫，想要把他翻過來。他對我的聲音和碰觸都沒有任何反應。「謎語！」我又喊道。當我聽到回應的喊聲從山下傳來，不由得重重鬆了一口氣。

我轉過頭向身後望去。一個男孩舉著火把在雪地上跋涉而來。在他身後，一支馬隊正辛苦地將雪橇拖上陡峭的山坡。從搖曳的火光中，我看到了馬身上升起的白氣。一個女孩騎馬跟在他們身後，然後那個女孩突然就變成了蕁麻。在我的呼喚聲中，她催促坐騎衝開深雪，超過了步伐沉重的雪橇馬隊。第一個來到我們面前，跳下馬背，落在謎語身邊的積雪中。當她伸雙臂抱起謎語，讓謎語的頭枕在自己胸口上的時候，我便完全明白了謎語和她的關係。即使天色昏暗，她眼睛裡的怒火還是清晰可辨。她惡狠狠地問我：「你對他做了什麼？」

我誠實地回答：「我使用了他。因為沒有經驗，我很擔心會用得過於殘忍。我、我本以為如果我吸取他的力量太多，他會阻止我。」在蕁麻冰冷的憤怒之前，我覺得自己就像是一個做錯了事、說話結結巴巴的男孩。但我咬牙嚥下了無用的道歉，「用雪橇把他們送回公鹿堡，叫治療師和國王的精技小組來。然後妳想對我說什麼或者做什麼都可以。」

「我會的。」她認真地警告我。然後提高聲音發出命令。衛兵們聽到命令跑過來，有幾個人在認出謎語的時候都發出惶恐的驚呼聲。我不敢讓他們抬弄臣，依然是自己一個人將他抱到了雪橇上，然後自己也爬上雪橇，坐到了他的旁邊。

積雪被稍稍壓實了一點。馱馬們在下山的路上要比他們上山時輕鬆得多。即使這樣，看到公鹿堡塔樓上的燈光時，我還是覺得彷彿在黑暗中穿行了一個紀元那麼久。蕁麻已經將她的馬交給了別人，她和謎語一同乘坐在雪橇上。如果他們曾經向世人隱瞞過他們的關係，現在他們已經不再如此了。她不停地輕聲對謎語說話，等到謎語終於有了動作，做出虛弱的回應時，她立刻俯下身，深情地給了他一個吻。

雪橇在城門前也沒有做任何停留，直接將我們帶到了醫療室。治療師正在等待我們。他們首先抬走了謎語。我並沒有反對，只是自己一個人抱著弄臣下了雪橇。蕁麻命令衛兵們離開，並且承諾一旦有什麼事情發生，會盡快告知他們。這個房間很長，天花板很低。令人慶幸的是，這裡沒有其他病人。我有些好奇，自己會不會正是在這個房間裡，從精技石柱的那場災禍中恢復過來的。這裡有成排的窄床，和軍營沒什麼兩樣。謎語已經被放到床上。聽到他虛弱地抗議自己被當做病人對待，我心中一塊重重的石頭才算是落了地。我小心地把弄臣放到和謎語間隔兩張床的另一張病床上。因為我知道蕁麻需要和謎語獨處一會兒。這樣的私人空間也是謎語需要的——我悶悶不樂地想。我自信並沒有對謎語造成永久的傷害，但因為我的無知和對弄臣的憂慮，我完全忘記了要留意自己從他那裡奪取了多少力量。我過於粗暴地使用了他，他理應對我感到氣憤。對於自己的所作所為，我禁不住要感到懷疑。我是否需要奪走他的那麼多力量，才能把弄臣送過來？

在蕁麻的命令下，治療師們簇擁到了謎語的床邊。弄臣的身邊只有我一個人。我剝去他的外衣，將那些散發著臭氣的破布扔到一旁。而展現在我面前的情景讓我感到無比驚駭。有人曾經花費了很大的力氣，只為了對他造成痛苦。根據我的判斷，他承受了時間漫長、步驟縝密的酷刑。他的身上到處都能看見癒合得很不理想的骨折，還有深深的割傷，只經過了匆忙或者是故意非常粗糙的包紮。一條條扭曲褶皺的傷疤高高隆起，擠壓皮膚，讓他的身體表面變得崎嶇不平。在他的左上臂有一串燒灼的疤痕形成了也許是單詞的圖案，但並不是我所認識的字母和語言。他的左腳已經很難被稱作是一隻腳了。它扭曲向裡，只剩下了一塊肉加上一些骨節。腳趾幾乎看不見了。

弄臣身上的汙垢幾乎就像他的傷痕一樣令人髮指。他一直都是個非常乾淨的人，對於衣裝、頭髮和身體都一絲不苟。而現在，汙泥已經嵌入他的皮膚，形成彷彿是雨滴落在他身上的花紋。他的一部分衣服因為層層汙漬而變得堅硬，我在將它們從身上剝離的時候甚至覺得它們會裂開。他的短上衣裡藏著一顆蘋果。我任由那顆蘋果落在地上，和髒衣服滾在一起。為了不讓他有太多移動，我抽出小刀，割開了破敗的衣物纖維，把衣服輕輕從他身下抽了出來。

他身上的氣味令人作嘔。他的眼睛睜開成兩道裂縫。我判斷他是醒過來了。在我試圖除去他的內衣時，他才開始有了動作——他將一雙疤痕累累的手放在骯髒的亞麻襯衫領口，抓住襯衫，虛弱地說道：「不。」

「弄臣，」我責備他，試著將他的雙手移開。但他反而將衣領攥得更緊，力氣大得超乎我的想像。「求你，」我輕聲說，但他只是在枕頭上緩緩地搖著同樣布滿傷痕的頭。一些糾結在一起的頭髮隨著他的動作掉落下來。我不敢違拗他。如果他想要將祕密帶進墳墓裡，那也由他吧。我不會在這些治療師面前將他的衣服剝光。我用一條乾淨的羊毛毯子將他蓋住。他放鬆地歎了口氣。

一名治療師來到我身邊。「他的傷勢如何？還在流血嗎？」這名治療師在竭盡全力控制自己的厭惡情緒。其實就連我也幾乎無法忍受弄臣的氣味。

「他遭受了殘酷的折磨，而且拖著殘破的身體走了很遠的路。請為我拿熱水和一些毛巾來。

我要為他清洗身體。然後還請妳為他找一些好的牛肉湯。」

我看到那名治療師嚥了一下口水。「作為一名學徒，首先清潔傷患的身體是我的任務之一。」

「作為他的朋友，這是我的任務。請按我說的去做。」

她努力控制住自己的放鬆和慶幸，又問道：「我能移走這些衣服嗎？」我點點頭。她抿起嘴唇，彎腰將那些破衣服撿起來，隨後就帶著它們快步走開了。

當她走出房間盡頭的門口時，切德走了進來。他的衣著非常講究，有著明暗不同的幾種綠色。我知道他是找理由離開了宴會。阿憨身穿公鹿堡制服跟在他身後，另外還有一個我不認識的女人。也許她是一名精技學徒。片刻之後，一名衛兵打開屋門，晉責國王和珂翠肯王后走進來。不過珂翠肯在晉責身旁落後了半步。房間裡的一切動作都停止了。王后不耐煩地擺擺手，大步走過切德，停在謎語的床邊。「謎語也受傷了？我還不知道此事！」

蕁麻站起身。她的下巴緊繃著。當她說話的時候，聲音中充滿敬意：「王后，我建議對這兩個人都應該進行私密的精技治療。我是否應該讓這些治療師退下？」

剛才離開的那名治療師學徒提著一只冒熱氣的水桶，肩頭搭著幾塊乾淨的毛巾出現在屋門口。她猶疑地朝屋中打量了幾眼。我一擺手，示意她進來。她走過晉責國王的時候，笨拙地行了一個屈膝禮，總算沒有將桶裡的水灑出來。然後她就急匆匆地來到我身邊，放下水桶，將疊好的毛巾整齊地放在床腳，又將目光從我轉向聚集在醫療室中的王室成員。很明顯，她以前從沒有見識過這樣的場面，現在她不知道自己是應該行屈膝禮還是進行工作。

「國王，請原諒，這裡是我發揮經驗和技能的地方。」說話的人一定是治療師的領導人。我不清楚他反對蕁麻是因為他自信是最有能力完成救治傷患的任務，還是僅僅因為他不喜歡有人在他的地盤上發號施令。我發現自己完全不在乎這些，也發現那些宮廷禮儀對我而言毫無意義。就讓那名治療師隨意去反對蕁麻的要求吧。我相信我知道最終的結果會是什麼。我示意那名學徒退開。她感激地後退一步。然後我沒有再理會他們文雅的爭辯，自顧自地開始了工作。

我在溫水中潤濕毛巾，輕輕擦拭弄臣的臉。毛巾很快就變成了灰褐色。我將毛巾洗乾淨，又將弄臣的臉擦了一遍。黃色的濃稠淚水再一次從弄臣的眼睛裡湧出來。我停止了動作，低聲問：

「我弄痛你了嗎？」

「已經這麼久不曾有人這樣溫柔地碰觸我了。」

「閉上你的眼睛，」我嗓音沙啞地命令他。我無法承受他盲眼的凝視。我第三次擦拭他的臉。汙泥黏附在他面孔的每一根線條上。黏液乾結在他的眼瞼上。我想要為了他而哭泣，但我只是再一次擰掉毛巾上的水。在我身後，人們正在以最有禮貌的方式爭吵，他們的優雅態度只讓我感到憤怒。我想要轉過身向他們大吼，讓他們全都滾出去，或者是閉上嘴巴。我已經漸漸明白，我的希望就要破滅了。弄臣比我最初的判斷更堅強，但他的身體實在是殘破不堪。他沒有剩餘的營養儲備可以燃燒了。我將他帶到這裡來是為了讓他能接受精技治療，但是當我慢慢地將他的兩隻殘破的手逐一清洗乾淨的時候，他嚴重的病情讓我陷入了絕望。除非我們能在開始治療前就重建他的體力，否則他肯定撐不過這次治療。而如果我們不迅速治療他，他就不可能有足夠的時間重建體力。這些問題在我的腦子裡變成一個相互追逐的圓環。我要對他進行一場他不可能活下來的治療，而這是讓我們所有人都在冒險。

珂翠肯突然來到我身邊。她先以慣常的和藹態度感謝了那名靦腆的治療師學徒，並將她遣走。我身後的聲音消失了。我感覺到蕁麻贏得了這場爭論。治療師們離開了，她的精技小組正聚集在謎語的病床周圍。切德在說他以前見到過這樣的狀況，並向蕁麻保證謎語不會有事，只是需要豐富的飲食和幾天的睡眠就可以完全康復。按照切德的觀點，現在不宜對謎語進行精技干涉，食物和休息才是他所需要的。謎語消耗了超過限度的體力，但他是一個強壯堅韌的人，蕁麻不需要為他感到擔心。

我的心中略有些好奇，切德是怎麼知道的？他又曾經多麼冷酷地使用過阿憨？或者他汲取力量的是穩重？那又是為了什麼目的？這些可以等到以後再去想。以後我會把這件事徹底搞清楚。根據我從惟真王儲那裡得到的經驗，切德可能是正確的。但因為對於弄臣的關心，我根本沒有想過我的行為有可能將謎語吸乾，讓他變成一個沒有智力、只會流口水的傻瓜。我的朋友和我的女兒的伴侶。我欠他們一個道歉。不過這也要等到以後再說了。

因為現在蕁麻已經走到了弄臣的床邊。她將弄臣掃視了一邊，彷彿弄臣是一匹她在考慮是否要購買的馬。她又瞥了我一眼，然後將眼睛轉開，那種樣子倒很像是蜜蜂躲避我的目光。她向站到身旁的年輕女子問道：「妳怎麼想？」就像是教師在詢問學生。

那名女子吸了一口氣，伸出雙手緩慢地在弄臣身上移動，但沒有碰觸他。弄臣現在一動不動，彷彿感覺到了女子的動作，並且很不喜歡這樣。女子的雙手第二次掠過弄臣的全身，然後她搖搖頭：「我看到了舊傷，我們也許能治療，也許不能。他的身上似乎沒有會立刻讓他面臨死亡危險的新傷。同時他的身體有許多怪異和錯誤的地方。但我判斷他不需要立即的精技干涉。實際上，像他這樣瘦弱，我懷疑精技對於他的損傷要比好處更大。」這時她皺了皺鼻子，嗅了一下。這是她對於她的病人顯示出的第一個厭惡的跡象。不過她只是站在原地，等待蕁麻對她的評判。

「我同意。」精技師傅輕聲說道，「妳和其他人現在可以走了。感謝你們這麼快就過來。」

「精技師傅，」那名女子鞠了一躬作為回應。蕁麻和她同時邁步，不過她是回到了謎語的床邊，精技小組其餘的人則安靜地離開了醫療室。

珂翠肯全神貫注地審視著病床上這個身軀殘破的人。她用指尖輕輕遮住嘴唇，向這個人俯下身。當她重新站直身子的時候，便用一雙充滿憂慮的藍眼睛緊盯著我：「這不是他，對不對？」她的語氣幾近於哀求，「這不是弄臣。」

弄臣微微一動。當他睜開無光的眼睛時，王后畏縮了一下。弄臣斷斷續續地說道：「夜眼……如果在這裡……一定能認出我，我的王后。」

「已經不再是王后了。哦，弄臣。」

弄臣的聲音中又流露出一絲舊日裡的玩世不恭：「仍然是我的王后。我還是……一名弄臣。」

王后姿態優雅地坐到病床另一側的一張矮凳子上，仔細挽起精緻的長裙袖管，沒有看我，只是開口問道：「他都遭遇了什麼？」她從床腳拿起一塊乾淨的毛巾，在水中沾濕，沒有半點嫌棄地抬起手，開始擦洗弄臣的身體。一個很久以前的記憶從我的意識裡冒出來。珂翠肯王后擦洗被冶煉的人的屍體，讓他們再一次成為我們的同胞，使他們在被埋葬前恢復清白。她這樣做的時候從沒有猶豫過。

我低聲說道：「我對於弄臣的遭遇幾乎一無所知。很顯然，他受到過折磨。而且他走了很長的路來尋找我們。謎語的狀況全都是因為我。我當時非常急迫和驚慌，使用了他的力量將弄臣帶過精技石柱。我以前從沒有在這樣的情況下汲取過別人的力量。也許我對他的使用超過了他能夠輕易分享的程度。我只能希望沒有對他造成永久性的傷害。」

「這是我的錯。」弄臣低聲說。

「不，是我的錯。這怎麼可能是你的錯？」我幾乎是啞著嗓子說。

「力量，從他身上，通過你，傳給我。」他吸了一口氣，「我本應該死了。我沒有。我感覺幾個月以來都沒有這麼強壯過，儘管……今天發生的事情。你把他的一些生命給了我。」

我明白了。謎語不僅是給予我力量，讓我能帶著弄臣穿過精技石柱，他還讓我從他身上取走了一部分生命，將這種原生的力量給了弄臣。感激和慚愧在我的心中相互衝撞。我向謎語瞥了一眼。他沒有看我。蕁麻坐在他床邊的一張矮凳子上，握著謎語的雙手。我有沒有可能償還這筆債務？我覺得沒有。

我轉回頭看著弄臣。他已經失明了，不可能看見珂翠肯正在仔細為他擦洗他彎曲的手指。淚水從他的面頰上滑落。這雙靈巧的手和修長的手指曾經讓木球變成一道道幻影，讓縷縷絲綢如花朵般綻放，讓硬幣憑空出現，輕輕晃動顯示出輕蔑與譏諷，或者稍許搖曳便模仿出各種形象，讓他講述的故事變得活靈活現。現在這些手指只剩下了腫脹的關節和斷裂的指骨。「這不是你的錯，」珂翠肯平靜地說，「我相信謎語知道自己給出了什麼。他是一個慷慨的人。」一陣長久的停頓之後，王后又說道，「他所得到的一切都受之無愧。」但王后並沒有進一步說明謎語得到了什麼，只是歎息一聲，改變了話題，「你需要更多的照料。弄臣，你需要洗一個熱水澡。你還是那麼執著於個人隱私嗎？」

弄臣發出一點可能是笑聲的微弱聲音，「折磨能夠剝奪一個人的所有尊嚴。痛苦會讓你尖叫，哀求，甚至自甘汙濁。當你的敵人控制了你，隨心所欲地對你做出各種毫無人性的事情，你便不會再有任何隱私可言。而我正在我的朋友之中，所以，是的，我依然執著於隱私。這是他們給我的一份禮物，是對於我曾經擁有的尊嚴的一點恢復。」說過這麼多話之後，弄臣又陷入了一陣長久的喘息。

珂翠肯沒有爭辯，或者問他是否能自己沐浴。王后只是簡單地問道：「你要在哪裡歇宿？黃金大人的舊寓所？蜚滋的兒時臥室？切德的老巢穴？」

「那些房間都還空著？」我驚訝地問道。

珂翠肯平視著我。「為了他，其他人都可以搬走。」她將一隻手輕柔地按在弄臣肩上，「我永遠不會忘記，是他將我活著送到群山王國。」

弄臣抬起一隻變形的手，放在王后的手上：「我會謹慎進行選擇。儘管我以前很少謹慎過。如果可以，我需要平靜的環境恢復身體。我要在切德的巢穴裡。不能讓別人知道我是黃金大人，或者是弄臣。」他轉過陰翳的眼睛問道：「我嗅到了食物的氣味嗎？」

的確是食物。那名治療師學徒回來了，手中捧著一只用布包裹蓋著蓋子的湯罐。蓋子隨著她的步伐而稍稍晃動，散發出一股燉牛肉的芳香，充滿了整個房間。一名侍應男孩捧著碗、勺和一籃麵包卷跟隨在後。治療師學徒停在謎語的床邊，為他擺放好餐點。我寬慰地看到謎語已經可以被扶起來坐在床上，吃下送來的熱食。他的目光越過蕁麻，和我對視，給了我一個虛弱的微笑。我不應該得到這樣的原諒，這樣真摯的友誼。我慢慢向他點頭，相信他能理解。

我知道，要贏得蕁麻的原諒肯定會困難得多。

那名學徒女孩走過來，為弄臣倒了一碗熱湯。「你能坐起來吃東西嗎？」我問弄臣。

「也許這是唯一能讓我盡力一試的事情。」弄臣喘息著說。當珂翠肯和我將他扶起來，用枕頭把他的身子撐好，他又說道：「我比你想像得更堅強，蜚滋。是的，我瀕臨死亡。但我會盡我所能將死亡打退。」

直到治療師學徒和她的助手將飯菜排擺完畢，我都沒有再開口。他們走開以後，我俯過身說道：「盡可能多吃一些。你獲得的力量愈多愈快，我們就能愈早嘗試對你進行精技治療。如果你想要的話。」

珂翠肯將勺子送到他的唇邊。他嚐了一下，立刻帶著響亮的聲音將肉湯吸入口中，然後發出如同呻吟般的喜悅聲音，又乞求說：「太慢了，讓我用碗喝吧，我太餓了。」

「湯很燙。」王后警告他。但還是將碗碰到了他的口邊。弄臣用爪子一樣的手引導王后的雙手，滋滋響地從碗邊喝著熱湯，全身都在因為對營養的渴求而顫抖。

「是他。」切德說道。我抬起頭，看到他正站在弄臣的床腳。

「是的。」我向切德確認。

切德點點頭，眉頭一皺：「在我被蕁麻趕走以前，謎語向我做了不算完整的報告。他不會有事的，蜚滋，但這不代表你沒有責任。這件事表明了你的無知會怎樣傷害我們。如果你返回公鹿堡，和國王的精技小組一同進行研習，你就能更好地控制對他的精技使用了。」

這是我在此時最不想討論的事情。「你是對的，」我說道。我的妥協讓切德吃驚得一時不知該說什麼是好。我又說道：「弄臣想要住進我們的舊教室去。這件事能安排一下嗎？那裡要生起火，要有乾淨的床褥、新袍子、洗浴用的熱水，還有簡單的熱餐。」

聽了我的清單，切德連眼睛都沒有眨一下。「還有藥膏、恢復身體的藥草茶。給我一點時間。我還有一個晚上的外交和談判事務要應付。我也必須請珂翠肯和我一起回去。我會派一名侍者來找你，然後你就帶他去百里香女士的舊房間，從僕人樓梯過去。你會發現那裡的衣櫃背面多了一道暗門。你們要從那裡進去。恐怕我必須現在就返回歡迎宴會，但我會在今晚深夜或者明天黎明的時候來看你。」

「謝謝。」我說道。他嚴肅地點點頭。

儘管我心存感激，但我知道，切德的好意遲早會需要我付出代價。一直都是如此。

珂翠肯在一陣裙襬的窸窣聲中站起身：「我也必須返回宴會大廳了。」我轉過頭，才意識到這是我在今晚第一次認真看她。她身穿藍色絲裙，裙襬上裝飾著白色蕾絲。她的耳環是藍色和銀色的。戴在她頭頂上的白銀冠冕上鑲嵌著一連串淺色黃玉，在她的眉宇上方組成了一片網路狀的圖案。我的驚訝神情一定顯露在了臉上。所以她露出了不以為然，又有些傷感的微笑。「他們是我們的交易伙伴。我穿戴他們的商品會讓他們感到高興。這是一種恭維，能夠讓我們的國王與他們進行的談判更加容易。」她又微笑著說道：「我向你保證，蜚滋，我的裝飾品和我們的年輕王后在今晚佩戴的珠寶相比，要簡單得多！」

我也向她微笑：「我知道妳喜愛簡單的衣著，但實際上，它們的美麗非常適合妳。」

弄臣輕聲說道：「如果我能看見妳就好了。」他的手中捧著空掉的湯碗。珂翠肯一言不發地擦去了他嘴角的肉湯。

我想要告訴弄臣，我們可以完全治癒他，讓他能再見到光明。實際上，我非常希望自己以前就能接受切德重複再三的建議，學習更多關於精技的技藝。我看著弄臣，非常想知道我們是否能扳直他癒合錯位的骨頭，恢復他的視力，除去他皮膚上灰白色的斑塊。我們到底能讓他的健康恢復多少？

「我的確希望能如此。」弄臣突然說道，「精技治療。我不配得到這樣的對待。我害怕被這樣對待。但我希望能夠這樣，愈快愈好。」

我不情願地說出了事實；「如果現在就治療你，我們很可能會在治癒你的同時殺死你。你的身上有太多……損傷。而你所經歷的一切又讓你變得極度虛弱。我為你偷取的力量也不足以支撐你熬過治療。」珂翠肯正在看著我，眼神中帶著疑問。我應該告訴他們，其實我也不知道答案，「我不知道精技能夠將你恢復到何種程度。這種魔法最終還是會服從你的身體。它能夠促進你的身體修復出錯的地方，讓修復速度遠遠快過正常的狀況。但如果是你的身體已經進行過修復的地方，比如說一處癒合的斷骨……嗯，我不知道精技是否能讓錯位的斷骨介面復原。」

珂翠肯低聲說：「在精技小組治療你的時候，我知道有許多舊傷也都被治癒了。疤痕全都消失了。」

我不想提醒王后，那種不受限制的治療差一點殺了我。「我認為我們必須一步步來。我不希望弄臣有太高的期望。」

「我需要看見，」弄臣突然說，「無論其他，我首先需要看見，蜚滋。」

「這一點我不能向你保證，」我說道。

珂翠肯從床邊退開。她的眼睛裡有淚水在閃動，但她的聲音依然穩定如常：「恐怕我必須回去進行貿易談判了。」她向醫療室的門口瞥了一眼。切德正在那裡等她。

「我還以為這只是一場宴會，有吟遊歌者助興，人們會跳舞歡慶？」

「表面上看來，它也許是這樣。但這是一場不折不扣的談判。今晚，我依然是群山王國的女王，因此也是一名身負六大公國寄託的談判參與者。弄臣，我無法向你表述我的感受。能再見到你讓我心懷喜悅，但看到你竟然有著這樣的遭遇，我的心中又充滿了悲傷。」

弄臣微微笑著，分開滿是裂痕的嘴唇：「我也是一樣，我的王后。」然後他又略帶傷感地收起笑容說道，「只是有些傷心我無法看見您。」

這讓王后發出一聲半像是啜泣的笑聲，「我一有時間就會回來。」

「但不要在今晚。」弄臣柔聲說道，「我已經非常疲憊，幾乎無法睜開眼睛了。不過，我的王后，還是希望能儘早見到您。儘早，如果您樂意的話。」

珂翠肯向他行了一個屈膝禮，然後就帶著長裙的窸窣聲和高跟鞋的篤篤聲跑開了。我一直看著她遠去。

「她改變了許多，又完全沒變。」弄臣說。

「聽起來，你的狀況好一些了。」

「食物、溫暖的床、乾淨的臉和手、朋友的陪伴，這些都很有治療的力量。」他忽然打了個哈欠，然後又有些驚懼地說：「還有謎語的力量。這種對力量的借用，非常奇怪，蜚滋。它的確有些像你將自己的生命注入我的身體的時候。一種不斷鳴響、毫無止息的能量進入我的身體，一種借來的，而不是獲取的生命。我的心不喜歡它，但我的身體渴望著得到它。如果它是放在我面前的一杯水，我覺得我將無法抵抗把它一飲而盡的欲望。」他緩緩地吸了一口氣，安靜下來。但我幾乎能感覺到他在享受額外的生命在他的身體中流動的感覺。我回憶起自己經歷過的那種戰鬥的瘋狂。那時我發現自己一直在奮力拼殺，狂野而喜悅，毫無顧忌地揮霍力量，即使知道我的身體已經筋疲力竭也在所不惜。那種感覺實在是令人欣喜若狂。而隨後便是徹徹底底的癱軟無力。那種虛偽的力量一旦燃燒乾淨，就會向身體索取高昂的代價。我清楚這一點，所以心中感到深深的恐懼。

弄臣又說話了：「不過，我並沒有說謊。儘管我渴望著能有一次溫暖的沐浴，但我覺得我無法再保持清醒太長時間了。我已經記不起上一次我感到如此溫暖、肚子裡裝滿食物是在什麼時候了。」

「也許我應該抱你去百里香女士的房間了。」

「你抱我去？」

「我剛剛就抱過你。你幾乎沒有重量，抱著你實在是最輕鬆不過了。」

他沉默了一段時間，然後說道：「我覺得我能走路。至少這段路是可以走的。」

這讓我感到困惑，但我並沒有為此和他爭論。彷彿是被我們的話召來的一樣，一名侍者走進了醫療室。他的頭髮和肩膀上還掛著雪花，手中拿著一盞油燈。他環顧四周，喊道：「湯姆·獾毛？我來找湯姆·獾毛。」

「我在這裡。」我對他說。當我轉向他的時候，蕁麻忽然從謎語的床邊走過來，抓住我的袖子，把我拉到一旁。她看著我，她的面容是這麼像她的母親，以至於在那一刻，我覺得莫莉從墳墓中走出來，回到了我的面前。「他說我不應該怪罪你，那是他自願的。」

「不。是我要他這樣做。他知道如果他不幫我，我就會一個人這麼做。罪責在我，我很抱歉。」

「我相信你肯定有責任。」

我低下頭。過了一會兒，她又說道：「人們對你的愛遠遠超過你應得的，湯姆·獾毛。但你甚至不相信他們愛你。」我還在思考她的這句話時，她並沒有停口，「我也是這些人之一。」

「蕁麻，我非常……」

「再這樣說，我就要打你了。我不在乎有誰在看著。如果我能夠求你做一件事，那就是絕對不要再說這種蠢話了。」她將目光從我轉向弄臣，「他從小時候就是你的朋友。」她的語調表明她明白弄臣是一種非常罕見的人類。

「他過去是，現在也是。」

「那麼，去照顧好他。謎語休息之後就沒事了。」她將雙手放在額角上揉搓了幾下，「那麼蜜蜂呢？我的妹妹呢？」

「我讓蜚滋機敏照看她。我相信她不會有事的。我不打算離開太久。」雖然這樣說著，但我卻不知道自己到底什麼時候才能返回細柳林。我會留在這裡，直到弄臣恢復體力，嘗試接受完全的精技治療嗎？我是否應該在天亮時就用精技石柱回去，過幾天再回來？我彷彿被撕裂了，渴望著能夠同時留在兩個地方。

「如果她在機敏身邊，她不會有事的。」我完全不確定是否能同意蕁麻的判斷，但現在似乎沒有時間和她細說這件事。蕁麻聲音中的寬慰讓我懷疑我是否誤判了那名年輕的書記員，然後她的話又讓我深感愧疚，「我們應該送一隻鳥去告訴他們，你們已經平安到達這裡了。」

我向弄臣瞥了一眼。他已經掙扎著坐起來，用毯子裹住了肩膀。看上去，他虛弱得讓人心痛，又彷彿比我老了一百年。

「這件事交給我。」不等我提出請求，蕁麻已經繼續說道，「你想讓我找衛兵來幫助移動你的朋友嗎？」

「我覺得我們自己可以處理好這件事。」我說。

蕁麻平靜地點點頭。「我想你們應該可以。你不想讓很多人知道他在這裡。我不知道你們為什麼要這樣，但我會尊重你們對保密的愛好。畢竟絕大多數僕人都在為節日慶典而奔忙，所以，如果你們足夠小心，應該不會引起其他人的注意。」

然後，我帶著弄臣去了百里香女士的房間。這是一段很長的路，讓我們兩個都感到冰冷和潮濕。而弄臣堅持自己一瘸一拐地走過場院，來到他自己房間的門前。他仍然將肩膀裹在毯子裡，兩隻腳還是被破布包纏著。風雪掃過吃力行進的我們。使用僕人通道意味著我們必須走遠路繞過許多地方。在爬上狹窄的樓梯時，他抓著我的手臂，每向上邁一步都更沉重地靠在我身上。引領我們的那個男孩一直在回頭看我們，眼神中盡是好奇和猜疑。我知道，這大概是因為我的衣服上沾染了弄臣的血。對此我沒有給他任何解釋。

在百里香女士的舊寓所門前，那名侍者停下腳步，給了我一枚掛在藍色粗繩環上的大鑰匙。我接過鑰匙和他手中的小油燈，告訴他可以離開了。他立刻就跑得不見蹤影。「百里香女士」已經有幾十年不曾出現了，但她在這裡鬧鬼的傳說並沒有被人們遺忘。這種掩飾手段很合切德的脾胃，所以他一直保持著這裡的恐怖氣氛。

我們進入的房間光線昏暗，充斥著一股霉味。落滿灰塵的桌子上有一個燭臺，釋放出一點可憐的光亮。整個房間中還有一種古老的、令人反胃的香水氣味，表明這裡曾經屬於一位老女人，但已經很久不曾使用過了。弄臣說：「我坐下來就行了。」結果他差一點坐空了我為他拉過來的椅子。他在椅子裡靜靜地坐著，喘息著，但並沒有縮成一團。

我打開衣櫃，看到一排老舊的長裙和襯裙。氣味聞起來彷彿從沒有被清洗過。我一邊嘟囔著切德的愚蠢，一邊手腳並用地從衣服下面爬進去，沿著衣櫃的背板摸索，不斷敲打、推壓、扳撬，突然間，背板轉開了。「我們必須爬進去，」我有些鬱悶地對弄臣說。他沒有回答。

他坐在椅子裡就睡著了，要叫醒他實在是很困難，我只好把他從衣櫃低矮的暗門中拖了過去。我幫助他坐到火爐前切德的舊椅子裡，然後從暗門中爬回到百里香女士的房間，熄滅了蠟燭。當我關上暗門，回到弄臣身邊的時候，他又開始在瞌睡中點頭了。我叫醒他問道：「洗澡還是睡覺？」

浴盆中仍然微微冒著熱氣，裡面的薰衣草和牛膝草香氣在整個房間中瀰散開來。浴盆旁邊還放著一把直背椅和一張矮桌子，桌子上有浴巾、一罐軟香皂、一塊小毛巾、一件棉質束腰外衣和一套老式的藍色羊毛長袍，還有一些厚長襪。這些應該夠了。弄臣將自己一點點打開，就好像他的身體是一只提線木偶。「洗澡。」他一邊嘟囔著，一邊將失明的眼睛轉向我。

「這邊。」我握住他乾瘦的手臂，用我的另一隻手臂抱住他，幫他走到直背椅前。他重重地坐進椅子裡，幾乎把椅子撞翻。然後，他便一動不動地坐著，不住地喘著氣。我沒有多問，只是跪下去開始解開包住他雙腳的布條。它們的氣味非常可怕，完全黏在一起，我不得不用力把它們撕開。當我說話的時候，只能用嘴來呼吸。

「你的旁邊有一張桌子，上面有你需要用來清洗身體的所有用具。還有洗浴之後穿的衣服。」

「乾淨衣服？」他問道，彷彿我給了他一堆金子。他摸索著，一隻手抬起落下，就像是一隻蝴蝶碰到了放在那裡的寶藏。他提起香皂罐，嗅了嗅，發出一陣微弱的、令人心碎的聲音，然後小心翼翼地把罐子放下。「哦，蜚滋，你完全無法想像。」他一邊斷斷續續地說著，一邊伸出皮包骨的手臂，用彎曲的手將我推開。

「如果有需要就叫我。」我只好做出讓步，拿起一根蠟燭，走到房間另一端的卷軸架前。他傾聽我的腳步聲。當我停在房間另一端的時候，他看上去並不是很高興，但這是我能夠給予他的最大隱私範圍了。我並不想看他的樣子。很快，他的身子就沒進了浴盆裡。我隨意翻檢架子上的卷軸，找到了一份關於雨野原的。但是當我將卷軸拿到桌子上的時候，發現切德已經為我安排好了閱讀的資料——三份關於吾王子民正確的準備和使用方法的卷軸攤放在我的面前。好吧，他是對的。我最好從這個開始學起。我將他們拿到切德的舊床上，點亮了那裡的枝狀燭臺，踢掉我的靴子，墊起枕頭，躺下來開始閱讀。

我讀完了第一份卷軸的三分之一時，聽見輕微的水聲，弄臣正在浴盆中挪動身體。我一邊讀著卷軸，一邊週期性地抬頭看看，確保他沒有在浴盆中睡著而溺水。第一份卷軸的內容相當沉悶乏味，用過分冗長的細節講述了如何選擇一個可以分享力量的人。在經過長時間的浸泡以後，弄臣開始慢慢地清洗身體。全身的疼痛和肌肉的鬆解讓他不斷發出微弱的聲音。不過他絲毫沒有急迫的樣子。我開始讀第三份卷軸了。這份卷軸的內容更加有用。它詳細描述了吾王子民在超過限度之後會表現出的各種症狀，還有在有必要的情況下如何將力量反饋給一個人。這時我聽到弄臣重重地歎了一口氣，隨後就是離開浴盆的聲音。我沒有看他。

「你能找到浴巾和長袍嗎？」

「我會試試看。」他簡單地回應道。

我就要讀完卷軸，正在努力保持清醒的時候，聽到他說：「真是失態了。你在哪裡？」

「在這裡，切德的舊床上。」

即使剛剛洗淨了身體，還穿上了乾淨的衣服，他的樣子還是非常糟糕。他站立著，身子靠著椅背，舊式的藍色長袍掛在他的身上，就像是一艘被廢棄的船上鬆垂下來的船帆。他頭頂殘存的頭髮依然浸透了水，幾乎無法垂過他的耳朵。在他憔悴的臉上，那雙失明的眼睛顯得格外可怕，就像是兩隻死去的小動物。他的呼吸聲好像漏氣的風箱。我站起身，扶住他的手臂，把他領至床邊。

「吃了東西，洗了澡，還很溫暖，有新衣服，一張柔軟的床。如果我不是這麼疲憊，我一定會感激地哭出來。」

「先睡吧。」我為他掀開被子。他坐到床邊上，雙手拍著乾淨的床單，又摸到蓬鬆的枕頭，然後很吃力地將雙腿放到床上，在枕頭上躺好。我沒有等待，而是像給蜜蜂蓋被一樣為他把被子蓋好。他的雙手抓住了被子的上沿。

「你今晚會留在這裡嗎？」這是一個問題，而不是一個要求。

「如果你願意的話。」

「我願意，如果你不介意。」

我毫不避讓地凝視著他。他的臉上沒有了汙垢，只剩下一道道傷痕的線條，如同美麗的雕刻。「我不介意。」我低聲說道。

他閉起被陰翳覆蓋的眼睛。「你是否記得……我曾經求你晚上留在我身邊？」

「在古靈帳篷裡，艾斯雷弗嘉。」我記得。我們全都沉默了一段時間，寂靜在房間裡慢慢擴散。我以為他睡著了。突然間，我感覺到疲憊不堪。我繞到床的另外一邊，坐在床沿上，然後在他的身邊躺下，動作萬分小心，就好像他是嬰兒時的蜜蜂。我的心思又到了蜜蜂身上。我給了她怎樣的一天！她今晚能睡好嗎？還是要和噩夢搏鬥？她會躺在她的床上，還是爬進我的書房的牆後，將自己藏起來？她真是一個奇怪的小女孩。對她，我必須做得更好。以我心中的每一滴血發誓，我要好好待她，但世事似乎總是在我們兩個之間設置障礙。我來到了這裡，距離她有許多天的路程，將她交給了一個我幾乎還不瞭解的人照顧，而且我剛剛羞辱了那個人。

「沒有問題？」弄臣在昏暗中問道。

我覺得他才是應該有問題的那個人。第一個問題就是，為什麼你要刺傷我？「我以為你睡著了。」

「就快了。」弄臣歎了口氣，彷彿重壓在他身上的整個世界終於滑開了。「你讓我有了這樣的信念，蜚滋。許多年過去，我踏回到你的生命中，你殺死我。然後你又救了我。」

我不想談論用匕首刺他的事。「你的信使找到了我。」

「哪一個？」

「一個蒼白的女孩。」

他陷入沉默，又用充滿哀傷的聲音說：「我派了七對信使來找你。在八年時間裡，我不斷派出他們。只有一個找到了你？」

七對。十四名信使，一個找到了我。也許是兩個——一陣巨大的恐懼在我的心中升起。弄臣到底在逃避什麼？那股力量還在追逐他嗎？「她在找到我之後很快就死了。追殺她的人向她的身體裡射入了某種寄生蟲，那些蟲子在她的體內吃她。」

弄臣沉默了很長一段時間。「他們很喜歡這種手段。緩慢的痛苦，不可避免地逐步惡化。他們喜歡看被他們折磨的人只想去死，並為此而苦苦哀求他們。」

「是誰喜歡這樣？」我低聲問。

「僕人。」弄臣的聲音裡聽不到任何生命的活力。

「僕人？」

「他們曾經是僕人。當白者還存在時，他們的祖先侍奉白者，也就是那些先知之人，我的祖先。」

「你就是白者。」關於白者的文字紀錄幾乎沒有。我所知道的大部分都來自於弄臣的講述。白者一族曾經與人類共同生活。他們的生命很長，有語言的天賦，能夠看到所有未來。隨著他們的數量逐漸減少，並與人類交配融合，他們失去了自己獨特的能力，但每隔幾個世代，就會有像弄臣這樣的白者降生。而像他這樣的真正白者是非常罕見的。

弄臣的喉嚨中發出一陣帶有懷疑意味的微弱聲音：「所以蜚滋，他們的所作所為應該讓你相信，也讓我相信，事實是，我只是一個有著足夠白者血統的怪物，幾乎就像是一個真正的白者。」他深吸一口氣，似乎是還想要說些什麼，卻又只是深深歎息了一聲。

我感到困惑：「這不是你在多年以前曾經告訴過我的。」

弄臣在枕頭上轉過頭，彷彿能看見我。「這也不是多年前我所相信的。我沒有對你說謊，蜚滋。我只是向你重複了我聽到過的謊言，我一生都在相信的謊言。」

我告訴自己絕不會相信這種事，但還是不得不問道：「那麼你不是白色先知？我不是你的催化劑？」

「什麼？我當然是。你正是我的催化劑！但我不是完全的白者。這個世界上已經數百年不曾有過完全的白者了。」

「那麼……黑者呢？」

「普立卡？要比我老得多，也許有更純粹的血液。就像年老的白者，當他老邁的時候就會變黑。」

「我還以為他會變黑，是因為他能夠實現作為白色先知的任務？因為他成功地讓世界走上了一條更好的道路，所以他才會變黑？」

「哦，蜚滋。」弄臣的聲音疲憊而且哀傷。經過很長一段時間的停頓之後，他說道：「我不知道。僕人們從我這裡奪走了許多東西。我本以為我知道的一切，確定的一切。你有沒有在海潮來襲的時候站在沙灘上？感覺到波浪吞沒了你的腳，吸走你腳下的沙子？這就是現在的我。每一天，我都覺得自己正在未知中愈陷愈深。」

一百個問題充滿了我的腦海。我突然理解了，是的，我一直都相信他是先知，我是他的催化劑。我一直都相信這一點，所以才會忍受他對我預言的各種事情，並對之堅信不疑。那麼這些會不會都是謊言？一個他深陷其中的騙局，並且我也被他拉進了這個騙局之中？不，我不能認同這樣的事情，我絕不能相信這樣的事情。

「還有什麼可以吃的嗎？我突然又感覺到餓了。」

「我去看看。」我下床向壁爐走去。切德派來布置這裡的人想得非常周到。一只帶蓋的罐子被掛在炭火上，那裡不會被火焰烤到，但能夠保持相當的溫度。我將罐子提到壁爐上，向裡面看了看。罐子裡的褐色濃湯中燉著一隻雞，配菜是洋蔥、芹菜和防風草根，它們讓雞湯變得香氣撲鼻。「有燉雞，」我對他說，「我給你盛一些嗎？」

「我起來自己吃。」

他的回答讓我吃了一驚。「早先我帶你到這裡來的時候還以為你已經命懸一線。現在聽起來，你幾乎又像是你自己了。」

「我一直都比我表面的樣子更強韌。」他慢慢坐起身，將雙腿放下床，用腳趾摸索地板，「但也不必自我欺騙。我本來已經懷疑自己是不是能在這個寒冬裡再多熬過兩個晚上了。我幾乎不記得過去幾天中的情形。冰冷、饑餓和痛苦。黑夜和白天沒有什麼區別，只是深夜中會更寒冷。」他站起身，搖晃了一下，無助地抱怨說：「我不知道你在哪裡。」

「站著不要動，」我對他說。實際上他除了站在原地也做不了任何事。我將一張小桌子放在切德的舊椅子旁，然後引領弄臣在椅子裡坐好。接著我在一個架子上找到碟子和餐具。迷迭香女士讓房間變得比切德在此生活時整潔得多。我給弄臣盛了一碗雞肉，拿了一支勺子，又找到一瓶白蘭地和一些酒杯。「你有多餓？」我一邊問，一邊看了一眼留在罐子裡的食物。聞到雞湯的香味，我的食欲也被勾起來了。精技旅行的辛勞幾乎全被我轉嫁給了謎語，但從我上一次進食到現在，我還是度過了一段漫長而疲憊的時間。

「你也吃一些吧，」弄臣回答道。他感覺到了我的躊躇。

我也為自己盛了雞湯，坐到迷迭香女士的椅子裡，將我的碗放在膝頭。弄臣抬起頭：「我是不是嗅到了白蘭地的氣味？」

「在你的碗左邊。」

他放下勺子。一絲顫抖的微笑出現在他的嘴邊：「在爐火旁和蜚滋一起喝一杯白蘭地。有乾淨的衣服，有食物。哪怕是最後一次，我也幾乎可以高興地去死了。」

「不要談論關於死亡的話題了，好好休息。」

他的笑容變得更加強壯有力。「隨便說說，老朋友，隨便說說而已。無論你在我們進入石柱前對我做了什麼，無論謎語付出了怎樣的犧牲，食物、爐火和休息才最終將我從懸崖邊上拉了回來。但我們不應該彼此欺騙。我知道我的身體腐壞成什麼樣子，我知道你也看到了。」他抬起一隻爪子般的手，抓撓面頰上的傷痕，「這不是意外，蜚滋。他們有意讓我體內生出那些東西，就如同他們用傷疤雕蝕我的臉，將精技從我的指尖剝離。我不會幻想自己能夠擺脫這一切。他們用緩慢的死亡折磨我，在我逃走的時候追逐我，想要看到我每天困頓衰竭的樣子。所有可能瞭解我的人都會受到他們的威脅。我希望能夠逃得更遠更快，擺脫他們的追逐，但即使這一點也許依舊是幻想。他的的謀劃縝密周詳，遠超過你我的想像。因為他們有一張時間迷宮的地圖，是由十萬名先知所繪製。我沒有問你為何會刺傷我，因為我已經知道。他們推動這一切運轉，等待著你實現他們的邪惡意志。他們要殺死我，同時也要傷害你。這不是任何人的錯，只是他們的陰謀。但你是催化劑。你將我的死亡轉變成向我注入力量。」他歎息一聲，「但也許即使是這一點也出自於他們的意志。你找到我，將我帶來這裡。蜚滋，這會不會是一顆石子，而一場雪崩即將由它觸發？我不知道。我像以前一樣渴望看到，渴望著在無數可能組成的迷霧漩渦中找到我的出路。但這一切都消失了，當你將我從死亡中帶回來的時候，我再也找不到它們了。」

我想不出該說什麼才好。很久以前我就從弄臣和切德那裡學到，最快導致沉默的辦法莫過於問過多的問題。只需要傾聽，他們自然會將更多的資訊告訴我，甚至會比他們想要說的更多。所以我只是吃著雞肉，喝著切德的白蘭地，心中思考那些僕人和弄臣的意外之子，還有他派來找我卻失陷在中途的那些信使。

弄臣吃完了罐子裡的雞，用勺子在碗中攪一攪，確認沒有一塊雞肉剩下。我重新倒滿了他的酒杯，低聲對他說：「你的左邊嘴角上還有湯沫。」看到他的吃相變得如此貪婪粗陋，我感到非常痛苦。我將碗從他的面前拿走，擦淨桌子上濺落的食物殘渣和湯汁。我不希望讓他感到羞愧，但他在擦臉的時候承認說：「我吃得就像是一條快餓死的狗。一條瞎眼的餓狗。恐怕我已經學會了如何用最快的速度把最多的食物塞進我的肚子裡。這種能力被有意教給我，想要忘記它實在是很困難。」他吮了一口酒，將頭靠在椅背上。他的眼睛閉了起來，但是直到鬆弛的手抽動一下，酒杯差一點落在地上，我才意識到他就要在椅子裡睡著了。

「回床上去吧，」我對他說，「只要你再好好休息幾天，充分進食，也許我們就能開始對你進行一些小幅度的治療，讓你的身體逐步恢復健康。」

他動了一下。我握住他的手臂，他搖搖晃晃地站了起來。「只要可以，就請開始治療吧。我必須變得更強壯，蜚滋。我必須活下來，打敗他們。」

「好吧，讓我們從一晚上的睡眠開始吧。」我向他建議。

我引領他回到床上，為他把被子蓋好，然後盡量悄然無聲地整理好房間，在壁爐裡添加木柴。又倒滿了自己的酒杯。這是黑莓白蘭地，比我年輕時能喝到的酒香醇很多。濃郁的漿果和花朵芬芳將我的思緒拉回到過去的那些日子裡。我坐在切德的椅子中，歎了口氣，將雙腳伸向爐火。

「蜚滋？」

「我在。」

「你還沒有問過我為什麼要回來。為什麼我要來找你。」他的聲音中浸透了疲憊。

「信使說你正在尋找你的兒子。你的意外之子。」

「恐怕希望不大。我夢到我找到了他，就在那個市集中。」他搖搖頭，聲音低沉下去。我只有豎起耳朵才能聽到他說些什麼，「他們想要的就是他。那些僕人。他們認為我早就知道他的存在，所以訊問了我很長一段時間，想要將一個我不知道的祕密壓榨出來。最後，當他們清楚地告訴我他們尋找的目標時，我還是對他一無所知。他們當然不相信。連續數年，我都堅持認為這是不可能的。我甚至問他們：『如果有這樣一個孩子存在，我會丟下他嗎？』但他們是如此確定，我已經開始相信他們是正確的了。」

他陷入了沉默。我很想知道他是不是睡著了。他怎麼可能在講述這樣一個慘痛的故事時沉睡過去？當他再次開口的時候，聲音變得有些厚重：「他們相信我對他們說了謊。當他們……找到我的時候。」他的聲音停了下來。我聽到他在努力讓自己的聲音平穩下來，「我們最初回去的時候，他們對普立卡和我尊榮有加，為我們舉辦通宵達旦的宴會，一次又一次地鼓勵我們說出所見和所做過的每一件事。書記員把我們說的每一個字都記錄下來。它……它在那時出現在我的腦海中，蜚滋。我們得到了那麼多尊崇和讚美。普立卡對此表現得更加冷靜。然後有一天，他不見了。他們告訴我，他決定去訪問他的出生之地。但幾個月過去，我開始懷疑有什麼地方出了問題。」他又開始咳嗽，並清了清喉嚨，「我希望他是逃走或者死了。想到他可能還在他們手中，那種感覺太過恐怖。就在那個時候，他們對我無休止的質問開始了。但即使是他們明白說出了要尋找什麼，我還是沒辦法給他們答案。一天晚上，他們將我從寓所中帶走。隨後就是刑訊折磨。一開始還不算很糟。他們堅持認為我知道，只要我被拘禁足夠長的時間，或者承受足夠久的寒冷，我就會記起一些東西、一個夢或者一件事。於是我開始相信他們。我努力回憶。那時我第一次派出了信使，去警告那些有可能知道內情的人，要他們藏起這樣的一個孩子，直到我去找他們。」

一個謎——被送給巧馮的信和她對於我的警惕現在都有了解釋。

「我本以為自己做得非常謹慎。但他們還是查出來了。」弄臣噴了一下鼻息，「他們將我帶回到曾經拘禁我的地方，給我拿來食物和水，什麼都沒有問我。但我能聽到他們對那些曾經幫助過我的人做了什麼。哦，蜚滋。他們幾乎還只是孩子！」他忽然哽咽起來，隨後便發出沙啞的哭泣聲。我想要到他的身邊，卻又知道完全無法安慰他。我知道他這時需要的不是憐憫的話語和溫柔的撫觸。他曾經無法將任何安慰給予那些因為他而犧牲的人，所以他現在也無法接受任何安慰。我只能默默地從面頰上拭去淚水，等待著。

在又一陣咳嗽之後，他終於吃力地說：「不過，還是有一些人忠誠於我。他們不時會給我傳來訊息，讓我知道，又有兩個人逃了出去，會把我的警告送給我的朋友們。我想要阻止他們，但沒有辦法回應他們的訊息。僕人們在那些年之中開始認真對付我了。總是一段充滿痛苦的時間之後便被單獨拘禁，與世隔絕。饑餓、寒冷、太陽無情的光和熱，然後又是那種聰明的折磨。」

他的聲音停住了。我知道他的故事還沒有結束，但我相信他已經無法再承受講述那些回憶。我還坐在椅子裡，聽著爐火的嗶剝聲，一根原木在火堆中滾落。這個房間沒有窗戶，但我能聽到寒風在煙囪頂上的呼嘯，知道風暴又變得猛烈了。

弄臣開始悄聲囈語，我用了一點時間才將他的話和急驟的風聲區分開。「……相信他們。他是存在的，就在某個地方。他們不再問我關於他的問題，但還是不停地傷害我。當他們停下來的時候……我懷疑僕人們已經找到了他。我不知道他們是否會留下他進行利用，還是毀掉他，以避免他會改變世界。他們從沒有將選擇告訴過我。這真有趣，那麼多年以前，我派人去找你，要你為我尋找我的兒子。這些信使中終於有一個人找到了你。現在太晚了，已經無法再挽救我的兒子。已經晚了許多年。」他的聲音愈來愈低，漸漸變成熟睡中的呼吸聲。

如果他睡著了，我不想吵醒他，但我還是太過好奇，無法將問題留在心裡。「多年以前你就放棄了？那些信使用了許多年才找到我？」

「許多年？」弄臣虛弱地說，「許多年以前，當我還有希望的時候。當我還相信可以讓僕人們看到一條更好的道路——只要我能先找到那個男孩。」他的聲音歸於平寂。我盯著爐火，蜜蜂出現在我的思緒中。現在她應該正在床上熟睡。如果鴿子飛得夠快，等到明天下午樂惟就會讓她知道，送信的鳥到了細柳林，我已經平安到達公鹿堡。今晚我應該給她寫一封信，派信使送去。我需要向她解釋為什麼會如此匆忙地離開她，而且我離開的時間有可能比我預想得更久。我玩味著這個給她寫信的主意。每一個孩子都應該體驗一場在公鹿堡舉行的冬季慶！但這時我意識到，她不可能及時趕到這裡。我更無法想像能信任誰帶她走過漫長的冬日旅程，從細柳林來到公鹿堡。等明年，我向自己承諾。等到明年，我們會儘早離開細柳林，騎馬來到公鹿堡，只有她和我。

這個計畫讓我感到非常高興，直到我突然又想起了弄臣和他的意外之子。弄臣從來都不知道他還有個孩子。這是否意味著他從沒有在夢中和他的兒子分享過任何東西？我對著爐火說：「信使無法告訴我要去哪裡尋找那個孩子。我也不知道那個男孩有多大了。」

「我也不知道。無論是他的年齡還是他的所在。只是有許多許多語言似乎都提起了這樣一個孩子。僕人們似乎相信，這樣的孩子一定是存在的。他們用他們能夠想像的每一種方式問我，而且無法相信我根本不知道任何關於這個孩子的訊息。他們不會相信我已經看不見這孩子會在哪裡、他是誰。」弄臣突然呻吟一聲在床上猛地一動，「已經那麼長時間……我的胃。喔。」他收縮了一下身子，然後翻滾到床邊，急迫地問：「這個房間裡有廁所嗎？」

他的肚子裡發出可怕的聲音。我領著他走到那道窄門前。他在門裡停留了很長時間，以至於我甚至開始為他擔心了。然後窄門打開，他摸索著走了出來。我握住他的手臂，引領他回到床上。他虛弱地爬上床，我為他蓋好被子。一段時間裡，他只是發出呼吸的聲音。然後他說道：「也許根本就沒有這樣一個兒子。我最希望能是如此。他從不曾存在過，這樣他們就永遠也無法找到他，永遠也無法毀滅他，永遠也無法將他當成棋子。」他又呻吟了一聲，在床上不安地蠕動著，「蜚滋？」

「我就在這裡。你想要什麼？白蘭地？還是水？」

「不，謝謝你。」

「睡吧。你需要休息。明天，我們會更小心地安排你的食物。我必須在精技小組嘗試對你治療之前恢復你的體力。」

「我比看上去的更強壯，比你找到我的時候更強壯。」

「也許吧。但除非有必要，我不會再冒險了。」

一段長久的沉寂之後，白蘭地和食物對我產生了影響。一整天的疲倦突然席捲了我。我走到床的另一邊，踢掉靴子，脫下外衣，躺倒在弄臣身邊的大床上。羽毛床墊又深又軟。我讓肩膀深陷在其中，閉起了眼睛。

「蜚滋。」

「什麼？」

「你會為我殺人嗎？」

對此我不需要多想。「是的。如果我必須如此。但你在這裡是安全的，弄臣。公鹿堡堅固的牆壁圍繞著你。我就在你的身邊。沒有人知道你在哪裡。不用害怕，睡吧。」

「如果我求你去為我殺人，你會去嗎？」

他的思維是不是有些混淆了，才會不斷重複這個問題？我用安慰的口吻說：「你不必求我做這種事。如果有人威脅你，我就會殺了他。就是這樣。」我沒有再要求他睡覺。我的親身經歷讓我明白，在遭受過那樣的折磨之後，入睡不會是一件容易的事。有一些夜晚，我還是會突然驚醒，以為自己正在帝尊的牢房裡。一點點最細微的事情也會引發我突如其來的恐懼：某種木炭的氣味，很像是繩子勒緊的嘎吱聲，如同牢門關閉時的撞擊聲，甚至只是黑暗的環境、一個人獨處的時刻。我在黑暗中伸出手，握住他的肩膀，「你安全了。如果你希望，我會一直看著你。」

「不。」他將瘦骨嶙峋的手放在我的手上。爐火中的原木發出輕微的炸裂聲。我傾聽著他的呼吸。他又說話了。

「我的意思不是這樣。我指的是我讓最後四名信使送出的訊息。我不願提出這個請求。這讓我感到羞愧。在我那樣殘忍地利用過你之後，無論向你提出什麼樣的要求都會讓我感到羞愧。但我再沒有別人可以求助了。我曾經自己嘗試過。他們曾經不再問我任何事，只丟下我一個人。有一天他們有些大意，也許是吧，我逃了出來。我以為我逃了出來。我找到朋友和庇護所，得以休息。我知道我必須做什麼，而且我能做，並且為之做好了準備。於是我行動了。但他們正在等著我。他們抓住了我和庇護與幫助我的人，把我帶回去。這一次，他們不屑於再玩弄計謀，提出問題，而是直接採用了殘暴的手段。打斷我的骨頭，奪走我的視力。」

「你做了什麼？」我感覺到自己呼吸短促。

「我把一切都搞砸了。他們嘲諷我，告訴我，我只是在一直失敗。但你不會，你知道該怎麼做，你接受過所有的訓練，你擅長於此道。」

臥床的溫暖無法驅散我心中的寒意。我向外挪動身子，但他的手突然抓緊了我的手，死死抓住。「你曾經是這方面的高手，最擅長殺人。切德訓練了你，你有精深的技藝。」

「我是擅長殺人，」我用僵硬的聲音說道。這些話從我的口中說出，卻彷彿沒有任何意義。擅長於製造死亡。比黑暗更加沉重的寂靜在我們之間擴散。

他又說話了，聲音急切而又激動，「我不想提出這樣的要求，我知道你已經將這種事趕出了你的生活，但我必須求你。等到我休息之後，向你解釋清楚，你就會明白。必須阻止他們，只有死亡能做到這一點。只有你阻隔在他們和他們要做的事情之間。只有你。」

我沒有說話。弄臣不再是弄臣了。原來的弄臣絕不會向我提出這種要求。他失明，重病纏身，痛苦不堪。他一直生活在極度恐懼之中，到現在心中還是充滿了恐懼。但他現在安全了。隨著他的身體逐步恢復，意識也會漸漸清醒。他會再次成為自己，他會向我道歉，或者完全忘記我們的這次對話。

「求你，蜚滋。求求你。必須殺死他們。這是阻止他們的唯一辦法。」他痛苦地吸著空氣，「蜚滋，你會去刺殺他們嗎？他們所有人。了結他們，還有那些恐怖行徑？」他停頓了一下，說出了我最害怕聽到的那幾個字，「求你，為了我。」

32

襲擊

根據當地傳說，每一個世代只有一名真正的白色先知會降生。這個孩子經常會出生在一個完全不知道他們擁有此種血脈的家庭中。如果這個家庭處在白色先知受到尊敬的地區，那麼人們就會歡欣鼓舞、大肆慶祝。這個奇蹟之子會在家中成長到十歲。到那時，家人會帶著他或她前往白色島嶼進行朝聖之旅。那裡被認為是白者族群的故鄉，現在則是檔案館僕從的領地。那些人終生都致力於保存白色先知們的紀錄和預言。前去朝聖的孩子會在那裡得到熱切的歡迎，並由檔案館僕從們予以監護。

據說，那個孩子所敘述的每一個夢都會在那裡被記錄下來，直到他二十歲的時候。他被禁止閱讀任何記錄在籍的白色先知預言，以免這些紀錄會影響他視野的純淨。等他到了第二十個生日，檔案館對他的教育就開始了。

然後，這位旅行者聽說了一個哀傷的故事。一位白色先知出生在一個偏遠的村落。那裡的人們對白色先知一無所知。新白色先知出世的時間已過，外界卻全然不知道這個孩子的存在。檔案館僕從開始查看所有預言，希望找到與此一缺失有關聯的線索。終於，他們依循得到的線索向偏遠的地區派出信使，尋找那個孩子。返回的信使報告說，一個白色的孩子被認為是怪胎和白癡，被丟棄在搖籃中餓死了。

——《莎柯隆姆遊記》，雷普・莎柯隆姆

我們在黑暗和寒冷中回到細柳林。蜚滋機敏駕車的技術遠遠及不上我的父親和謎語。馬匹知道回家的路，但他無法像我的父親那樣讓車輪一直落在車轍中。車輪一直蹭撞著積雪的邊緣，導致馬車不斷顛簸。道路被隱藏在黑色的夜幕和愈來愈深的積雪裡，我相信駕馭拉車的馬隊一定比看上去更加困難。我縮在車廂後面的毯子裡，為我的父親感到擔憂，對那名乞丐感到好奇，同時又希望我們能儘早到家。我非常累了，而且覺得這麼快就被拋棄的自己非常悲慘。深隱和蜚滋機敏一路上都在馭手位上擠在一起，用毛毯緊緊裹住身子，用低沉憤怒的語調談論鎮裡發生的所有事情。他們在議論我的父親和謎語的時候，彷彿認為我是個聾子，或者完全不在意我的感受，這當然只會讓我更覺得不舒服。

他們看見了那條狗的悲劇，卻遠遠躲在後面，唯恐會惹麻煩上身。深隱只希望水邊橡林的人不會把她和為了一條狗而發瘋的湯姆·獾毛連結在一起。父親在酒館中對她說的話讓她感到又羞又怒，而且父親還是在眾人面前那樣對她說話！蜚滋機敏完全不明白我的父親和謎語對那名乞丐做了什麼，更不知道是為什麼，這一點似乎最讓他們兩個感到被冒犯。他們沒有得到任何解釋——在他們看來，這實在是一種難以置信的粗魯行徑。不過從絞架山返回的漫長旅程中，他們沒有對我說過一個字。我們在顛簸中緩慢地向家挪動著。寒冷將我握在手心裡，並且還將拳頭愈握愈緊。我不停地想要落入不舒服的睡眠中，又不斷被顛簸震醒。

我們到達莊園的時候，車廂的晃動和撞擊讓我覺得有些難受。我最後一次被震醒，是因為蜚滋機敏在莊園大門前勒住馬韁。他從車上跳下去，高聲喊叫讓馬僮過來。然後他小心地扶深隱下了車，讓深隱快些進房子裡去，暖和一下。深隱高聲質問為什麼沒有僕人提著油燈等在臺階上為她領路。蜚滋機敏表示贊同，認為這裡的僕人都過於懶惰，需要訓練。既然他們早就知道我們今晚要回來，就應該做好準備等待我們。

落雪讓蓋住我的毯子變得又濕又重。坐在車廂裡的我連一根肌肉都不願意動。當然，不斷顛簸的車子讓我連一刻都沒有坐穩過。我正掙扎著要從毯子下面站起來，蜚滋機敏來到了車廂後面。「到這裡來，蜜蜂，」他說道。

「我正要過去。」我回答。他不耐煩地哼了一聲，抓住一條毯子的邊緣，把毯子從我的身上全都拉走。成堆的雪埋住了我。我在震驚中呼喊了一聲，雖然努力想要控制自己，卻還是讓那一聲驚呼變成了啜泣。看到他對我做的事情，蜚滋機敏顯得有些驚慌，但他還是嚴厲地說：「快點，別像個孩子。那只是雪。我們全都又累又冷，但我們到家了。到這裡來，我們會帶妳進屋裡，讓妳暖和起來。」

我沒有回答。剛剛突然被拉走的毯子打翻了我的購物袋。我在黑暗中摸索，竭力想要把我珍貴的寶物從黑色的車廂中找回來。現在它們滾落得到處都是，還被雪和蜚滋機敏扯亂的毯子蓋住了。也許蜚滋機敏看不見我在做什麼。他只是說道：「快過來，蜜蜂，否則我就把妳留在這裡。」

我終於喘過了氣，能說話了：「我不在乎，請走吧。」

「我是認真的！」

我沒有回應。又在沉默中站了片刻之後，他轉身大步向房子走去了。一名馬僮提著油燈走過來，等待著將馬車和馬隊帶到馬廄去照料。他清了清嗓子。

「我已經盡量快了。」我用哽咽的聲音說。

「不需要著急。」他說道。我這才發現等我的是堅韌不屈。他將油燈舉得更高了一些，車廂中立刻被燈光和影子充滿了。

「我只是需要找到爸爸為我買的東西。」我說道。眼淚正拚命要從眼眶裡擠出來，但我不會放它們落下來。堅韌不屈什麼都沒有說，只是蹬著車輪爬進車廂，開始小心地提起一條條毯子，搖落上面的雪，把它們疊起來，放到馭手位上。我們一點一點把散落在車廂裡的寶物收拾起來。我仔細地把它們放回到我的袋子裡。

莊園的門敞開又合上，更多的影子落在車廂裡，讓我感到困惑。這時樂惟提著一盞更大的油燈，漫無目的地高聲問道：「蜜蜂女士？」

「請再等一下。」我啞著嗓子回答。我已經很努力了。為什麼在我這麼冷的時候，他們卻全都要催我？

樂惟走到馬車邊上，看著我收拾好我的各種小包裹。他的神情驚訝又不悅。不過他還是向堅韌不屈點點頭，顯然是在承諾不會忘記這名馬僮的服務。馬僮向他低下了頭。我收拾好所有物品之後，慢慢站起身，邁著僵硬的腿走到車廂尾部。「那些大包裹是深隱女士和書記員蜚滋機敏的。」我對樂惟說。樂惟朝車廂裡的那些籃子和口袋揚了揚眉毛。

「我明白了。」樂惟嚴肅地應聲道。他轉頭對堅韌不屈說：「孩子，我會派人來拿走這些東西。然後你就能牽著馬隊和馬車回馬廄去了。」

「是，先生。」堅韌不屈回答道。樂惟拿起了我的購物袋。讓我大吃一驚的是，他從車廂裡把我抱了起來，直接向房子裡走去。他是一個很高的人，比我的父親還要高。我和我的袋子在他的懷裡顯得輕飄飄的。我很累了，很難在他的手臂上坐直身體。我的眉毛蹭到了他的面頰，不禁驚異地感覺到他的面頰像我的一樣光滑。而且他的味道很好聞，就像是玫瑰花，再加上一點香料。我不假思索地說：「你真的很好聞！」

在他稜角分明的臉上，微笑取代了擔憂：「聽到您這樣說真的很高興，蜜蜂女士。我一直都自己配製我的芳香油。也許有一天，您願意幫助我做這件事？」

「我願意！」我熱切而又真誠地大聲說道。

「那就這樣說定了。我初到這裡的時候，您的母親教過我許多關於香味的智慧。理所應當，我要把這些智慧再傳授給您。」

我坐在他的臂彎裡，因為寒冷而顫抖。他用沒有抱住我的一隻手推開房門，毫不停頓地抱著我走過門廳，沿走廊直接來到我的房間。細辛剛剛生起爐火。樂惟將我放到了壁爐前。

「她全身都是雪！蜜蜂女士！難道妳在馬車裡沒有蓋好毯子嗎？」

我太累了，沒辦法向她解釋這件事。細辛幫我脫下濕衣服的時候，樂惟說：「她全身都冷透了。我會讓廚娘肉豆蔻送一托盤熱食物和茶過來。妳能照顧好她嗎？」

細辛抬起頭看著樂惟，眼神中盡是焦慮：「深隱女士要我立刻把她買的東西送過去。她還想讓我為她……」

「我會找別人去伺候她。」樂惟堅定地說道。他轉回身，大步向門口走去，又在中途停下說：「蜜蜂女士，我們還不知道您的父親和謎語遭遇了什麼。我看到他們沒有和您一起回來，感到非常擔心。」

他知道這不是他應該問的問題，但我知道，現在他是我的盟友，於是我盡力把自己所知不多的一點資訊和他分享：「市集上有一名乞丐和我說話。他擁抱我的時候，父親擔心我的安全，攻擊了他，對他造成了重傷。然後他發現那名乞丐實際上是他的一位老朋友。所以他和謎語就使用精技魔法帶那名乞丐穿過絞架山的石碑去公鹿堡了。也許那裡能夠拯救那名乞丐。」

兩名僕人越過我的頭頂交換了一個眼神，我意識到自己真實明確的講述，在他們聽來完全像是在發瘋。「真想不到！」細辛低聲說。

「嗯。我相信您的父親知道他在做什麼，還有謎語也是。謎語是一個很靠得住的人。」聽他的語調，彷彿我的父親並非總是那麼靠得住。但現在和他爭論這種事太愚蠢了，而且他很快就走出了房間。

細辛幫我穿好睡衣，我還是在不停地打哆嗦。這件是我的紅睡衣，是媽媽為我做的。有人把它漿洗乾淨，放回到我的房間。細辛從床上拿下一條被子，在爐火前烤熱，把我緊緊包裹住。我沒有反對，只是靜靜地坐在被細辛拖到壁爐前的椅子裡。屋外傳來一陣敲門聲，一個廚房男孩捧著一托盤熱氣騰騰的食物走了進來。細辛向他表達了感謝，就讓他離開，再將送來的食物擺放在我面前的一張矮桌子上。我對細辛說：「我沒有忘記妳。我從鎮上為妳買了禮物。」

細辛的眼睛裡閃耀起光亮，顯然是對禮物很感興趣，但她還是說：「明天我們再說這件事吧，女士。今晚，妳先吃些熱食，然後躺到暖和的床上去。妳的臉還被凍得紅一塊白一塊呢。」

她拿起我的灰紅色圍巾，掂了掂這條厚重的羊毛圍巾，露出滿意的樣子，然後將它放在壁爐前烤乾。她一件一件收拾我的購物袋中其他東西時，找到了我為她買的小物件和飾品，立刻就收好了它們，並再次感謝我曾想著她。我想到了為樂惟買的那些手絹。樂惟真的會喜歡它們嗎？我想起他抱著我的時候身上散發的香氣。我知道他一定會喜歡我媽媽的蠟燭。想到要將那些蠟燭送給別人，哪怕只是送出一根，我都會感到心痛，但我知道一定要這樣做。這是樂惟應得的。細辛幫我在床上躺好，就開始安靜地整理好房間的每一個地方，一邊還輕輕哼著歌。

我覺得自己在細辛離開房間之前就睡著了。大約是幾個小時以後，我醒了過來。房間裡只剩下了壁爐中的火光。我回想著這一天經歷的各種事情。那麼多神奇和恐怖的事全都在同一天發生，而我到最後卻被拋棄了！我很想知道為什麼父親沒有帶我和他一起走，那名乞丐又是誰，對他那麼重要。我的父親說他是一位老朋友。這怎麼可能？但現在我找不到人能回答這些問題。我周圍的整幢房子都很安靜。我滑下床，走到窗前，打開百葉窗。天空一片漆黑，大雪正紛紛颺颺地落下。現在一定已經非常晚了，或者是非常早的黎明。我很餓，而且完全沒有半點睡意。

我依然沒有從長途回家的寒冷中恢復過來，冷風彷彿正在從我的骨頭裡吹出來。我向衣櫃走去，想要找些衣服穿，卻看到有人在裡面為我添了一件新長袍。我把它拿出來，發現它是用柔軟的紅色羊毛做成的，還帶著狼皮襯裡。長袍下面有一雙用同樣材質做成的皮革底軟靴。我把它們穿在身上，感覺到溫暖又安全。

我先去了父親的臥室，想要看看他是不是已經回來了。在那裡，我沒有找到安慰。他的床是空的，房間整齊又乾淨，找不到他的痕跡。這裡可能屬於任何人，或者根本沒有人居住在這裡。「這不是他的巢穴。」我輕聲說道，並向自己點點頭。我知道必須去哪裡尋找答案。

我輕手輕腳地走過黑暗的走廊，眼睛很快就適應了無光的環境。一直走到他的私密書房前，我都沒有碰到一個人。這幢房子的寂靜顯得很不正常，彷彿這裡只有我一個人。當我靠近書房的時候，我不由得責備自己沒有帶一根蠟燭來。如果我要在他的私密圖書館中尋找解答問題的線索，那麼蠟燭就是我必須的。但是當我繞過走廊拐角，卻看到書房的門打開了一道縫，溫暖的火光在地面和牆上映出一個美好的楔形。

我推開門，向房間裡看了看。書桌後面沒有人，但壁爐中正歡快地跳躍著旺盛的火焰。我走進房間，輕聲問：「父親？」

「我就在這裡。」他回答道，「我一直都在這裡陪著妳。」趴伏在壁爐前的灰色巨狼緩緩坐起身，打了個哈欠，舌頭垂在雪白的牙齒上。牠伸展腰肢的時候，黑色的爪子從牠的腳趾尖上突出來，又縮了回去。然後牠用那雙凶野的深褐色眼睛看著我，露出微笑。

「狼父親？」

「是的。」

我愣愣地看著牠，悄聲說：「我不明白。」

「妳不必明白，」牠用安慰的口吻回答。「明白『如何』或者『為什麼』很少能夠像明白事情本身一樣有用。我就在這裡。」

牠的聲音深沉而平靜。我緩步向牠走過去。牠坐起來的時候非常高，耳朵豎起，雙眼注視著向牠走去的我。當我靠近時，牠嗅到我的氣味，又說道：「妳一直在害怕。」

「市集上有一個殺狗的人。我的父親沒辦法挽救那條狗，只能減少一點牠的痛苦。然後父親殺了一個人，又不要殺他，又帶著他走了，把我一個人丟下。」

「我和妳在一起的時候，妳就不孤單。我是一直都會陪伴妳的父親。」

「一頭狼怎麼可能是我的父親？」

「有些事情就是如此。」牠又在爐火前伸展身體，「也許我是妳的父親永遠都在想著妳的那一部分。或者也許我是一頭狼在終結之後依然沒有消失的一部分。」牠抬頭看了一眼壁爐臺上那尊黑色的石頭雕像。我也向那雕像瞥了一眼。那尊雕像有三張面孔，我的父親、一頭狼，還有……我盯著那張臉看了很長時間。

「就是他，但要蒼老許多，而且還瞎了眼睛，滿臉都是傷疤。」

「沒有氣味的人。我明白妳的父親為什麼要走了。他不得不走。」

「他不是沒有氣味。他是一個滿身臭氣的老乞丐，充滿了泥垢和汙穢的可怕氣味。」

「但他沒有自己的氣味。他和妳的父親是伙伴。我也曾經和他一同度過了許多歲月。」狼父親抬頭看著我，「有些呼喚是無法逃避的，儘管這可能會撕裂一個人的心。」

我慢慢坐到牠身邊，看著我的腳。現在我的腳變成了灰色，還有黑色的小爪子。長袍也變了。襯裡的狼皮生在我的身上。我在牠旁邊蜷起身子，將下巴放到爪子上：「他丟下了我。沒有氣味的人在他的心裡比我更重要。」

「並非如此。他的需要一定更為急迫。僅此而已。總有一些時候，小狼會被留下，必須自己保衛自己。妳會做得很好，只要妳不沉陷在自怨自艾裡。自憐只會讓自己變得更可憐。不要在這種事上浪費時間。妳的父親會回來的。他一直都會回來。」

「你確定？」我對此卻沒有多少信心。

「是的。」牠堅定地回答，「在他回來以前，我會在這裡。」

牠閉起眼睛。我看著牠。爐火烤暖了我們的後背。牠的氣味非常好聞，讓我想到了潔淨的原野。我也閉上了眼。

我醒來的時候，時間早已是上午。細辛正在房間中忙來忙去。「我沒有叫醒妳，畢竟妳昨天回來得太晚了。書記員蜚滋機敏說他今天也會晚一些才開始上課。但現在妳必須起床迎接新的一天了，蜜蜂女士！」

細辛戴上了她的新串珠，頭髮上還別了一根冬青樹枝。「冬季慶到了？」我問她。她微微一笑。

「明天晚上。但廚房已經開始準備食物了。昨天晚上很晚的時候來了一些吟遊歌者。他們可以給我們的節日增添許多快樂。管家樂惟決定收留他們，以後再向妳的父親徵詢許可。既然妳的父親不在，他就先詢問了書記員蜚滋機敏的意見。蜚滋機敏說他們當然應該留下來。今天早晨，深隱女士和樂惟一起制定了今年的節日菜單！哦，她定下了那麼多菜式！我們很多年沒有過這樣豐盛的宴會了！」

我的內心感覺很矛盾。知道節日裡將會有音樂、舞蹈和豐盛的宴會，我自然很是興奮，但一想到這些全都是我父親不在的時候由別人安排好的，根本沒有經過他的許可，我又感覺受到了冒犯。這反應令我困惑。如果父親在家，我相信他一定會贊同這些安排。但讓那兩個人在這些事上發號施令就是讓我非常生氣。

我在床上坐起身問道：「我的裘皮睡袍呢？」現在我的身上只穿著媽媽縫製的紅色羊毛睡衣。

「裘皮睡袍？妳有在鎮上買一件裘皮睡袍？我從沒有聽說過這種衣服！」細辛急忙來到我的衣櫃前，打開櫃門，衣櫃裡也沒有那件衣服。

我的頭腦逐漸清晰起來，擺脫了昨夜的幻影。「那是一個夢，」我承認道，「我夢到了自己有一件狼皮襯裡的紅色羊毛睡袍。」

「那肯定會讓妳覺得很暖和！不過我想，那有些太暖和了。」細辛笑著說道。然後她開始為我找衣服。我沒有從鎮上為自己買新衣服，這讓她感到很失望。她一邊搖著頭，一邊拿出一件有些過大的束腰外衣和一條新羊毛緊身褲。我把她的嘮叨當做了耳旁風，心思只是在回想昨天的那個「夢」。這個夢和我以前經歷過的那些夢境都不一樣。它更像是我第一次在密道中遇到狼父親的情形。牠是誰？到底是什麼？牠是那頭雕刻的狼，就像那名乞丐是那個「沒有氣味的人。」

我穿好衣服就離開了房間。但我並沒有去吃早餐，而是去了父親的私密書房。我推開門，只看到一個冰冷房間。壁爐被打掃乾淨，沒有使用的痕跡。我伸手碰觸爐膛裡冰冷的砌石，知道這裡在昨晚並不曾燃起過火焰。我又看了看壁爐臺上的黑色石雕。是的，我的這一部分夢是真的。石雕的面孔之一赫然正是那名乞丐年輕時的樣子。我看著他的臉，覺得他在那時一定是一個性情歡快的人。然後我又仔細端詳那頭狼。這尊石雕真實地表現出了牠深邃的暗褐色眼睛。我突然很羨慕父親。他還是孩子的時候就有了這樣的朋友。我又有誰？我對自己說，我有堅韌不屈、一隻還沒有將名字告訴我的貓。片刻間，我覺得自己能夠將孤獨和哀傷嘔吐出來，然後我挺起肩膀，搖搖頭。自憐只會讓我變得更可憐。

壁爐上還有另一個雕像，一只木雕。是那頭狼。我把它拿下來。它很硬，當我抱住它的時候，它戳痛了我。但我將它在懷中抱了很長、很長時間。儘管非常想要它，最後我還是把它放回原位。我決定等父親回家以後，求他把這個雕像送給我。

我關閉了書房門，把門拴好，然後打開通向我自己巢穴的祕門，進入我的藏身之地，檢查了水和麵包儲備。我決定要在這裡放置更多的蠟燭，因為我感覺自己會在這裡度過很長的時間，直到我的父親回來。這樣能讓我免受打擾，雖然我懷疑並不會有人想念我。那隻貓不在這裡，不過牠將我的斗篷留在了地上。我用腳找到斗篷，彎腰將它撿起，發現貓在斗篷上留下了半隻吃剩的老鼠。我厭惡地皺皺鼻子，將斗篷帶回到父親的書房裡，把那半截小屍體扔進壁爐。捧起斗篷仔細地嗅了嗅，我在上面找到了公貓和死老鼠的氣味。我將它抖了抖，疊成一小塊，把這件可以握進手心裡的蝴蝶斗篷塞進束腰外衣的前襟。我必須找一個隱祕的地方把它洗乾淨。我決定要為它尋找一個新的隱藏地點，一個貓不會知道的地方。那隻貓曾經向我要一只籃子和一條毯子，我還沒有履行契約的這一部分。今天晚些時候，我會把這件事做好。我關閉好祕門，最後瞥了一眼那頭狼，離開了父親的巢穴。

走進餐廳，我發現早餐已經沒剩下多少了。不過食碟還沒有清理，所以我將一點香腸裹在一片麵包裡，就著一杯溫茶把它吃進肚子。這就足夠了。而且我很高興在溜出餐廳的時候能像進去時一樣沒有被任何人注意到。

然後，我不情願地向教室走去。其他學生都已經在那裡等著了。但蜚滋機敏還沒有到。堅韌不屈悄悄走過來，站到我身邊。「小狗都已經安頓好了。但有一隻在割掉尾巴的傷口上有很嚴重的感染。割牠尾巴的人非常粗心，只是狠狠地砍了一下，甚至沒有砍在牠骨節的位置上。就是那麼一下！也許是用短柄斧砍的。我們必須把碎骨從創口中揀出來。當時牠的嚎叫聲簡直能把屋樑撞斷。幹這件事的人應該受到妳父親的教訓，應該受兩次。這都是羅德說的。他知道幾乎所有關於狗的事情。為什麼妳的父親突然決定想要養狗了？這麼多年裡，他從沒有養過任何獵犬。」

「我相信是為了讓牠們活下來。就像是那頭驢子。」

「嗯，你父親會把那種驢子帶回來也讓我們覺得很奇怪。牠可真老。我們會餵飽他，再給牠修好蹄鐵，不過我們真不知道牠能做些什麼。」他看著我，「那個鎮上的男孩告訴我們的事情都是真的？」

我在走廊中又向遠處挪了挪，離開其他人。「那時有一個人正在鎮中心殺一條狗，為的是讓人們買他的小狗。」堅韌不屈瞪圓了眼睛聽我講述完全部的故事。我說完的時候，他的下巴都拉了下來。

「我早就聽說獾毛有一股暴烈的脾氣，絕不會容忍殘忍的事情。唔。」他驚愕地呼出一口氣，「他幹得好。但他打算拿這些鬥牛犬怎麼辦呢？」

「通常牠們都能做些什麼？」

堅韌不屈揚了揚眉毛，彷彿對我的無知感到驚訝。「嗯，有人會讓牠們做鬥犬——狗和狗鬥，或者讓牠們去咬公牛。就是說，讓牠們咬住公牛，把公牛的體力耗盡之後再宰掉。人們說這樣能讓牛肉更美味。對豬也是一樣。嘿，也許我們能用牠們去獵殺這裡的野豬。過去幾年裡，有兩頭長牙大野豬把田地弄得一團亂。」

「也許吧。」我應聲道。一個主意出現在我的腦子裡，「也許我能向父親要一條狗，由我來養。」

蜚滋機敏到了。他今天的樣子看上去很不錯，身上穿著一件藍色外衣，裝飾著白衣領，下身是深藍色的緊身褲。我意識到一件以前從未曾注意過的事——蜚滋機敏的穿著就像是一名富商，而我的父親則更像是那些前往水邊橡林出售貨物的農夫。我低頭看了看自己。是的，更像農夫的女兒，而不是貴族家的孩子，或者也許更像是農夫的兒子。我的教師沒有給我時間細想這件事。「好了，來吧，到屋裡去坐好！今天上午我們已經損失了一些時間，所以我們需要快一點進行課程。」

似乎沒有人打算提醒他，他才是最後一個趕到的人。我們只是照他說的去做，迅速在教室中坐好。我們的教師看上去有些煩亂，甚至幾乎是焦躁不安，就好像我們是一個令人煩惱，卻又讓他不得不應對的任務，而不是他能在細柳林得到庇護的理由。他開始教授我們一段很長的韻文，內容是統治六大公國的歷代國王和他們值得銘記的功業。但他沒有像我母親教我《十二治療草藥》時那樣一段一段地教給我們，而是向我們背誦了全篇韻文，接著就要我們也把它背誦出來。我們之中沒有一個人能背過第三位國王，更不要說是全部二十三位國王了。他不厭其煩地向我們表達著他的失望。然後以很快的速度將韻文重新背誦了一遍。這一次，燕草努力背到了第四段，而且大部分內容都是正確的。榆樹被叫起來背誦的時候就直接開始啜泣。蜚滋機敏的眼睛盯住了我，我緩緩站起身，開始背誦。我充滿決心，但還是覺得好害怕。

遠處傳來的一陣憤怒喊聲救了我，隨後又是一陣沉悶的撞擊聲，彷彿有人正在不斷捶打距離我們很遠的一道門。蜚滋機敏皺起眉頭，從我身上移開目光，走到教室門口，朝聲音傳來的方向看了看，眉頭愈皺愈緊。就在他打算關上屋門的時候，我們全都聽見了一聲悠長淒厲的哀號。

書記員顯得有些驚慌。他對我們說：「留在這裡，我很快就回來。」

說完這句，他就走了出去——一開始還是邁著大步，但我們很快就聽到他在走廊中奔跑的腳步聲。我們交換著眼神。燕草不安地晃動著身子，最終站了起來，向屋門走出兩步。「他說我們要留在這裡。」堅韌不屈提醒燕草。於是我們繼續留在教室裡，聽著一陣陣模糊的喊叫聲。堅韌不屈看著我，開口說道：「我要去看看發生了什麼事。」

「我也去。」我堅定地說。

「不，」他拒絕了我。我向他露出牙齒。他又用安撫的腔調說，「妳不想讓書記員對妳發火吧，蜜蜂女士。我的腳程很快，用不了多久就能回來。」

我向他歪過頭，滿臉堆笑地回答：「我也是啊。」

「他們要去惹麻煩了，」草坪用充滿期待的語氣向榆樹說。

我用自己能擺出來的最嚴厲的目光瞪了那兩個女孩一眼，就跟著堅韌不屈走到門口，朝走廊拐角張望了一番。我們的視野中一個人都沒有，但男人們呼吼的聲音愈來愈大，還伴隨著一陣金屬撞擊的聲音，有些像廚房裡的炊具來回磕碰。堅韌不屈看著我，用唇形說，劍？他的臉上顯露出難以置信的表情。

我覺得他很傻，但也想不出還有其他什麼可能。「也許和冬季慶有關係？」我猜測道。

他的眼睛裡閃動起期盼的光亮。「也許是吧。」一個男人這時又發出憤怒的叫喊。「也許不是。」他又改了口，臉上的笑容也消失了。

「留在這裡，保持安靜。」我對聚集到我身後的其他人說。然後我和堅韌不屈就進了走廊。我摸了摸腰帶，確認媽媽的匕首就在那裡。跟在堅韌不屈的身後躡手躡腳地沿走廊前行，我的心臟發出雷鳴一般的跳動聲。當我們到達了走廊和主屋走廊交叉的路口時，我看見欒惟快步向我們跑來，不由得心中大大鬆了一口氣。他一隻手放在身體中間，抱著一樣東西。那東西一定很沉重，讓他一路上跑得踉踉蹌蹌。我們也快步向他跑去，我向他喊道：「出了什麼事？我們聽到有人在叫喊，書記員蜚滋機敏離開我們去查看……」

欒惟向旁邊一晃，肩膀撞到了牆上。他的膝蓋彎曲，跪倒下去，抬起的一隻手按在牆壁上，留下了一道長長的血痕。他帶在身上的那個東西原來是一根從他身體裡凸出來的長杆，被撲倒下去的欒惟一直抓在手裡。他看著我們兩個，嘴唇歙動，顯示出沒有氣息的一句話：*跑，藏起來，快逃！*

然後他就死了。就好像是，在那一刻：走了。我盯著他，清楚地知道他已經死亡，卻不明白堅韌不屈為什麼會俯身將一隻手按在他的肩膀上，端詳著他的面孔說：「管家？管家，出了什麼事？」然後他用顫抖的手按住了樂惟依舊抓在胸前那根長杆的手。當他抽回手的時候，手掌上全是紅色。

「他死了。」我抓住了堅韌不屈的肩膀，「我們要照他說的去做，必須警告其他人，逃走，藏起來。」

「我們要逃避什麼？」堅韌不屈憤怒地質問我。

我也一樣生氣，「樂惟到了這裡，死在這裡，就是為了給我們這個訊息。我們不能做傻事，讓他白白犧牲。我們要聽他的話。來吧！」

我抓住堅韌不屈的襯衫，拉著他往回走。很快我們就跑了起來。我幾乎跟不上他的腳步。我們回到教室，衝進去。我對所有人說：「快逃，躲起來！」他們只是盯著我，彷彿我瘋了。「發生了很可怕的事。管家死在走廊裡，一枝箭或者其他什麼東西刺穿了他的胸膛。不要回主屋。我們要離開這裡，馬上就走。」

草坪目光冰冷地看著我說：「她只是想讓我們全都惹上麻煩。」

「不，她是對的。」堅韌不屈的聲音已經接近於吶喊，「沒有時間了。他在死前讓我們逃走並且藏起來。」他伸出手，向眾人展示手心中樂惟的血。榆樹尖叫一聲。燕草向後一跳，跌倒在地上。

我的思維在飛快地旋轉：「我們從南翼去溫室，然後進入廚房花園，再從那裡進入廚房。我知道那裡有一個能藏身的地方。」

「我們要離開這幢房子。」堅韌不屈說。

「不。那是一個好地方，沒有人能從那裡找到我們。」我向他保證。榆樹的尖叫聲結束了我們的爭論：「我想要媽媽！」

於是我們做出了決定，並立刻逃出教室。

從主屋傳來的聲音令人心驚膽戰，含混的哀號聲，金屬撞擊聲和男人的吼聲交織在一起。一些年紀小的孩子在離開教室之後發出了尖叫和哭泣的聲音。我們手拉著手一起逃跑。到達溫室之後，我考慮了一下是否能讓大家都藏在這裡。但如果有手持武器的男人闖進來，這些人中大概沒有幾個能保持安靜，繼續好好藏起來。不，只有一個地方能夠讓他們的哭聲不被聽見。我很不願意和他們分享那個地方，但我別無選擇。我提醒自己，我是父親的女兒，當他不在的時候，我就是細柳林的女主人。在鎮裡幫助那名乞丐的時候，我覺得自己很勇敢。但我那樣做是為了讓父親看到。而現在，我必須真正勇敢起來。

「出去，到廚房去。」我對他們說。

「但外面在下雪！」榆樹哀號道。

「我們應該去馬廄，在那裡藏起來！」堅韌不屈堅持說。

「不。雪中的足跡會讓別人知道我們去了哪裡。廚房花園被翻耕過，我們在那裡的足跡不會很明顯。跟我走，求你了！」最後這句話我說得急迫又懇切，因為我看到了堅韌不屈臉上倔強的神情。

「我會幫妳帶他們去那裡，但那以後我要去馬廄警告我的爸爸和伙伴們。」

我知道，和他爭辯這種事是沒有用的。所以我用力一點頭。轉身對其他人說：「來吧！」

「保持安靜！」堅韌不屈對他們下了命令。

他為我們踢雪開道。廚房花園已經一個月沒有人來過了，大雪覆蓋了被稻草遮住的大黃、蒔蘿和茴香苗圃。我從不曾覺得這個花園有這麼大。榆樹和草坪手牽手，不停地小聲抱怨著雪落進了她們的居家便鞋裡。我們走到廚房門前的時候，堅韌不屈用力揮手示意我們後退。然後他悄悄走上堆積著厚厚一層雪的臺階，把耳朵貼在門板上仔細傾聽片刻，才在積雪的阻撓下用力把門拉開。

出現在面前的混亂景象讓我一時間呆立在原地。這裡一定發生了非常恐怖的事情。剛剛烤好的大塊麵包散落在地板上，一大塊肉被架在火上，卻沒有人看管。廚房裡一個人都沒有。在我的印象裡，這個房間中從沒有空無一人的時候。榆樹看到媽媽不在，立刻恐懼地張大嘴想要呼喊。草坪的反應卻把我嚇了一跳——她搶在朋友的呼喊聲脫口之前非常明智地抬手打了她一個巴掌。我悄聲說道：「跟著我！」

當我引領大家走進食品室的時候，堅韌不屈輕聲說：「這樣不對！這裡沒有足夠的地方容納我們所有人。我們應該藏在溫室裡。」

「別著急，」我丟給他這三個字，然後就跪下去爬到成堆的鹹魚箱子後面。讓我大感欣慰的是，我上次離開時為貓留下的那一點點祕門的縫隙還在。我將指尖探進那道縫隙裡，把祕門打開，又爬出來，「牆後有密道，進去，快。」

燕草手腳並用地爬進去，又退了出來。我聽到他語氣含混地悄聲說：「那裡面一團漆黑！」

「進去！相信我。我會給你們找到蠟燭。我們需要藏在那裡面。」

「這到底是什麼地方？」榆樹突然問。

「古老的監視密道。」我對她說。她「哦」了一聲，彷彿早就知道一樣。就算是這樣的危險也攔不住這個傢伙的尖酸舌頭。

然後，在細柳林遠處的某個房間裡，一個女人發出尖叫。我們全都僵立在原地，彼此對視著。「那是我媽媽，」榆樹悄聲說。我認為那聲音更像是深隱。我們等待著，但再沒有聲音傳過來。「我會去找些蠟燭，」我說道。孩子們紛紛趴伏下去，有一些人已經爬到了鹹魚箱子後面。

我鼓起全部勇氣回到廚房。我知道備用的長蠟燭都放在哪裡。我拿起一根，在壁爐中點燃，轉過身，差一點尖叫起來——我看到堅韌不屈和雲杉正站在我身後。長春蔓緊緊抓住她兄弟的袖子。我看著堅韌不屈。他的面孔煞白，但表情中充滿了決心。

「我必須找到我爸爸，必須去警告他，或者援助他。我很抱歉。」他彎下腰，笨拙地擁抱了我，「去藏起來，蜜蜂女士。等情況安全了，我會回到這裡喊你們。」

「不要！」我乞求他，如果他離開，我能依靠的就只有自己了。我沒辦法堅持下去。他必須幫助我讓其他人留在這裡，好好藏起來。

他沒有聽我的，而是直接走過了被我們踩滿泥雪腳印的廚房地面。「哦，艾達垂憐！我們在這裡踩得到處都是腳印。他們肯定會找到你們的。」

「不。他們不會！」我把一堆蠟燭塞給雲杉。他一聲不吭地接了過去。我又彎腰撿起幾大塊麵包，塞進長春蔓的手裡。「拿著這些。到箱子後面去，和其他人一起躲在密道裡。不要把門關死。我馬上就回來。告訴所有人，沿著密道向裡面走，一定要安靜，就像老鼠一樣安靜。只能點亮一根蠟燭！」

即使是在廚房裡，我還是能聽見孩子們在牆後的嘟囔和啜泣聲。然後我又聽到了男人的聲音。距離很遠，但我還是能聽出來，他們正在用一種我不懂的語言相互喊叫。

「他們是誰？」雲杉用極為緊張的聲音問，「為什麼他們會要來這裡？他們要做什麼？是誰在尖叫？」

「這都沒有關係。活下去才是最重要的。快走！」我把他們向祕門推去。雲杉和長春蔓很快就消失在食品室中。我從桌子上抓起一塊餐巾，趴在地上開始擦抹泥水腳印。堅韌不屈明白了我的意思，也開始做同樣的事。我們兩個很快就將這些足印變成了許多凌亂的泥水汙漬。

「讓門開著。他們也許會以為我們進來過，又出去了。」堅韌不屈說。

我按照他的主意把門拉開，對他說：「你最好現在就走。」我在努力讓自己的聲音不會顫抖。

「妳先去藏起來。我會讓箱子緊靠住牆壁，擋住你們。」

「謝謝。」我悄聲說著，轉身跑進了食品室，跪下去爬到箱子後面。

祕門關上了。我拍拍門，又敲了幾下，將耳朵放上去，沒有聽到任何聲音。他們聽從了我的命令，朝走廊深處前去。但祕門在關閉的時候不知為何被拴上了。

我進不去了。堅韌不屈從箱子旁邊探進頭來：「快一點！進去！」

「我進不去。他們把門關死，又上了拴。我從這一邊沒辦法打開它。」

很長一段時間裡，我們只彼此對視。然後他輕聲說：「我們要挪動箱子，遮住祕門。然後妳和我一起去馬廄。」

我點點頭，竭力不讓淚水和哭泣聲被釋放出來。我現在最想做的就是安全地躲藏在牆壁後面。那是我的地方，我特別的藏身之地。但在我最需要它的時候，它被奪走了。這是不對的，它對我的傷害幾乎就像我的恐懼一樣強烈。堅韌不屈一個人把那些箱子推到了牆邊。我只是站在一旁看著它們。恐懼在我的心中蔓延。當我有可靠的計畫，知道一個可以逃走的地洞時，我神智集中，心情平靜。現在我能想到的只有樂惟死了，房子裡正在發生戰鬥。在細柳林，歡樂、平靜的細柳林。我的父親卻不在我身邊。這裡以前流過血嗎？

然後，堅韌不屈一把抓住我的手，就好像我是他的小妹妹：「走吧，我的爸爸會知道該怎麼做。」

我沒有向他指出，要前往馬廄必須經過很大的一片開闊場地，而且我的腳上還穿著只適合細柳林走廊的便鞋。我跟著他離開廚房，讓廚房門敞開著，我們跑進了雪地裡。在外面的花園中，我們跟著自己的足跡一直回到溫室，但並沒有進去。我跟在堅韌不屈身後，和他一起貼著莊園的牆壁，隱身在灌木叢後向前走，竭力不碰落灌木枝椏上厚厚的積雪。

我們能聽到各種聲音。一個人在用我不認識的腔調叫喊，命令其他人「坐下，坐下，不許動！」我知道堅韌不屈也聽到了，而且他一定也意識到自己正帶著我靠近那個聲音。看來這是我們能夠做的最愚蠢的事，但我還是跟隨著他。

我們繞過莊園這一翼的末端，猛然停下來。這裡的冬青樹叢非常茂密。這種多刺的植物上生滿了綠色葉片和亮紅色的漿果，與白色的積雪形成了鮮明的對比。我們的雙腳踏過堆積在地上的冬青樹枯葉，一根根細刺扎穿了我單薄的鞋底。我們像兩隻兔子擁擠在一起，盯著眼前的景象。

在房屋的大門前都是細柳林的人。他們像迷路的羊群被驅趕到這片開闊地中，站在被白雪覆蓋的莊園大道上，身上只穿著室內衣服，在寒風中縮起身子，彼此依靠，像被嚇壞的綿羊一樣低聲嘟囔著。他們之中大多數人我出生不久就認得了。廚娘肉豆蔻扶著塔維婭，用挑釁的眼神盯著行凶的歹徒。我還看見了那些衣著豔麗的吟遊歌者，他們蜷縮在一起，眼神中盡是驚愕。細辛抱緊身子，痛苦地前後搖晃著。深隱的侍女在她身邊，用手拉著被撕爛的裙子前襟，腳上連鞋子都沒有。三名身材壯碩的大漢騎在馬背上，低頭看著這些被他們驅趕在一起的人。我覺得自己曾經見過其中一個，但不能確定是在哪裡見到的。他們之中的兩個人自始至終都沒有說話，一個在喝令人們坐下、坐下。三個人的手裡全都拿著血淋淋的劍。細柳林人中只有幾個服從了命令。在空地一旁，兩個人面朝下撲倒在地上，紅色正在融化他們周圍的積雪。

其中一個是蜚滋機敏，我認識那身華美的上衣和那條剪裁得體的褲子。今天早晨我剛剛見到過這身衣服，所以我知道那就是他。但我的心裡無法接受這個事實。

「我沒有看見我爸爸。」堅韌不屈用幾乎不比呼吸聲更響的聲音說。我點點頭。現在我注意到人群中有幾個在馬廄工作的人，但堅韌不屈的父親並不在其中。是遇害了，還是躲了起來？我很想知道。

一個女人從細柳林主屋中出來，走到俘虜們的面前。她看上去是那樣普通，只是一名身材豐滿的中年婦人，為了抵擋風雪而穿得很厚實。她的腳上是一雙裘皮靴子，身上披著一條厚羊毛披肩，一頂裘皮帽遮住了她的耳朵。她的圓臉和富有彈性的褐色鬈髮讓她看上去幾乎可以說是相當令人愉快。她一直走到大聲喝令細柳林人坐下的歹徒面前，抬起頭，向那名歹徒問了些什麼，歹徒清楚地給予了回答。但我聽不懂他們使用的語言，只知道歹徒的回答是否定的意思。

圓胖女人提高了聲音，開始向俘虜們說話。她的語調很奇怪，但至少我可以聽懂：「一個男孩最近被帶到了這裡。可能是在最近五年裡，更有可能是在過去幾個月中。他的皮膚像雪一樣白，頭髮也是白色的。把他交給我們，我們就走。他也許還是個小孩子，也許已經是中年男子。我們看到他的時候，自然知道是他。他不在你們之中，但你們一定知道我們所說的是誰。」女人停頓了一下，等待回答，又用安撫的聲音說：「他並不是你們之中的一員，他一直都屬於我們，我們只想帶他回家。我們不會傷害他。你們只要說出來，也就不會再受到傷害。」

胖女人的話語審慎而且平靜，幾乎可以說是友好的。我看到細柳林人在交換著眼神。塔維婭離開廚娘肉豆蔻的扶持，提高聲音說：「這裡沒有這樣的人。唯一在不久前來到這裡的男人就是被你們殺死的那一個，那個書記員。我們所有人都在這裡工作了許多年，或者出生在這個村子裡。妳已經看到了這些吟遊歌手，他們是這裡唯一的陌生人！」廚娘的聲音顫抖著，變成一陣啜泣。那些完全被嚇壞的吟遊歌手相互擠成了更小的一團。

「妳在說謊！」一直在發號施令的歹徒指責塔維婭。塔維婭的臉上充滿恐懼。她抬起雙手遮住耳朵，彷彿那名歹徒的言辭本身就會威脅到她的生命。

意外之子。我突然確定這些歹徒要找的就是他。那名蒼白的信使向我們發出警告的時候，有人跟蹤她來到了這裡。出於某種原因，那些人認為可以在這裡找到那個男孩。也許他們以為我的父親找到了他，並把他帶到這裡進行保護。

「她沒有說謊！」廚娘肉豆蔻喊道。還有另外幾個勇敢的人也開始叫喊：「是真的！」「我們全都出生在這裡！」還有類似的一些話。

「妳能自己在這裡藏好嗎？」堅韌不屈在我耳邊悄聲說，「我要去馬廄找爸爸。如果他不在那裡，我就找一匹馬，到村子裡去尋求幫助。」

「帶我一起去。」我哀求他。

「不。我必須跑過那一整片空地才能到馬廄。如果他們看見了我們……」他搖搖頭，「妳必須留在這裡，蜜蜂。藏起來。」他咬住下唇，片刻之後又說道，「如果我的爸爸……如果我找不到他，我會回來找妳，我們一起去找救兵。」

我知道這個計畫對他而言很愚蠢。如果他到了馬廄，他應該立刻騎上馬，像風一樣跑到村子裡。但我很害怕。我用力一點頭。他把我的身子又按低了一些，用很小的聲音說：「留在這裡。」彷彿我會忘記這樣做。

他移動到冬青樹叢的邊緣，等待著。那個圓胖的女人似乎正在和馬背上的歹徒爭執。她憤怒地用手指著雪地中的屍體，又做出各種大幅度的手勢。很明顯，她不喜歡這些歹徒進行搜查的方式。歹徒則揮舞著手中的劍，高聲叫嚷。就在這時，房子裡走出了那個被迷霧籠罩的人。我在鎮子裡見過他。那時他在一條巷子裡，渾身閃耀著光芒，行人紛紛躲避著他。今天，他的身周籠罩著一重珍珠色澤的霧氣。在這團迷霧的正中心，這名肥胖的男人就像是一個蒼白的幽靈。他一邊走，一邊緩慢地向兩側轉動頭顱。或者是我的眼睛欺騙了我，或者就是他的眼睛便是這團迷霧。一種奇怪的寒意滲透了我的全身，我盡可能縮小身體顫抖的幅度，將我的知覺拽回到我自己之中。豎起我的牆壁——就像我父親所說的那樣。我感覺到自己變得盲目，但如果這樣就能讓自己變成隱形，我願意付出這個代價。

「蜜蜂？」堅韌不屈悄聲說道。但我搖搖頭，只是盯住自己的肚子。我不知道他感覺到了什麼，但突然間，他用冰冷的手抓住我的手腕，「跟我走。快，我們現在就走，一起走。」

但他並沒有帶我向馬廄跑過去。我們反而彎著腰回到了我們來時的路上，用灌木叢和房舍遮擋住自己。我始終都沒有抬過頭，只是跟隨著堅韌不屈的拽扯向前跑。「這邊，」他最後喘息著說道，「留在這裡。我要去馬廄了。如果我找不到我爸爸，就會把馬牽到這裡來。我的動作會很快，妳必須跑出來跳上嚴謹的脊背。妳能做到嗎？」

我不知道。「能。」我說了謊。

「留在這裡。」他又對我說了一遍，然後就走了。

我一直留在原地，躲在一叢杜鵑花後面——它低垂的綠色葉片全都被冰雪包裹住了。又過了很長一段時間，我抬起眼睛向外面看了看。沒有任何動靜。我聽不到擁擠在一起的俘虜們發出任何聲音，只有那些歹徒憤怒的話語聲還在我的耳邊不時響起。

樂惟死了。我的父親走了。謎語也不在。蜚滋機敏也死了。堅韌不屈隨時都有可能喪命。

想到這裡，我就無法再安靜地坐下去。我害怕被殺死，但更害怕我唯一的盟友會死去，而我甚至完全不知道。當他在外面亡命奔逃的時候，我還能在一叢灌木下坐多久？我開始喘息，拚命想要吸進足夠的空氣，將黑暗擋開。我又冷，又渴，又孤獨。我試著思考，努力不去做傻事，因為我真的很想做些什麼。

我從外衣前襟下面拿出那件被弄髒的斗篷。我沒有忘記它。但我知道它的限制。它需要時間來類比周圍的色彩和光影。我不能在奔跑時把它披在身上，希望自己可以因此而不被看到。除了白色的積雪，我周圍還有很多種顏色。它無法完美地掩飾我。我想像著在雪地和灌木叢中把它披在身上的樣子。我會更像是一隻白兔或白狐狸，任何人只要稍加注意就能察覺我的動作，會看到我的腳和我留下的足跡。但這至少能讓我有更大的機會到達馬廄。

房子另一邊的怒吼聲變得更加響亮了。那名歹徒在發出威脅，胖女人很不高興，但並沒有為俘虜們求情。要堅持住，我對自己說。現在沒辦法把希望寄託在那個女人的身上。我聽到一聲慘叫。這次是一個男人。我不知道是誰受了傷或者被殺害。緊接著是一個女人的哭號聲，持續不斷的哭號。我已經將斗篷鋪在了雪地上。它被我從上衣裡拿出來的時候是黑色的，現在逐漸變化成積雪的色澤。我以前從不曾想過，雪實際上並不是白色的。現在我從斗篷上看到的是灰色和有些髒汙的淺藍色，其中還零星分布著鳥糞和落葉碎片。

我鑽到斗篷下面，因為我不希望在把它拿起來的時候讓它沾染上灌木枝葉的顏色。這件斗篷是為成年人製作的，所以它足以將我包裹住，完全遮住我的臉。我用手抓緊它腰間和下巴的部位，只為雙眼留下很小的一點空間，然後向四周圍瞭望。房子的這一邊依然沒有人。我從杜鵑花叢後面衝出來，跑到我們之前藏身的冬青樹叢後，同時小心地不讓自己過於靠近那些冬青樹。然後我在這裡保持著一動不動的姿勢，考慮著我和馬廄之間的地形和環境。我是否應該慢慢爬過去？還是以最快的速度衝過去？更早一些時候，那裡的積雪就像是鋪在低矮草叢上的一層平滑的毯子。現在我清楚地看到堅韌不屈從上面跑過時留下的腳印。我突然明白了，堅韌不屈一直在等待有另一些事情吸引住那些歹徒的注意力，也許就是那個男人的慘叫。我不想再去看那些俘虜。他們的狀況讓我感到恐懼，讓我很難冷靜地思考。但我必須認真分析我的機會。女人的哭號聲還在繼續。這足以吸引住那些歹徒嗎？我一動不動地站著，只是轉動眼睛，望向那些被看押的囚犯。

正在哭號的女人是深隱。她沒有戴帽子，身上的長裙被扯破，露出了一側的肩膀。她站在那個憤怒的騎馬歹徒面前，像哀悼親人一樣哭泣著。沒有語言，沒有淚水，只有尖利高亢的哭號聲。那個被霧氣包裹的人就站在離她不遠的地方。圓胖的女人似乎正在問她一些問題。我完全無法幫助她。我很不喜歡深隱，但如果可以，我還是很想幫她，因為她是屬於我的，就像那隻黑貓或者那兩個牧鵝的孩子一樣。他們全都是細柳林的人，當我的父親和蕁麻不在的時候，他們就是我的人。而我的人們正簇擁在一起，在恐懼中顫抖。

片刻之前，我還是一個只想逃離危險的孩子。現在我的心中發生了某種改變。我會到馬廄去，和堅韌不屈一同騎馬去尋求援助。我需要迅速到達那裡，不能再耽擱了，否則他就會騎馬跑回到他以為我藏身的地方。這只能讓他無意義地暴露在敵人面前。想到這裡，恐懼的心情幾乎讓我化成一頭發瘋的狼。我伏低身子，當胖女人又開始向深隱發問的時候，我跑了起來，彎著腰，跟隨著堅韌不屈的足跡，希望能夠盡可能不留下我經過的痕跡。

我到了馬廄一角，迅速繞過它，趴在地上，劇烈地喘息著。下一步該怎麼做？該怎麼做？我想好了，到後門去。那是馬僮們駕著運乾草的車進出的地方。堅韌不屈肯定會騎著馬從那裡出來。那是距離房子最遠的門。

我繞過養信鴿的窩棚，現在這裡只剩下了羽毛和屍體。每一隻鳥都被擰斷脖子，扔到了地上。我沒有時間打量這些嬌小的遇難者。但我知道，發動這次襲擊的人無論是誰，都極端殘忍，而且事先制定了周詳的計畫。我們沒有機會放信鴿出去求援。入侵者顯然在一開始就殺死了牠們。

我終於到了馬廄門前，先悄悄向門中窺望了一圈。映入我眼簾的是一幅令人膽寒的景象。那些歹徒會不會首先襲擊了這裡，就像他們殺害那些鳥一樣？馬匹都在圍欄後面不安地騷動著。我的嗅覺遠遠比不上馬，但我也能聞到刺鼻的血腥味。我很慶幸他們沒有殺掉這些馬。有可能是因為他們不想冒險發出太大的聲音。有一個人面朝下倒伏在畜欄中間，一動不動。他穿著細柳林色彩的衣服，也是我的人。如果想要我的人能活下來，我和堅韌不屈必須騎馬去求援。對於我的人眾，我們是最後的希望。我不確定莊園旁邊的那個小村子裡有多少人，但那裡一定能有信鴿，也能派出快馬去找國王的巡邏隊。

我終於找到勇氣，抬腿邁過那具屍體。就在這時，我聽到一個聲音。我抬起頭，看到堅韌不屈正向我這裡過來。他騎著一匹沒有鞍子的棗紅色駿馬，卻為嚴謹上了馬鞍。淚水不斷從他的面頰上滾落，但他的下巴緊繃著，為他孩子氣的臉上增添了一種男子漢的氣概。他看到我的時候驚呼了一聲。我迅速掀起斗篷的大兜帽，露出自己的臉，悄聲向他說：「是我！」

怒意在他的眼睛裡閃動：「我告訴過妳待在那裡不要動！」

他從馬背上滑下來，鼻翼歙動著，牽著馬走過那具屍體，把韁繩交給我，又回身去牽住嚴謹，也領著牠邁過了屍體，來到我身邊。他雙手握住我的腰，絲毫不講究任何禮儀，一下子就把我舉到了馬背上。我爬上馬鞍，將斗篷捲起來，塞回到外衣的前襟裡。我不希望它被風吹起來，嚇到嚴謹。想到要進行怎麼樣的一場策馬疾馳，我自己已經被嚇得夠了。

堅韌不屈並沒有將嚴謹的韁繩給我，而是牽著牠的韁繩直接上了自己的棗紅馬。他回過頭看了我一眼，低聲警告我：「我們要全速衝出去。這是我們唯一的機會。用最快速度奔跑，一刻不停。無論遇到什麼都不要停下來。妳明白嗎？」

「是的。」

「如果有人站在我們面前，我會把他撞開。妳只要牢牢地騎在嚴謹的背上，跟著我。妳明白？」

「是的。」

「這一次，妳要服從我！」他又嚴厲地說道。

我沒有時間回應他的話。我們猛地向前一衝，開始了逃亡。闖出馬廄的後門，穿過開闊的草地，始終讓馬廄擋在我們和房子中間，沒命地向盤曲漫長的莊園大道飛奔。枯樹下面的厚厚積雪減慢了我們的速度，但也掩蓋了馬蹄撞地的聲音。但這種掩護還不夠。當我們離開馬廄的遮擋，進入開闊地面的時候，我聽到一陣驚詫的喊聲。真奇怪，雖然這一聲吶喊中並沒有辭句，但我還是能知道它是一個異國人發出來的。堅韌不屈做了什麼，我們的坐騎突然間又提高了速度，努力伸長四條腿，以我從不曾經感受過的方式發足狂奔。

我用身體的所有部位緊緊抓住馬鞍——腳踝、膝蓋還有大腿，我的兩隻手緊抓住鞍頭，彷彿自己以前從沒有騎過馬一樣。我聽到自己在哭，卻無法阻止。我們身後響起一陣陣喊聲。我又聽到一種聲音，彷彿是一隻夏日裡的蜜蜂突然從耳邊飛過。然後又是兩次這樣的聲音。我知道有一名弓箭手瞄準了我們。我緊緊縮成了馬背上的一顆蒺藜球。我們就這樣飛快地奔逃，大路轉了一個彎，我感覺到了片刻的放鬆，莊園那邊的入侵者應該看不到我們了。我們繼續向前飛奔。

堅韌不屈身子一歪，落下馬背，重重地撞在路面上，又翻進深雪之中。馬匹還在奔跑。嚴謹的韁繩依然被他抓在手中。嚴謹猛地一轉身，差一點踩到了他，但總算是在最後一刻煞住了腳步，結果把我甩飛到一旁。我的一隻腳離開馬鐙，身子垂掛下來。我甩脫另一只馬鐙，跳下馬，跑向堅韌不屈。他的身上沒有箭桿。片刻間，我還以為他只是跌下了馬背，我們還可以一同騎上嚴謹逃走。然後我看到鮮血。羽箭直接穿透了他，在他的右肩上射出一個洞。鮮血浸透了他的身體。他的臉白得像雪一樣。他翻過身，看著跑過去的我，把嚴謹的韁繩遞給我，用命令的口吻說：「上馬快跑！快逃走！去求援！」然後他全身顫抖了一下，就合上了眼睛。

我一動不動地站著，耳中聽到那匹逃走的棗紅馬的蹄聲，還有另一些馬蹄聲。他們來了。那些惡人就要來了。他們會抓住我們。我知道我沒辦法抬起堅韌不屈，更不要說把他放到嚴謹的背上。把他藏起來，他還有呼吸。把他藏起來，以後再回來找他。我只能這樣做了。

我拉出蝴蝶斗篷，用它將堅韌不屈蓋住，把斗篷的邊緣掖到他身下。斗篷在改變顏色，但速度不夠快。我又踢了一些雪在他的身上。追擊者的馬蹄聲愈來愈響，我牽著嚴謹到了大道的另一邊，跳起身，抓住牠的馬鞍把自己拉上去。嚴謹一直在驚慌地抖動、搖晃。我終於爬上牠的後背，找到馬鐙，用力踢了牠一下。「走，走，走！」我向牠尖叫著。

嚴謹動了。牠在恐懼中向前衝去。我伏低身子，緊抓住馬鞍。我沒有使用韁繩，只是希望牠能夠沿著大路向前跑。「求妳，求妳，求妳。」我在乞求著，向這匹馬、向整個世界、向一切可能的存在。然後，我們開始全速飛奔。我們跑得很快，我相信他們不可能追上我們。

冷風齧咬著我，眼淚從我的眼角飛散出去。嚴謹的馬鬃抽打著我的臉，我只能看見面前開闊的大道。我會逃走，我會帶來援兵，一切都會好起來……

隨後，我的兩側出現了兩匹高頭大馬。牠們將嚴謹夾在中間，一名騎手俯過身抓住嚴謹的籠頭，拉著我們驟然轉向。我就要從馬背上摔跌下來了，卻被另一邊的騎手抓住了我背上的衣服。他單手將我從馬背上拉起，扔了下去。我落在地上打了個滾，幾乎被他的馬蹄踩到。有人發出憤怒的喊聲。白光在我的周圍閃耀。

一段時間裡，我什麼都不知道。然後我被提起來，嘴裡全都是雪。我的頭歪在一旁。有人正抓著我的上衣前襟。他似乎在搖晃我。我身邊的世界在抖動，隨後一切都歸於平靜。我眨眨眼，又眨眨眼，終於，我能看到那個人了。那是一個滿臉怒容的長鬚大漢。他的年紀很老，頭髮介於灰色和白色之間。他的眼睛是白鵝一樣的藍色。他向我咆哮著，用我不知道的語言發出怒吼。突然間，他停頓了一下，又用帶著濃重口音的話語問：「另一個在哪裡？他去了哪裡？」

我找到自己的舌頭和說謊的頭腦。「他丟下了我！」我尖叫著，絲毫不需要掩飾自己的悲痛。我又抬起一隻顫抖的手，朝堅韌不屈的棗紅馬逃走的方向指了指，「他逃走了，丟下了我！」

然後我聽到一個女人的聲音。她沿著大路一直朝我們跑過來，一邊還氣喘吁吁地發出斥責的喊叫聲。在她身後遠處，那個霧氣中的人也跟了過來。他走得很快，但並沒有奔跑。他們距離我還很遠。我眼前的這名灰髮大漢繼續抓著我的衣襟，另一隻手牽著他的馬向胖女人走去。另一名騎手催馬跟在我們身後。我們走過我隱藏堅韌不屈的地方。我只能根據雪中的腳印認出這個位置。我沒有朝那裡看上一眼，同時完全豎起我的牆壁，甚至全然不去想他。因為我擔心他們會看穿我的騙局。我是他唯一的機會，我唯一能給他的幫助只有徹底忽略他。我無力地踢著腿，想要喊叫，希望能夠將這個人的注意力吸引到我身上。

然後我們走過了那個地方，逐漸向那個跑來的胖女人靠近。胖女人回頭朝迷霧中的人喊了些什麼。迷霧中的人指指我，用歡快的聲音回應她。拉著我的大漢向胖女人喊話，胖女人顯然是在嚴厲地斥責他。灰髮大漢突然停住腳步，換手扯著我頸後的衣領，又將我提起，朝胖女人搖晃了幾下。胖女人發出驚恐的喊叫聲，大漢便丟下我，發出一陣大笑。我想要從他腳前爬走。他一隻腳踏在我身上，把我踩進積雪裡，同時又對胖女人說了些什麼，聽起來像是嘲諷，又像威脅。胖女人的喊叫變成了懇求。

我努力想恢復呼吸，但大漢的靴子死死地踏住了我。胖女人向我們跑過來，她的懇求突然變成了威脅。大漢又笑起來，不過他總算是抬起了腳。胖女人跪倒在我身邊的雪中。

「哦，親愛的，我的小可愛！」她喊道，「我終於找到你了。你這個可憐的小東西！你一定被嚇壞了。但現在這些都結束了。我們來了。你安全了。我們來接你回家了。」她幫我坐起身，親切地看著我。她的圓臉上充滿了擔憂和慈愛。她的身上散發出一種紫丁香的氣味。我想要喘上一口氣，說些什麼，但我卻一下子哭了起來。

「哦，我可憐的孩子！」她喊道，「別擔心。你不會有事的。你和我們在一起是安全的。你終於安全了。」

迷霧中的人靠近我們。他用手指住我，臉上充滿喜悅。「是他，就是他！」他的聲音像是一個嗓音尖利的男孩。「意外之子。我的兄弟。」找到我的喜悅從他的心中向我湧來，淹沒了我，充滿了我。我無法阻止微笑在我的臉上綻放。喜悅的波瀾在我的心中蕩漾。他們來找我，我應該和他們在一起。他們來了，我將是安全的，再不會孤獨，再不會害怕。他慵懶而愚鈍的微笑和他張開的雙臂都在歡迎我。我也向他張開雙臂，非常高興最終能和他團聚。

尾聲

一個孩子被一隻老鼠咬了。父母跑過來安慰他，但他手上的傷口已經感染化膿。為了挽救他的生命，這隻手必須被砍掉。那一天，這個孩子的生活被永遠改變了。

或者一個孩子被老鼠咬了。父母跑過來安慰他。傷口癒合得很好，沒有留下疤痕，一切都很美好。

但事實並非如此。關於被咬和那隻老鼠的記憶將伴隨這個孩子的一生。即使長大成年，夜晚的窸窸聲也會讓他帶著滿身冷汗醒來。他不能在畜欄中或者穀倉周圍工作。如果他的狗給他叼來一隻死老鼠，他就會在驚駭中向後退卻。

這就是記憶的力量。它完全不亞於最猛烈的傳染病，並且不會只有一段時間的發病期，而是會緊隨著人的一生。就像染料浸透了布匹，讓布帛永遠改變了顏色。記憶，無論痛苦或甜美，都會改變一個人心性的色澤。

在我知道一個人的記憶可以融入岩石，化作巨龍甦醒過來之前許多年，我便會在記憶的力量前顫抖，竭力逃避它們。

是的，我否認記憶，裝作對它們一無所知，因為它們讓我感到恐慌，想到它們只會給我帶來痛苦——無論作為孩子還是成年人皆是如此。我從自己內部釋放記憶，讓它們化作巨龍，我認為這樣能讓自己擺脫它們的毒害，不會再因為它們而變得軟弱。數年之間，我的生命變得遲鈍，我不知道從自己之中剝離了什麼。當弄臣讓我恢復那些記憶的那一天，就彷彿血液流回了麻木的肢體，將我喚醒，是的，它們也將椎心的刺痛和使人衰弱的折磨帶了回來。

喜悅的記憶會像那些痛苦和恐懼一樣被深深雕刻在一個人的心中，也會浸透並瀰散在那個人對整個世界的知覺裡。我和莫莉初遇的記憶，我們共度的第一個夜晚，我們向彼此立下誓言的那一天都為我的生命增添了光彩。在我最黑暗的日子裡，它們讓我還有光可以思念。當疾病、哀傷或精神的潰散襲來時，我還能回憶自己是如何與狼跑過黃昏的雪野，腦海中只有我們的狩獵遊戲。還有關於火光、白蘭地和一位可能是我最知心莫逆的朋友的回憶，它們都是那樣珍貴。一個人正是用這些記憶才能搭建起堅固的城堡，保護自己的心。這些記憶是一塊塊試金石，讓一個人知道自己值得尊敬，自己的生命有著超越單純存在的意義。我依舊保留著所有這些記憶，關於傷痛、慰藉和歡樂。我依舊能觸摸它們，即使它們正在漸漸消退，就如同被放在強光和沙塵下的織錦。

但有那樣一天，我將永遠背負它，就如同它是用最鋒利的針尖刺在我心底最深處的喜悅與痛苦。

那一天在我的回憶中是那樣豔麗鮮明，散發出那麼強烈的氣息，讓我只需閉起眼睛就能回到那個時刻。那是一個陽光明亮的冬日，有著碧藍的天空，閃耀的白雪和在公鹿堡城的屋簷與大道之外波瀾起伏的灰色海面。永遠都是冬季慶前夕的那一天，我永遠都能聽到快樂的問候聲和商販貨郎們充滿誘惑的叫賣聲，還有在空中飛翔的海鷗發出的鳴叫隨風飄蕩。清冷的微風帶來了烹調食物甜美馥郁的香氣，也有落潮時的鹹水和腐敗氣味。我一個人走在街上，為我留在細柳林的女兒購買各種小禮物，也為我受傷的朋友購買一應所需：草藥用來配製博瑞屈傳授給我的藥膏，潔淨的衣服和一件溫暖的斗篷，還有適合他被凍傷致殘的雙腳的鞋子。

海鷗盤旋、鳴叫；商販懇請我購買商品；風悄聲訴說著潮汐的改變。在細長的碼頭上，船隻發出一陣陣嘎吱聲，倔強地拽扯著它們的纜繩。這是非同尋常的一天，如同被鑲嵌在白銀上的天青石。

我的生命在這一天被永遠地改變了。

在這一天，我的孩子被偷走，火焰、硝煙和馬匹的嘶號聲瀰漫在細柳林的天空。我卻沒有聽見，沒有看見。我的原智和精技都沒有告訴我，那裡的血融化成猩紅色，女人的面孔滿是傷痕，男人的身體被利刃刺穿。我沒有得到任何警告——在這個陽光明媚的日子裡，我生命中最黑暗的時代開始了。

（第一冊畢）

中英名詞對照表

A

Ant　安特

B

Bee　蜜蜂

Bee-ee　蜂子

Beloved　小親親

Blood Points　《出血點》

Boj　博基

bond　牽繫

Buckkeep Bay　公鹿堡海灣

Bulen　布勒恩

Byslough　白斯洛

C

Careful　細辛

Cat of Cats　眾貓之貓

Caul Toely　考爾・托利

choking sickness　窒息瘟疫

Cook Nutmeg　肉豆蔻廚娘

Cooper　考博

Copper　黃銅

Cor　科爾

Courser　阿獵

Cowshell Village　牛獄村

Cravit Softhands　克拉維特・妙手

culkey leaves　醋栗葉

D

Daisy　黛茜

Dapple　花斑

Daratkeep　德拉特堡

Dixon　迪克遜

Duchess Able　有能女大公

E

Eld Silverskin　銀膚長者

Elm　榆樹

Eulen Screep　艾倫・斯克利普

F

Fern　蕨草

FitzVigilant　蜚滋機敏

Foxglove　狐狸手套

G

Gallows Hill　絞架山

Goldenrod　金穗草

Granny Wirk　薇珂婆婆

Great Hearth　大壁爐

H

Hap Gladheart　幸運・悅心

Healer Molingal　治療師莫林高爾

Heny　亨尼

Highdowns　高陵地

Holder Barit　巴里特領主

Holder Tom Badgerlock
湯姆・獾毛領主

Hunter　獵狩

Hyacinth Fallstar　風信子・秋星

I

Inky　墨水

Instructing Potential Skill-Students in Guarding One's Mind
《指導有潛力的精技學生守衛自己的意識》

Integrity　誠毅

J

Jeruby　結魯比

Jet　傑特

jig　吉格舞

Judgment Stone　判決石

K

Kelsingra　克爾辛拉

King in Waiting　王儲

King's Dogs Inn　國王忠犬旅店

King's Road　國王大道

L

Lacey　蕾希

Lady Celestia's Guide to Manners
《聖天女士的儀禮行為指南》

Lady Essence　精質女士

Lady Fennis of Tilth
提爾司的芬妮絲女士

Lady Solace　慰藉女士

Lakesend　湖濱

Lant　機敏

larkspur　燕草

Lea　草坪

Lily　百合

Lord Canterby　坎特比大人

Lord Diggery　狄格瑞大人

Lord Durden　杜爾登老爺

Lord Stoutheart　剛膽大人

Lozum　羅蘇姆

Lukor　盧考爾

M

Merchant Cottleby　商人考特雷比

Merjok's Two Hundred Seventy-Nine Ways to Kill an Adult 《梅喬克的兩百七十九種殺死成年人的方法》

Mild　輕柔

Mockingbird　嘲鶇室

Molly Redskirts　莫莉・紅裙

Myrtle　桃金娘

N

Natural Magics　天賦魔法

nepenthe　忘憂之地

O

Oaken Staff　橡樹杖

Oaksby Guard　橡林衛隊

Oaksbywater　水邊橡林

Oatil　奧提爾

old Lord Peek　瞄縫老大人

old Lord Pike　矛鋒老大人

Old Man of winter　冬日老人

On the Aging of the Flesh 《關於肉體之衰老》

Opal　奧珀爾

P

Pacer　踱步

Pale Isle　白色島嶼

Pansy　潘茜

Per　小堅

Perseverance　堅韌不屈

Priss　嚴謹

Q

Queen Dextrous 璣巧女王

Queen Efficacious 靈顯女王

Quiver 箭囊

R

Ratsy 拉特希

Ready 雷迪

Revel 樂惟

River Road 河邊大道

Rivertown 河邊鎮

Roder 羅德

Rogan Hardhands 羅根・硬手

Rono 羅諾

Rube 魯布

S

Salin 薩琳

Sally 薩莉

Scribe FitzVigilant 書記員蜚滋機敏

Scribe Martin 書記員馬丁

Scribe Sweet-tongue 書記員甜舌

sealed 封鎖

Servants 僕人

Servants of the Archives 檔案館僕從

Shakerloom's Travels, Repple Shakerloom 《莎柯隆姆遊記》，雷普・莎柯隆姆

Shaky Amos 晃晃艾默思

Shepherd Lin 牧羊人・林恩

Shortlegs's History of Buck 短腿的《公鹿國歷史》

Shun 深隱

Silk 絲絹

Skillmaster 精技大師

Skillmaster Clarity 精技大師明晰

Skillmistress 精技師傅

Skillmistress Inkswell 精技師傅墨水井

snake boat 蛇船

Sparrow Chamber 麻雀室

Spruce 雲杉

steams 蒸氣室

Stocker's Holding 斯托克的家

Stripy Cat 條紋

sweetbreath 甜息草

T

Taffy 阿愚

Tallerman　高塔曼

Tallestman　至高塔曼

Tallfellow　高個兒

Tavia　塔維婭

The Poisoner's Prayer
《投毒者的祈禱》

The Twelve Healing Herbs
《十二治療草藥》

Thyme　百里香

Tinker Dan　匠人丹恩

Tinker John　匠人約翰

Toymaker　玩具工匠

U

Unexpected Son　意外之子

W

Wildeye　狂眼

Willow sisters　柳樹姐妹

Winter Fest　冬季慶

Wit-beast　原智伙伴

Withy River　細柳河

Woodsedge　林緣鎮

Y

Yellow Suite　黃色套房

奇幻基地書籍目錄

http://www.ffoundation.com.tw/

BEST 嚴選 刺客系列圖書

書號	書名	作者	定價
1HB013	刺客正傳 1：刺客學徒（經典紀念版）	羅蘋・荷布	299
1HB014	刺客正傳 2：皇家刺客（上）（經典紀念版）	羅蘋・荷布	320
1HB015	刺客正傳 2：皇家刺客（下）（經典紀念版）	羅蘋・荷布	320
1HB016	刺客正傳 3：刺客任務（上）（經典紀念版）	羅蘋・荷布	360
1HB017	刺客正傳 3：刺客任務（下）（經典紀念版）	羅蘋・荷布	360
1HB057	刺客後傳 1：弄臣任務（上）（經典紀念版）	羅蘋・荷布	360
1HB058	刺客後傳 1：弄臣任務（下）（經典紀念版）	羅蘋・荷布	360
1HB059	刺客後傳 2：黃金弄臣（上）（經典紀念版）	羅蘋・荷布	360
1HB060	刺客後傳 2：黃金弄臣（下）（經典紀念版）	羅蘋・荷布	360
1HB061	刺客後傳 3：弄臣命運（上）（經典紀念版）	羅蘋・荷布	450
1HB062	刺客後傳 3：弄臣命運（下）（經典紀念版）	羅蘋・荷布	450
1HB083	刺客系列〈蜚滋與弄臣 1〉弄臣刺客（上）	羅蘋・荷布	499
1HB084	刺客系列〈蜚滋與弄臣 1〉弄臣刺客（下）	羅蘋・荷布	499

城邦文化奇幻基地出版社

Fantasy Foundation Publications

http://www.ffoundation.com.tw

TEL：02-25007008 FAX：02-25027676

BEST嚴選 084

刺客系列〈蜚滋與弄臣〉1 弄臣刺客（下）

原著書名／The Fitz and The Fool Trilogy: Fool's Assassin
作　　者／羅蘋・荷布（Robin Hobb）
譯　　者／李鐳
校　　對／金文蕙
副總編輯／王雪莉
責任編輯／楊秀真
行銷業務經理／李振東
業務主任／范光杰
行銷企劃／周丹蘋
發 行 人／何飛鵬
法律顧問／台英國際商務法律事務所　羅明通律師
出版／奇幻基地出版
城邦文化事業股份有限公司
台北市 104 民生東路二段 141 號 8 樓
電話：(02)25007008　傳真：(02)25027676
網址：www.ffoundation.com.tw
e-mail：ffoundation@cite.com.tw
發行／英屬蓋曼群島商家庭傳媒股份有限公司城邦分公司
台北市 104 民生東路二段 141 號 11 樓
書虫客服服務專線：(02)25007718・(02)25007719
24 小時傳真服務：(02)25170999・(02)25001991
服務時間：週一至週五 09:30-12:00・13:30-17:00
郵撥帳號：19863813　戶名：書虫股份有限公司
讀者服務信箱 E-mail：service@readingclub.com.tw
歡迎光臨城邦讀書花園　網址：www.cite.com.tw
香港發行所／城邦（香港）出版集團有限公司
香港灣仔駱克道 193 號東超商業中心 1 樓
電話：(852)25086231　傳真：(852)25789337
e-mail : hkcite@biznetvigator.com
馬新發行所／城邦（馬新）出版集團
【Cite(M)Sdn. Bhd】
41, Jalan Radin Anum, Bandar Baru Sri Petaling,
57000 Kuala Lumpur, Malaysia.
Tel: (603) 90578822　Fax:(603) 90576622
email:cite@cite.com.my
封面設計／黃聖文
排　　版／極翔企業有限公司
印　　刷／高典印刷有限公司
■ 2016 年（民 105）11 月 8 日初版
■ 2023 年（民 112）8 月 16 日初版 3.1 刷

售價／ 499 元

國家圖書館出版品預行編目資料

刺客系列〈蜚滋與弄臣〉1弄臣刺客（下）／羅蘋・荷布（Robin Hobb）著；李鐳譯. -- 初版. -- 臺北市：奇幻基地, 城邦文化出版：家庭傳媒城邦分公司發行, 民105.11
面；　公分. --（BEST嚴選：084）
譯自：The Fitz and The Fool Trilogy: Fool's Assassin
ISBN 978-986-93504-0-2　（平裝）

874.57　　105014412

The Fitz and The Fool Trilogy: Fool's Assassin © 2014 by Robin Hobb
This edition arranged with The Lotts Agency Ltd. through Andrew Nurnberg Associates International Limited
All Rights Reserved

著作權所有・翻印必究

ISBN　978-986-93504-0-2

城邦讀書花園
www.cite.com.tw

廣　告　回　函
北區郵政管理登記證
台北廣字第000791號
郵資已付，免貼郵票

104台北市民生東路二段141號11樓

英屬蓋曼群島商家庭傳媒股份有限公司城邦分公司 收

請沿虛線對摺，謝謝

奇幻基地

每個人都有一本奇幻文學的啓蒙書

奇幻基地官網：http://www.ffoundation.com.tw

奇幻基地粉絲團：http://www.facebook.com/ffoundation

書號：**1HB084**　　書名：刺客系列〈蜚滋與弄臣〉1弄臣刺客（下）

15 annual

奇幻基地15周年龍來瘋慶典

集點好禮獎不完！還可抽未來6個月新書免費看！

活動期間，購買奇幻基地作品，剪下回函卡右下角點數，集滿點數，寄回本公司即可兌換獎品&參加抽獎！

集點兌換辦法

2016年06月起至2017年12月20日前(郵戳為憑)，奇幻基地出版之新書，剪下回函卡右下角點數，集滿點數貼至右邊集點處，寄回奇幻基地，即可兌換贈品(兌換完為止)，並可參加抽獎。

集點兌換獎品說明

5點：「奇幻龍」書擋一個（寬8x高15cm，壓克力材質)

10點：王者之路T恤一件 (可指定尺寸S、M、L)

回函卡抽獎說明

1.寄回集滿5點或10點的回函卡，皆可參加抽獎活動！回函卡可累計，每張尚未被抽中的回函卡皆可參加抽獎。寄越多，中獎機率越高！

2.開獎日：2016年12月31日(限額5人)、2017年05月31日(限額10人)、2017年12月31日(限額10人)，共抽三次。

回函卡抽獎贈書說明

中獎後，未來6個月每月免費提供奇幻基地當月新書一本！

(每月1冊，共6冊。不可指定品項。)

特別說明：

1.請以正楷書寫回函卡資料，若字跡潦草無法辨識，視同棄權。

2.本活動限台澎金馬。

【集點處】

1	6
2	7
3	8
4	9
5	10

（點數與回函卡皆影印無效）

為提供訂購、行銷、客戶管理或其他合於營業登記項目或章程所定業務之目的，英屬蓋曼群島商家庭傳媒(股)公司城邦分公司，於本集團之營運期間及地區內，將以電郵、傳真、電話、簡訊、郵寄或其他公告方式利用您提供之資料（資料類別：C001、C002、C003、C011等）。利用對象除本集團外，亦可能包括相關服務的協力機構。如您有依個資法第三條或其他需服務之處，得致電本公司客服中心電話(02)25007718請求協助。相關資料如為非必要項目，不提供亦不影響您的權益。

個人資料：

姓名：________________________ 性別：☐男 ☐女

地址：________________________

電話：________________________ email：________________________

想對奇幻基地說的話：________________________

____

請剪下右側點數，貼於背面的集點處，集滿5點以上，即可寄回兌換抽獎

1p 2016